AF511653

राकेश कायस्थ

बोलती-बतियाती भाषा में बड़ी कहानी कहने का हुनर राकेश कायस्थ को मौजूदा दौर के लोकप्रिय लेखकों की क़तार में शामिल करता है।

मुख्यधारा की पत्रकारिता में लंबा समय बिता चुके राकेश ठेठ देहाती दुनिया से लेकर चकाचौंध भरी महानगरीय ज़िंदगी तक पूरे देश और परिवेश को समग्रता में समझते हैं।

इनका क्रिएटिव कैनवास काफ़ी बड़ा है। न्यूज़ चैनलों पर राजनीतिक व्यंग्य आधारित कार्यक्रमों को विस्तार देने से लेकर, डॉक्युमेंट्री फ़िल्म मेकिंग और 'मूवर्स एंड शेकर्स' जैसे लोकप्रिय धारावाहिकों की स्क्रिप्टिंग सरीखे कई काम खाते में दर्ज हैं।

चर्चित व्यंग्य-संग्रह 'कोस-कोस शब्दकोश' और फ़ैंटेसी नॉवेल 'प्रजातंत्र के पकौड़े' के बाद 'रामभक्त रंगबाज़' इनकी नई किताब है, जो शिल्प और कथ्य के मामले में पिछली रचनाओं से एकदम अलग है।

rakesh.kayasth@gmail.com

रामभक्त रंगबाज़

राकेश कायस्थ

हिन्द युग्म

ISBN : 978-81-953061-4-5

प्रकाशक:
हिंद युग्म
सी-31, सेक्टर-20, नोएडा (उ.प्र.)-201301
फ़ोन- +91-120-4374046

मुद्रक : थॉमसन प्रेस, दिल्ली
कला-निर्देशन : विजेन्द्र एस विज

पहला संस्करण : नवंबर 2021
दूसरा संस्करण : फ़रवरी 2023
मूल्य : ₹299

Rambhakt Rangbaaz
A novel by *Rakesh Kayasth*

Published By
Hind Yugm
C-31, Sector-20, Noida (UP)-201301
Phone : +91-120-4374046
Email : sampadak@hindyugm.com
Website : www.hindyugm.com

First Edition: Nov 2021
Second Edition: Feb 2023
Price : ₹299

आरामगंज के सभी लोगों का आभार। जो जीवित हैं, वे समझ जाएँगे कि नाम बदलने भर से किरदार और अफ़साने नहीं बदलते। जो अब इस दुनिया में नहीं हैं, उन्हें भी यह कहानी हमेशा ज़िंदा रखेगी।

होइहि सोइ जो राम रचि राखा
को करि तर्क बढ़ावै साखा

कहानी शुरू होती है

टिक-टिक करती है घड़ी और धक-धक करता है दिल। आख़िर क्या रिश्ता है दोनों के बीच? घड़ी वक़्त बताती है और वक़्त यह तय करता है कि दिल की धड़कन किस रफ़्तार से चलेगी। चलेगी भी या फिर हमेशा के लिए थम जाएगी। मेरी, आपकी या चाहे जिस किसी की कलाई पर बँधी हो, इस संसार की हरेक घड़ी असल में एक टाइम बम है। आज नहीं तो कल, कल नहीं तो परसों, एक ना एक दिन यह बम ज़रूर फटेगा। इसीलिए दुनिया की हर माँ असल में बकरे की माँ होती है। ख़ैर मनाती, तावीज़ पहनाती, दुआएँ पढ़ती और मंत्र जपती माँ।

घड़ी को टाइम बम मानना एक डरावना ख़याल लग सकता है लेकिन सच अक्सर डरावने ही होते हैं। वैसे यह बात भी अपनी जगह दुरुस्त है कि घड़ी के शुरू होने और इसकी सुइयों के टाइमर तक पहुँचने के बीच का जो वक़्त होता है, वह हमेशा डरावना नहीं होता है। यह वही समय होता है, जब बचपन बीतता है और जवानी दस्तक देती है। ऋतुएँ बदलती हैं, फूल खिलते हैं और इश्क़ होता है। इसी वक़्त का नाम ज़िंदगी है और जहाँ ज़िंदगी होती है, वहाँ कहानी ज़रूर होती है।

अच्छी कहानी कालातीत होती है। लेकिन कहानी अगर सच्ची हो तो फिर उसके साथ तारीख़ का ज़िक्र ज़रूरी हो जाता है। इसलिए मैं आपको इस दास्तान से जुड़ी हर अहम तारीख़ बताता चलूँगा। इस समय साल 2020 चल रहा है और तारीख़ है 30 जनवरी। एक ऐसी तिथि जो कोई हिंदुस्तानी नहीं भूल सकता मगर यह साल कुछ ऐसा है जिसे आगे चलकर कोई याद नहीं रखना चाहेगा।

कहानी पुरानी है, लेकिन मेरा छूटा हुआ एक कथा पात्र आज यानी 30 जनवरी 2020 को अचानक बरसों बाद आँखों के सामने आ खड़ा हुआ है। यह एक गठीले बदन वाला हैंडसम आदमी है, जिसने सुबह कहानी वाले शहर के होटल कैपिटल हाइट्स में चेक इन किया है और अब सिडान में बैठकर गली-मुहल्लों के चक्कर लगा रहा है। यह आदमी आया ही इसलिए है, ताकि 30 साल पुरानी कहानी का आख़िरी पन्ना अपने हिसाब से लिख सके।

मगर आपने तो अभी पहला पन्ना तक नहीं पढ़ा है तो फिर आख़िरी पन्ने का क्या मतलब? लिहाज़ा इस आदमी को फ़िलहाल भूल जाइए। मैं भी इसे भूलकर अपने काम पर लगता हूँ। मेरा काम है, आपको कहानी सुनाना। मैंने अपनी आँखें बंद कर ली हैं और घड़ी के काँटें उल्टी दिशा में चलने शुरू हो गए हैं। काँटें अब सितंबर 1990 पर आकर रुक गए हैं, जहाँ से यह दास्तान शुरू होती है।

सितंबर 1990 सचमुच एक ऐतिहासिक महीना था। देश और दुनिया में बहुत कुछ रातों-रात बदल रहा था। बर्लिन में गिराई गई दीवार का मलबा अभी साफ नहीं हुआ था और अखंड सोवियत संघ के खंड-खंड होने की ख़बरें रोज़ाना आ रही थीं। भारत में मंडल का बवंडर महीना भर पहले ही उठा था और इसी बीच एक हज़ार साल की दासता की बेड़ियाँ काटने के संकल्प के साथ लालकृष्ण आडवाणी रामरथ लेकर सोमनाथ से अयोध्या की तरफ़ कूच कर चुके थे। शौर्य का प्रतीक भगवा आसमान में लहरा रहा था और रामरथ के बड़े पहिये रक्तकुंडों को लाँघते ज़मीन पर मोटी लकीर बनाकर तेज़ी आगे बढ़ रहे थे। शौर्य, उमंग, उन्माद, भय, भक्ति और कौतुक के अनगिनत भाव हवा में तैर रहे थे। जयघोष इतना प्रबल था कि हर तरह की आवाज़ को सुन और समझ पाना सबके बस की बात नहीं थी। रथ कई राज्यों को पार कर चुका था और अब मेरे शहर में आनेवाला था।

शहर जहाँ लोगों ने इससे पहले इतनी शिद्दत से सिर्फ़ सर्कस के आने का इंतज़ार किया था। जंबो सर्कस, अपोलो सर्कस, जुपिटर सर्कस, तरह-तरह के सर्कस! शेर, हाथी, घोड़े, बंदर, बौने और जोकर! अलग-अलग समूहों में बहुत कौतूहल और बेचैनी से यह समझा और समझाया जा रहा था कि जब आडवाणी का रथ शहर में दाख़िल होगा तो नज़ारा कैसा होगा, सर्कस जैसा या उससे अलग? बेशक मनोरंजन के बहुत से तत्व हों लेकिन यह सर्कस क़तई नहीं है,

शहर के गंभीर लोग यह बात अच्छी तरह समझ रहे थे।

वह शहर वैसा ही था, जैसे आमतौर पर मझोले या छोटे शहर होते हैं। लेकिन मेरा मोहल्ला आरामगंज? नहीं, सारे मोहल्ले आरामगंज जैसे नहीं होते। कम-से-कम मुझे यही लगता है कि मेरा आरामगंज बाक़ी शहर से एकदम अलग था। बाक़ी शहर ही क्यों मेरे लिए तो आरामगंज देश और दुनिया में सबसे अनूठा था। आप पूछेंगे क्यों? अब इसका जवाब मैं किस तरह दूँ? 1980 और 90 के दशक में हर शहर के बड़े मोहल्ले एक जैसे दिखते थे। भीड़ भरे बाज़ार एक जैसे, अलसाये से तिराहे एक जैसे। किरदार और उनके क़िस्से भी एक जैसे। फिर आख़िर किस तर्क के आधार पर यह साबित किया जा सकता है कि आरामगंज पटना के बाकरगंज या इलाहाबाद के कीडगंज से अलग था? बेशक मैं स्वीकार कर लेता कि आरामगंज भी बाक़ी मुहल्लों की तरह था, अगर वहाँ अपने आशिक़ मियाँ ना होते।

मैं जो कहानी पेश करने जा रहा हूँ, आशिक़ मियाँ उसके सबसे अनूठे किरदार हैं। वे दुनिया के किसी भी कोने में होते, उनकी कहानी इतनी ही दिलचस्प होती। अफ़साने दरअसल किरदारों के हाथों गढ़े जाते हैं, लेखक का काम तो उसे लोगों तक पहुँचाने भर का होता है।

लिहाज़ा मैं ईमानदारी से स्वीकार करता हूँ कि यह कहानी मेरी नहीं बल्कि आशिक़ मियाँ और आरामगंज वालों की है। अगर इसका कोई हिस्सा आपको कमज़ोर लगे तो यह मान लीजिएगा कि यह लेखकीय शिल्प की कमी है, कहानी और किरदारों की नहीं। एक काम करता हूँ, मैं आपको 1990 के सितंबर में ले जाकर सीधे आरामगंज चौराहे पर छोड़ देता हूँ, जहाँ अपने आशिक़ मियाँ नमूदार होते हैं।

उठा शटर निकला हीरो

शटर रोज़ सवेरे ठीक साढ़े नौ बजे उठ जाता है। शटर जिस पर लिखा है, मिस्टर इंडिया जेंट्स टेलर और साथ बना है अनिल कपूर का सूट-बूट वाला फ़ोटो। शटर आज यानी 20 सितंबर 1990 को भी साढ़े नौ बजे ही उठा। आदमी अंदर दाख़िल हुआ और बाजू वाली दुकान का शटर भी अंदर से उठ गया। यह सावित्री बुटीक है। शटर के पार काँच का एक चमचमाता दरवाज़ा है, जिस पर वेलकम वाली तस्वीर बनी है और नीचे लिखा है- यहाँ शोहदों का खड़ा होना मना है।

लो कर लो बात। दोनों दुकानों का मालिक एक, बरामदे से लेकर दीवार तक एक, लेकिन कायदे अलग-अलग! परसों भोला बाबू आए थे, अपने पायजामे का नाप देने। त्यौहार का मौसम है। मिस्टर इंडिया में भीड़ थी तो ज़रा किनारे खड़े हो गए। फिर क्या था किसी ने फट से टोक दिया- ज़रा हटके! ये नहीं पढ़े हैं क्या?

रिटायर्ड भोला बाबू एक क़दम आगे-पीछे क्या हुए मोहल्ले के सबसे इज़्ज़तदार आदमी से सीधे शोहदे हो गए, बताइए भला ये भी कोई बात हुई?

अच्छा या बुरा, शरीफ़ या बदचलन सब कुछ एक क़दम के फ़ासले से ही तय होता है। ये फ़िलॉसफ़ी है- सावित्री और मिस्टर इंडिया के ओनर शेख़ निज़ामुद्दीन वली आशिक़ इन शॉर्ट आशिक़ मियाँ की।

"पैंट की लंबाई चालीस रखूँ या साढ़े चालीस?" उस दिन नाप लेते हुए आशिक़ ने ग्राहक से सवाल किया था।

"कुछ भी रख दो यार, आधे इंच से क्या फ़र्क़ पड़ता है।"

"सोच लो भइया, आधे इंच के फ़र्क़ से ही आदमी हिंदू और मुसलमान हो जाते हैं।"

आरामगंज वाले इस 'आधे इंच' के फ़र्क़ को भूलना नहीं चाहते हैं, साथ ही दो-दो दुकानों के नाम याद रखना नहीं चाहते। लिहाज़ा उन्होंने सावित्री बुटीक और मिस्टर इंडिया को मिलाकर एक कर दिया है- टू इन वन टेलर। जिस तरह टू इन वन में रेडियो और टेप रिकॉर्डर दोनों चल सकते हैं, आशिक़ मियाँ शर्ट पैंट, थ्री पीस सूट के साथ सलवार और ब्लाउज़ भी उसी सलाहियत से बना सकते हैं।

ज़्यादातर मोहल्ले वाले मानते हैं कि आशिक़ टेलर तो टू इन वन हैं लेकिन आदमी फ़ोर इन वन हैं, शायद उससे भी ज़्यादा। आरामगंज चौक से पहाड़ी टोले और बड़ा तालाब से मेन रोड तक की पूरी चौहद्दी में आशिक़ के बारे में तरह-तरह की कहानियाँ प्रचलित हैं। आशिक़ मियाँ जब पतंग उड़ाया करते थे, तब दस मिनट के भीतर आसमान साफ़ हो जाता था। कंचे और गिल्ली डंडे के सारे रिकॉर्ड उन्हीं के नाम हैं और आगे भी रहेंगे क्योंकि ये खेल अब इलाक़े से लगभग उठ चुके हैं। ना जाने कितने इल्मों का माहिर है यह आदमी।

"अपना आशिक़ दर्जी नहीं होता तो कमाल का पेंटर होता। शटर वाला अनिल कपूर का फ़ोटो उसी ने तो बनाया है।"

"नहीं टॉप का मैकेनिक होता। कंपनी वालों ने मेरा टीवी ठीक किया लेकिन बनते ही फिर बिगड़ गया। आशिक़ ने खोलकर पता नहीं क्या किया पाँच मिनट में एकदम सही हो गया।"

"पूरे शहर में कोई ऐसा नहीं होगा जिसे साइकिल से लेकर ट्रक तक हर गाड़ी चलानी आती हो। यह ऐसा आदमी है कि इसे हवाई जहाज भी दे दे तो बिना ट्रेनिंग के उड़ा दे।"

आशिक़ के कारनामों में सबसे मशहूर वह वाक़या है, जब उसने शीतला मंदिर वाली बावड़ी में कूदकर पीतांबर के दस साल के बेटे की जान बचाई थी। पीतांबर मंदिर के बाहर फूल-माला बेचता है। कहानी की सत्यता पर कोई विवाद नहीं है। बहस का मुद्दा सिर्फ़ यह है कि आशिक़ डूबते बच्चे को कंधे पर उठाकर पानी में कितनी देर चक्कर काटता रहा था। कुछ लोग कहते हैं

कम-से-कम पंद्रह मिनट। लेकिन कुछ ऐसे भी हैं, जो दावा करते हैं कि घंटा भर से एक मिनट भी कम नहीं तैरा होगा क्योंकि कहीं ना मिलने पर रस्सी जमुना के हार्डवेयर शॉप से मँगवाई गई थी और उसमें बहुत वक़्त लगा था।

टैलेंट और कारनामों की इन कहानियों में मिलावट हो सकती है। लेकिन यह बात सोलह आने सच है कि आशिक़ के पास एक हुनर ऐसा है, जो अब तक किसी और में नहीं देखा गया। यह हुनर केवल जावेद जाफ़री की तरह ब्रेक डांस करने का नहीं है। आशिक़ दोनों हाथों में मशाल लेकर नाचता है और नाचते वक़्त मुँह में केरोसिन भरकर आसमान में आग के ऐसे छल्ले बनाता है कि देखने वाले दंग रह जाते हैं। दशहरा हो, सरस्वती पूजा या फिर काली पूजा का विसर्जन जुलूस, वह शाम आशिक़ के इस कारनामे के नाम ही होती है।

ऐसा भी नहीं है कि हर कोई आशिक़ को पसंद ही करता है। आरामगंज के कई लौंडों का कहना है कि अशिकवा साला नंबरी हरामी है। ख़ुद इंद्रसभा में बैठा है और नाप देने आए लोगों को सावित्री बुटीक की तरफ़ गर्दन तक घुमाने नहीं देता है। कहता है- "गर्दन घुमाने से नाप और कैरेक्टर दोनों ख़राब हो जाते हैं। सिलवाने आए हो तो सीधे खड़े होकर नाप दो और कट लो।"

लेकिन सावित्री बुटीक में जैसे ही किसी के आने की हलचल होती है, वह फ़ौरन कट लेता है, अंदर वाले चार बाई दो के उस दरवाज़े से जो सावित्री बुटीक और मिस्टर इंडिया को एक-दूसरे से जोड़ता है। अब देखिए आशिक़ मियाँ के तेवर! भाभी से हँस-हँसकर उनके मायके का हाल पूछा जा रहा है। चाची को गठिया का रामबाण इलाज बता रहे हैं और छुटकी के लिए ऐसा सलवार सूट सिलने का वादा कर रहे हैं कि पहनते ही लड़के वाले पसंद कर लेंगे, फिर होगा चट-मँगनी पट ब्याह। और चाची एकदम गंगा नहा लेंगी... क्यों चाची?

जेंट्स कस्टमर इंतज़ार करते रहें लेकिन मजाल है कि आशिक़ मियाँ चाची, बुआ और दीदी की ख़िदमत से घंटे-डेढ़ घंटे से पहले फ़ारिग़ हों। बातों में ग़ज़ब की मिठास है और बुटीक के माहौल का तो ख़ैर पूछो ही मत। इसे बनाने में आशिक़ ने पैसों के साथ अपना दिल भी उड़ेल दिया है। तीन तरफ़ आदमक़द शीशे लगे हैं और सामने एक बहुत बड़ा वार्डरोब है, जिसमें तैयार हो चुके कपड़े क़रीने से सजाकर रखे जाते हैं। इसी के साथ एक छोटा-सा ट्रायल रूम भी है, जिसके बाहर संगमरमरी जिस्म वाली एक मूरत सलवार-सूट पहनकर खड़ी है।

शोहदों को अंदर आने की इजाज़त नहीं है, मगर कहानियाँ तो बाहर आ ही सकती हैं। बहस चलती रहती है कि मूरत की शक्ल सुधा से ज़्यादा मिलती है या वह पूजा की तरह लगती है। बड़ी उम्र वाली मोहल्ले की औरतें आशिक़ की दुकान पर अपने काम से कम और लड़कियों पर निगरानी रखने के लिए ज़्यादा आती हैं। दुकान में कोई ख़तरा नहीं है लेकिन घर से निकलकर सड़क पर भी तो चलना है। ज़माना बहुत ख़राब है और ऊपर से यह मोहल्ला! इसी मोहल्ले के चक्कर में सर्वदमन सिंह आज तक रो रहे हैं।

आशिक़ मियाँ का रंग गोरा-चिट्ठा है। बदन कसरती है और आँखें एकदम नूरानी। उनकी घनी मूँछें नीचे की तरफ़ आकर पतली हो जाती हैं और आख़िर में मुड़ जाती हैं, एकदम अनिल कपूर की तरह। उम्र होगी क़रीब बत्तीस साल। लेकिन लगते उससे कम के हैं। औरतों की मंडली में उनके रंग-रूप को लेकर कुछ मतभेद भी हैं। कुछ औरतें कहती हैं- "अनिल कपूर की तरह नहीं बल्कि जैकी श्राफ जैसा दिखता है।"

चौक की महिलाओं की बीच आशिक़ की ये लोकप्रियता बहुत से दिलों में टीस पैदा करती है। लेकिन सच यह है कि आशिक़ बस नाम का ही आशिक़ हैं। इस गृहस्थ आदमी के घर में एक अदद केयरिंग लेकिन झगड़ालू बीवी और दो प्यारे बच्चों के साथ बूढ़ी माँ भी है। दूर-दूर तक कोई लफड़ा नहीं है। हाँ यह ज़रूर है कि आशिक़ की बातों में एक अलग तरह का रस है। शायद इसीलिए लोग खिंचे चले आते हैं। औरतें उसकी मुरीद इसलिए हैं कि उसमें औरों का सुख-दुख सुनने का सब्र है।

शब्दों का जादू कुछ ऐसा है कि आशिक़ के किरदारों की प्राण-प्रतिष्ठा अपने-आप हो जाती है। पात्र ज़िंदा हो उठते हैं और घटनाएँ सुनने वालों की आँखों के सामने घटित होने लगती हैं। मोहल्ले के समझदार कहते हैं कि आशिक़ सुई-धागे की नहीं बल्कि बातों की खाता है। यह सुनकर आशिक़ गंभीर हो जाता है और दार्शनिकों वाले अंदाज़ में जवाब देता है- "खाते तो हम वही हैं, जो हमें हमारे रामजी देते हैं।"

यही है आशिक़ की शख़्सियत का सबसे अनोखा पहलू। आशिक़ यह बात सिर्फ़ डायलॉग मारने के लिए नहीं कहता है। सचमुच ऐसा ही है। हिंदुओं के मोहल्ले का इकलौता मुसलमान जैसे बत्तीस दाँत के बीच ज़ुबान। लेकिन डर

नाम की कोई चीज़ नहीं! आख़िर कहाँ से आता है ये हौसला? पूछिएगा मत वरना आशिक़ मियाँ रामानंद सागर बनकर एक चौपाई ठोक देंगे। चौपाइयों के इसी ज्ञान के बल पर आशिक़ को मिस्टर इंडिया के बग़ल वाली दुकान किराये पर मिली थी।

बाप के मरने के बाद आशिक़ ने कई बरस तक जेंट्स टेलर की दुकान चलाई। मकान मालिक त्रिवेणी मिश्रा यानी पंडीजी ने जब अपने आँगन से जगह निकालकर एक बड़ी-सी दुकान बनाई तो कई लोग उनके आगे-पीछे डोलने लगे। आशिक़ भी बात करने गया था, अपना एक्सपैंशन प्लान यानी लेडीज़ टेलरिंग शॉप का आइडिया लेकर, लेकिन पंडीजी ने उसे लगभग दुत्कार दिया था- "जो धंधा कर रहे हो, वही सँभल नहीं रहा है क्या करोगे नयी दुकान लेकर? किराया इतना है कि तुम भर नहीं पाओगे।" आशिक़ का चेहरा उतर गया। पंडीजी कुछ सोचकर बोले- "900 रुपये महीना लगेगा। अगर हौसला हो तो बोलो।"

आशिक़ बोला कि हौसला तो बहुत है चचा लेकिन गोसाई जी रामचरितमानस में कहिन हैं-

"आवत ही हरषै नहीं नैनन नहीं सनेह
तुलसी वहाँ ना जाइए कंचन बरसे मेह।"

पंडीजी का मुँह खुला रह गया। अब रामजी का चमत्कार देखिए। हफ़्ते भर बाद उन्होंने आशिक़ को बुलाया और बोले- "तुम्हारे बाप नेक आदमी थे। दुकान तुम्हीं ले लो। औरों से 900 लेता, तुम 800 ही देना।"

आशिक़ ने दो टूक जवाब दिया- "किराया तो ठीक है लेकिन पगड़ी-वगड़ी हमसे नहीं हो पाएगी।"

पंडीजी हँसे- "तुम खरे आदमी हो। मत देना, बस किराया टाइम पे देते रहना जैसे इस दुकान की देते हो।"

पंडीजी का यह फ़ैसला मोहल्ले वालों को बहुत चुभा। जात-बिरादरी वालों को छोड़कर इतनी बढ़िया दुकान एक मुसलमान को दे दी। पंडीजी का जवाब था- "आशिकवा बस नाम का मुसलमान है। तुम लोग से ज़्यादा नेम-धर्म जानता है।"

हिंदू मोहल्ले में इसी नेम-धेम धर्म की खा रहे हैं, आशिक़ मियाँ। आरामगंज

के माँ-बाप अपने बच्चों से अक्सर कहते हैं- "देखो और कुछ सीखो उससे। एक तो दर्जी और ऊपर से मुसलमान, फिर भी कितना संस्कारी है।"

व्रत वाली चाची के बिना कहे उनके लिए सिंघाड़े का सबसे बढ़िया आटा ढूँढकर ले आता है आशिक़। नागपंचमी से लेकर अनंत चतुर्दशी तक कौन-सी पवित्र तिथि कब है, यह सब ज़बानी याद रहता है उसे। शगुन विचार और उपाय वग़ैरह में राधा पंडित का बाप है वह। घर में कोई सामान गुम हो जाए तो टेंशन की बात नहीं।"रामजी का नाम लेकर पल्लू में गाँठ बाँधिए और ढूँढिए और अगर नहीं मिले तो मेरे नाम से काला कुत्ता पाल लीजिए।" विमला बुआ से डंके की चोट पर कहा था आशिक़ ने।

अब पूरा मोहल्ला यह नुस्ख़ा कामयाबी के साथ आज़मा चुका है। 'डोम' हो या 'म्लेच्छ' भगवान की कृपा कब किस पर हो जाए ये कोई नहीं जानता है! सचमुच उस पर रामजी की कृपा है, तभी तो इस मरघिल्ले बाज़ार में सबसे ज़्यादा कमाने वालों में है अशिकवा। अगर रामजी की कृपा ना होती तो भला हिंदुओं के मोहल्ले में इतनी दबंगई से एक मुसलमान कभी अपनी दुकान चला पाता और वह भी आज के ज़माने में! आशिक़ के नाम के साथ रामभक्त के अलावा एक और विशेषण जुड़ा हुआ है और वो है 'रंगबाज़'। बाज़ार के बहुत से हमउम्र दुकानदार उसे इसी नाम से बुलाते हैं।

आशिक़ की चाल में मस्ती और बेफ़िक्री है। नहले पर दहला जड़ना उसकी आदत है। दोस्तों के लिए कुछ भी करने को तैयार रहता है, मगर बिना बात किसी से नहीं दबता। लेकिन क्या ये बातें उसे 'रंगबाज़' का तमग़ा दिलाने के लिए काफ़ी हैं? मेरा ख़याल है कि ये नाम इसलिए पड़ा होगा क्योंकि उस ज़माने में स्वैग शब्द इजाद नहीं हुआ था। बहरहाल अब आप आरामगंज आ ही गए हैं तो आशिक़ मियाँ और मोहल्ले के बाक़ी लोगों के बारे में भी ठीक से जान जाएँगे।

यहाँ गिद्ध क्यों आते हैं ?

घड़ी की टिक-टिक से आभा को परेशानी नहीं होती है। लेकिन कानों में टन-टन की आवाज़ पड़ते ही वह झटके से उठ बैठी। गुड्डू को ट्यूशन के लिए भेजने के बाद आभा थोड़ी देर के लिए लेटी थी, जाने कब आँख लगी और अचानक ये आवाज़! सही वक़्त की तस्दीक़ करने वह ड्राइंग रूम तक पहुँची। काँटे सात और बारह पर रुके हुए हैं और पेंडुलम अब भी हिल रहा है।

आभा ने बालकनी से नीचे झाँककर देखा। सड़क के दोनों तरफ़ पटरियों पर रोज़ की तरह फेरीवालों की दुकानें जमी हुई हैं। ऑफ़िस साढ़े पाँच बजे बंद हो जाता है। आभा ठीक पौने छह बजे चाय का पानी चढ़ा देती है और पत्ती उबलते-उबलते पतिदेव हाज़िर हो जाते हैं। लेकिन आज पता नहीं क्या हुआ! सात नहीं बल्कि सात बजकर पाँच मिनट हो चुके हैं। आभा लौटकर कमरे में आई। खिड़की से दिखाई दिया वही उदास पीपल जिसकी आधी टहनियाँ ना जाने कब से सूखी हुई हैं।

एक वक़्त था, जब शाम होते ही यह पेड़ गिद्धों की बस्ती बन जाता था। आभा को गिद्धों से बचपन से डर लगता है। उसने अपनी दादी से गिद्धों की कहानियाँ सुन रखी थी। पुराने ज़माने में जब गाँवों में महामारी फैलती थी या लड़ाइयाँ होती थीं तो गिद्धों को अपने-आप ख़बर हो जाती थी। वे टोली बाँधकर पहुँचने लगते थे।

श्मशान यहाँ से क़रीब डेढ़-दो किलोमीटर दूर होगा, जिसके आस-पास की ख़ाली ज़मीन पर लोग मरे हुए जानवर फेंक जाते हैं। लेकिन गिद्धों ने ना

जाने क्या सोचकर श्मशान से दूर इस पेड़ को अपना बसेरा बनाया। आभा ने पहले गिद्धों के बारे में सिर्फ़ सुना था। शादी के बाद यहाँ आकर उसने अपनी आँखों से देख लिया। वह डर के मारे खिड़की तक नहीं खोलती थी और पति से अक्सर एक मासूम सवाल करती थी- "गिद्ध आख़िर इसी पेड़ पर क्यों आते हैं?" पति हँसते हुए कहते थे- "मैंने तो नहीं बुलाया। आख़िर उन्होंने तुम्हारा क्या बिगाड़ा है? वे अपने घर में हैं और तुम अपने घर में।" लेकिन आभा को हमेशा यही लगता था कि पेड़ पर बैठे सारे गिद्ध उसी की खिड़की की तरफ़ टकटकी बाँधे ताक रहे हैं।

शादी के फ़ौरन बाद ख़ुशख़बरी आ गई थी। लेकिन चौथे महीने में अचानक एक दिन सुबह तबियत बिगड़ी और अस्पताल पहुँचने पर डॉक्टर ने बताया कि एबॉर्शन हो चुका है। आभा गहरे डिप्रेशन में चली गई। माँ के घर महीनों रहकर भी यह उदासी दूर नहीं हुई। पति जब लेने आए तो आभा ने विचित्र शर्त रख दी- "मैं गिद्धों के साथ नहीं रहूँगी।" बेचारे पति क्या करें? ना तो सरकारी ज़मीन पर मौजूद पेड़ कटवाया जा सकता है और ना पुश्तैनी मकान छोड़ा जा सकता है। मकान भी ऐसा-वैसा नहीं आरामगंज चौक पर बना दोमंज़िला।

आभा को वापस लाने के बाद पति ने बेडरूम चेंज़ कर दिया। अम्मा के रूम से लगा छोटा कमरा आभा को मिला, जिसकी खिड़की से ठूँठ पीपल और उस पर बैठे गिद्ध दिखाई नहीं देते थे। वक़्त गुज़रने लगा। घुटनों के बल चलने वाला गुड्डू अब इतना बड़ा हो गया कि पापा ने सोचा कि उसके पास अपना कमरा होना चाहिए। लिहाज़ा उन्होंने फिर से पुराने बेडरूम में शिफ़्ट होने का फ़ैसला किया। लेकिन आभा तैयार नहीं थी। पति ने समझाया- "अब कहाँ हैं, बेचारे गिद्ध। सब-के-सब ख़त्म हो चुके हैं।" आभा को इस बात की हैरानी हुई कि मुर्दाख़ोर भी कभी मर सकते हैं! अब वह अपने पुराने बेडरूम में रहती है लेकिन आए तीसरे दिन पति से शिकायत करती है- "आपको पता नहीं है, गिद्ध अब भी यहाँ आते हैं।" पति पहले उसकी बात पर सिर्फ़ मुस्कुराते थे, अब ज़रा भी ध्यान नहीं देते।

पति अभी तक नहीं पहुँचे हैं। सात बजकर बीस मिनट हो चुके हैं। ट्यूशन से लौटकर आया गुड्डू अपने कमरे में बैठा कॉमिक्स पढ़ रहा है। आभा बेचैनी से इधर-उधर टहल रही है। अख़बार आजकल परेशान करने वाली ख़बरों से

भरा होता है। राजस्थान और गुजरात में दंगों की ख़बर है। अपने शहर में भी सब कुछ कहाँ ठीक है? कल उमेश ने बताया कि उर्दू लाइब्रेरी के पास छुरेबाजी हो गई, उसके बाद पुलिस ने सारी दुकानें बंद करवा दीं। पति का दफ़्तर उस तरफ़ नहीं है लेकिन कौन जाने आज के ज़माने में कहाँ क्या हो जाए!

"हाँ दीदी हम भी मानते हैं कि ज़माना बहुत ख़राब आ गया है। लेकिन आरामगंज में रहने वालों के साथ कभी कुछ बुरा नहीं हो सकता है। आख़िर यहीं से चलकर तो रामजी जंगल में गए थे।" अचानक आभा के कानों में आशिक़ की आवाज़ गूँजी और जल्दी-जल्दी एक पुरानी कुर्ती लिए वह सीढ़ियों से नीचे उतर आई।

रफ़ूगर भी है आशिक़। वह मैचिंग का धागा निकाल रहा है और अपने अंदाज़ में बातें कर रहा है। लेकिन आज उसकी बातें आभा दीदी का दिल नहीं बहला पा रही हैं। आशिक़ देख रहा है, चेहरे का रंग उड़ा हुआ है और आँखों के कोनों में हल्की नमी है। आशिक़ बात आगे बढ़ाई- "ज़रा-सा पैर क्या लगा कि पत्थर अहिल्या फिर से औरत बन गई... ये शक्ति है रामजी की। एक बार जो शरण में चला गया उसकी रक्षा हमेशा करेंगे।"

अचानक आशिक़ चिल्लाया- "लो ख़ूब हाट-बाज़ार करके लौट रहे हैं भाई साहेब।"

आभा ने गर्दन झटके में घुमाई तो सड़क की भीड़ में घर की तरफ़ बढ़ते बजाज चेतक सवार पतिदेव दिखाई दिए। स्कूटर के बास्केट में हरी-हरी सब्ज़ियाँ भरी थीं।

"अरे दीदी बस हो ही गया... दो मिनट में दे रहे हैं।" आशिक़ ने आवाज़ दी। लेकिन दीदी भला कहाँ रुकने वाली हैं। कुर्ती कल ले जाने की बात कहकर सरपट घर की तरफ़ भागीं और भागते-भागते सोचा- "आशिक़ की ज़ुबान पर स्वयं माँ सरस्वती बैठी हैं। ठीक ही कहता है कि इस सड़क से होकर रामजी गुज़रे थे इसलिए यहाँ रहनेवालों के साथ कभी कुछ बुरा नहीं हो सकता।" आशिक़ भी मुस्कुराता हुआ जाती हुई आभा को देख रहा है। वह जानता है कि कभी ना पहनी जानेवाली इतनी पुरानी कुर्ती लेकर आभा दीदी उसकी दुकान पर क्यों आई थीं।

डाह और लगाई-बुझाई वालों के इस मोहल्ले में हज़ार बातों पर लोगों की एक-दूसरे से असहमति हो सकती है। लेकिन इस बात पर पूरा मोहल्ला एकमत है कि आरामगंज पर रामजी की कृपा वाली आशिक़ की बात एकदम ठीक है। दिनभर गाड़ियाँ साँय-साँय करके चलती हैं। दोनों तरफ़ फ़ुटपाथ पर इतनी भीड़ है कि पाँव रखने तक की जगह नहीं। इसी भीड़ में बच्चे उछल-कूद मचाते रहते हैं और सड़क पार भी करते हैं। लेकिन रामजी की कृपा देखो आज तक कोई गाड़ी के नीचे नहीं आया।

मनोहर बाबू को सांड ने सींग से उठाया और ज़मीन पर पटक दिया लेकिन गठिया और बवासीर के मरीज़ मनोहर बाबू धूल झाड़कर ऐसे उठे जैसे फ़ुटबॉल के कोई खिलाड़ी हों। बदन पर एक खरोंच तक नहीं। लल्लन की बाइक के ठीक सामने अचानक सुअर आ गया, बाइक उछली और लल्लन गिरा सीधे बजरंगी के ढाबे में। गर्दन बाल्टी में जा घुसी। अगर थोड़ा भी इधर-उधर होता मुंडी सीधे खौलते तेल की कड़ाही में जा घुसती। दाताराम जायसवाल के इकलौते बेटे को दहेज में एलएमएल वेस्पा मिला था। उसी वेस्पा पर सवार होकर वह देर रात को कहीं से लौट रहा था। देवी मंडप मोड़ पर दो बदमाशों ने कट्टा अड़ाकर स्कूटर छीन लिया। जाते-जाते फ़ायर भी कर गए। गोली कंधे को सहलाती हुई निकल गई। बस मामूली-सी खरोंच और कुछ नहीं! उधर वेस्पा ले जा रहे बदमाश टेलिफ़ोन के खंभे से जा टकराए और घबराहट में स्कूटर छोड़कर पैदल भागे। मतलब जान भी बच गई और स्कूटर भी बच गया।

यह सब चमत्कार नहीं तो और क्या है! रामजी की कृपा से कभी किसी ने अकाल मृत्यु नहीं सुनी इतने बड़े मोहल्ले में। अयोध्या, चित्रकूट और दंडाकरण्य के बीच में यह शहर पड़े या ना पड़े किसी को इससे क्या मतलब? कौन जाने रामजी के ज़माने में यह शहर कहाँ था? इसलिए आशिक़वा जो कहता है, एकदम ठीक कहता है। रामजी अयोध्या के किस कोने में जन्मे थे, पूरा देश इस समय इसी बात पर बहस कर रहा है। आडवाणी रथ लेकर देश को बताने निकले हैं कि रामजी 'वहीं' जन्मे थे, इसलिए मंदिर 'वहीं' बनेगा। लेकिन आडवाणी के बिना बताए आरामगंज वालों को पता है कि रामजी 'यहीं' से वन में गए थे। क्या आडवाणी भी इस सड़क के दर्शन करने आएँगे? क़ायदे से उन्हें आना चाहिए। जब राम के नाम पर रथ निकाल रहे हैं तो फिर भला वहाँ क्यों ना जाएँ जहाँ से

रामजी गुज़रे थे। मोहल्ले के लॉजिकल लोगों को लगता है कि आरामगंज का नाम भी राम के नाम पर ही पड़ा होगा। भक्तों ने कहा होगा- 'आ राम' और रामजी सचमुच आ गए होंगे। जहाँ राम वहीं आराम।

ये आरामगंज चौक है

आरामगंज की ख़ासियत यह है कि अगर आप किसी काम से सुबह घर से निकलें और सतर्क ना रहें तो अगले नुक्कड़ तक पहुँचते-पहुँचते कब दोपहर हो जाएगी, यह पता भी नहीं चलेगा। कोई-न-कोई हाथ पकड़कर रोक लेगा। एक जगह से छूटे और मुश्किल से दो क़दम चले कि कोई नया मिल जाएगा। इतने लोग, इतने किरदार, इतनी बातें कि पूछो मत।

कहानी को हम अक्सर किरदारों के ज़रिये फ़ॉलो करते हैं। मेरी हिदायत है कि इस कहानी में आप ऐसा बिलकुल मत कीजिएगा। किरदार ऐसे हैं कि आपको ख़ुद फ़ॉलो करने लगेंगे। यह जगह अजब-ग़ज़ब, पकाऊ और चेप टाइप के लोगों से भरी है। मेरी कोशिश होगी कि थोड़ा बचता-बचाता चलूँ, इनकी बतकही में फँसा तो कहानी कभी पूरी नहीं हो पाएगी। आशिक़ मियाँ के इस अफ़साने को अरेबियन नाइट्स बनाने का मेरा कोई इरादा नहीं है।

आरामगंज ब्रिटिश काल में विकसित हुए पूर्वी भारत के एक प्रमुख औद्योगिक शहर का हिस्सा है। इस शहर को अंग्रेजों ने प्रांत के 'समर कैपिटल' का दर्जा दे रखा था। लिहाज़ा यहाँ ठीक-ठाक आकार वाले रेलवे स्टेशन और एक कामचलाऊ एयरपोर्ट के साथ हाईकोर्ट की इमारत भी है। तीस किलोमीटर की लंबाई में बसा यह शहर कई समानांतर सड़कों में बँटा हुआ है। इन्हीं में एक सड़क कचहरी के पिछले हिस्से से निकलकर पठारी पूर्णा नदी की तरफ जाती है। इसके दोनों तरफ कई छोटे-छोटे मोहल्ले हैं। चार किलोमीटर के दायरे में फैले अलग-अलग नाम वाले इन्हीं गली-मोहल्लों की साझा पहचान को

आरामगंज कहते हैं।

पूर्णा नदी की तरफ़ जा रही सड़क जिस एक जगह पर आकर चौड़ी होने के साथ-साथ बहुत गुलज़ार भी हो जाती है, उस जगह का नाम आरामगंज चौक है। अगर आरामगंज को रिपब्लिक मानें तो चौक उसकी राजधानी है। बाहर वालों के लिए चौक ही आरामगंज है। मगर चौक वाले अपनी स्पेशल आइडेंटिटी को लेकर बहुत सजग हैं-

"आरामगंज नहीं ख़ास आरामगंज चौक पर मकान है हमारा।"

"ये आरामगंज चौक है, यहाँ के ज़्यादातर घर दोमंज़िला हैं।"

"ये आरामगंज चौक है, यहाँ किसी भी दुकान का किराया 800-1000 रुपये से कम नहीं है।"

'ये आरामगंज चौक है' लोगों की ज़ुबान पर 'ये बीबीसी लंदन है' वाली फ़ील के साथ चढ़ा हुआ है।

चौक का सीमा निर्धारण महाराष्ट्र-कर्नाटक बॉर्डर की तरह जटिल रहा है। परंपरागत रूप से आरामगंज चौराहे के गोलंबर से जंगीलाल कोल डिपो तक जो 30-40 घर हैं, उन सबको चौक वाले मकान का दर्जा मिला हुआ है। कोल डिपो के आगे चौड़ाई वाली सड़क पर बने घरों के मालिक भी चौकवासी कहलाने के दावेदार हैं। मगर बीच में दलित बस्ती वाल्मीकि नगर का एंट्री प्वॉइंट है। बस यहीं आकर मामला फँस गया। कोल डिपो से आगे वालों को चौक का बाशिंदा मानने का मतलब यह है कि वाल्मीकि नगर को भी चौक का हिस्सा मानना पड़ेगा। वाल्मीकि नगर और चौक का हिस्सा! किसी चौक वाले ने अपने होशो-हवास में इस बस्ती में कदम नहीं रखा। इसीलिए मोहल्ले के विद्वजनों ने तय किया था कि चौक की सीमा जंगीलाल कोल डिपो पर ही समाप्त मानी जाए।

दक्षिण में अगर वाल्मीकि नगर है, तो उत्तर में दायें मुड़कर थोड़ा आगे चलने पर मुसलमान बस्ती 'रैयत टोली' नज़र आती है। चौक के दायें-बायें जो गलियाँ हैं, वो खेती वाली ज़मीन और दलदलों को पाटकर आहिस्ता-आहिस्ता बसाई गई हैं। दूसरी तरफ चौक के प्लॉट अंग्रेजों के ज़माने के कटे हुए हैं और यहाँ के क़रीब-क़रीब सारे घर पंडीजी, सिंहजी और लालाजी लोगों यानी सवर्णों के हैं। अंदर की गलियों में भी चार-छह सवर्ण हैं लेकिन ज़्यादातर मकान साहूजी, यादव जी और महतो जी टाइप लोगों के हैं। चौक का भद्रलोक जब

अपने चारों तरफ नज़रें घुमाकर देखता है तो उसे कुछ वैसा ही महसूस होता है, जैसे महान भारत के नेताओं को बाक़ी सार्क देशों को देखकर होता है।

नेहरूजी ने जिस दौर में 'आराम हराम है' का नारा दिया था, वही दौर असल में आराम के लिहाज़ से चौक वालों का स्वर्णयुग था। आधुनिक भारत के निर्माण के लिए बड़ी तादाद में सरकारी मुलाज़िमों की ज़रूरत थी। चौक की पहली पीढ़ी में कई लोग ब्रिटिश इंडिया के इंप्लाई थे। दूसरी पीढ़ी में जिस किसी साक्षर आदमी ने अर्जी लगाई उसे स्वतंत्र भारत में सरकारी नौकरी मिल गई। वह दौर कुछ ऐसा था कि सिर्फ़ आवेदन दाख़िल करने और मामूली सिफ़ारिश से नौकरी पक्की हो जाती थी।

दूसरी पीढ़ी ने आराम से सरकारी ड्यूटी बजाई, ख़ूब घूस कमाया और आराम से रिटायर हुई। चौक पर दो-तल्ला क्रांति का शुभारंभ उसी दौर में हुआ था। इस पीढ़ी ने परिवार भी डटकर बढ़ाया। राधे बाबू 1963 से 1980 तक नौ बच्चों के बाप बने। जगदीश बाबू और मुरली बाबू ने भी अट्ठा मारा। चार-पाँच वालों की तो गिनती ही नहीं है। कहने का मतलब यह कि बहुत तगड़ा डेमोग्राफ़िक डिविडेंड है आरामगंज चौक के पास।

चौक की तीसरी पीढ़ी एंग्री यंगमैन की फ़िल्में देखते हुए जवान हुई है। ज़ाहिर है ये पीढ़ी सिस्टम से बहुत नाराज़ है, मगर इसे अपनी परंपरा से प्यार है। इसलिए अब तक इसने आराम को लेकर कोई समझौता नहीं किया है। नतीजा ये कि ज़ीरो माइग्रेशन वाला चौक का साठ साल पुराना रिकॉर्ड अब तक क़ायम है। अपना मकान छोड़कर दो टकियों की नौकरी करने कोई दूसरे शहर क्यों जाए? प्राइवेट नौकरी चौक की पिछली पीढ़ी के लिए भी गाली थी और अब भी है।

पिछली दो पीढ़ियों के मुक़ाबले इस समय चौक पर इंप्लायमेंट लगभग आधा है। फिर भी तीस से नीचे वालों में चार बैंक क्लर्क, एक पीओ, एक इंजीनियर, एक कन्फ़र्म और आधा दर्जन एडहॉक लेक्चरर हैं। बाक़ी लोग प्रतियोगिता दर्पण और कम्पटीशन सक्सेस रिव्यू के ग्राहक हैं। आरामगंज की पूरी चौहद्दी में सबसे ज़्यादा तादाद वकीलों की है। बेरोज़गारी की वजह से इज़्ज़त पर लगे दाग को जिस सफ़ाई से काला कोट ढँक सकता है, दुनिया की कोई और चीज़ नहीं ढँक सकती है।

वकील कहलाने के कई फ़ायदे हैं। सबसे बड़ा फ़ायदा ये है कि रिश्ते आने शुरू हो जाते हैं और बाप को यह सफ़ाई नहीं देनी पड़ती है कि घर पेंशन और किराये से चल रहा है। पहली पीढ़ी ने मकान इतने बड़े बनवाये थे कि पैतृक संपत्ति के बँटवारे के बावजूद सबके हिस्से में एकाध दुकान ज़रूर है। मकान के निचले हिस्से किरायेदारों के हवाले हैं और बिजली के खंबों को कोहनी मारकर लटकते बालकनी वाले फ़र्स्ट या सेकेंड फ़्लोर पर मकान मालिकों के आशियाने हैं। कई घरों के नालायक़ बेटे कान पकड़कर दुकान पर बिठाए जा चुके हैं। दुकान भले ही प्रॉविडेंट फ़ंड या दहेज के पैसे को इनवेस्ट करके खुलवाई गई हो लेकिन बाप बिरादरी अपने इस फ़ैसले को लेकर सहज नहीं है।

"पढ़े फ़ारसी बेचे तेल, देखो भइया करम का खेल।"

"अब पंडी जी और लालाजी लोगों के ये दिन आ गए कि बनियागीरी करें। चलो जो भी हो दिनभर मटरगश्ती करने से तो अच्छा है।"

"मेरिट तो हइए है, लेकिन ख़ाली मेरिट से क्या होता जी आजकल?" नित्यानंद तिवारी का ये फ़ेवरेट डायलॉग बाप-बिरादरी के डूबते दिल को बड़ा सहारा देता है।

आरामगंज चौक वालों को रंज तो था, लेकिन आराम के साथ। मगर अचानक कुछ ऐसा हुआ कि चौक हिल गया। बात इस कहानी के शुरू होने से क़रीब महीना भर पहले की है। सात अगस्त, 1990 को प्रधानमंत्री वी.पी. सिंह ने अचानक मंडल कमीशन की सिफ़ारिशें लागू करने का ऐलान किया है और अगले दिन देश और शहर के साथ आरामगंज चौक भी ग़ुस्से से उबलने लगा।

'बीए. एमए. पास करेंगे
वीपी-लालू को बाँस करेंगे'

सड़क पर उछलने वाला नारा खिड़कियों को पार करके घरों में गूँजने लगा। बिजली के खंभों पर लगे बल्ब-ट्यूबलाइट तोड़ रहे नौजवान अपनी आवाज़ सरकार ही नहीं बल्कि अंदर की गलियों में रहने वाले उन 'छोट जतियों' तक पहुँचाना चाहते थे, जो उनका हक़ मारकर और 'भीख' लेकर अफ़सर बनने का सपना देखने लगे थे। सर्वदमन बाबू ने खुला ऐलान कर दिया था- "जो नौजवान सरकारी बस जलाएगा उसे 11 हज़ार का नक़द इनाम दूँगा।"

बुज़ुर्गों का कहना है कि पचपन साल की उम्र में ख़ुद सर्वदमन बाबू नौजवानों से भी ज़्यादा बड़ा कलेजा रखते हैं। बहुत बड़ा धोखा खाया है उन्होंने ज़िंदगी में। कनकपुरी के ज़मींदार, ख़ानदानी रईस, शहर के माने हुए ठेकेदार और उनकी बेटी को भगा ले गया 'कमीना लुहार', आग-बबूला बाबू साहेब दुनाली लेकर पहुँच गए थे पूरे ख़ानदान को उड़ाने। लेकिन ख़ानदान में है कौन? लड़का तो किसी दूर के रिश्तेदार के यहाँ रहकर पढ़ता था। उसने लड़की पटाई और रफूचक्कर हो गया। बेचारा रिश्तेदार फोकट में ख़र्च हो जाता। ग़नीमत है कि सर्वदमन बाबू की गोली उसे लगी नहीं। पुलिस केस बना था। किसी तरह कुछ ले-देकर मामला सुलटा, नहीं तो 'नककटे' ठाकुर साहब जेल भी काटते। बेटी तो ख़ैर गई ही हाथ से। जाने कितना वक़्त हो गया, कोई अता-पता नहीं। अच्छा ही है। अगर आँख के सामने आती तो...

बीच में ख़बर उड़ी थी कि सर्वदमन बाबू का दामाद कहीं भारी अफ़सर हो गया है। अरे काहे का दामाद? जब मुँह में कालिख पोतने वाली बेटी ही हमेशा के लिए मर गई तो फिर उस 'कमीने' से क्या लेना-देना! सर्वदमन बाबू महीने में एक बार अपनी बंदूक़ से दो हवाई फ़ायर ज़रूर करते हैं। एक 'कमीने लुहार' के लिए और दूसरी उस 'करमजली' के नाम जिसे उन्होंने बड़े नाज़ों से पाला था। अगर अपमान का बदला ना लिया तो असली ठाकुर की औलाद नहीं।

बदला चौक वाले बहुत से नौजवान भी लेना चाहते हैं।"बहुत चढ़ गए हैं 'ये लोग'।"

"ज़ुबान नहीं खुलती थी कभी इनकी। अब देखो किस तरह पॉलिटिक्स बघार रहे हैं।"

"हाथ-पर-हाथ धरे बैठे रहे तो सिर पर चढ़कर मूतेंगे। मूतेंगे क्या मूत ही रहे हैं।"

मंडल के बवंडर ने चौक के नौजवानों को अचानक एहसास कराया कि उनके सपने कितने बड़े थे। वे सीधा आईएएस ही बनना चाहते थे, उससे कम कुछ भी नहीं। मगर मंडल ने तमाम सपनों को पलीता लगा दिया। काले कोट वाले, मनिहारी और परचून वाले सबने मान लिया कि उनके साथ जिंदगी में जो कुछ बुरा है, वो सब सरकार की कारगुज़ारियों की वजह से ही हुआ है।

बुज़ुर्ग मंडली एक अलग तरह के डिप्रेशन में चली गई। लक्ष्मीकांत सहाय

के घर हुई मीटिंग में पुराने दिनों को याद किया गया जब गलियों वाले इलाकों में आदिवासी बस्तियाँ हुआ करती थीं। चौक के लोगों को बेगार के मज़दूर आसानी से मिल जाया करते थे। आदिवासी इतने सीधे थे कि कभी मज़दूरी नहीं माँगते थे। उनकी औरतें जंगलों से शहद और चिरौंजी जैसी बेशक़ीमती चीज़ें इकट्ठा कर लाती थीं और नमक या चीनी के बदले चौक वालों के हवाले कर देती थीं। मगर उनकी जगह जो लोग बसे हैं, वो सीधे-सीधे पट्टीदारी करते हैं। बुज़ुर्गों ने ख़ुद को लानत भेजी कि कौड़ियों के भाव बिक रही ज़मीनें उन्होंने नहीं ख़रीदीं और 'छोट जतियों' को बसने दिया। बराबरी तो पहले से ही करते थे। अब तो कलक्टर-एसपी-बनकर राज करेंगे। जाने आगे क्या होगा इस मोहल्ले का ?

बहुत पॉलिटिक्स है

किरायेदार बनकर आए निर्मल जैन जैसे न्यूट्रल ऑब्ज़र्बर यह मानते हैं कि दो वाक्य बोलते वक़्त अगर आदमी बीच में एक बार उबासी ना ले तो समझो कोई बाहर वाला है, आरामगंज चौक का कतई नहीं। यहाँ फेंकी गई पान की पीक भी मुँह से निकलकर नाली तक पहुँचने में उतना वक़्त ले लेती है, जितनी देर में शहर के किसी दूसरे हिस्से में कोई भला आदमी इस चौराहे से उस चौराहे तक पहुँच जाए।

पूरे देश में मंडल को लेकर आजकल एक अलग तरह का करेंट दौड़ा हुआ है। लेकिन आरामगंज चौक आकर यह करेंट एक सुरसुरी में बदल गया है। बेचारे चौक वाले यह सुरसुरी भी नहीं सँभाल पा रहे हैं। 'इश्टूडेंट कमनुटी' हर जगह गरम ख़ून वाली होती है। आरामगंज में भी है। लेकिन उसका ख़ून बाक़ी जगहों के मुक़ाबले कितना गरम है, यह एक विवादित प्रश्न है। ट्यूबलाइट अदद छह और बल्ब कोई दस-बारह, कुल जमा यही उपलब्धि रही आरामगंज के आरक्षण विरोधी आंदोलन की। एकाध टेंपो और ट्रक की हवा निकाली होगी, उन्हें भी जोड़ लीजिए। सुदामा ने पुराने लेटर बॉक्स में सुतली बम डाल दिया था। आवाज़ बहुत ज़ोर से गूँजी थी लेकिन लेटर बॉक्स वहीं खड़ा रहा। उखड़ जाता तब भी क्या उखड़ता? वहाँ से चिट्ठियाँ निकलनी ना जाने कब की बंद हो चुकी हैं।

"चौक वाले बतकही के बादशाह हैं। असल में कुछ करना पड़े तो बाई छँटक जाती है।" मंडल विरोधी आंदोलन का हाल सुनकर पोपली हँसी हँसते

हुए मिंकू के दादाजी बोले। मिंकू के दादा यानी चौक की पहली पीढ़ी के नुमाइंदे सकलदीप सहाय। वो अक्सर एक क़िस्सा सुनाते हैं। जब देश आज़ाद हुआ था, तब शहर के अलग-अलग हिस्सों से तिरंगा फहराने की ख़बरें आ रही थीं। लेकिन जगन्नाथ पाँड़े ने चौक वालों को रोके रखा था। कह रहे थे कि ज़िला हाकिम के यहाँ से इत्तला मिलने से पहले फहराओगे तो सीधे जेल होगी। उन्हीं जगन्नाथ पाँड़े ने ना जाने किस तरह स्वतंत्रता सेनानियों की लिस्ट में अपना नाम लिखवा लिया और मरने से पहले तक ठाठ से पेंशन उठाते रहे।

आंदोलन ना सही आंदोलन को लेकर बतकही ही सही! तरह-तरह की थ्योरी और किस्म-किस्म के क़िस्से मंगल से लेकर ओझाजी की पान गुमटी तक तैर रहे हैं।

चौक का आरक्षण विरोधी आंदोलन पूरे ज़िले में सबसे ज़्यादा धाँसू होता। लेकिन वॉलेंटियर लोग क्या करें, जब फ़ारवर्ड कास्ट के लोगों में ही एकता नहीं है।

"सचमुच बहुत पॉलिटिक्स है!"

भारत बंद वाले दिन मुन्ना और पप्पू 'वीपी-लालू को बाँस करने' का इरादा लेकर बड़े जोश में निकले थे। साथ में दो-तीन चेले भी थे। सुबह का वक़्त था। दुकानें अभी खुलनी शुरू ही हुई थीं। टू इन वन टेलर पर पहुँचकर मुन्ना ने आवाज़ दी- "अबे रंगबाज़ पता नहीं है, आज भारत बंद है?"

अंदर से आवाज़ आई, "भारत बंद है तो तुम रोड पर क्या कर रहे हो, घर जाओ।"

मुन्ना ने बहुत ज़ोर से डाँट लगाई और तुरंत शटर गिराकर दुकानदार को घर जाने का आदेश दिया। आंदोलनकारी जोश में चिल्लाए...

"आरक्षण बंद करो
बीए. एम. पास करेंगे
लालू-बीपी को बाँस करेंगे..."

बदले में जवाब मिला- "हम तुमसे बहुत डरते हैं मुन्ना, इसीलिए पहले ही शटर गिरा दिए थे, अब तुम भी घर जाओ, चाची राह देख रही होंगी।"

बहुत चंट है आशिक़। मिस्टर इंडिया वाला शटर बंद कर रखा है, मगर अंदर से मशीन चलने की आवाज़ आ रही है। मुन्ना ने आगे बढ़कर सावित्री

बुटीक वाले शीशे के दरवाज़े को धक्का दिया और अगले ही पल जनाना गालियों की झड़ी लग गई- "कौन है रे ई मुँहझौंसा! जनाना दोकान में घुसा कैसे? पैर में चोट लगा दिया रे अन्हरा, घर में माँ-बहन नहीं है... इसको पुलिस बुला के जेल भिजवाओ रे..."

वो वाल्मीकि नगर की कोई कस्टमर थी, जो मरम्मत-रफू वाले ढेर सारे कपड़े लिये सावित्री बुटीक से निकल रही थी। मुन्ना के साथ हुई उसकी एक टक्कर से चौक का आरक्षण विरोधी आंदोलन अकाल मृत्यु को प्राप्त हो गया। मुन्ना ने भाँप लिया कि एक पल भी खड़े रहना छेड़खानी के इल्ज़ाम को न्यौता देना है। वह फ़ौरन अपनी मेरिटधारी टोली के साथ उड़न छू हो गया।

उस दिन चौक वालों को आशिक़ उर्फ रंगबाज़ के बारे में एक और नई बात पता चली। उस पर केवल रामजी की किरपा नहीं है, काली माई भी उसकी रक्षा के लिए कटार लेकर खड़ी हैं। टू इन वन टेलर खुला रहा और उसकी देखा-देखी चौक के बाक़ी किरायेदारों ने भी दुकानें बंद नहीं कीं। मनीष क्लॉथ स्टोर वाले ने अपने मकान मालिक के बेटे लल्लन से दो-टूक कह दिया- "ठीक है, हम दुकान बंद कर देते हैं, बिक्री का जो नुकसान होगा, किराया में एडजस्ट कर लेंगे, मंज़ूर हो तो बोलो?"

किरायेदारों की इतनी हिम्मत हो गई कि मकान मालिक के मुँह लगें! सचमुच मंडल के आने से हवा बदल रही है। सुदामा ख़बर लाया है- "तीन नंबर गली वाला जादोजी प्रोफ़ेसर रामावतार के सैलून में आकर लोगों को भड़का रहा है। कह रहा है कि पंडितों का राज अब गया। पिछड़ों के दिन आ रहे हैं।"

ये अगस्त 1990 है। न्यूयार्क में पैदा हुआ मार्क जुकरबर्ग अभी सिर्फ़ छह साल का है। जैक डॉर्सी की मंडली भी हाफ़ पैंट में घूमती है। मतलब फ़ेसबुक और ट्विटर बरसों दूर हैं लेकिन आरामगंज चौक पर बिना किसी तकनीकी मदद के हैशटैग 'बहुत पॉलिटिक्स है' वायरल होने के सारे रिकॉर्ड तोड़ रहा है।

विनोद भइया मोहल्ले के उन एडहॉक लेक्चरर्स में एक हैं, जिन्हें आरामगंज ने प्रोफ़ेसर साहब की मानद उपाधि दी है। इनके बारे में बताने लायक कई बातों में सबसे उल्लेखनीय यह है कि हाल ही में उनका रिश्ता टूटते-टूटते बचा है। किसी ने उनके भावी ससुर को चुगली कर दी थी कि लड़के की नौकरी पक्की नहीं है। दहेज में मारूति-800 मिलने वाली थी लेकिन बात आख़िर में बजाज

प्रिया पर जाकर सेटेल हुई। शादी हो गई यही गनीमत समझो।

इस घटना ने आरामगंज के बुज़ुर्गों के साथ भावी दूल्हों को भी बड़ा सदमा दिया- "बताइए साला क्या ज़माना आ गया है! दूसरों की ख़ुशी बर्दाश्त नहीं होती है। ऐसे 'बियह कटवे' को पकड़कर चौक पर सबके सामने मूत पिलाना चाहिए।" आरामगंज चौक पर ऐसे क्रांतिकारी सुझाव सुनने को तो बहुत मिलते हैं लेकिन कभी अमल में नहीं लाए जाते हैं। यहाँ लोग हर सुबह एक बड़ा संकल्प लेते हैं और शाम होते-होते उसे गाय की तरह पगुरा जाते हैं।

विनोद भइया उर्फ़ प्रोफ़ेसर साहब इस वक़्त काला-पीला 300 के साथ तुलसी डालकर बनाई गई बंगला पत्ती को आहिस्ता-आहिस्ता पगुरा रहे हैं। उन्होंने तेजी से लुप्त हो रहा आरामगंज का राष्ट्रीय पोशाक यानी पाजामे के ऊपर क्रमीज़ धारण कर रखा है। माथे पर चढ़ा काला चश्मा उनके व्यक्तित्व को अतिरिक्त गरिमा प्रदान कर रहा है। 'बहुत पॉलिटिक्स है' के वायरल हैशटैग से उनकी सहमति है। उनकी एक सदस्यीय फ़ैक्ट फ़ाइडिंग कमेटी ने आरक्षण विरोधी आंदोलन की नाकामी की असली वजह की तह तक जाकर एकदम कस के पकड़ लिया है। ओझाजी की पान गुमटी पर उनकी रिपोर्ट सार्वजनिक हो रही है-

"कमलेश सिंहवा के चक्कर में पूरा मामला गड़बड़ाया है। डबल गेम खेल गया साला। फारवर्ड कास्ट है लेकिन भारत बंद के दिन ना खुद रोड पर निकला ना आदमी भेजा। कहने लगा मुन्ना और पप्पू सब अपने ही लड़के हैं। बताइए दो आदमी से कहीं भारत बंद होता है? चौक वाले बोले कि हमारी दुकान बंद करवाकर क्या फ़ायदा, हम तो मंडल आयोग के विरोध में हइये हैं, गली वाले समर्थन में हैं, जाओ पहले उधर की दुकानें बंद करवाओ। बिना वॉलेंटियर के कोई ग्वाला टोली और तेली मोहल्ला बंद करवा लेगा?"

पान की दुकान पर जनता जमा होने लगी। सहज प्रश्न यह था कि आख़िर कमलेश सिंह ने ऐसा क्यों किया? इस पर प्रकाश डालते हुए प्रोफ़ेसर साहब ने बड़ी गूढ़ बात कही, "कमलेसवा भूमिहार गुरु का राजपूत चेला है। बुद्धि से आधा कायस्थ है, होल्ड छोट जतियो पर रखता है और पार्टी उसकी बाभन-बनियों वाली है। इतना पेंचदार आदमी कोई ऐसा काम नहीं करेगा जो सबकी समझ में आसानी से आ जाए। बड़ा गेम खेल रहा है लेकिन अपनी पॉलिटिक्स

के चक्कर में भारत बंद का भट्टा बैठा दिया।"

जनता समझ गई कि ऐसी पेंचदार पॉलिटिक्स उसे समझ में नहीं आएगी। उसके लिए एक लाइन निष्कर्ष यही है कि पॉलिटिक्स बहुत है और इसी चक्कर में भारत बंद फ्लॉप हो गया।

अखिलेश आरक्षण विरोधी आंदोलन को विफल मानने को तैयार नहीं है। 'टिट फ़ॉर टैट'- अंग्रेज़ी का यह मुहावरा चौक के जवान होते लौंडों ने पहली बार अखिलेश के मुँह से सुना। ये मुहावरा अब सबकी ज़ुबान पर चढ़ चुका है। वाक्य में प्रयोग का उदाहरण इस प्रकार है- "बहुत टेटिया रहा है, चलो चलके टिट फ़ॉर टैट कर देते हैं।" अखिलेश सर्वदमन बाबू के दूर का रिश्तेदार है और 'राजपूत-लुहार प्रेम प्रसंग' से बुरी तरह आहत है। मंडल के बवंडर ने उसे गली वालों के साथ हिसाब बराबर करने का मौक़ा दिया है।

अखिलेश को इस बात का गर्व है कि मंडल विरोधी आंदोलन में उसने क्रांतिकारी दस्ते की गुप्त कार्रवाइयों का नेतृत्व किया है। इस दस्ते ने पिछले चार-पाँच दिन में कई काम किए हैं। क्रांतिकारियों ने रात के 12.30 बजे फुलेश्वर महतो के घर का दरवाज़ा बाहर से बंद करने के बाद कॉल बेल दबाया और उस पर टेप चिपकाकर भाग गए। कुम्हार टोली में सड़क पर सूख रहे बहुत से कच्चे गमले तोड़ डाले और एक दीवार पर लिख दिया- 'अब कल्लू कुम्हार बनेगा कलक्टर।'

कायदे से सर्वदमन बाबू ने ग्यारह हज़ार रुपये के जिस इनाम की घोषणा की थी, उसका हक़दार अखिलेश है। मगर चौक की हर दुकान पर खड़े होकर बार-बार बताने के बावजूद ना जाने क्यों सर्वदमन सिंह उसकी क्रांतिकारी कार्रवाइयों का संज्ञान नहीं ले रहे हैं, इनाम देना तो दूर की बात है। सचमुच आरामगंज चौक पर बहुत पॉलिटिक्स है!

गलियों में भी माहौल गर्म है। चौक के लोगों के साथ उनकी दुश्मनी कभी नहीं थी लेकिन जिस दिन सर्वदमन बाबू दुनाली तानकर तमाम छोट जतियों की माँ-बहन याद करते हुए लुहार गली में घुसे थे, उस दिन के बाद से समीकरण बदल गए। रही-सही कसर मंडल ने पूरी कर दी है। रंजीत के दालान पर चलने वाला कैरम क्लब अब राजनीतिक और सामाजिक चर्चाओं का केंद्र बन गया है।

"सरकारी नौकरी में मोनोपॉली खत्म होते ही अशराफ होने की अकड़ घुस

जाएगी, इसलिए चौक वालों की फटी हुई है।"

"हरिजलवा सबेरे-सबेरे दूध पहुँचाने निकला तो चौक वाले लगे घेर के उसकी रैगिंग करने। अब बताओ मंडल उ लागू किया है? गुंडई की हद है।"

"सिर्फ़ जात का घमंड है, नहीं तो हम लोग से किस चीज़ में आगे हैं, चौक वाले? पढ़ाई देखना है तो दिलीप भइया को देख लो, रही बात गुंडई की तो प्रेम बॉस और मुनेश्वर साहू से सकेगा कोई? चौक का कोई गुंडा उनके झाँट बराबर भी नहीं है।"

"माइंड योर लैंग्वेज बे!" हरेंद्र यादव को आता देखकर रंजीत ने इशारा किया। हरेंद्र यादव भी 'प्रोफ़ेसर' हैं। किसी मरघिल्ले कॉलेज में पॉटिकिल साइंस पढ़ाते हैं। कॉलेज नॉन कंस्टीट्यूएंट है और प्रोफ़ेसर साहब एडकॉक। मगर किसी भी मामले में वो चौक के 'प्रोफ़ेसरों' से कम सम्मानीय नहीं हैं। लोकदल से जनता दल तक शहर की राजनीति में लगातार सक्रिय रहे हैं। हरेंद्र यादव ने आते ही सबको ख़ुशख़बरी दी।

'साधना पुरी' यानी इसी गली नंबर तीन में आईएसएस कोचिंग सेंटर खुलेगा। नई पीढ़ी के सबसे 'इंटलेक्चुल लइका' विपिन के कंधे पर हाथ रखकर हरेंद्र यादव ने कहा, "अपने भीतर छिपी प्रतिभा को पहचानो। यूपीएसी में ट्राई करोगे तो स्टेट पब्लिक सर्विस कमीशन में और कुछ नहीं तो स्टाफ़ सलेक्शन कमीशन में, मतलब कहीं-न-कहीं निकल ही जाओगे।"

हरीश भी अब निकलने को तैयार है। जिस दिन मंडल वाली ख़बर आई, उसके अगले दिन हरीश ने अपने बाप से कह दिया- "आई एम गोइंग टू अमेरिका।" हरीश के बाप गिरीश बाबू ने भी पूरे मोहल्ले से कह दिया- "हरीसवा अब ना रहतो हियाँ... ही इज़ गोइंग टू अमेरिका। देस तो समझ लीजिए अब डूबिये गया।"

गिरीश बाबू संभवतः आरामगंज चौक के इकलौते ऐसे बाप हैं, जो बेटे के भविष्य को लेकर चिंतित नहीं बल्कि ओवर कॉन्फ़िडेंट हैं। हरीश मैट्रिक में अच्छे नंबर लाया था। आईएससी में बीमार हो गया इसलिए सेकेंड डिवीज़न से पास हुआ। अभी केमेस्ट्री ऑनर्स के फ़ाइनल ईयर में है। इंजीनियरिंग में लक ने साथ नहीं दिया। लेकिन पास-फ़ेल से टैलेंट थोड़े ना कम हो जाता है। माँ-बाप को बहुत भरोसा है अपने लाडले पर।

गिरीश बाबू म्यूनिसिपैलिटी में ओवरसियर हैं। लेकिन चेहरे से लेकर उनके स्कूटर तक पर म्यूनिसिपैलिटी की कोई छाप नहीं है। एकदम टिप-टॉप आदमी हैं। अपनी नाक परमानेंटली इस तरह सिकोड़े रखते हैं, जैसे कोई गंदी चीज़ सूँघ रहे हों। ऐसा औरों को लेकर हिक़ारत के भाव की वजह से है या फिर कोई जैविक कारण है, इस पर शोध होना बाक़ी है।

गिरीश बाबू हिंदी और मगही के दस बारह वाक्यों के बीच एकाध लाइन अंग्रेज़ी ज़रूर ठेल देते हैं। जिस तरह उनकी अलमारी में ख़ास मौक़ों के लिए प्रेस करके रखे गए दो सूट हैं, उसी तरह अंग्रेज़ी के कुछ स्पेशल वर्ड, फ्रेज़ और इडियम्स भी हैं। पिछले तीन दिन से उनके श्रीमुख से बार-बार एक ही जुमला बाहर आ रहा है- 'इनफ़ इज़ इनफ़'।

"आँय! का बोल रहे थे जी ओवरसियर साहेब?" परचून वाले भोला चौधरी ने गिरीश बाबू के जाने के बाद किसी ग्राहक से पूछा। भोला ने ग़ौर किया कि साधारण बातचीत में गिरीश बाबू की नाक जितनी सिकुड़ती है, 'इनफ़ इज़ इनफ़' बोलते वक़्त उससे कहीं ज़्यादा सिकुड़ रही थी।

"मने कह रहे थे कि 'अनेत' हो गया है। एकदम अतहतह (हद) कर दिहिस है ई सरकार।"

"ओ फिर तो ठीक्के हई। लगलको कि कोई गारी-उरी देलथिन हमरा।" यानी फिर तो ठीक है। मैंने सोचा कि मुझे कोई गाली-वाली दी।

गिरीश बाबू के जीवन में गर्व करने लायक़ बहुत कुछ है। 'कायथ' आदमी हैं, वह भी श्रीवास्तव। मने राजेंद्र प्रसाद और लालबहादुर शास्त्री वाले। उनके साले साहेब आईएएस अफ़सर हैं। जब कभी वह लाल बत्ती वाली गाड़ी पर सवार होकर यहाँ आते हैं, आरामगंज में पूरे दिन इस यात्रा की चर्चा रहती है।

फ़िलहाल हरीश का अमेरिका माइग्रेशन भी 'बहुत पॉलिटिक्स है' के साथ ट्रेंडिंग टॉपिक्स की लिस्ट में शामिल है। मंगल पान भंडार से लेकर ओझाजी की गुमटी तक ख़बर हॉट केक की तरह बिक रही है-

"हरीसवा का भीजा बन गया है, बस पासपोर्ट मिलते ही उड़ जाएगा हवाई जहाज में बैठ के। अब देस को खतमे समझिए।"

"हाँ भाई, जाए। उसके मामा भेज रहे होंगे।"

"अरे मामा नहीं फूफा बुला रहे हैं। वहीं रहते हैं ना।"

“बड़े-बड़े लोगों की बड़ी बातें। ऊपर वाला ऐसे रिश्तेदार सबको कहाँ देता है!”

सुरेश और प्रहलाद भी उम्मीद से हैं। हरीश ने भरोसा दिया है कि अमेरिका में सेटेल होते ही अपने दोनों ग़रीब दोस्तों को खींच लेगा। सुरेश रेपिडेक्स ख़रीद लाया है। अन्य स्रोतों से भी अंग्रेज़ी ज्ञान बढ़ा रहा है, साथ-ही-साथ प्रहलाद को कोचिंग भी दे रहा है- “सिट और फ़क, यही दू ठो मेन अमेरिकन गाली होता है।” प्रहलाद ऐसे उपयोगी शब्दों की सूची बनाकर संस्कृत के शब्द रूप और धातु रूप की तरह रट रहा है। ये दोनों तो मगन हैं। लेकिन अमेरिका जाने की हरीश की भीषण प्रतिज्ञा बाक़ी चौक के लिए डिप्रेशन का तगड़ा झोंका लेकर आई है।

संदीप श्रीवास्तव उर्फ चिंटू अपनी पीढ़ी के नौजवानों का डिप्रेशन अलग तरह से बढ़ा रहा है। चिंटू यानी राधे बाबू की नौ औलादों में छठवें नंबर की संतान। क्रम का उल्लेख इसलिए ज़रूरी है क्योंकि चिंटू को बचपन से सुनने की आदत है। जब भी पास-पड़ोस में जाता तो लोग ज़रूर पूछते- “तुम कौन से नंबर पर हो जी?”

मकान की सूरत बता देती है कि विभाग कौन-सा है। अगर घर बिजली वाले का हो तो ठाठ-बाट के साथ तीन अलग-अलग खंभों से आतीं लाइनें भी दिखेंगी। यानी घर में अँधेरा तभी होगा जब हर फ़ेज़ की बिजली चली जाए। मकान अगर वन विभाग वाले का हो तो संडास तक का दरवाज़ा टीक वुड का होगा। राधेश्याम श्रीवास्तव लोक निर्माण विभाग में थे। इसलिए उनका निर्माण पूरे आरामगंज में सबसे शानदार और ऊँचा है। सर्वदमन बाबू की तीन तल्ला कोठी पर राधे बाबू का ये मकान इसलिए भारी है क्योंकि टॉप फ़्लोर पर पानी की एक विशालकाय टंकी बनी है जो मकान को अतिरिक्त ऊँचाई प्रदान करती है।

चिंटू के पास गगनचुंबी अट्टालिका के साथ दूरदृष्टि भी है। कलकत्ता के धर्मतल्ला मेले से ख़रीदे गए दूरबीन की बदौलत उसकी ज़िंदगी में वो रंगीनियाँ हैं, जो आरामगंज के हमउम्रों को आहें भरने को मजबूर करें। दक्षिण में वाल्मीकि नगर, पश्चिम में ग्वाला टोली, लुहार गली, शिवगंज और उत्तर में राम निहोरा सिंह के मकान तक सब कुछ चिंटुआ के राडार की रेंज में है, जहाँ जो मन चाहे वो ताड़ ले। लेकिन आजकल वो पूर्वाभिमुख है।

महीने भर पहले सिद्धेश्वर वर्मा की छत पर अलगनी से टँगी रंगीन ब्रा और

पैंटी पर उसकी नज़र पड़ी थी। उसने बायनाकुलर को ज़ूम किया तो वस्त्रयुग्म इस आकार में नज़र आए कि वह टंकी से गिरता-गिरता बचा। जंगलों में शोध करने वाले वैज्ञानिक की तरह चिंटू सुबह से ही दूरबीन थामे टंकी पर लेटा रहता है। वर्माजी की छत पर बने गुसलख़ाने की खिड़की से उसे दो हाथ दिखाई देते हैं जो हेयरबैंड उतारते हैं और फिर एक-एक करके...

अपने ग्रुप में राधे बाबू की छठी संतान को अब महाभारत के संजय जैसा दर्जा प्राप्त है क्योंकि उसके पास 'सामान' है। आरामगंज की शब्दावली में 'सामान' एक बहुअर्थीय शब्द है। सामान का मतलब अचूक हथियार यानी हैसियत के हिसाब से रामपुरी चाकू या देसी कट्टा। सामान का मतलब कोई पटाखा छाप लड़की और सामान का मतलब पटाखा छाप लड़की के वो भी। चिंटुआ का 'सामान' इतना पावरफ़ुल है कि देसी कट्टे से ज़्यादा रौब पैदा करता है।

दोस्त गिड़गिड़ाते हैं, कभी हमको भी एक बार। लेकिन चिंटू साफ़ मना कर देता है। दोस्त मन मसोसकर रह जाते हैं। चिंटुआ जैसे भाग्य सबके कहाँ! उन अभागों को पता नहीं है कि वे इतिहास के ऐसे मोड़ पर खड़े हैं, जहाँ नव-उदारवादी भारत में केबल क्रांति के साथ बोल्ड एंड ब्यूटीफ़ुल युग का शुभारंभ होने वाला है।

युग परिवर्तन के इस दौर में चौक के सवर्ण और गली के पिछड़ों के बीच तनातनी की ख़बरें शलभमणि त्रिपाठी को लगातार चिंतित कर रही थीं। इस तरह तो हिंदू समाज बँट जाएगा! त्रिपाठी जी विश्वविद्यालय के संस्कृत विभाग के आचार्य पद से हाल ही में सेवानिवृत हुए हैं और पार्टी के विचार प्रकोष्ठ में सक्रिय हैं। चौक के इतिहास में जो गर्व करने लायक लोग हुए हैं, निश्चय ही शलभमणि त्रिपाठी उनमें शामिल हैं।

आडवाणी ने त्रिपाठी के मन की बात सुन ली। मंडल लागू हुए मुश्किल से महीना भर हुआ होगा कि हिंदू समाज को जोड़ने वाली रथयात्रा की घोषणा हो गई। रथ उन्हीं भगवान श्रीराम का है जो त्रेता में रावण के सम्मुख विरथ थे। लेकिन अब राम विरथ नहीं हैं क्योंकि हिंदू जागृति अँगड़ाई ले रही है। राम रथ के सारथी हैं, श्रीकृष्ण की तरह लालकृष्ण! अश्वमेघ के अश्व जैसी शक्ति समाहित करके रथ अयोध्या की ओर गतिमान है और घड़ी टिक-टिक करके आगे बढ़ रही है।

लो आ गया रामरथ

दशहरे के बाद कुछ ख़ास तरह के भुनगे अचानक प्रकट होते हैं और जहाँ रौशनी दिखाई देती है, वहीं टूट पड़ते हैं। आरामगंज के दुकानदार इनसे बड़े परेशान हैं। सबने बल्ब और ट्यूबलाइट के पास हरे पत्ते बाँध रखे हैं ताकि भुनगे वहाँ जा बैठें और रौशनी का रास्ता रोकना बंद कर दें। लेकिन भुनगे तो भुनगे ठहरे।

इंसान भी इंसान ठहरे। जितनी भीड़ बल्ब और ट्यूबलाइट पर है, उससे ज़्यादा भीड़ आज आरामगंज चौक पर है। चौक वाले अपनी छतों पर हैं और गली वाले चौक पर। आरामगंज वाले किसी भी तरह की विजुअल अपॉरच्युनिटी मिस नहीं करना चाहते हैं और आज तो मौक़ा सचमुच बड़ा है। ख़बर जंगल की आग की तरह फैल चुकी है और भीड़ दशहरे के मेले से ज़रा भी कम नहीं है।

इस भीड़ में कई तितलियाँ भी हैं। आरामगंज के बुज़ुर्ग जब बड़े गर्व से कहते हैं कि हमारे यहाँ की कोई भी लड़की 'उस टाइप' की नहीं है तो रेफ़रेंस इन्हीं लड़कियों का होता है। सिंधी, पंजाबी और राजस्थानी किरायेदारों की ये लड़कियाँ बाक़ी आरामगंज वालों की तरह नहीं हैं, जो बिना भाई को लिए घर से बाहर क़दम रखती हों। इनमें ज़्यादातर लड़कियाँ कॉलेज जाती हैं। कुछ पढ़ने में बेहद तेज़ हैं। कुछ ऐसी भी हैं, जो मैट्रिक पास या फ़ेल करने के बाद मेन रोड के शोरूम या ब्यूटी पार्लर में काम करती हैं। ये लड़कियाँ साइकिल और मोपेड चलाती हैं और शाम को झुंड बनाकर चाट खाने निकल जाती हैं। चौक को सबसे बड़ा कल्चरल शॉक देने का काम इन्हीं में से एक लड़की ने किया

था, जिसका नाम 'शालू' था। भीड़भाड़ वाले वक़्त वह लड़की दनदनाती हुई विनायक की दवा दुकान में गई और बेझिझक पूछ लिया- "भइया, स्टे फ़्री है ?" कोई जवान लड़की मोहल्ले की दुकान में ख़ुद आकर सैनिटरी पैड ख़रीद ले, ये आरामगंज के इतिहास में पहली बार हुआ था। दुकान पर यूँ ही खड़े रहने वाले नौजवानों को शालू लंबे समय तक सुरसुरी बनकर गुदगुदाती रही थी। लल्लन का दावा है कि मोहल्ला छोड़कर नहीं गई होती तो उससे पक्का सेट हो जाती।

चौक वाले मानते हैं कि सर्वदमन बाबू की बेटी पूजा को बहकाने में भी ज़रूर 'इन्हीं' जैसी किसी का हाथ रहा होगा, वर्ना इस मोहल्ले की लड़की इस तरह बिगड़े यह हो नहीं सकता। लेकिन जो पूजा को ठीक से जानते हैं, उनका कहना है कि वह इन सबकी गुरु थी, उसे कोई क्या बिगाड़ेगा। अपने नैन-नक़्श पर बहुत घमंड था पूजा को। रंग इतना गोरा था कि कभी किसी ने देखा नहीं होगा। संगमरमर की मूरत लगती थी। लेकिन दिल भी पत्थर का ही था। किसी को लिफ़्ट नहीं देती थी। ग़ुस्सा पूजा की नाक पर रहता था। एक बार घर के बाहर सड़क पर खड़े होकर 'मैं प्यार का पुजारी, मुझे प्यार चाहिए' गाने वाले पर उसने बालकनी से खौलता पानी फेंक दिया था।

अच्छे से अच्छे राजपूत ख़ानदान का कोई भी लड़का उसका हाथ ख़ुशी-ख़ुशी थाम लेता। लेकिन ना जाने पूजा ने उस 'कम्बख़्त लुहार' में क्या देखा। उम्र में भी पाँच-छह साल बड़ा होगा। जब 'कांड' हुआ तो मोहल्ले के कुछ दिलजले बहुत ख़ुश हुए और सर्वदमन बाबू की दीवार पर लिख दिया- 'सौ सुनार की एक लुहार की।' बाबू साहब ठहरे गरम दिमाग़ आदमी, उन्होंने मुहावरे का लिटरल मीनिंग ले लिया। गोली गली नंबर पाँच में भी चलती, जहाँ सुनारों के तीन घर हैं लेकिन बाबू साहब थाना-पुलिस के चक्कर में उलझे रह गए और हिट लिस्ट वाले बाक़ी संदिग्धों की जान बच गई।

पूजा के घर से भागने के लिए 'उस टाइप' की लड़कियों को दोष देना बेकार है। हाँ इतना ज़रूर हुआ है कि 'उस टाइप' की लड़कियों के आने से यहाँ के नौजवानों की सूखी ज़िंदगी में थोड़ी हरियाली आई है। वर्ना आरामगंज वाले ना जाने कितने साल से केवल चंदा और मधु की अमर प्रेम-कहानी के सहारे दिन काट रहे थे। जब से आरामगंज में किरायेदारों की नयी बसावट हुई है, बालकनी, मुँडेर, छज्जे और गलियाँ सब-के-सब रोमैंटिक हो गए हैं।

कई बनती-बिगड़ती प्रेम-कहानियाँ चल रही हैं। फ़िलहाल लड़कियाँ आँखों में कौतुक लिए दूर से आती रौशनी को देख रही हैं। बरामदों पर खड़े शोहदे लड़कियों को देख रहे हैं और बाक़ी भीड़ उन आवाज़ों पर कान लगा रही है जो अब तेज़ होती जा रही हैं।

'राम लखन जानकी
जय बोलो हनुमान की'

'बच्चा-बच्चा राम का
जन्मभूमि के काम का'

'रामलला हम आएँगे
मंदिर वहीं बनाएँगे'

नारों से आसमान हिल रहा है। अचानक चौक पर चिचियाती हुई आवाज़ गूँजी- "अडमानी जी आ गए... मंदील यही बनाएँगे..."

"यहाँ कहाँ बनाओगे बे?"

"यही बनाएँगे।" आरामगंज गोलंबर की तरफ़ इशारा करके बैजू ने बताया तो लोग हँस पड़े।

आरामगंज के आधा दर्जन 'पागलों' में बैजू कनिष्ठतम है। इलाक़े में कोई और पिछड़ी जाति वाला नहीं है, जिसकी मुख्य सड़क पर ज़मीन हो। मगर संपत्ति बैजू के किसी काम की नहीं है। माँ-बाप के मरने के बाद चाचा ने सब कुछ हड़प लिया है। 'पगला' बैजू इधर से उधर मारा-मारा फिरता है। उस ज़माने में बैजू जैसे लोगों के लिए कोई और दूसरा सम्मानजनक शब्द नहीं होता था। इसलिए पागल या पगला जितनी बार भी आए आप यही मानिएगा कि शब्दावली आरामगंज वालों की है, कथावाचक की नहीं।

आरामगंज की 'इश्टूडेंट एंड बिजनेस कमुनिटी' के लिए पंचिंग बैग है बैजू। होली में उसे हर साल अनारकली बनाकर नचवाया जाता है। अगर किसी बुज़ुर्ग को परेशान करना होता है, तो यहाँ के लौंडे-लपाड़े बैजू को उनके पीछे लगा देते हैं। फिर देखिए तमाशा।

'तमाशा' एक बार आलोक ने भी देखा था। बात पुरानी हो गई। आलोक

अंदर की एक सुनसान गली से अपने घर की तरफ़ लौट रहा था। रास्ते में पंप हाउस का अहाता है, जिसके भीतर दफ़्तरनुमा दो छोटे कमरे बने हुए हैं, जो अब बहुत ही टूटी-फूटी हालत में हैं। आलोक को अंदर से कुछ अजीब-सी आवाज़ आई। घुटती हुई, जैसे किसी जानवर का गला दबाया जा रहा हो। उसने अंदर झाँककर देखा। बैजू के हाथ रस्सी से बँधे थे। नकुलवा अपने पैंट की जिप बंद कर रहा था और बुलबुलवा बैजू के...

साले माद... आलोक ने पास पड़ी टूटी कुर्सी का हत्था उठाया और आगे बढ़ा। दोनों भाग खड़े हुए।

आलोक जानता है कि आज भी बैजू इस मोहल्ले में कुछ लोगों के 'काम' आता है। यह बीमारों की बस्ती है। बेचारा बैजू ख़ाली स्लेट की तरह है। जो बता दो मान लेता है, जो रटा दो वही दोहराने लगता है। कहीं और होता तो वोकेशनल ट्रेनिंग के ज़रिये पेट भरने लायक़ बन गया होता। लेकिन ये तो आरामगंज है।

आलोक एक अलग तरह का किरदार है। आरामगंज के ज़्यादातर लोग तय नहीं कर पाए हैं कि उसे पढ़ाकू मानें या गली का दादा। आलोक सवर्ण है, मगर उसका मकान चौक से दूर एक ऐसी गली में है, जहाँ चारों तरफ़ 'छोटी जातियों' के लोग हैं। आलोक के ज़्यादातर सामाजिक संबंध भी उन्हीं लोगों से हैं। शायद वह अकेला ऐसा सवर्ण है, जिसका वाल्मीकि नगर वाले लड़कों के साथ ख़ूब उठना-बैठना है।

आलोक और नेतागीरी में करियर बनाने को बेताब कमलेश ऐसे हैं, जैसे 'श्याम' और 'छेनू'। एक समय ऐसा था जब दोनों के गुट हॉकी स्टिक और सरिया लेकर सड़क पर एक-दूसरे को ललकारते नज़र आते थे। वक़्त के साथ दोनों मेच्योर हुए हैं। कमलेश नेतागीरी के साथ अब ठेकादारी में भी पैर पसार चुका है। वहीं आलोक एमए का इम्तिहान देने के बाद कुछ काम-धंधा जमाने के चक्कर में पापड़ बेल रहा है।

रथ बना ट्रक आरामगंज चौराहे के काफ़ी क़रीब आ चुका है। ज्ञानियों ने इस रहस्य से पर्दा हटाया है कि ये आडवाणी जी का रथ नहीं है। आडवाणी जी 20 अक्टूबर को आ रहे हैं और आज 1 अक्टूबर है। यह एक शोभा यात्रा है, जिसका मक़सद अयोध्या आंदोलन के बारे में जन-जागृति पैदा करना और मंदिर निर्माण के लिए धनराशि जुटाना है। शोभा यात्रा की शोभा देखने लायक़ है।

आगे-आगे दो सजे हुए हाथी चल रहे हैं। उसके पीछे एक ट्रक है, जिस पर राम मंदिर का मॉडल रखा हुआ है और साथ राम-लखन और जानकी बने कलाकार खड़े हैं। इसी ट्रक पर नज़र आ रहे हैं, फूल-माला से लदे जगधारी सिंह। क्षेत्र के विधायक हैं और जल्द ही उनके लोकसभा में पहुँचने की संभावना है। ट्रक के आखिरी सिरे पर बड़ी मुश्किल से कमर टिकाए और पाँव जमाए जो आदमी खड़ा है, वह सबसे ज़्यादा जोश दिखा रहा है। भीड़ को देखकर इस तरह हाथ हिला रहा है, जैसे जनता सिर्फ़ उसे ही देखने आई हो। ये मोहल्ला आरामगंज के सबसे बड़े नेता जटाशंकर शर्मा उर्फ़ काकाजी हैं। गली के होकर भी बहुत से चौक वालों के लिए पूजनीय हैं।

शोहदे सब्ज़ी वालों से लूट-लूटकर पालक और टमाटर गजराज को भोग लगा रहे हैं। सिर पर भगवा रिबन बाँधे वॉलेंटियर हाथ हिला-हिलाकर ट्रैफिक कंट्रोल कर रहे हैं। औरतें छतों पर हाथ जोड़े खड़ी हैं। पिंकी अपनी माँ का आँचल पकड़कर खींचती हुई सामने की तरफ़ बार-बार इशारा कर रही है- "मम्मी देखो डायन दादी।" चौबेजी की अस्सी वर्षीय माताजी पीठ पीछे इसी नाम से पुकारी जाती हैं। बहुओं के लिए 'डैनी चाची' और उनकी देखा-देखी बच्चों के लिए डायन दादी।

चेहरे पर ख़ूब बड़ा काला मस्सा और मोटी आवाज़ इस नामकरण के सबसे बड़े कारण नहीं हैं। बहू महासभा ने ना जाने कितने बरस पहले सर्वसम्मति से प्रस्ताव पारित किया था कि जब तक ये जिंदा हैं, मोहल्ले की कोई पतोह सुखी नहीं रह सकती है।

'डैनी चाची' द्वारा प्रतिपादित सिद्धांत चौक की बहुओं लिए 'डायन डॉक्ट्रिन' है। सिर पर आँचल ना रखने से लेकर सास को ठंडी चाय देने तक अलग-अलग पापों के लिए 'डैनी चाची' ने कर्मफल निर्धारित कर रखे हैं। जब भी कोई 'दुखियारी' सास उनके दरबार में पहुँचती है, तो 'डैनी चाची' बहू के कर्म पर विचार करके तत्काल फल सुना देती हैं और सास एसोसिएशन के ज़रिये फ़ैसले की कॉपी घर-घर तक पहुँच जाती है।

'राम-राम! रसोई अलग कर देली! आज नाश्ता भी बनाके ना देली! अइसन पतोह (बहू) के पिलुआ पड़ी।' मगर शिकायतकर्ता सास कीड़े पड़वाने भर से संतुष्ट नहीं होती। वह बहू के दो-तीन और बड़े पापों को उल्लेख करती

है। 'डैनी चाची' रिव्यू पिटीशन पर विचार करने के बाद फलादेश बदल देती हैं- "रोईं मत, खाली पिलुए ना पड़ी, कोढ़ो फूटी।" यानी धीरज रखिएऐसी बहू को सिर्फ़ कीड़े ही नहीं पड़ेंगे बल्कि कोढ़ भी फूटेगा। चौक की बहुओं की 'ललिता पवार' आज सिर पर आँचल और मन में भक्ति लिए बालकनी में खड़ी हैं। वह सड़क को एकटक देखती बार-बार हाथ जोड़ रही हैं। आज जीवन में पहली बार पिंकी की मम्मी के मन में 'डैनी चाची' के लिए श्रद्धा जगी है। ये रामजी का चमत्कार नहीं तो और क्या है?

शोभा यात्रा धीरे-धीरे आगे बढ़ रही है। आरामगंज के बुजुर्गों में आज ग़ज़ब का उत्साह है। यह उत्साह सुरसुरी से कुछ ज़्यादा है। प्रेम नगर गली के मोड़ पर दो-तीन रिक्शे वाले खड़े हैं। तिवारी जी ने ड्यूटी बजा रहे सिपाही से मीठा-सा आत्मीय आग्रह किया- "ऐ सिपाही जी... ज़रा लगाइए ना सबको दो-दो लाठी।"

जगधारी सिंह ने ट्रक पर खड़े-खड़े एक बहुत ही जोशीला भाषण दिया जिसका सार यह था कि हिंदू एकता के बिना इस देश का कल्याण नहीं हो सकता है। यह समय दुश्मनों को पहचानने का है। जो हिंदू के दुश्मन हैं वे देश के दुश्मन हैं। सारे हिंदू भाई हैं। कोई बड़ा नहीं और कोई छोटा नहीं।

दुर्गा पंडित को अपने बरामदे पर खड़े कुछ ऐसे तिलकधारी नज़र आ रहे हैं, जिन्हें पहले उन्होंने कभी नहीं देखा। इनमें कुर्ते पर बड़ा बैच लगाए एक आदमी को वो पहचान पा रहे हैं- "ई तो गली नंबर छह का 'तेलिया' है, जिसका भाई एजी ऑफ़िस में काम करता है। इहो ससुरा नेता बन गया!"

रामेश्वर मल्लाह ने जब ट्रक पर चढ़कर राम लखन और जानकी की आरती उतारी तो वर्माजी ने छत पर खड़े-खड़े अपने पड़ोसी से पूछा- "ई नया खेला देख रहे हैं?"

"हाँ भाई पॉलिटिक्स का क्या कीजिएगा! सरकारी नौकरी भी लेंगे और अब नेतागीरी भी यही करेंगे।"

"दुश्मन को पहचाने का वक़्त आ गया है।" जगधारी सिंह का वाक्य कई लोगों के कानों में इको हो रहा है।

मनोजवा ने यामहा साइड में लगाया और ढेर सारा गुटखा टू इन वन टेलर के सामने फच्चाक से थूका।

"भगवान राम के नाम दिल खोलकर दान कीजिए। जो रामकाज करता है,

हनुमान जी उस पर हमेशा सहाय रहते हैं। दान में कंजूसी मत कीजिए। चौक वाले लक्ष्मीकांत सहाय ने 21 रुपये दिए हैं। विभूति मिश्रा ने 51 रुपये दिए हैं।" माइक पर रनिंग केमेंट्री चल रही है।"राजनायरण सिंह और श्रीकंठ सिंह ने भी 51-51 रुपये दिए हैं। टू इन टेलर वाले आशिक़ साहब ने 101 रुपये दिए हैं। सौ रुपया से ज़्यादा देने वाले पहले आदमी हैं। प्रेरणा लीजिए एक मुसलमान भाई की रामभक्ति से।" उद्घोषक अपनी भावनाओं पर क़ाबू नहीं रख पा रहा है।

"आशिक़ साहब?"

"जेब ढीली करके कोई भी साहब बन सकता है।"

"नहीं, आशिक़ आदमी जिगर वाला है। कितना भी हिंदू-हिंदू कर लीजिए। जब अपने पॉकेट में हाथ डालना पड़े तो फट जाती है।"

मिथिलेश की ग्रॉसरी पर खड़े ओमजी पूरा नज़ारा देख रहे हैं। लग रहा है, वे हँसते-हँसते वहीं गिर जाएँगे। हँसी रोकते हुए ओमजी बोले-

"ना पिटने का दर्द ना लुटने का ग़म
जैसा था मेरा बाप वैसे ही निकले हम"

ओमजी वो चीज़ हैं, जो सामने पड़ जाएँ तो लोग रास्ता बदल लेते हैं। सामने ना पड़ें तो ही अच्छा है।

मंडल घुसा कमंडल में

पूरा आरामगंज पगलाया हुआ है। अचानक बातचीत का मुद्दा ही नहीं बदला बल्कि देश का अतीत, वर्तमान और भविष्य सब कुछ कुछ बदलते दिखाई देने लगे हैं। चौक वाले नौजवानों को अब आईएएस-आईपीएस ना बन पाने का मलाल नहीं है। मंडल होली के रंग की तरह उतर चुका है। अब तो एक ही चीज़ है- जो हिंदू हित की बात करेगा, वही देश पर राज करेगा। बस बात ख़त्म।

"यह हिंदू हित क्या है, कौन बताएगा?"

"अरे सुने नहीं जब जगधारी बाबू बता रहे थे? कोई कन्फ्यूजन हो तो अपने मोहल्ले में शलभमणि त्रिपाठी जैसे विद्वान हैं, उनके पास जाकर समझ लो। जटाशंकर शर्मा और कमलेश सिंह भी रात-दिन युवाओं में जागृति फैलाने का काम कर रहे हैं।"

समझदार लोगों को अब जाकर कमलेश सिंह का वह बड़ा गेम समझ में आया है जिसकी बात 'प्रोफेसर' विनोद उस दिन ओझाजी की पान दुकान पर कर रहे थे।

"मंडल का खेल 'बिपिया' हिंदू समाज को बाँटने के लिए खेला था। समाज को जोड़ने के लिए आडवाणी जी रथ जात्रा निकाल रहे हैं। कमलेसवा अगर खुलेआम भारत बंद के सपोर्ट में आ जाता तो उसके गली वाले 'छोट जतिये' चंगू-मंगू बिदक जाते। अब देखो कैसे सब गला फाड़के 'मंदिर वहीं बनाएँगे' चिचिया रहे हैं। लिख के रख लो ये कमलेसवा एक दिन बहुत आगे

जाएगा।" प्रकाश भइया 'एडवोकेट' का विश्लेषण सुनकर चौक के तमाम श्रोता साधु-साधु कर उठे।

गली नंबर तीन वाले 'प्रोफ़ेसर' हरेंद्र यादव अपने प्रिय चेले गोधन महली के साथ भुइयाँ टोली में 'साक्षर बनो, संगठित हो और संघर्ष करो' वाला पंप्लेट बांटने गये तो पता चला कि बस्ती वालों को पहले ही किसी ने पढ़ा दिया है। उन्हें जगह-जगह भगवा झंडे लहराते नज़र आए। जिन झोपड़ीनुमा मकानों पर हँसिया-हथौड़ा पार्टी के स्लोगन लिखे होते हैं, अब उनसे कहीं बड़े अक्षरों में 'मंदिर वहीं बनाएँगे' के लिखे हैं।

भुइयाँ टोली वह इलाका है, जहाँ चौक की बायीं तरफ वाली सारी गलियाँ जा मिलती हैं। अलग-अलग पिछड़ी और दलित जातियों के क़रीब चार-पाँच हज़ार लोगों की आबादी होगी यहाँ। साधना पुरी का सबसे 'इंटलेक्चुअल लइका' विपिन ख़बर लाया है- "युवा शक्ति संघ वाले गली-गली घूमकर अयोध्या जाने वालों की लिस्ट बन रहे हैं। मतलब आरामगंज में मंडल घुस गया कमंडल में।"

बाक़ी लोगों की तरह चौक वालों के लिए भी राम मंदिर एक नयी डिस्कवरी है। अयोध्या जी में भगवान राम की जन्मभूमि है और वहाँ मुसलमानों ने क़ब्ज़ा करके मस्जिद बना रखी है, यह बात उनसे बरसों तक छिपाई गई। रियेक्शंस इन टिपिटिकल आरामगंज चौक स्टाइल-

"अडवानी जी ठीक कहते हैं, बुलडोजर से गिरवा देना चाहिए।"

"अरे आडवाणी जी कब बोले कि गिरवा देना चाहिए! उ बेचारे तो उठवा के कहीं और रखवा रहे हैं।"

"लीजिए मस्जिद ना हुआ कोई दिवाली का घरौंदा हो गया कि यहाँ से उठके वहाँ चला जाएगा। बमबाडमेंट करवाइए महाराज क़िस्सा ख़त्म हो।"

"नहीं, तोड़ना ठीक नहीं है जी, मज़बूत बना हुआ है। ऊपर से संगरमर लगवा देना चाहिए। मूर्ति हइए है... पूजा कीजिए।" गुप्ता जी व्यावहारिक आदमी हैं। फ़िज़ूलख़र्ची से उन्हें सख़्त चिढ़ हैं।

"मथुरा और काशी भी हाथ-हाथ निपटा देना चाहिए।"

"मुथरा, काशी में क्या हुआ?"

"लीजिए, इनको कुछ पता नहीं है। यही है हिंदू का सामान्य ज्ञान। ज़रा उन लोगों को देखिए, मक्का-मदीना, ईरान-इराक़ तक सब एक किए रहते हैं। यहाँ

ये पूछते हैं कि मथुरा और काशी में क्या हुआ था!" विभूति मिश्रा ने कामता बाबू की तरफ़ हिक़ारत से देखते हुए कहा।

समस्या को हर आदमी अपने नज़रिये से देखता है। युवा पीढ़ी के दिमाग़ में बहुत से इनोवेटिव आइडिया आ रहे हैं- "क्या ऐसा नहीं हो सकता है कि जुम्मे के दिन जब सब एक साथ झुके हों उसी समय..."

मोहल्ले का 'पाब्लो एस्कोबार' प्रभात दयाल बहुमुखी प्रतिभा का आदमी है। बैंजो ताशा पार्टी चलाने और गाँजे के कारोबार के अलावा रियल एस्टेट में भी गहरी रुचि रखता है। कल किसी से कह रहा था- "बहुत बड़ा प्लॉट है जी राम मंदिर वाला। बाहर की तरफ़ पूरा कॉमर्शियल कर देना चाहिए। चालीस-पचास से कम दुकान क्या निकलेगा!"

"नहीं भैया, कम-से-कम 200 दुकानें निकलेंगी। राम मंदिर कॉम्प्लेक्स में होगा तो एक-एक दुकान में रोज़ाना हज़ारों की बिक्री होगी। अगर बीजेपी में कोई सेटिंग हो तो एकाध दुकान डाल देनी चाहिए।"

दुकान की बात दुनिया के किसी भी कोने में हो, प्रभात दयाल उसे सीरियसली लेता है। जल्द ही वह त्रिपाठी चचा से बात करेगा।

ओमजी डग भरते आ रहे हैं और उन्हें देखकर आधे से ज़्यादा लोग इधर-उधर खिसकने लगे हैं। रंग कोयले जैसा काला है। आँखें हमेशा लाल रहती हैं और मूँछें बड़ी-बड़ी हैं। लोग कहते हैं कि अगर ट्राई करते तो रामायण सीरियल में उन्हें आसानी से काम मिल जाता। वैसे असली डरावनी चीज़ उनकी शक्ल नहीं है। एक बार यह आदमी पकड़ ले तो जोंक की तरह चिपट जाता है।

जायसवाल जी बोलते हैं कि कश्मीर वालों को वो मार मारना चाहिए, वो मार मारना चाहिए कि मानवाधिकार रटना भूल जाएँ।

ओमजी ने एक बार उन्हें थोक बाज़ार में पकड़ लिया और वो भी ऐसे वक़्त जब जायसवाल जी पायजामे के नाड़े पर हाथ रखे द्रुतगति से लक्ष्य की तरफ़ बढ़ रहे थे।

ओमजी पूछने लगे- "आप मानवाधिकार पर कुछ कह रहे थे, उस दिन?"

"अरे हे महराज, क्या कर रहे हैं, हाथ छोड़िए ना, देखते नहीं हैं, हम कहाँ जा रहे हैं?"

"अरे आराम से जाइएगा... पहले यह सोचिए कि देश कहाँ जा रहा है? हाँ

मानवाधिकार के बारे में आप कुछ कह रहे थे, उस दिन।" ओमजी ने अजगर की तरह जायसवाल जी पर फंदा कस दिया।

चश्मदीदों का कहना है कि जब डायबिटीज़ के पेशेंट जायसवाल जी के सब्र का तटबंध टूटा और धारा इजारबंद को भी तोड़ती हुई आगे बह निकली तो ओमजी बोले- "देखिए ये होता है मानवाधिकार हनन का नतीजा।"

आरामगंज में 'पागल' कई तरह के हैं। लेकिन 37 साल के ओमजी उन सबमें अलग हैं। स्वयंभू प्रोफ़ेसरों के मोहल्ले में वो एकदम असली हैं। परमानंद मेमोरियल कॉलेज में तर्कशास्त्र और दर्शनशास्त्र पढ़ाते थे लेकिन एक बार उन्होंने तर्क से परे जाकर बाहुबल दिखा दिया। वाइस प्रिंसिपल को उठाकर पटकने के बाद से सस्पेंड हैं। युवा पीढ़ी को ओमजी बड़े गर्व से बताते हैं कि मैट्रिक का पूरा इम्तिहान उन्होंने भाँग खाकर दिया था और रिकॉर्ड तोड़ नंबर लाए थे। एमए तक आते-आते बात गाँजे के दम तक पहुँच गई थी लेकिन मजाल है कि रिज़ल्ट पर कोई असर पड़ जाए।

लोग जानते हैं कि ओमजी से बहस में पार पाना नामुमकिन है। सामने वाला भाजपाई हो तो ओमजी अल्ट्रा लेफ़्ट हैं और अगर आदमी प्रोगेसिव टाइप निकले तो ओमजी सर्वश्रेष्ठ सनातनी हैं। आप अगर उनसे असहमत हैं तो अपने तर्कों से आपको ध्वस्त कर देंगे, लेकिन ज़्यादा बड़ी शामत उनकी होती है, जो सहमत होकर उनसे पीछा छुड़ाना चाहते हैं। इसलिए उन्हें देखते ही रास्ता बदल लेने में भलाई है। पागलपन में भले ही एक क़िस्म का इंटलेक्चुल फ़्लेवर हों लेकिन असल में आला दर्जे के बदमाश और बहुत हद तक घिनौने आदमी हैं।

बजबजाती नाली के पानी और खुले हुए सेप्टिक टैंक से मिलने वाले बेशक़ीमती 'तरल स्वर्ण' से राहगीरों के शुद्धोधक स्नान वाली जो होली बरसों से आरामगंज में चली आ रही है, उसके प्रणेता ओमजी ही हैं। पिछली होली में वो मोहल्ले में घूमने वाली एक मरियल काली कुतिया को पकड़ लाए। उसे चमकते हुए लाल मारकीन के कपड़े में लपेटा, सिर से नाक तक सिंदूर लगाया और गोद में उठाए घूमने लगे। सामने जो भी बुज़ुर्ग पड़ता उससे कहते- "देखिए चचा, आपकी मुराद पूरी कर दी। आप कहते थे ना कि शादी कर लो। बहू ले आया हूँ। मुँह दिखाई दीजिए।"

और मुँह दिखाई में 'बुरा ना मानो होली है' के नाम पर उन्होंने ना जाने

कितने लोगों की जेब हल्की कर दी।

दशहरा ख़त्म हुआ तो क्लब वालों ने चंदा करके वीसीआर मँगवाया। परंपरानुसार शुरू में माता और बहनों की मौजूदगी में महान पारिवारिक फ़िल्में चलीं। जब आख़िरी सत्र आया तो ओम बाबू ने पंकज जैन को धर-दबोचा।

"तुम यहाँ क्या कर रहे हो? अभी जीव हत्या होनेवाली है, जाओ यहाँ से।"

उस भले आदमी ने भी चंदा दिया था। लेकिन ओमजी टस से मस नहीं हुए- "तुम्हें पता नहीं है कि अगले एक घंटे में क्या होनेवाला है? लाखों शुक्राणु नाली में डुबोकर बेदर्दी से मार डाले जाएँगे। हस्तमैथुन से बड़ी कोई जीव हत्या नहीं है, इस संसार में। भागो यहाँ से नहीं तो तुम्हारे बाबूजी को बता दूँगा।"

और यही ओमजी अक्सर युवा पीढ़ी को 'स्वावलंबी' बनने की सीख देते पाए जाते हैं क्योंकि उनके मुताबिक़ स्व के अवलंबन का उत्तम परिणाम लंबाई के रूप में परिलक्षित होता है। ओ हेनरी से लेकर इब्ने सफ़ी और मोपाँसा से लेकर मस्तराम तक ओमजी ने हर तरह का साहित्य घोंट रखा है। उनके रेफ़रेंस कई बार ऐसे होते हैं कि आरामगंज की आधी जनता के सिर के ऊपर से निकल जाएँ। न्यूट्रल ऑब्ज़र्बर निर्मल जैन का दावा है कि उनकी बातों में कई बार गहरा कंटेंट होता है और अगर कोई लगातार नोट करे तो ओमजी के वन लाइनर्स पर एक पूरी किताब बन सकती है। लेकिन इतना जोखिम भरा काम करेगा कौन?

शीतला मंदिर के प्रांगण में तीन दिन तक चले एक अनुष्ठान के बाद हरिद्वार से आए आचार्य जी ने नारा लगवाया- "हम सुधरेंगे, जग सुधरेगा।" ओम जी ने खड़े होकर बड़ी विनम्रता से पूछा- "आप कब सुधरेंगे?" विद्वान आचार्य ने बिना विचलित हुए उन्हें मंच पर बुला लिया और कहा कि आपकी बात मुझे बुरी नहीं लगी क्योंकि एक व्यक्ति के रूप में अपना परिष्कार करना मेरा कर्तव्य है। ओमजी ने हाथ जोड़कर शालीनता से जवाब दिया कि आपकी बात मुझे बहुत अच्छी लगी। आपके सुधरते ही मैं भी ऑटोमैटिकली सुधर जाऊँगा इसलिए तारीख़ पूछ रहा था।

बात यहीं नहीं थमी। उन्होंने जिज्ञासु बनकर अगला प्रश्न यह किया- "आदमी अच्छी और महँगी चीज़ें छिपाकर रखता है। किसी को नहीं बताता कि उसके पास कितना रुपया या सोना है। धर्म अगर इतनी ही अच्छी चीज़ है तो लोग अपने पास क्यों नहीं रखते, फोकट में बाँटते क्यों फिरते हैं?"

आचार्य जी चकराए तो ओमजी ने उदाहरण देकर समझाया- "मान लीजिए मेरे पास कोई बढ़िया बोतल हो, स्कॉच टाइप तो मैं क्या करूँगा? आराम से अकेले बैठकर धीरे-धीरे पिऊँगा। लेकिन कहीं से हराम का ठर्रा आ गया तो? तब मैं चार यारों के साथ मिलकर रात गुलज़ार करूँगा ताकि 'सुरा कांड' की तरह ऊपर जाना हो तो मंडली भी साथ रहे। धर्म एक सस्ती शराब है जिसके आदी उसे बाँटकर असल में अपना रिस्क बाँटना चाहते हैं। धर्म प्रचारक ख़ुद नहीं जानते कि वे किस राह पर जा रहे हैं, दूसरों को सिर्फ़ इसलिए साथ ले जाना चाहते हैं ताकि आगे रोना पड़े तो अफ़सोस ना रहे कि वे अकेले हैं।

इस आदमी का ओर-छोर समझ पाना असंभव है। कई धार्मिक आयोजनों में ओमजी श्रद्धा से आँखें बंद किए चुपचाप बैठे भी देखे जाते हैं। उनकी कलाई पर अक्सर कलावा बँधा होता है। आज लोगों ने ग़ौर किया कि ओमजी हरे धारीदार पायजामे पर भगवा टी शर्ट पहनकर चौक पर आए हैं।

अली, बजरंगबली और स्पाइडरमैन

गेंदे के सारे पौधे चटख रंग के पीले फूलों से लदे हैं। उसके साथ लगी सूरजमुखी की एक छोटी-सी क़तार है और उसके बग़ल में है, चमेली का एक झुरमुट। तितलियाँ कभी इस फूल से उड़ती हैं तो कभी उस पर जा बैठती हैं। शमी क़रीब घंटे भर से इन तितलियों के पीछे भाग रहा है लेकिन अब तक कोई कामयाबी नहीं मिली है। बड़े पंखों वाली एक तितली सूरजमुखी पर बैठती है। शमी दम साधे आहिस्ता-आहिस्ता उसके क़रीब जाता है। अचानक आयशा की तोतली आवाज़ गूँजती है-

"उड़ रे तितली उड़ तेरे अम्मी-अब्बू रोएँगे
उड़ रे तितली उड़ तेरे अम्मी-अब्बू रोएँगे।"

शमी ने ग़ुस्से से गर्दन घुमाई, हाथ हल्का-सा हिल गया और तितली रानी फुर्र हो गईं। शमी अपनी बहन को मारने दौड़ा। आयशा दरवाज़े की तरफ़ भागी। अचानक आशिक़ ने अपनी लाडली को गोद में उठा लिया। शहज़ादी ने शहंशाह से शिकायत की- "अब्बू, देखो आज फिर भाई ने हमको मारा।"

"मारा कहाँ? बहुत झूठ बोलती है। इसने मेरी तितली उड़ा दी।"

"दादी कहती हैं तितली नहीं पकड़नी चाहिए। उनके अब्बू-अम्मी उन्हें याद करके रोते हैं।"

आशिक़ बच्चों के साथ वहीं ज़मीन पर बैठ गया। उसने ग़ौर किया कि तितलियों की बातें करते समय नन्ही आयशा की आँखें भर आई हैं। किसी को भी अपने अब्बू-अम्मी से नहीं बिछड़ना चाहिए। बाप को पास बैठा देखकर शमी

भी थोड़ी देर के लिए तितलियों को भूल गया। ऐसा कब होता है, जब उसके अब्बू उसे वक़्त देते हों। उन्हें तो इतवार के दिन भी काम से फ़ुर्सत नहीं मिलती है। मौक़े का फ़ायदा उठाकर शमी ने अपना सवाल दागा- "अब्बू, अली ज़्यादा पावर वाले हैं कि बजरंगबली ?"

शमी को जवाब तुरंत चाहिए- "बोलो ना अब्बू। मोहसिन कह रहा था कि हमारे अली उनके बजरंगबली से भी ज़्यादा पावरफ़ुल हैं।"

आशिक़ के माथे पर बल पड़ गया। एक कम तो दूसरा ज़्यादा। एक अच्छा तो दूसरा बुरा। ये सवाल नये नहीं हैं, लेकिन आजकल सुबह से शाम तक जगह-जगह सुनने को मिल रहे हैं। कुछ दिन पहले शमी यह पूछने आया था कि अल्लाह और भगवान में क्या फ़र्क़ होता है ? आशिक़ ने जवाब दिया था- "तुम अपनी माँ को अम्मी कहते हो और मैं अपनी माँ मतलब तुम्हारी दादी को अम्मा कहता हूँ। मगर माँ को किसी भी नाम से पुकारो वो माँ ही रहती है। समझ लो भगवान और अल्लाह भी ऐसे ही हैं।"

आशिक़ हर बार माक़ूल जवाब कहाँ से लाए! शमी कंधा पकड़कर कूद रहा है- "बोलो ना अब्बू, क्या अली सचमुच बजरंगबली से ज़्यादा पावरफ़ुल हैं ?"

आशिक़ ने थोड़ी देर सोचने के बाद जवाब दिया- "सबसे ज़्यादा पावरफ़ुल तो आजकल स्पाइडरमैन है। बजरंगबली की तरह उड़ता है और हिजरत पर जा रहे किसी बेगुनाह की जान पर बन आए तो उसे बचाने के लिए तुरंत जाल बुन देता है।"

स्पाइडरमैन का नाम सुनते ही दोनों बच्चे ख़ुश हो गए। शमी 'स्पाइडरमैन-स्पाइडरमैन' गाने लगा। छप्पर से लगा जो ऊँचा एंटीना बस्ती में दूर से दिखाई देता है, वह आशिक़ मियाँ के घर का पता देता है। सबसे पहला टीवी यहीं आया था। अब तो कई घरों में टीवी है। अम्मा कहती हैं- "पुराने ज़माने में मुक़ाबला होता था कि किसका ताजिया कितना ऊँचा है। अब एंटीना का मुक़ाबला है।"

एंटीना तो आरामगंज चौक तक पर स्टेटस सिंबल है, फिर यहाँ क्यों ना हो। मुफ्ती साहब टीवी को हराम चीज़ बताया करते हैं। लेकिन आशिक़ जानता है कि टीवी कितने काम की चीज़ है। जब से टीवी आया है, घर में शांति है। ज़ुलेख़ा बानो अब यह फ़रियाद नहीं करतीं कि कम-से-कम इतवार को छुट्टी रखा करो।

ज़ुलेख़ा बानो आशिक़ की बेटर और बिटर हाफ़ दोनों हैं। बड़े मुश्किल वक़्त में घर और घरवाले को सँभाला। हीरो जैसे दिखने वाले शौहर के लिए अब भी उनकी आँखों में गहरा प्यार नज़र आता है।

नयी-नयी शादी हुई थी। अम्मी जब कभी पास-पड़ोस में होती थीं, आँखों में काजल लगाते वक़्त ज़ुलेख़ा अक्सर गुनगुनाती थी- "करते हैं हम प्यार मिस्टर इंडिया से।"

अगर अच्छे मूड में हों तो अब भी कभी-कभी अपने मियाँ से कह देती हैं- "सुनिए जी, पहले ना आप हमको एकदम अनिल कपूर लगते थे।"

"पहले मतलब, अब नहीं लगते हैं क्या?"

ज़ुलेख़ा जवाब में धत्त कहकर एक शर्माई-सी हँसी हँसती है। दो बच्चों, बूढ़ी बीमार सास और रात-दिन काम में जुटा रहने वाला शौहर। इन सबने मिलकर ज़ुलेख़ा की ज़िंदगी से रूमानियत ग़ायब कर दी है। अब बस चित्रहार का ही सहारा है। वर्ना उसका आदमी ऐसा हो गया है कि कभी प्यार भरी निगाह से देखता तक नहीं है।

आज भी यही हुआ। ज़ुलेख़ा बानो ने अल्युमीनियम का टिफ़िन बढ़ाया। आशिक़ ने आयशा को गोद से उतारा और बिना कुछ बोले टिफ़िन थामकर लंबे डग भरता हुआ घर से निकल गया। ज़ुलेख़ा चुपचाप खड़ी अपने मियाँ को जाते हुआ देख रही है। आख़िर किस मिट्‌टी का बना है उसका आदमी? सिर्फ़ खाना खाने और सोने के लिए घर आता है, बस! इसका दिल और दिमाग़ दोनों आरामगंज चौक पर ही बसते हैं। लेकिन ज़ुलेख़ा को ज़्यादा शिकायत नहीं। चाहे जैसा भी हो लेकिन सुंदर है, ज़ुलेख़ा और आशिक़ का छोटा-सा घर-संसार। थोड़ी बेरुख़ी और थोड़ी तकरार आख़िर किस रिश्ते में नहीं होते? बस बेवफ़ाई नहीं होनी चाहिए। वफ़ा की यहाँ कोई कमी नहीं है।

आशिक़ का घर एक अलग दुनिया है। घर के बाहर पहला क़दम रखते ही ऐसा लगता है कि वह किसी नये जहान में आ गया है। एक ऐसा जहान जो शायद ना ही होता तो बेहतर होता। सरकारी काग़ज़ पर इसका नाम 'रैयत टोली' है। आरामगंज वाले लौंडो के लिए यह जगह कटुआ टोली है और बुज़ुर्गों के लिए मियाँ टोली। लेकिन इन तीन नामों के साथ एक ऐसा चौथा नाम भी है, जो पिछले कुछ समय में तेज़ी से चौक के लोगों की ज़ुबान पर चढ़ा है- मिनी

पाकिस्तान।

कटुआ टोली घर में माँ-बाप के सामने नहीं बोल सकते। लेकिन मिनी पाकिस्तान पर आरामगंज में किसी को ऐतराज़ नहीं है। आशिक़ के सामने आमतौर पर यह नाम कोई अपनी ज़ुबान पर नहीं लाता है, वैसे अगर ले भी आए तो क्या फ़र्क़ पड़ेगा? आरामगंज वाले दोस्तों के साथ उसके कई तरह के मज़ाक़ चलते रहते हैं। वह कभी मज़ाक़ का बुरा नहीं मानता, लेकिन इतना ज़रूर जानता है कि मज़ाक़ करने का एक बराबर हक़ सबके पास नहीं होता है।

आशिक़ कभी-कभी वह सोचता है कि आख़िर पाकिस्तान के बिना हिंदुस्तान में लोगों का काम क्यों नहीं चलता? लोग अपने-अपने शहर में पाकिस्तान बना लेते हैं। अगर शहर में ना बन सके तो सुबह-सुबह लोटा पकड़कर जहाँ जाते हैं, उसी जगह का नाम पाकिस्तान रख देते हैं। आरामगंज वालों के लिए रैयत टोली मिनी पाकिस्तान है। और रैयत टोली वालों के लिए आरामगंज?

आशिक़ को रैयत टोली में आरामगंज के रेज़िडेंट कमिश्नर का दर्जा हासिल है। वह नुमाइंदा ही नहीं बल्कि 'सौ टका हिंदू' है, इसलिए आते-जाते उसे रोज़ सुनने को मिलता है- "का हो मिसिर, हाल-चाल सब ठीक ना?" कुशलक्षेम के साथ आजकल एक नया सवाल जुड़ गया है- "मिसिर जी, अयोध्या कब जा रहे हो?" जवाब में आशिक़ कभी मुस्कुराता है तो कभी बिना नज़रें मिलाए आगे बढ़ जाता है।

रैयत टोली यानी कचहरी रोड से आरामगंज चौक को जोड़ने वाले रास्ते पर पड़ने वाला 40 कच्चे-पक्के मकानों का बेढब-सा झुरमुट, जिसका एक हिस्सा साठ साल पुराने काशीनाथ माध्यमिक विद्यालय से लगता है। ढहती दीवारों वाला यह स्कूल भी वैसा ही शापित नज़र आता है, जैसी रैयत टोली है।

शॉर्ट कट मारकर कचहरी और मेन रोड पहुँचने के लिए चौक के लोग रैयत टोली की गलियों का इस्तेमाल करते हैं। मिमियाती बकरियों, सड़क पर हगते बच्चों, अधलेटे कुत्तों और फुदकते चूज़ों से पाँव बचाकर निकलते वक़्त शरीफ़ लोग सोचते हैं कि क्या हाल बना दिया है इन लोगों ने इंडिया का! बरसात में इस बस्ती में घुटनों तक पानी जमा रहता है। वाटर सप्लाई के लिए यहाँ सिर्फ़ एक सरकारी नल है। बिजली का कनेक्शन सबसे लो वोल्टेज वाला है। फिर भी इतने लोग यहाँ रहते हैं। सचमुच ये लोग इसी लायक़ हैं।

आरामगंज और 'मिनी पाकिस्तान' की सरहद जहाँ से शुरू होती है, ठीक उसके मुहाने पर मौजूद है, सदियों पुराना पीपल का एक पेड़ जिस पर मन्नतों के अनगिनत धागे बँधे हुए हैं। कोई कहता है, इस पेड़ पर ब्रह्म बाबा रहते हैं, कोई कहता है, इसके चबूतरे के नीचे पगला बाबा की समाधि है। पेड़ से थोड़ा हटकर दायीं तरफ़ चार कमरों का एक भुतहा-सा मकान है। इसके अहाते में बेर और नीबू की दो झाड़ियाँ हैं, जिन पर मकड़ियों ने मोटा जाल लगा रखा है। साथ ही खड़ा है सर से पाँव तक मनहूसियत लिए धूल सना एक कैक्टस, जो बढ़ता हुआ ना जाने कैसे बिलकुल आदमक़द हो गया है।

इस मकान की खिड़कियाँ युगों से बंद हैं। उधड़े प्लास्टर से ईंटें झाँक रही हैं। दीवार पर कई जगह काई की मोटी परतें जमी हैं। कुल मिलाकर इस जगह पर जीवन का कोई लक्षण नहीं है। पुराने लोगों को पता है कि यह घर इंद्रदेव पांडे का है, जिन्हें लोग पाँड़े बाबा कहा करते थे। हाई स्कूल की मास्टरी से रिटायर होने के बाद वो इसी मकान में छोटी-सी पाठशाला चलाते थे।

इकलौता बेटा मन्नू यानी मार्कन्डेय बचपन से पढ़ने-लिखने में तेज़ था लेकिन उल्टी खोपड़ी का था। शायद कम उम्र में ही गाँजा-वाँजा पीने लगा था। जवान होते ही मार्कन्डेय एक दिन अचानक घर से भाग गया। साधु बना, आनंदमार्गी या फिर नक्सली, किसी को पता नहीं। पाँड़े बाबा ने बड़ी मुश्किल से ढूँढवाया, समझा-बुझाकर वापस लाए। अपने साथ पाठशाला में लगा लिया लेकिन दोबारा वह फिर भाग गया और कभी वापस नहीं आया। पंडिताइन जी बेचारी बेटे के गम में चल बसीं। बाबा ने कलेजे पर पत्थर रखकर ज़िंदगी के बचे हुए दिन काटे, लेकिन पाठशाला बंद नहीं होने दी। वैसे इस भुतहे मकान का जितना सच आशिक़ को पता है, उतना किसी और को नहीं। अपनी गली से निकलते वक़्त वह कुछ पल के लिए ठिठकता है और इस घर को अपलक देखने के बाद आगे बढ़ जाता है, यह रोज़ का नियम है।

ज़्यादातर लोगों को पता नहीं है कि कचहरी और आरामगंज चौक के बीच डेढ़ एकड़ की यह मलिन बस्ती यानी रैयत टोली कोढ़ की तरह कब और कैसे फूट पड़ी थी? चौक के पुराने लोगों को रैयत टोली की बजबजाती नालियों और घरों में पकते बड़े के गोश्त से कुछ लेना-देना नहीं था। उन्हें बस इतना पता था कि इस बस्ती में शहर के सबसे अच्छे कलई करने वाले, खाट बुनने, रुई धुनने

और पुताई करने वाले बसते हैं।

वक़्त बदला तो बहुत-सी परंपरागत सेवाओं की ज़रूरत ख़त्म होने लगी और रैयत टोली की ख्याति लुप्त हो गई। आरामगंज में काम ना मिलने की वजह से रैयत टोली की नयी पीढ़ी ने काँटा टोली, इस्लाम नगर और कुँजड़ा मोहल्ला जैसे उन इलाक़ों की तरफ़ देखना शुरू किया जहाँ खाते-पीते मुसलमान बड़ी तादाद में थे। बहुत से लोग कलकत्ता और जमशेदपुर जैसे बड़े औद्योगिक शहरों में चले गए। बुलाने पर भी अब रैयत टोली वाले आरामगंज का रुख़ नहीं करते हैं।

लेकिन आशिक़ मियाँ अपवाद हैं। वे रैयत टोली के इकलौते ऐसे आदमी हैं, जिनके रिश्ते आरामगंज वालों के साथ कमज़ोर नहीं बल्कि वक़्त के साथ लगातार मज़बूत हुए हैं। आरामगंज से होनेवाली अपनी कमाई की बदौलत उनके घर में टीवी और फ्रिज हैं। बच्चे अंग्रेज़ी मीडियम स्कूल में जाते हैं। ऐसे में भला वे रैयत टोली में 'मिसिर जी' क्यों ना कहलाएँ? आरामगंज के साथ अनोखे रिश्ते के बारे में पूछा जाए तो आशिक़ मियाँ का एक ही जवाब होगा- रामजी की कृपा।

तुम हो कौन ?

रामरथ का आगमन शहर के पार्टी नेताओं के लिए एक तरह का शक्ति परीक्षण है और अब तक स्टार बनकर उभरे हैं जगधारी सिंह। खींचतान के बाद वे पार्टी से रामरथ स्वागत समिति का जिम्मा लेने में कामयाब हुए हैं। जगधारी बाबू को सांसद रामप्यारे चौधरी का आशीर्वाद भी प्राप्त है। आला कमान का आदेश है- 20 अक्टूबर को एक लाख की भीड़ हर हाल में जुटनी चाहिए।

जगधारी सिंह सीधे-सीधे प्रदेश अध्यक्ष से निर्देश प्राप्त कर रहे हैं और जटाशंकर शर्मा जैसे छुटभैये जगधारी सिंह से- "संगठन का काम सीखो। अगर लोगों को एकजुट करके अपने इलाक़े में कोई जनांदोलन खड़ा नहीं कर सकते हो तो नेता बनने का ख़्वाब देखना बंद कर दो।" जगधारी सिंह ने जटाशंकर शर्मा को यह ब्रहज्ञान दिया है। शर्माजी पूरी कोशिश कर रहे हैं लेकिन आरामगंज की ऊँघती हुई जनता के बीच जनांदोलन कहाँ से खड़ा करें ?

हफ़्ते भर पहले सोमनाथ से रवाना हुआ रामरथ देश को दो हिस्सों में बाँटता हुआ आगे बढ़ रहा है। हालाँकि यह शहर अभी तक उस तरह से नहीं बँटा है। लेकिन बँटने की संभावना भरपूर है। आरामगंज जैसे इलाक़े भले ही अनजान हों, लेकिन शहर के कुछ हिस्से अंदर-अंदर सुलग रहे हैं। चंदा इकट्ठा करने के लिए निकाली गई शोभायात्रा जब मीरगंज से गुज़री तो वहाँ बलवा होते-होते बचा।

चमचमाती तौफ़ीक़ मस्जिद के अहाते में जनता दल अक़लियत कमेटी का दफ़्तर बना है। हुसैन तंबोली, फ़ैयाज़ मलिक और फ़हीम अंसारी जैसे

नेता रात-दिन मीटिंग कर रहे हैं। वे क़ौम के लोगों को बता रहे हैं कि सूबे की सरकार ने हर तरह की हिफ़ाज़त का वादा किया है। लेकिन ज़लज़ला कभी भी आ सकता है। ऐसे में मुसलमानों के हर मोहल्ले में हिफ़ाज़ती कमेटी का होना बहुत ज़रूरी है।

कॉन्ग्रेस पार्टी के ज़िला अध्यक्ष रौशन लाल छाबड़ा फिश्चुएला के ऑपरेशन के बाद फ़िलहाल आराम कर रहे हैं। उनकी तैयारी एक दैनिक अख़बार शुरू करने की है क्योंकि बिना सूचना पर नियंत्रण के राजनीति में ताक़तवर बने रहना संभव नहीं है। मौजूदा हालात पर उनका कहना है कि कॉन्ग्रेस के बिना इस देश का क्या हाल होगा इसका पता लोगों को छह महीने में ही चल चुका है। यह सरकार तो ऑक्सीजन सिलेंडर पर है। राजीव जी के दोबारा पावर में लौटते ही सब कुछ ठीक हो जाएगा। किसी को फ़िक्रमंद होने की ज़रूरत नहीं है।

शहर के वो लोग फ़िक्रमंद हैं जिन्होंने 1967, 73, 79, 81 और 84 के दंगे देखे हैं। सड़क पर पड़े शव और उजड़ती बस्तियों के गवाह लोग जानते हैं कि किस तरह एक छोटी-सी चिंगारी देखते-देखते आग बन जाती है। शहर को बचाने के लिए छोटे-छोटे स्तर पर कई तरह की कोशिशें जारी हैं और इन कोशिशों को और बड़ा बनाने के लिए स्टेट लाइब्रेरी हॉल में आज एक मीटिंग बुलाई गई है।

इस मीटिंग में शहर के संस्कृतिकर्मी, लेखक और कुछ संवेदनशील नागरिक शामिल हैं। पराग और राजेश जैसे दो नौजवान भी इस मीटिंग में नज़र आ रहे हैं। यह इस बात का सबूत है कि ठहरे मोहल्ले आरामगंज के नौजवानों की थोड़ी बहुत उपस्थिति चौक से आगे भी है। मीटिंग में यह चर्चा चल रही है कि अगर शांति स्थापना के लिए एक बड़ी सद्भावना रैली निकले तो उसे शहर के कौन से इलाक़ों से गुज़रना चाहिए। आरामगंज वाले दोनों नौजवान एक-दूसरे को देखकर मुस्कुरा रहे हैं क्योंकि वे जानते हैं कि उनके मोहल्ले को इसकी ज़रूरत नहीं है।

वक़्त चाहे लाख बदल जाए लेकिन आरामगंज चौक पर कुछ नहीं बदलेगा। यह बात आशिक़ मियाँ भी अच्छी तरह जानते हैं। लेकिन पिछले कुछ दिनों में उन्होंने यह नोटिस ज़रूर किया है कि बदलते वक़्त के साथ सवाल बदलने लगे हैं।

अखिलेश ने सीधे पूछ लिया- "हम लोग तो तुमको हिंदू मानते हैं। तुम अपने आपको क्या मानते हो बे?"

जवाब मिला- "जो हमको रामजी बनाए हैं, हम वही हैं। तुम काहे टेंशन लेते हो।"

"मतलब तुमको मुल्ला रामजी बनाए हैं?"

"हाँ यही समझ लो।"

"ग़ज़ब बात करते हो। ऐसा कहीं हो सकता है?"

"तुम्हारे जैसा चूतिया आदमी जब रामजी का बनाया हो सकता है तो हम काहे नहीं हो सकते हैं?"

सवालों पर रंगबाज़ को घेर लेना आसान नहीं है। फिर सवाल पूछे जा रहे हैं और उनकी फ्रीक्वेंसी अचानक बढ़ गई है, आख़िर क्यों? आरामगंज वालों को भी मालूम नहीं कि ऐसा क्यों है लेकिन मुसलमानों को लेकर उनके मन में ढेरों सवाल हैं। भले आधा हो या नाम का लेकिन चौक पर मुसलमानों का प्रतिनिधि आशिक़ ही तो है।

मिस्टर इंडिया टेलर के बाहर अनिल कपूर हैं तो अंदर अरुण गोविल हैं। अंदर की दीवार पर वन जाते राम-लक्ष्मण और सीता की एक बड़ी तस्वीर लगी हुई है। लल्लन दुकान में अक्सर आता है लेकिन आज उसने अचानक ग़ौर किया कि तस्वीर की दूसरी तरफ़ वाली अलमारी के शीशे पर 786 का स्टिकर चिपका हुआ है।

"वाह रे रंगबाज़! रामजी-रामजी सिर्फ़ दुकान चलाने के लिए?"

"तुमको क्या लगता है, रामजी और अल्लाह मियाँ गली नंबर तीन के छज्जू और बेचू हैं जो साथ नहीं रह सकते?" आशिक़ ने फटाक से उन दो भाइयों की मिसाल पेश की जिनके साझा चूल्हे में बँटवारे से पहले तक बिना नागा सिर-फुटौव्ल होता था।

लल्लन ने छेड़ने के लिए कहा- "ओ तेरी! भगवान राम कितने बड़े हैं और अल्लाह कितने छोटे!"

आशिक़ ने छूटते ही कहा- "अल्लाह तो भगवान राम के दिल में हैं।"

लल्लन ने देखा- अलमारी के शीशे पर उतरती परछाई में जहाँ भगवान राम का हृदय है, 786 वाला फ़ोटो वहीं लगा है। आख़िर कौन है यह आदमी?

मज़हब के नाम पर चिढ़ाने पर भी नहीं चिढ़ता। चिढ़ाने की कोशिश नयी नहीं है। कटुआ, कट्टन, कटे भाई, ऐसे तमाम पर्यायवाची घिस चुके हैं। अब चिढ़ाने वालों को भी मज़ा नहीं देते हैं। आशिक़ के लिए ये तमाम शब्द दोस्तों से मिली एक मीठी गाली की तरह हैं जिनमें एक अजीब तरह की आत्मीयता है। अगर वह ऐसे शब्द ना सुने तो लगेगा जैसे उसकी ज़िंदगी में कुछ अधूरापन है।

सावित्री बुटीक के बाहर शोहदों का खड़ा होना मना है। लेकिन सड़क के उस पार मिथिलेश ग्रॉसरी स्टोर के बारामदे पर आशिक़ अक्सर उन्हीं शोहदों से घिरा रानी पर निशाना साधता पाया जाता जाता है। शोहदों से यारी है, झगड़ा तो बस हरकतों से है। इसलिए कई बार बिना लाग-लपेट कह चुका है- "लाइन मारो, जमके मारो भइया, हम कौन होते हैं रोकने वाले। लेकिन मेरी दुकान के बाहर नहीं। डायन भी सात घर छोड़कर शिकार करती है।"

'रंगबाज़' ने उन्हीं गिने-चुने मौक़ों पर अपनी रंगबाज़ी का मुजाहिरा किया है, जब सात घर छोड़ने वाली इस हिदायत की ऐसी-तैसी हुई है। एक बार उसने मिस्टर इंडिया के दो-बाई चार वाले दरवाज़े की छेद से सावित्री बुटीक की तरफ़ झाँक रहे मनोज को गर्दन पकड़कर लतियाते हुए दुकान से बाहर कर दिया था। बाज़ार में किसी लड़की की चुन्नी खींचकर भागने वाले गली नंबर छह के महेश को ऐसा झन्नाटेदार झापड़ मारा था कि उसे महीनों तक चौक पर शक्ल दिखाने की हिम्मत नहीं हुई थी।

...और आशिक़ ने फिर से रानी ले ली। मजाल है कि उसके होते हुए कोई और जीत जाए। कैरम की महफ़िल में अचानक ही सवाल आ गया- "अच्छा ई बताओ बे, अइसा काहे है कि आदमी बिना कटाए मुसलमान नहीं हो सकता?"

"ई तो आदमी-आदमी पर है। बहुत से ऐसे भी हैं जो कटा के भी मुसलमान नहीं हो पाते हैं।"

"सच्ची?"

"भरोसा ना हो तो चलो किसी जर्राह से कटवा देते हैं। फिर देखते हैं कि मुसलमान बनते हो कि ढोल बजाके बधाई माँगते हो।"

"बात गोल कर रहे हो रंगबाज़, सीधे-सीधे बताओ। तुम्हारे मज़हब में कटाना ज़रूरी काहे है?"

"बात ई है बेटा कि चाहे थोड़ा-सा कटाओ या फिर साबूत, पर नारियल

और जल चढ़ाओ, असली चीज़ है वही 'चीज़'। मज़हब कोई भी हो 'चीज़' का महत्त्व हर जगह एक बराबर है, क्या समझे!"

"और इनको देखो, महत्त्व नहीं समझे हैं 'चीज़' का इसीलिए तलवार अब तक म्यान में रखे हुए हैं। ऐसे पड़े-पड़े तो ज़ंग लग जाएगी मुकेश भइया।" 33 साल का कुँवारा मुकेश खिसियाकर रह गया।

"ऐसी बात नहीं है आशिक़, ये रोज़ सुबह-शाम अपने हाथ से तलवार पर धार चढ़ाते हैं।"

"जब तुम कह रहे हो तो हम मान लेते हैं। धार तेज़ करके रखिए मुकेश भइया! लगन बहुत तगड़ा है इस साल। पार हो जाइएगा पक्का।"

मिथिलेश ग्रॉसरी वाले के बारामदे से उठी सामूहिक हँसी ऐसी थी कि सड़क पार टू इन वन टेलर तक पहुँच गई। दूसरे छोर पर खड़े हनीफ़ ने हाथ से इशारा किया तो आशिक़ को ख़याल आया कि ये वक़्त दुकानदारी का है। कैरम और बतकही में ना जाने कितना वक़्त निकल गया। हनीफ़ दूर का रिश्तेदार है और आशिक़ की निगरानी में सिलाई का हुनर तेज़ी से सीख रहा है। जब से हनीफ़ आया है, आशिक़ मियाँ को अपने सामाजिक कामों के लिए और ज़्यादा वक़्त मिलने लगा है। सड़क पार करके वह तीर की तरह सावित्री बुटीक वाले शीशे के दरवाज़े से अंदर दाख़िल हुआ।

"क्यों भइया, आज फिर दौड़ाओगे?"

"अरे नहीं भाभी, एकदम तैयार है, ये लीजिए।" आशिक़ ने वार्डरोब से एक पैकेट निकालकर उस औरत के हाथ में थमा किया। औरत ने पैसे पकड़ाए और चली गई।

"चाची परनाम... हम आपको देखे ही नहीं।" आशिक़ ने पायल की माँ यानी बसंती चाची से कहा। साथ में बेंच पर पायल भी बैठी थी।

"हाँ बेटा, महारानी के आगे हमें कहाँ देखोगे तुम?"

"अरे चाची आप भी?"

"देखो बेटा, एक बात कह रहे हैं तुमसे। ई भंगिन और पंडिताइन को एक मत बनाओ, नहीं तो हम दुकान पर आना बंद कर देंगे।"

"अरे चाची, काहे ग़ुस्सा हो रही हैं। पइसा दे रही है, हम कैसे मना कर दें कपड़ा सीने से? क़ानून सबके लिए बराबर है आजकल। अगर मना करेंगे

तो सरकार हमें जेल भेज देगी। ई लोग तो पूरे मार्केट में जाते हैं, आप हर जगह सामान ख़रीदना बंद कर देंगी?"

"रेडीमेड सामान की बात और है। तुम मेहतरानी का कपड़ा भी वही अलमारी में रखते हो जहाँ हमारा रखते हो।"

"अरे चाची ई नया ज़माना है, छुआछूत भला कौन मानता है! रामजी भी तो केवट के नाव पर चढ़े और शबरी के जूठे बेर खाए थे। ग़लत बोल रहे हैं तो बताइए।"

"तुम हो कौन रे? बेसी पंडिताई मत छाँट, औक़ात भुला गइल बाड़े तू आपन?" ग़ुस्से से फुँफकारती चाची भोजपुरी पर आ गईं।

"नाही चाची, औक़ात याद बा।"

चाची ने पायल की बाँह पकड़ी और हनहनाती हुई दुकान से बाहर आ गईं- "चार धाम कइले बानी हम दू-दू बेरी। अब ई मियवाँ हमरा के परवचन दीहि कि रामजी का बतवले बाड़ें? बड़ा बाज़ार से मेन रोड तक एक हजार दर्जी बाड़ सन। तूँ ही नइख एगो।"

"एक त पंडीजी ग़लती कइले कि इहाँ मुसलमान बसवले, आ अब ऊपर से समूचा मेहतर टोली, राम-राम..." और पायल ने अपनी माँ के मुँह पर हाथ रख दिया। उसने आशिक़ को इस अंदाज़ में देखा जैसे कह रही हो- माफ़ कर देना भइया।

आशिक़ चुपचाप बैठा रहा, एकदम भावहीन। कानों में गूँजते रहे शब्द मुसलमान, औक़ात और मेहतर टोली!

वाल्मीकि नगर अंग्रेजों के ज़माने में बसाई गई राजस्थानी मेहतरों की बस्ती है। कहानी यह चली आ रही है कि चौक के लोगों ने इस बस्ती का विरोध किया था। तब अंग्रेज़ हाकिम ने धमकी दी कि अगर हिंदू मेहतर नहीं चाहिए तो पड़ोस में मुसलमान कसाई ले लो। लोगों ने झक मारकर कहा कि मेहतर ही ठीक हैं। पुराने ज़माने में कमाऊ पखाने होते थे। वाल्मीकि नगर वालों ने बरसों तक मैला अपने सिर पर ढोया है। लेकिन अब हालात बदल गए हैं।

वाल्मीकि नगर के आधे से ज़्यादा लोग दिन में दिखाई ही नहीं देते हैं। वे नगर निगम, विश्वविद्यालय, एयरपोर्ट और रेलवे स्टेशन जैसी जगहों पर सफ़ाई कर्मचारी हैं। बस्ती तंग है लेकिन खाने-पीने की कोई कमी नहीं है। मुर्ग़ी, बकरी

और सूअर पालन आमदनी के अतिरिक्त साधन हैं। मिथिलेश ग्रॉसरी वाला बताता है कि उसकी दुकान से सबसे ज़्यादा अमूल मक्खन और मैगी के पैकेट वाल्मीकि नगर में ही जाते हैं। आशिक़ को भी महीने के कम-से-कम सात-आठ ऑर्डर वहीं से मिलते हैं।

वाल्मीकि नगर वाली औरतों के लिए आशिक़ आरामगंज में खुलने वाली वह खिड़की है, जिससे झाँककर वो अंदर की पूरी दुनिया देख लेती हैं। एक ऐसी अनोखी अतरंगी दुनिया जिसमें उन्हें दाख़िल होने की इजाज़त नहीं है। लेकिन इस दुनिया की कहानियों में उन्हें वही रस मिलता है जो महानगरों में रहनेवाले मिडिल क्लास लोगों को सोशलाइट लाइफ़ से जुड़ी स्टोरीज़ में मिलता है।

वाल्मीकि नगर वालीं औरतों के साथ आशिक़ का उतना ही अपनापन है, जैसा चौक की औरतों के साथ। फ़र्क़ सिर्फ़ इतना है कि आरामगंज के पूरे भूगोल में वाल्मीकि नगर ही ऐसा इलाक़ा है, जहाँ की औरतों को आशिक़ भाभी कहकर बुलाता है। बाक़ी इलाक़ों की जवान औरतें उसके लिए दीदी हैं। संबोधन का यह फ़र्क़ क्यों है, इस बारे में कभी ख़ुद आशिक़ ने भी नहीं सोचा।

विकास के ज़्यादातर मानकों पर वाल्मीकि नगर लगातार आगे बढ़ रहा है। इतने बड़े मोहल्ले का काम भले ही सिर्फ़ तीन सरकारी शौचालयों से चल रहा हो लेकिन यहाँ दो-चार बच्चे ऐसे भी हैं, जो रोज़ बस में बैठकर सेंट फ्रांसिस और सेंट लुईस जैसे स्कूलों में जाते हैं। बस्ती के नेता पवन हटवाल की पहल पर अब क्रिकेट टीम बन चुकी है जो शहर के बी डिवीज़न लीग में खेल रही है। ओमजी ने यार्कशायर और वारविकशायर के तर्ज़ पर इसे नाम दिया है- वाल्मिकशर। वाल्मीकि नगर वाले अपने रास्ते चलते हैं लेकिन किसी की ये मजाल नहीं है कि इन्हें छेड़ दे। बर्र के छत्ते में हाथ डालने जैसा होगा नतीजा। पायल यह बात समझती है इसलिए उसने अपनी माँ के मुँह पर हाथ रख दिया था।

'ई मियवाँ हमरा के परवचन दीहि कि रामजी का बतवले बाड़ें'- आशिक़ के कान में जैसे यह बात पिघले शीशे की तरह उड़ेल दी गई हो। रात आधी से ज़्यादा बीत चुकी है। लेकिन वह बेचैन होकर तख़्त पर करवटें बदल रहा है। कोई सात-आठ साल उमर होगी जब अब्बू उसे पहली बार अपने साथ दुकान पर लाए थे।

तब आरामगंज चौक पर ऐसी चहल-पहल कहाँ थी भला! बोबिन में धागे

भरते हुए आशिक़ दुकान के सामने से गुज़रने वाली गाड़ियाँ गिना करता था और रात को घर आकर बताता था- पता है, आज दुकान के सामने से कितनी गाड़ियाँ गुज़रीं पूरे साठ! जब उसकी फूफी या ख़ाला के बच्चे घर आते तो आशिक़ उन्हें अपने साथ दुकान पर ले आता और बड़े गर्व से सड़क के नज़ारे दिखाता। चौक की दुकान! बचपन से यही आशिक़ की सबसे बड़ी पहचान उसकी कोर आइडेंटिटी रही है। लेकिन एक और पहचान है जो कहीं ज़्यादा बड़ी है। इतनी बड़ी कि चाहकर भी उससे पीछा नहीं छुड़ाया जा सकता है। आशिक़ हिंदू इलाक़े में एक मुसलमान है।

ना आज रात उसे नींद नहीं आएगी। आशिक़ ने चुपचाप किवाड़ खोली और बाहर निकलकर दरवाज़े पर बैठ गया। फूलों की क़तार और अधखिला चाँद इन सबसे परे आशिक़ का मन आरामगंज चौक पर टँगा हुआ है। चाबुक की तरह पड़ रहा मन पर एक ही शब्द बार-बार 'औक़ात'। आदमी की औक़ात उसकी पहचान से तय होती है। लेकिन आख़िर एक आदमी की असली पहचान क्या होती है, जो वह ख़ुद माने या फिर जो दूसरे उसके बारे में तय करें? याददाश्त एक झटके में ना जाने कितना पीछे लौट गई। अब्बू दुकान पर बैठे हैं और आशिक़ उनके बग़ल में चुपचाप खड़ा है-

"ई ससुरा पर्व-त्यौहार आता तो लगता है कि कोनो महाजन कर्जा वसूली के लिए छाती पर सवार हो गया है।" एक ही थान से कटवाए कपड़े से बने तीन सेट पैंट-क़मीज़ की डिलीवरी लेते हुए महतो जी ने कहा।

"हाँ ठीक कह रहे हैं आप। त्यौहार की ख़ुशी सिर्फ़ बच्चों को होती है, बड़ों को नहीं।" ग़नी मियाँ ने जवाब दिया।

"माई-बाबूजी गाँव पर रहते हैं फिर भी यहाँ पाँच आदमी का परिवार है, हमारा। होली-दशहरा में नया कपड़ा ज़रूरी है, बहुत मुश्किल होता भाई इतना सब करना। आपके परिवार में कय ठो आदमी है?"

"हम भी अब पाँच ही हैं। सबसे बड़ी लड़की तो अल्लाह को प्यारी हो गई। अब दो लड़कियाँ हैं और ई एक ठो बेटवा।"

"सब एक्के मेहरारू से है?"

"हम समझे नहीं आपकी बात?"

"अरे आप लोग में चार बीवी रखना ज़रूरी होता ना है? हम सुने हैं,

इसीलिए पूछ रहे हैं।"

"ओ अच्छा!" मास्टर जी यानी ग़नी मियाँ ज़ोर हँसे और फिर बेटे को पुकारा।

"चचा को बताओ, कितनी अम्मी हैं, तुम्हारी।"

आशिक़ चुपचाप ज़मीन की तरफ़ देखता रहा फिर उसने उँगली के इशारे से बताया- एक।

दुकान पर उठी एक शंका का समाधान हो गया। लेकिन मोहल्ले के बच्चों में ना जाने क्यों ये बात फैल गई कि मास्टर जी की चार बीवियाँ हैं। आशिक़ जब भी अकेला दुकान की तरफ़ आता, हमउम्र बच्चे एक सुर में गाते-

"असिकवा घूमे बीच बजार
बप्पा एक मइया चार"

एक दिन ऐसी ही आवाज़ सुनकर आशिक़ ने सड़क पर पड़ा पत्थर उठाया और पूरी ताक़त से घुमाकर फेंक दिया। पत्थर सनसनाता हुआ एक बच्चे के सिर पर लगा। आशिक़ फ़रार था और कठघरा में ग़नी मियाँ खड़े थे- "तो मास्टरजी आप लोग को यहाँ इसीलिए बसाया गया है कि आतंकवादी पैदा कीजिए? देख रहे हैं लौंडे की करतूत!"

रात को अब्बू घर आए। आशिक़ से कुछ नहीं कहा लेकिन खाना तक नहीं खाया। अम्मा ने पूछा तो सिर्फ़ इतना बोले कि तबियत थोड़ी ढीली है।

आशिक़ सब कुछ बर्दाश्त कर सकता है लेकिन अपने अब्बू और अम्मा की बेइज़्ज़ती नहीं। बरसों हो गए लेकिन उसे होली से एक दिन पहले वाली वो रात अब भी याद है। दुकान पर काम बहुत ज़्यादा था। सिलाई थोड़ी देर रोककर अब्बू बीड़ी लेने बाहर गए कि अचानक आशिक़ ने उनकी चीख़ सुनी।

बदहवास आशिक़ हाथ में बड़ी कैंची लिए बाहर आया। पता चला कि कुछ लड़के ग़नी मियाँ को पकड़कर चेहरे पर ज़बरदस्ती मोबिल ऑयल मलने की कोशिश कर रहे थे। आस-पास के लोगों ने नाराज़गी जताई तो लड़के भाग खड़े हुए। लोगों ने ग़नी मियाँ को मनीष क्लॉथ स्टोर के स्टूल पर बिठाया और फिर उनका मुँह धुलवाया। मोबिल ऑयल दाढ़ी में बुरी तरह चिपक गया था। ग़नीमत कि आँखों में नहीं गया।

आशिक़ सोचता रहा कि अगर वह अब्बू के साथ ऐसा सलूक करने वाले

किसी लड़के के पेट में कैंची घुसेड़ देता तो कितना अच्छा होता। होली के बाद भी लोग मास्टरजी का मिज़ाज पूछने आते रहे। ग़नी मियाँ उस घटना पर ज़्यादा बात नहीं करते। आशिक़ ने उन्हें एक ग्राहक से इतना कहते ज़रूर सुना- "बुरी यादें क़र्ज़ से भी ज़्यादा भारी होती हैं। उन्हें फ़ौरन उतार फेंकना चाहिए।"

एक ग्राहक से पता चला कि उस दिन हुड़दंगियों को जिसने भगाया था, उसका नाम मंटू भुइयाँ है और वह अंदर किसी गली का छँटा हुआ क्रिमिनल है। यह सुनकर ग़नी मियाँ बोले- "इंसान चाहे जितना भी बुरा हो, लेकिन असल में भीतर से अच्छा ही होता है।"

ग़नी मियाँ अब दुनिया में नहीं हैं। लेकिन उनकी कई बातें रह-रहकर आशिक़ के कानों में गूँजती हैं। बेइज़्ज़ती को पानी की तरह पी जाते थे, आशिक़ के अब्बू। अपनी ज़िंदगी में उन्होंने कितने ऊँच-नीच देखे लेकिन चेहरे पर कभी कोई शिकन नहीं। साल 1967 के दंगों ने पूरे शहर की सूरत बदलकर रख दी। हिंदू इलाक़ों में जिन मुसलमानों की दुकानें थी, उनमें से ज़्यादातर का दाना-पानी उठ गया। दंगे सन 67 के बाद भी हुए लेकिन ग़नी मियाँ जहाँ थे, वहीं बने रहे। उनकी नेकी का सवाब ही है कि आशिक़ के पास आज दो दुकाने हैं। सावित्री बुटीक तो मेन रोड के लेडीज़ टेलरिंग शॉप्स से टक्कर लेती है।

आशिक़ को जब भी बहुत ज़्यादा ग़ुस्सा आता है, वह अब्बू की इसी बात को याद करता है- "इंसान चाहे जितना भी बुरा हो, लेकिन असल में भीतर से अच्छा ही होता है।" ग़ुस्सा आना फ़ौरन बंद हो जाता है। आज भी वह यही कर रहा है। बसंती चाची बेमतलब बहुत भला-बुरा कहकर गईं। उसे 'औक़ात' बता गईं और यहाँ तक कहा कि पंडीजी ने यहाँ एक मुसलमान बसाकर बहुत ग़लत किया है। लेकिन ये चाची आख़िर हैं कौन?

ये वही चाची हैं, जिन्होंने अपने डॉक्टर बहनोई से कहकर आशिक़ की अम्मा के मोतियाबिंद का ऑपरेशन करवाया था, एकदम मुफ़्त। जब शमी पैदा होनेवाला था तब हर दो-चार दिन में एक बार हाल ज़रूर पता कर जातीं और बार-बार कहती थीं- "अपनी मेहरारू से पूछकर बताना, उसको कुछ खाने का मन करे तो हम अपने हाथ से बनवा के भिजवा देंगे।"

किसना और चंदू अक्सर दबे पाँव आशिक़ के पास आते हैं और कभी पाँच-हज़ार तो कभी दस हज़ार रुपये बढ़ा देते हैं- "रख लो तुम्हारे पास सेफ़

रहेगा आराम से दे देना।" आशिक़ ने एकाध बार पैसे रखे भी फिर समझ में आया कि ये उनकी हराम की कमाई है, जो मटके, जुए या किसी और छोटे-मोटे क्राइम से आई है। एक दिन आशिक़ ने साफ़-साफ़ मना कर दिया। दोनों ने बहुत विनती-चिरौरी की लेकिन आशिक़ नहीं माना तो मुँह लटकाकर चले गए। फिर भी अगर दोनों कभी गाहे-बेगाहे सड़क पर मिल जाएँ तो इज़्ज़त से बात करते हैं। आदमी बुरा हो तब भी उसके दिल में अच्छे लोगों के लिए थोड़ा सम्मान ज़रूर होता है।

आशिक़ आरामगंज की सड़कों पर निकलता है। शहर में आजकल ग़ज़ब की कट्टा और बम क्रांति आई हुई है। अमीरों की सोसाइटी में जिस तरह क्लीवेज दिखाना फ़ैशन है, उसी तरह सड़क पर घूमने निकले लौंडे जींस-पैंट और क़मीज़ के बीच से झाँकता कट्टा दिखाते हैं। लेकिन यही शोहदे जब चित्रहार में आए किसी रोमैंटिक गाने की बात करते हैं तो इनके चेहरे पर ग़ज़ब की मुलायमियत आ जाती है। जेल से छूटा कोई बदमाश जब चौक के बाज़ार में अपने बच्चे के लिए ग़ुब्बारे ख़रीद रहा होता है, तो वह दुनिया का सबसे रूहानी, सबसे पवित्र आदमी लगता है।

आशिक़ लगातार सोचता रहा लेकिन कोई भी ऐसा चेहरा उसके ज़ेहन में नहीं आया जिससे वह नफ़रत कर सके। ऐसे किसी आदमी तक से नफ़रत नहीं की जा सकती जो उसे मिश्राजी कहकर चिढ़ाता है। नून, तेल और लकड़ी की चिंता में फँसे मजबूर लोगों की बस्ती है रैयत टोली। ग़रीब, अनपढ़ और परेशान हाल लोग कभी-कभी तकलीफ़ की वजह बनते हैं, लेकिन उनसे नफ़रत क्या करना! आशिक़ जिस तरह दरवाज़ा खोलकर घर से बाहर निकला था, ठीक वैसे ही चोरों की तरह अंदर आ गया। अब शायद उसे नींद आ जाएगी।

राम का मार्ग दुखों का मार्ग है

आशिक़ को याद नहीं है कि उसने कब इससे पहले अपने-आप से इतनी बातें की थीं। अचानक उसकी आँखों में कौंधता है, बाबा का चेहरा। बाबा यानी इंद्रदेव पाँड़े। बाबा बच्चों को एक कमरे की पाठशाला में रटा रहे हैं-

बुरा देखन मैं चला बुरा ना मिलिया कोय
जो दिल ढूँढा आपना, मुझसे बुरा ना कोय

जितने भी दोहे और चौपाइयाँ आशिक़ को याद हैं, वह सब बाबा की मेहरबानी है। आशिक़ ने जब होश सँभाला तो उसके बाप के ज़ेहन में सवाल आया कि इसे पढ़ाना चाहिए या नहीं? आगे चलकर करना तो पुश्तैनी धंधा ही है। लेकिन छह-सात साल के बच्चे को दर्ज़ीगीरी की ट्रेनिंग नहीं दी जा सकती है। जाने कब हाथ में सुई चुभा ले या कैंची से कपड़े की जगह अपनी उँगली काट ले। तो बच्चा जब तक ट्रेनिंग के लायक़ नहीं हो जाता, थोड़ी इल्म हासिल कर ले तो कोई हर्ज नहीं।

ऐसे भी जीने के लिए कामचलाऊ अक्षर ज्ञान और जोड़-घटाव आना ज़रूरी है। पड़ोसियों ने कहा कि मोती नगर वाले मदरसे में भेजो। लेकिन इकलौते बच्चे को इतनी दूर भेजने का जोखिम कौन ले। ग़नी मियाँ ने उसे चुपचाप पड़ोस वाले पाँड़े बाबा के हवाले कर दिया बीस रुपये महीने की फ़ीस पर। बाबा की पाठशाला में रोज़ सुबह प्रार्थना होती थी-

एको राम दूजो श्याम
तीनों त्रिलोक चारों धाम

...और इस तरह नौ ग्रह और दस दिशा पर आकर प्रार्थना ख़त्म होती थी। बाक़ी बच्चों के साथ आशिक़ भी प्रार्थना झूम-झूमकर गाता था और उसके बाद पवन के साथ एक कोने में बोरे पर बैठ जाता। दस बच्चों में आठ एक तरफ़ और दो यानी पवन और आशिक़ दूसरी तरफ़। पवन वाल्मीकि नगर से आता था। पाँड़े बाबा अगर उसे बाक़ी बच्चों के साथ बिठा देते तो उनका पूरा स्कूल ख़ाली हो जाता। आशिक़ आया तो अच्छा हुआ कि पवन को किसी की कंपनी मिली। क ख ग घ, गिनती और पहाड़े यानी सब कुछ पढ़ाते थे बाबा। इतिहास, भूगोल और सामान्य ज्ञान की भी मोटी-मोटी जानकारी देते थे। जैसे- भारत कब आज़ाद हुआ था। हम किस महादेश में रहते हैं। हमारे देश के प्रधानमंत्री और राष्ट्रपति के नाम क्या हैं, वग़ैरह। हफ़्ते भर में बाबा ने प्रतिभा को पहचान लिया- "अलबत्त तेज़ है ई जोलहा के पूत!"

वाकई पाँड़े बाबा के चेलों में आशिक़ सबसे होनहार निकला। सत्रह के पहाड़ा से संस्कृत के श्लोक तक जो कुछ बाबा बोलते उसे रट्टू तोते की तरह दोहरा देता। आज्ञाकारी ऐसा कि गुरुजी के कहने से पहले ही पाठशाला बंद होने के बाद दरी मोड़कर किनारे रख दे। अपने-आप झाड़ू उठाए और बरामदे के पत्ते बुहार दे। साल भर बाद आशिक़ की प्रोग्रेस रिपोर्ट सौंपते हुए पाँड़े बाबा ने ग़नी से कहा- "लड़का बहुत होशियार है, इसे आगे पढ़ाओ, दर्ज़ीगीरी के काम में मत लगाओ।"

ग़नी ने जवाब दिया कि पढ़-लिखकर कौन-सा कलक्टर हो जाएगा। पेट भरने के लिए कुछ हुनर आना चाहिए। इसलिए अगले महीने से इसकी दर्ज़ीगीरी की ट्रेनिंग शुरू होगी। पाँड़े बाबा कुछ देर सोचते रहे और फिर यह प्रस्ताव दिया कि आशिक़ सुबह में पाठशाला आए, यहाँ के कामकाज में कुछ हाथ बँटाए और बदले में इल्म हासिल करे। इसकी फ़ीस माफ़ कर दी जाएगी। पाठशाला से छुट्टी के बाद वह अपने बाप की दुकान में जाकर दर्ज़ीगीरी भी सीख सकता है। इस तरह वह पूरे दिन काम में लगा रहेगा तो ग़लत सोहबत से भी बचेगा। सुझाव ग़नी मियाँ को जँच गया और आठ साल के होते ही आशिक़ की डबल

ड्यूटी शुरू हो गई।

आशिक़ की गुरुभक्ति आरुणि जैसी थी लेकिन पँड़ियाइन जी को मुसलमान को घर में घुसाना पसंद नहीं था। शुरू में क़ायदे बहुत सख़्त थे। पाठशाला वाली कोठरी छोड़कर कहीं और क़दम रखना मना है। रस्सी-बाल्टी मत छुओ। बैठकी में मत जाओ। आशिक़ हर आज्ञा को ब्रह्मवाक्य मानकर उसका पालन करता। सर्दियों के दिन थे। पाठशाला बंद होने के बाद पाँड़े-पँड़ियाइन बरामदे की गुनगुनी धूप में बैठे चूड़ा-मटर खा रहे थे और चाय पी रहे थे। अचानक पँड़ियाइन की नज़र कोने में बैठे आशिक़ पर पड़ी। आँखों में इस बात इंतज़ार था कि कब बाबा कहें कि छुट्टी हो गई और वह घर जाए।

घर जाने के मतलब यह कि खाना मिलेगा। अचानक पँड़ियाइन के दिल में करुणा का सागर हिलोरे मारने लगा।

"कोना बिलाइक नेना जकाँ टुकुर-टुकुर ताकैत रहय छै।" उन्होंने मैथिली में पाँड़े बाबा से कहा। मतलब किस तरह यह मासूम बिल्ली के बच्चे की तरह टुकुर-टुकुर देखता रहता है।

और अगले दिन से उस बिल्ली के बच्चे के लिए तामचीन का एक प्लेट और एक कप आ गया। घर में जो बनता था, उसका एक हिस्सा आशिक़ का। फल या मिठाई आए तब भी। बस आशिक़ को बदले में अपना प्लेट और प्याला धोकर एक कोने में रखना होता था। आशिक़ के बहाने कभी-कभी पवन को भी उसी प्लेट से मिठाई या फल चखने को मिल जाता था।

जब आशिक़ विशेष रूप से लाए गए प्लेट में कुछ खा रहा होता तो पँड़ियाइन उसे उसी वात्सल्य भाव से निहारा करतीं, जिस तरह हम अपने किसी पालूत को निहारते हैं। समकालीन नैतिकता, करुणा और मानवता के सबसे उच्चतर मानदंड पर बैठी थीं पँड़ियाइन जी। फ़िलहाल इससे आगे जा पाना उनके लिए संभव नहीं था।

रैयत टोली में जब श्रीकृष्ण-सुदामा, कालिया नाग, बाली-सुग्रीव और श्रवण कुमार की कहानियाँ तैरने लगीं तो ग़नी मियाँ के पास कुछ लोग शिकायत लेकर पहुँचे। शिकायत करने वालों में क़मरुद्दीन सबसे आगे थे। अंजुमन इस्लामिया में चपरासी हैं, लेकिन ख़ुद को किसी मुफ़्ती से कम नहीं समझते। रैयत टोली के लोग उन्हें पुकारते भी मुफ़्ती साहब ही हैं।

"आपके साहबज़ादे यहाँ के बच्चों का दीन-ईमान बिगाड़ रहे हैं। अरे क्या ज़रूरत थी पंडित-वंडित के स्कूल में भेजने की?" एकदम ख़ालिस उर्दू में अपनी शिकायत रखी क़मरुद्दीन साहब ने।

"अरे मुफ़्ती साहेब, अब का कर दिहिस आशिकवा?"

"अरे सुनिए तो यहाँ के बच्चे कैसी-कैसी बातें कर रहे हैं। दूसरे मज़हब की रवायतें यहाँ फैलाना मुनासिब है भला?"

"श्रवण कुमार अपने अंधे बाई-बाप को ज़ियारत करावे कंधे पर बैठाके ले गया तो इसमें कौन-सी ख़राब बात हो गई मुफ़्ती साहेब?" ग़नी मियाँ ने धीमी आवाज़ में कहा।

"आप समझ नहीं रहे कि आपके बेटे पर उन पंडितजी की सोहबत का क्या असर होगा। अपना दीन-ईमान छोड़कर हिंदू बन जाएगा पक्का! लिख लीजिए मेरी बात।"

"जो गली में इहाँ-उहाँ जुआ खेल रहे हैं, खुलेआम बीड़ी सिगरेट पी रहे हैं, उ सब आगे चलके आलिम और हाजी बनेंगे... है ना मुफ़्ती साहेब? सुनिए, पंडित जी कोनो गारी-बात नहीं सिखा रहे हैं, अशिकवा वहीं जाएगा। आप कह दीजिए अपने लड़के से कि आशिक़ काफ़िर हो गया है, उसकी सोहबत से दूर रहे।" ग़नी मियाँ ने अपना फ़ैसला सुना दिया।

आशिक़ काफ़िर हो गया है, पूरी रैयत टोली में धीरे-धीरे फैल गई यह बात। लेकिन उसके बाप को पता है कि सच क्या है। मुसलमानी उन्होंने अपने सामने करवाई थी। पाँचों कलमें याद हैं आशिक़ को। रमज़ान में रोज़ा रखे या ना रखे लेकिन ईद-बक़रीद की नमाज़ ज़रूर पढ़ता है और सबसे बड़ी बात यह है कि अपना काम लगन और ईमानदारी से करता है। सोलह साल का होते-होते आशिक़ पूरी दुकान सँभालने लगा था। अब्बा अगर ग़ैर-हाज़िर हों तब भी काम रुकेगा नहीं।

पिछले महीने आशिक़ अपने मामा के यहाँ शादी में गया था। लौटकर आया तो उसके हाथ में एक अनोखा हुनर था। सिर्फ़ दो घंटे में उसने कुर्ती सिल दी तो अम्मा की आँखें भर आईं। आशिक़ के मामू पटना में लेडीज़ टेलर की दुकान चलाते हैं। बड़े शहरों में लेडीज़ टेलर की बहुत डिमांड है। आशिक़ भी अपने मामू की तरह एक कामयाब लेडीज़ टेलर बनने के सपने देखने लगा। आगे

चलकर वो एक नयी दुकान खोलेगा, ये वाली दुकान अब्बू सँभालेंगे। ख़ूब पैसा आएगा, घर में ख़ुशियाँ-ही-ख़ुशियाँ होंगी।

उम्र बढ़ी तब भी बाबा की पाठशाला में जाने का सिलसिला कायम रहा, पढ़ने के लिए नहीं बल्कि हाथ बँटाने के लिए। बाबा जैसे दुख देखने के लिए ही बने हैं। सिरफिरा बेटा फिर घर से भाग गया और पँड़ियाइन जी दुनिया से उठ गईं। लेकिन हिम्मत देखो बाबा की! झुकी हुई कमर लिए उसी तरह पाठशाला चलाते हैं, जैसे दस साल पहले चलाते थे।

कुंडली दिखाने और उपाय पूछने आए ना जाने कितने दुखी लोगों की आस हैं, बाबा। वे मंत्र से लेकर उपाय तक बहुत कुछ बताते हैं। कभी कोई बहुत ग़रीब आ गया तो अनाज या थोड़े-बहुत पैसे भी दे देते हैं। मगर अपने लिए? आशिक़ उन्हें अक्सर अकेले में धीरे-धीरे प्रार्थना करता सुनता है-

'करो रक्षा विपत्ति से, ना ऐसी प्रार्थना मेरी
विपत्ति से भय नहीं पाऊँ, प्रभु यह प्रार्थना मेरी
मिले दुख ताप से शांति, ना ऐसी प्रार्थना मेरी
सभी दुख से विजय पाऊँ, प्रभु यह प्रार्थना मेरी।'

अपनी तकलीफ़ों का वो भूले से भी ज़िक्र नहीं करते। बस एक बार उन्होंने मिलने आए किसी बुज़ुर्ग से कहा था- "राम का मार्ग दुखों का मार्ग है। स्वयं रामचंद्र जी ने इतने दुख उठाए तो फिर उनके सच्चे भक्त सुखी कैसे रह सकते हैं? राम अपने भक्तों की परीक्षा इसी तरह लेते हैं।"

आशिक़ को बाबा में अपने अब्बू की झलक दिखाई देती है, उन्हीं की तरह दीन-ईमान वाले। मुश्किल से मुश्किल हालात में कभी उफ़्फ़ ना करने वाले बाबा। आशिक़ को जो कुछ सिखाना था पाँड़े बाबा बहुत पहले सिखा चुके। टीचर वे हिंदी और संस्कृत के थे फिर भी आशिक़ को कामचलाऊ अंग्रेज़ी भी सिखा दी। बाबा के साथ रहकर उसे धर्म-कर्म का इतना ज्ञान हो चुका कि अगर ब्राह्मण होता तो पंडिताई करके घर चला लेता। जी हाँ इस सुन्नी मुसलमान को कुंडली बाँचना और पतरा भी देखना भी आ गया है।

बाबा अब बार-बार एक ही बात कहते थे- प्राइवेट से मैट्रिक का फ़ॉर्म भर दो बेटा। हाँ ना करते-करते आशिक़ ने फ़ॉर्म भर दिया और थर्ड डिवीज़न से

पास भी हो गया। बाबा ने कहा- "इसी तरह धीरे-धीरे करके ग्रेजुएशन भी कर लो।" लेकिन आशिक़ की कोई इच्छा नहीं है क्योंकि करना उसे वही है, जो अब्बू करते आए हैं। दर्ज़ीगीरी में उसे मज़ा आता है। लेकिन बाबा की बात टाल नहीं सकता। लिहाज़ा उसने एक इवनिंग कॉलेज में दाख़िला ले लिया। वक़्त अपनी रफ़्तार से आगे बढ़ रहा था कि अचानक एक दिन सुबह-सुबह अब्बू ख़ून की उल्टियाँ करने लगे। आशिक़ उन्हें लेकर अस्पताल भागा। पता चला कि फेफड़े का कैंसर है।

क़िस्मत का खेल! तबियत बिगड़ती चली गई और महीने भर के भीतर ग़नी मियाँ अल्लाह को प्यारे हो गए। आशिक़ ने अम्मा और बहनों को किस तरह सँभाला वही जानता है। दुकान बहुत दिन तक बंद रही। सदमे से उबरने के बाद आख़िरकार एक दिन आशिक़ दुकान जाने के लिए घर से निकला और रोज़ की तरह पाठशाला पर रुका। गेट पर बाहर से लगा ताला देखकर उसका माथा ठनका।

पता चला कि बाबा दुनिया छोड़ चुके हैं। एक रात सोए तो उठे ही नहीं। काफ़ी समय तक लावारिस लाश की तरह पड़े रहे। आख़िरकार दूर-दराज़ के रिश्तेदार पहुँचे और किसी तरह क्रिया-कर्म संपन्न हुआ। घर की चाबी भी कोई ऐसा रिश्तेदार ले गया है, जिसे आस-पास के लोग ठीक से पहचानते तक नहीं हैं।

अब्बू के जाने पर भी आशिक़ इतना नहीं रोया था जितना बाबा की मौत की ख़बर सुनकर रोया। फ़र्क़ सिर्फ़ इतना था कि सिवाय उस खुरदरे बूढ़े पीपल के कोई और नहीं था जो आशिक़ को अपनी छाती से लगाकर उसका ग़म बाँट सके। आँसू भरी आँखों में पीछे छूट चुके वक़्त की अनगिनत तस्वीरें थीं-

"राम घट-घटवासी हैं। राम इस सृष्टि के कण-कण में हैं।" बाबा अक्सर कहते थे।

"सच्ची! तो मतलब रामजी रैयत टोली में भी हैं और चौक पर भी?" आठ साल का आशिक़ आँखे फाड़कर पूछता।

जवाब में पाँड़े बाबा मुस्कुराकर सिर हिलाते।

"ओ तेरी! मतलब रामजी यहाँ से आते जाते-होंगे? मतलब मेरे घर के सामने से भी कभी गए होंगे और दुकान के सामने से भी है ना?"

जवाब में बाबा मुस्कुराते रहते।

आशिक़ जब कभी बचपन में खेलता हुआ नदी की तरफ़ जाता और चारों तरफ़ फैले इमली, शीशम, बरगद और सेमल के पेड़ों को देखता तो उसे लगता कि राम वनवास में इन्हीं घने जंगलों में रहे होंगे। एक दिन उसने पूछा- "बाबा, आरामगंज से आगे नदी के उस पार ही चित्रकूट है ना?"

बाबा ने पँड़ियाइन जी की तरफ़ देखा और ठठाकर हँसे- "ना रे, चित्रकूट तो यहाँ से बहुत दूर है। तुझे किसने बता दिया?"

आशिक़ थोड़ी देर चुप रहा और फिर बोला- "अच्छा बाबा, ऐसा नहीं हो सकता कि रामजी नदी पार वाले उसी जंगल में गए हों?"

"होने को कुछ भी हो सकता है। रामजी की माया वही जानें।" बाबा ने कहा।

यह रामजी की कैसी माया है कि आशिक़ दस दिन में दो बार अनाथ हुआ है!

अब्बू ने सिखाया था- बुरे-से-बुरा आदमी भी अंदर से अच्छा ही होता है। लेकिन आशिक़ ने अपने अनुभव से समझा है कि अच्छे आदमी के साथ अच्छा हो यह ज़रूरी नहीं है। अब्बूजान अल्लाह के नेक बंदे थे और महज़ 49 बरस की उमर में बेइंतहा दर्द सहकर मरे। पाँड़े बाबा हमेशा नेकी के रास्ते पर चले और इतने दुख उठाए। बाबा ने शायद ठीक ही कहा था- "राम का मार्ग दुख का मार्ग है।"

आख़िर ऊपर वाला अपने बंदों को लेकर इतना बेरहम क्यों है? कौन जाने ऊपर वाला सिर्फ़ मज़हब की किताबों और क़िस्से-कहानियों में है या सचमुच है? आशिक़ के इन सवालों का जवाब कौन दे? जिनसे वह सवाल कर सकता था, वे तो अब दुनिया में है ही नहीं। सोचते-सोचते आख़िरकार आशिक़ को नींद आ ही गई।

तेरा क्या होगा गोपाल ?

आशिक़ की कच्ची नींद बाहर से आ रहे शोर ने तोड़ी। वह झटके से उठा और बनियान में ही घर से बाहर निकल आया। सामने म्यूनिसिपैलिटी के नल पर कई लोग जमा थे। गोपाल मोची एक कोने में खड़ा थर-थर काँप रहा था। दूसरे छोर पर खड़ा छक्कन का बड़ा लड़का सलीम गोपाल के पूरे ख़ानदान की औरतों को बारी-बारी से याद कर रहा था- "कल से अगर यहाँ दिखे साले तो दोनों टाँग तोड़ के हाथ में देगें। पानी भरने का इतना शौक़ है तो किसी हिंदू बस्ती में जाओ। हियाँ अपनी मइया..."

गोपाल के कपड़े जिस तरह मिट्टी में लिथड़े थे, उससे साफ़ था कि सलीम ने उसके साथ मारपीट की है। उसकी आँखों में आँसू थे, दोनों हाथों में बाल्टी थी और चेहरे पर थे अजीब से भय मिश्रित याचना के भाव। आदमी पिटकर तो ज़िंदा रह सकता है लेकिन बग़ैर पानी के कैसे रहे ?

मंज़र देखकर ऐसा नहीं लग रहा था कि झगड़ा सिर्फ़ पानी है। सुबह के लगभग साढ़े सात बज रहे हैं। इस वक़्त तक ज़्यादातर लोग पानी भर चुके होते हैं। ऐसे में अगर पड़ोस में रहने वाले किसी आदमी ने दो बाल्टी पानी सरकारी नल से ले ही लिया तो किसी का क्या जाता है ? गोपाल ऐसा आदमी नहीं है जो किसी से ऊँची आवाज़ में बात करे, झगड़ना तो बहुत दूर की बात है।

पाँड़े बाबा के मकान के ठीक आगे जो रास्ता आरामगंज चौक की तरफ़ मुड़ता है, उसी के कोने पर है गोपाल का झोपड़ीनुमा मकान। उसे पोलियो-ग्रस्त लोगों के लिए जूते बनाने में महारत हासिल है। कभी किसी फ़ैक्ट्री में काम किया

करता था जिसके बंद होने के बाद वह घर पर रहने लगा। पोलियो वाले जूतों की डिमांड होगी तो आख़िर कितनी? भूले-भटके कोई ग्राहक आ भी जाए तो तक़दीर का रोना रोता है और पैसे कम करवा लेता है। लिहाज़ा गोपाल मरम्मत और पॉलिश का काम करके किसी तरह गुज़ारा करता है।

आते-जाते जब भी आशिक़ पर उसकी नज़र पड़ती है तो बड़ी दीनता से हाथ जोड़कर प्रणाम करता है। सिर्फ़ आशिक़ ही नहीं उसका यही दैन्य भाव सबके सामने होता है। उमर कोई पचास साल होगी। भगवान ने जितनी भी औलादें दीं, सबको एक-एक करके अपने पास बुला लिया। गोपाल अपनी बीमार औरत के साथ किसी तरह झोपड़ी में दिन काट रहा है।

तमाशबीन लगभग ख़ामोश हैं। मिट्टी सने कपड़ों के साथ बाल्टी थामे गोपाल ने बिना कुछ कहे सत्याग्रही भाव से एक बार फिर नल की तरफ़ क़दम बढ़ाया। लोगों ने दम साध लिया। तभी सलीम ने झपटकर उसका कुर्ता पकड़ लिया- "ऐसा नहीं मानेगा ये भोसड़ी वाला। यही गाड़ देंगे..."

लोगों ने देखा कि गोपाल की मुट्ठियाँ दोनों बाल्टियों के हैंडिल पर और ज़्यादा भिंच गईं। अचानक बिजली की तेज़ी से आशिक़ आगे आया और उसने सलीम को बुरी तरह धकियाकर अलग किया। सलीम मुँह के बल गिरते-गिरते बचा।

"ऐ मिसिर, हमसे रंगबाज़ी नहीं ये आरामगंज चौक नहीं है।"

सलीम दोबारा खड़ा हुआ और फिर आशिक़ की तरफ़ लपका लेकिन दो-तीन लोग उसे अलग करके किनारे ले गए। एक ने आशिक़ पर आग्रह भरी नज़र डाली और इशारे से कहा- भाई आराम से। आशिक़ ने मुँह से कुछ नहीं कहा। बस चुपचाप नल के सामने गोपाल की बाल्टी रख दी।

"रैयत टोली में कोई एक ठो कटिया भी डालें तो 'उन सब' की छाती पर ऐसे साँप लोटता है कि बिजली विभाग में कंप्लेन कर देते हैं। एक हमीं चूतिये हैं कि उनके नीचजतियों को पानी भरने दें। बहिनचोद वाल्मीकि नगर तक में भी तीन-तीन ठो सरकारी नल है। हियाँ केवल एक। हम भंगी-चमार से भी गए-गुज़रे हैं। घर के सामने है तो इसका मतलब थोड़े ना है कि नल आशिकवा के बाप का हो गया। अशराफ़ हिंदू मोहल्ले में रहकर ज़्यादा चर्बी चढ़ गई है। बता रहे हैं हम, उतार देंगे पूरी चर्बी एक दिन।"

बग़ल की गली से लगातार ललकारने की आवाज़ आ रही है। यह आरामगंज या रैयत टोली नहीं बल्कि शायद हर छोटे शहर का दस्तूर है कि दो लोगों की लड़ाई में जिस आदमी के पिटने की आशंका ज़्यादा होती है, वही बीच-बचाव करने वालों पर गर्मी दिखाता है।

घर से दुकान के लिए निकलते वक़्त आशिक़ लगातार गोपाल मोची के बारे में सोचता रहा। उसने गोपाल को कह रखा है कि अगर कहीं से ना मिले तो उसके कुएँ पर आकर बेझिझक पानी भर ले। लेकिन आशिक़ भी जानता है कि बरसात के बाद नालियों के पानी की मिलावट से कुआँ इतना बदबूदार हो चुका है कि उसका पानी किसी काम का नहीं। गोपाल को झक मारकर किसी सरकारी नल पर ही जाना पड़ेगा।

गोपाल का नाम 'पगले' ओमजी ने नेपाल रखा है। नेपाल यानी भारत और चीन के बीच का वो बफ़र स्टेट है जो दोनों महाशक्तियों में किसी की नाराज़गी मोल नहीं ले सकता। "मरेगा नेपाल एक दिन! ज़रूर मरेगा कोल्ड वार में।" ओमजी आते-जाते अक्सर भविष्यवाणी करते हैं। गोपाल अगर नेपाल भी हो जाता तो कुछ और बात होती। वह महज़ एक पंचिंग बैग है- कुंठा, खीज, लाचारी और तकलीफ़ से भरे रैयत टोली वालों के लिए। वह मुसलमान मोहल्ले के मुहाने पर बसा एक 'हिंदू' है, जिससे अपने साथ हुई कथित और वास्तविक नाइंसाफ़ियों का बदला सूद समेत वसूला जा सकता है। लेकिन क्या वाक़ई गोपाल हिंदू भी है?

अगर वह आरामगंज में पानी माँगने जाए तो कोई उसे अपने घर से पानी भरने देगा? आरामगंज तो दूर वाल्मीकि नगर के गोरे-चिट्टे मारवाड़ी मेहतर भी उसे हिक़ारत के भाव से देखते हैं। पानी चोरी के इल्ज़ाम में गोपाल वहाँ भी पिट चुका है। आशिक़ ने अपने बचपन के दोस्त और बस्ती के नेता पवन हटवाल से सिफ़ारिश करके गोपाल को अभयदान दिलवाया है।

वाल्मीकि नगर में अब कम-से-कम कोई गोपाल के साथ कोई मारपीट नहीं करता है। लेकिन वाल्मीकि नगर से पानी लाने का मतलब है, आना और जाना मिलाकर कम-से-कम आधा घंटा। हाड़तोड़ ढुलाई अलग से। इससे अच्छा तो यही है कि गोपाल रैयत टोली वालों के सामने दाँत निपोर ले और दो-चार गालियाँ खा ले। एकाध बार पिट भी गया तो कौन-सी आफ़त आ जाएगी! जब

से होश सँभाला है, उसे पिटने की आदत है। फ़र्क़ बस इतना है कि बुढ़ापे का शरीर अब यह सब नहीं झेल पाता है।

अचानक आशिक़ के मन में एक अजीब-सा सवाल आया कि आख़िर गोपाल और उसमें क्या फ़र्क़ है? अब्बू कहा करते थे कि अल्लाह ज़िंदगी के साथ जीने की सलाहियत भी देता है। अपनी ज़िंदगी बचाए रखना हर इंसान का हक़ और फ़र्ज़ है। गोपाल यह काम अपने तरीक़े से कर रहा है और आशिक़ अपने तरीक़े से। आशिक़ ने जैसे ही यह सोचा कि कुछ-कुछ मामलों में वह गोपाल जैसा ही है, उसे ख़ुद पर घिन-सी आ गई। जाने क्यों कल से उसके मन में कई अजब-ग़ज़ब ख़याल आ रहे हैं।

हनीफ़ ने टू इन वन टेलर के दोनों हिस्सों में झाड़ू-बुहारू कर रखा है और एक कोने में बैठकर सिर झुकाए तुरपाई कर रहा है। आशिक़ भी स्टूल पर बैठ गया। वह दुकान की दीवारों को अक्सर बड़े ग़ौर से देखता है। मिस्टर इंडिया के टेबल पर पड़ी पुरानी कैंची काफ़ी देर तक निहारता रहता है। मामूली-सी यह कैची अब्बू के हाथ में आते ही मानो जादू की छड़ी बन जाती थी। कोने में खड़ा पुराना स्केल उसे इस अंदाज़ में ताक रहा है, जैसे कह रहा हो मुझे कभी मत हटाना। नीचे ढेर सारे कपड़े इस तरह रखे हैं कि आशिक़ को लगता है कि अबू बैठे नमाज़ पढ़ रहे हैं। कितनी आत्मीयता समाई है यहाँ के ज़र्रे-ज़र्रे में। आशिक़ चाहे लाख थका हो या उदास हो, दुकान में आते ही उसका मूड बदल जाता है। उसे मस्जिद जाने की क्या ज़रूरत है, जब ख़ुदा यहीं है।

बधाई हो बधाई!

तीन तल्ला कोठी में ना जाने कितने समय बाद ऐसी हलचल दिखाई दे रही है। सुबह-सुबह एक फ़िएट आई। उसके कुछ देर बाद मारूति-800 और अब एक कंटेसा हॉर्न बजा रही है। तीन तल्ला कोठी यानी आरामगंज चौक का 7 लोकनीति मार्ग या टेन डाउनिंग स्ट्रीट। यह पीडब्लूडी के नंबर वन ठेकेदार और चौक के प्रथम नागरिक बाबू सर्वदमन सिंह का ऑफ़िशियल रेज़िडेंस है। लेकिन आज यहाँ हो क्या रहा है?

ख़बर मंगल के पान दुकान से आई है- "कंप्रोमाइज़ हो गया है जी।"

"आँय!"

"हाँ कंप्रोमाइज़ हो गया।" ओझाजी की गुमटी पर भी किसी ने इसका अनुमोदन किया। मिथिलेश के ग्रॉसरी भंडार, पप्पू चायवाले, हरि स्वीट्स और बजरंगी ढाबे तक एक ही बात- कंप्रोमाइज़ हो गया।

"सर्वदमन बाबू अब अपने लुहार समधी के चरणों में पगड़ी उतारके रखेंगे हें हें हें..."

"राम-राम एकदम बुद्धिए भ्रष्ट हो गया बुढ़ापे में। लड़की तो लड़की बाप भी?"

"गोली मारने गए थे ना जी, अचानक क्या हो गया? एकदम सठिया गए हैं सर्वदमन बाबू!"

"सठियाये नहीं हैं, बहुते चालू आदमी हैं। लोहरा आईएएस हो गया तो चुप्पेचाप स्टैंड बदल लिहिन। बेटवा तो एकदम्मे नालायक़ है। बुढ़ापा में दामाद

की अफ़सरी पर ऐश करेंगे।"

"ओ तेरी, आईएएस?"

"और नहीं तो क्या! आईएएस बना है दिलीपवा।"

जो सुन रहा है, वही गश खाकर गिर रहा है। ऐसा नहीं है कि आरामगंज में पहले कोई अफ़सर नहीं हुआ। पिछली पीढ़ी में राधे बाबू, सहाय जी और वर्माजी जैसे कई छोटे-बड़े अफ़सर हो चुके हैं। श्रीकंठ सिंह के सगे छोटे भाई नीलकंठ सिंह तो इलाहाबाद हाईकोर्ट में जज हैं। लेकिन दिलीप से पहले यूपीएससी किसी ने क्लियर नहीं किया था। एक नयी सुरसुरी पूरे आरामगंज चौक पर फिर से दौड़ पड़ी है।

सुबह-सुबह ब्रेड-बटर लेने गया हरीश ख़बर सुनकर अर्ध-मूर्छित अवस्था में घर लौटा। पानी-वानी पीने के बाद थोड़ा सँभला और माँ से बोला- "देख लेना रूमर निकलेगा।" लेकिन थोड़ी ही देर बाद तीन तल्ला कोठी से सत्यानारायण कथा का प्रसाद लेने और वर-वधू को आशीर्वाद देने का निमंत्रण आ गया। हरीश की माँ ने हरकारे से आईएएस वाली बात भी क्रॉस चेक कर ली और उसके जाने के बाद ठंडी आह भरते हुए बोलीं- "पैसे वाले होंगे लेकिन आदमी बहुत लीचड़ हैं, सर्वदमन बाबू। जब बेटी-दामाद को अपना रहे हैं तो भोज-भात करना चाहिए ना। सत्यनारायण भगवान की पंजीरी और चरणामृत बाँट के सबको टरका देंगे।"

"प्रैक्टिकल आदमी हैं, सर्वदमन बाबू। आदमी को आजकल के जुग में इतना ही प्रैक्टिकल होना चाहिए।" तीन तल्ला कोठी में प्रसाद के लिए इकट्ठा हो रहे लोग धीमी आवाज़ में एक-दूसरे से कह रहे हैं।

बारामदे से लगी सर्वदमन बाबू की आलीशान बैठकी है, जिसके दरवाज़े पर भूस भरा एक बाघ खड़ा है, जिसका शिकार उनके दादाजी ने किया था। वैसे है तो ये तेंदुआ है लेकिन कहलाता बाघ है। ठीक वैसे ही जैसे छोटे ज़मींदार होकर सर्वदमन बाबू अपने नौकरों के मुँह से राजा साहब पुकारे जाते हैं और इंडियन रेवेन्यू सर्विस में सलेक्ट हुआ उनका दामाद अब आईएएस कहा जाएगा।

बारामदे पर आठ-दस कुर्सियाँ हैं, जिन पर चौक के सारे सीनियर सिटीज़न विराजमान हो चुके हैं। बाक़ी खड़े हैं। ऐसा लग रहा है कि कुछ बिन बुलाए मेहमान भी हैं जो गेट खुला देखकर भीतर चले आए हैं। इनमें ज़्यादातर कारिंदे

टाइप लोग हैं। सत्यनारायण का प्रसाद लेने आए लोगों को कौन रोक सकता है?

अतिथियों को देखकर यह बात बहुत साफ़ है कि इस 'राजपूत-लुहार कांप्रोमाइज़' से आरामगंज के सामाजिक समीकरण नहीं बदले हैं। गली के लोगों को न्यौता नहीं है। जो दो-चार लोग दिखाई दे रहे हैं, वे मजबूरी में बुलाए गए हैं। साहूजी के घर से केले के पत्ते मँगवाए गए हैं और यादव जी के यहाँ से आम के पल्लव और हवन के लिए लकड़ी आई है, अब उन्हें न्यौता कैसे ना जाए। दिलीप के जिन दूर के चाचा पर दुनाली तानकर सर्वदमन बाबू ने गोली चलाई था, वे दिखाई नहीं दे रहे हैं। पता नहीं बुलाए नहीं गए या डर के मारे नहीं आए, पूछे भी तो आख़िर कौन?

इस आयोजन के चीफ़ गेस्ट पंडित शलभमणि त्रिपाठी हैं। बाघ के ठीक बग़ल में विशेष रूप से रखी गई आरामकुर्सी पर त्रिपाठी जी विराजमान हैं। उनके बायें जटाशंकर शर्मा बैठे हैं। आजू-बाजू दो-चार चमचे टाइप लोग खड़े हैं। त्रिपाठी जी ने रेशमी-धोती कुर्ते के साथ हरे रंग का अंगवस्त्रम धारण कर रखा है और माथे पर चंदन का त्रिपुंड शोभायमान है। बीजेपी के विद्वान नेता मुरली मनोहर जोशी की तरह दिखते हैं, त्रिपाठी जी।

त्रिपाठी जी को देखकर अतिथिगण जिज्ञासु हो उठे। चौबे जी बोले- "लालू जादव तो बोल रहा है कि हम बिहार में आडवाणी जी को घुसने ही नहीं देंगे। रथ रोकके वापस दिल्ली भेज देंगे।"

त्रिपाठी जी ने मंद-मंद मुस्कुराते हुए उत्तर दिया- "जिसके हाथ में सत्ता हो वह रोक भी सकता है। लेकिन हिंदू जागृति का जो रथ चल पड़ा है, वो किसी के रोके नहीं रुकेगा।" जनता धन्य हो गई। अगर पटना-दिल्ली में होते तो त्रिपाठी जी बहुत बड़े नेता होते। वैसे यहाँ भी कौन से छोटे हैं! एमपी-एमएल तक उनसे राय लेने आते हैं। वर्माजी किसी को बता रहे थे कि यह जो कांप्रोमाइज़ फ़ॉर्मूला निकला है उसके सूत्रधार त्रिपाठी जी ही हैं।

त्रिपाठी जी ने विश्वकर्मा भगवान का एक मंत्र पढ़कर सर्वदमन बाबू को समझाया कि लुहार कोई ख़राब जाति नहीं है। ये लोग भी एक तरह के राजपूत ही हैं। अगर लुहार तलवार नहीं बनाएगा तो क्षत्रिय क्या चलाएगा? राजपूती आन में किसी तरह कम नहीं हैं ये लोग। एक बार वचन दे दें तो पीछे नहीं हटते।

लुहार जाति ने महाराणा प्रताप को वचन दिया था कि जब तक मातृभूमि

मुग़लों से स्वाधीन नहीं होती है, यह लोग कभी नहीं घर नहीं बनाएँगे। राजस्थान के गाड़िया लुहार आज तक वचन निभा रहे हैं। बैलगाड़ी पर घूमने वाले जो लोग लोहे का सामान बनाकर बेचते हैं वे उन्हीं लुहारों के वंशज हैं। दामाद नहीं हीरा मिला है। अपनी बिरादरी में कोई आईएएस खोजते तो कम-से-कम बीस-पच्चीस लाख ख़र्च होते। आपको तो ईश्वर को धन्यवाद देना चाहिए कि मुफ़्त में ऐसा योग्य वर मिल गया। त्रिपाठी जी की इन बातों में सर्वदमन बाबू पर जादू-सा असर किया और उन्होंने 'कमीने' और 'कुलकलंकिनी' के सीने में गोली उतारने का संकल्प त्याग दिया।

लेकिन अखिलेश ग़ुस्से से बिफर रहा है- "चाचा तो राजपूत के नाम पर वी.पी. सिंह से भी बड़े कलंक निकले। हम साला उनके नाम पर जान देने के लिए तैयार हैं और उ हैं कि बिरादरी की नाक कटवाने पर तुले हैं। असली लवण भास्कर चूर्ण त्रिपठिया है। अपनी लड़की किसी कहार या धोबी के घर ब्याहे तब ना माने। कल किसी को कह रहा था कि अगर ब्राह्मण का रक्त शुद्ध नहीं होगा तो पूजा-पाठ कर्मकांड सब भ्रष्ट हो जाएगा। लेकिन बाक़ी हिंदुओं को आपस में विवाह संबंध बनाने चाहिए, इससे हिंदू जाति मज़बूत होगी। साला चोट्टा कहीं का! पॉलिटिक्स चमकाने के चक्कर में चाचा को पट्टी पढ़ा रहा है और चाचा भी ऐसे गोबर गनेस कि मान गए। अरे कलक्टर हो चाहे डायरेक्टर कोई छोट जतिया कभी राजपूत की बराबरी कर सकता है?" अखिलेश और उसके पूरे परिवार ने इस आयोजन का बायकॉट किया है। लेकिन उदीयमान राजपूत नेता कमलेश सिंह आयोजन में उपस्थित हैं। सर्वदमन बाबू ने कमलेश को एक ख़ास निर्देश दिया है- "ओम पगलवा किसी भी हालत में त्रिपाठी जी के आस-पास ना फटकने पाए।"

ओमजी ने आजकल चौक के अच्छे-अच्छे लोगों को गणित के एक प्रश्न में उलझा रखा है। प्रश्न यह है कि अगर पिछले साल इसी अक्टूबर में राम शिला पूजन के दौरान शुरू हुए दंगों में अकेले भागलपुर में एक हज़ार लोग मरे थे तो फिर 35 दिन तक चलने वाली आडवाणी की रथ यात्रा के दौरान पूरे भारत में कितने लोगों को मरना चाहिए? लोग इस सवाल पर बगले झाँक रहे हैं। ओमजी का उत्तर है, 56,800. यह संख्या कुछ वैसी ही विचित्र है, जैसे कभी यूनानी दार्शनिक प्लेटो ने कहा था कि आदर्श राज्य की संख्या 5040 होनी चाहिए ना

कम ना ज़्यादा। ग़नीमत है ओमजी अब तक नज़र आए नहीं है, शायद रात की शराब अभी तक उतरी नहीं है।

राधा पंडित सत्यनारायण की कथा बाँच रहे हैं। औरतों की भीड़ इतनी है कि दालान पर बैठे लोगों के लिए वर-कन्या को देख पाना कठिन है। उन तक सिर्फ़ ऑडियो पहुँच रहा है। कथा में ग़रीब लकड़हारे का प्रसंग चल रहा है, जिसने श्रद्धाभाव से सत्यनारायण की पूजा की और उसकी दरिद्रता दूर हो गई। दूर के रिश्तेदार के यहाँ रहकर पढ़ाई करता था दिलीप। प्रोफ़ेसर्स कॉलोनी और भरतपुरी जैसे अमीर इलाक़ों में ट्यूशन पढ़ाकर अपनी फ़ीस और किताबों का ख़र्च निकालता था। आज देखो आईएएस बन गया। सत्यनारायण बाबा ऐसी ही कृपा सब पर करें। न्यूट्रल ऑब्ज़र्वर निर्मल जैन ने नोटिस किया कि अतिथि के तौर पर विराजे लोग हर दस मिनट में एक-ना-एक बार घुमा-फिराकर अपनी बातों में 'इंटरकास्ट' और 'लुहार' शब्द ले ही आ रहे हैं। बड़े कमीने हैं, साले सबके सब।

रानी दीदी एकटक पूजा को देख रही हैं। रानी दीदी यानी तीन तल्ला कोठी की मालकिन। उन्हें बहुत कुछ बीता हुआ याद आ रहा है। वह भी इतवार का ही दिन था। पूरा घर रामायण सीरियल देख रहा था। सीता जी अशोक वाटिका में क़ैद थीं। त्रिजटा के साथ सीता का मार्मिक संवाद देख-सुनकर औरतों की आँखों से झर-झर आँसू बह रहे थे। बुआ ज़बरदस्ती पूजा को रामायण के दौरान टीवी के सामने बिठाने की कोशिश करतीं लेकिन मजाल है कि पूजा बैठ जाए। बुआ अक्सर शिकायत भी करती थीं कि अच्छी चीज़ नहीं देखेगी तो संस्कार नहीं आएँगे, लेकिन रानी दीदी हँसकर बात टाल जाती- आजकल के बच्चे किसके कहने में हैं, मैं करूँ तो क्या करूँ।

रानी दीदी कुछ नहीं कर पाईं जो करना था उनकी बेटी ने कर दिखाया। हनुमान जी अशोक वाटिका पहुँचे और प्रभु श्रीराम की मुद्रिका देकर उन्होंने सीता माता को प्रणाम किया। मंगल भवन अमंगल हारी के ट्यून के साथ फ्रेम फ्रिज हुआ तो लोग टीवी के सामने से हिले। राजा साहब दालान की तरफ़ बढ़े। रानी दीदी अपना कमरा ठीक करने गईं। फिर सुस्ताने के लिए थोड़ी देर बैठ गईं। अचानक हवाई फ़ायर की आवाज़ आई। सर्वदमन बाबू महीने में एक बार अपनी दोनाली साफ़ ज़रूर करते हैं।

रानी दीदी को अचानक पूजा का ख़याल आया। उन्होंने दो-तीन बार आवाज़ दी। कोई जवाब नहीं मिला। वो पूजा के कमरे की तरफ़ गईं। लेकिन दरवाज़ा अंदर से बंद था। खटखटाने पर भी दरवाज़ा नहीं खुला तो वे किचेन वाले रास्ते से होकर कॉरिडोर में गईं जहाँ पूजा के कमरे का दूसरा दरवाज़ा खुलता था। कमरा कुछ बिखरा-बिखरा-सा था और सामने टेबल पर एक चिट्ठी पड़ी थी-

"माँ मुझे मालूम है कि मैं कुलच्छनी हूँ और मुझे राजा साहब के ख़ानदान में पैदा नहीं होना चाहिए था। लेकिन ये मेरे हाथ में कहाँ था? मैं जैसी भी हूँ, समझ लो भगवान ने मुझे वैसा ही बनाया है। मैं बालिग़ हूँ और अपनी ज़िंदगी का रास्ता चुन चुकी हूँ। मैंने और दिलीप ने साथ जीने का फ़ैसला किया है। हम दोनों ने कोर्ट में शादी कर ली है। मैरिज सार्टिफ़िकेट की फ़ोटो कॉपी सामने वाली अलमारी में रखी है। मैं घर छोड़कर जा रही हूँ। ना कोई परेशान हो और ना हमें परेशान करे। अपना ख़याल रखना और हो सके तो माफ़ कर देना। पापा तो माफ़ करेंगे नहीं फिर भी उन्हें और बुआ को प्रणाम।"

- तुम्हारी पूजा

तीन तल्ला कोठी में रोना-पीटना मच गया। सर्वदमन बाबू ने सीधे बंदूक़ उठाई और 'कमीने लुहार' का ठिकाना ढूँढकर उसे ठिकाने लगाने निकल पड़े। पड़ोसियों का कहना है कि अगर उन्होंने यह सब करने के बदले लोगों को बस डिपो और रेलवे स्टेशन भेजा होता तो पूजा घर लाई जा चुकी होती। लेकिन गरम राजपूती ख़ून! ख़ामख़्वाह हवा में गोली दागकर पुलिस का चक्कर मोल ले लिया।

रानी दीदी फ़्लैशबैक से बाहर निकल आईं। कथा सुन रही बेटी को अब भी एकटक देख रही हैं। बेटी के साथ बैठा है, नज़रे झुकाए शांत और सौम्य दामाद। आख़िर क्या कुलच्छन दिखाया उनकी बेटी ने? अपने पसंद के लड़के से शादी ही तो की है। कुलच्छनी नाम किसी और ने नहीं बल्कि पूजा को उसके पिता ने दिया है। जितने गर्म दिमाग़ हैं राजा साहब उतनी ही गर्म खोपड़ी की है उनकी बिटिया।

नौंवी क्लास में थी, जब उसके स्कूल बैग में एक चिट्ठी मिली थी। क्लास

के किसी लड़के ने लिखी थी। रानी दीदी ने यह बात अपने पति को बता दी। उन्हें अंदाज़ा नहीं था कि आगे क्या होगा। बाप ने बेल्ट उठाया और बेटी पर टूट पड़े। वह चीख़ती रही लेकिन राजा साहब जानवरों की तरह पीटते रहे- "तुम्हारी कुलच्छनी, एक दिन जाके बाज़ार में बैठेगी। आज ही नाम कटवाओ स्कूल से।"

पूजा को हफ़्ते भर तक स्कूल नहीं भेजा गया। माँ की आरज़ू-मिन्नतों के बाद सर्वदमन बाबू पढ़ाई जारी रखने को राज़ी हुए लेकिन इस ताकीद के साथ कि अगर कुछ भी ऊँच-नीच हुआ तो इसे बाद में देखूँगा पहले तुम्हारी खाल उधेड़ूँगा। रानी दीदी ने सोचा इसमें कौन-सी नयी बात होगी। छोटा भाई रिपु यानी रिपुदमन जब बहन से झगड़ता यही दोहराता- "कुलच्छनी कुतिया!"

पूजा ने बाप का दिया यह नाम स्वीकार कर लिया लेकिन बाप को स्वीकार नहीं कर पाई। बाप और बेटी दोनों एक-दूसरे को फूटी आँखों नहीं सुहाते थे। दसवीं, बारहवीं और ग्रेजुएशन तक पूजा हमेशा फ़र्स्ट डिवीज़न से पास हुई लेकिन कभी बाप को रिज़ल्ट नहीं दिखाया। बाप ने भी कभी शाबाशी नहीं दी। बारहवीं का रिज़ल्ट आने के बाद से ही राजा साहब बेटी की शादी की कोशिशों में जुट गए थे। लेकिन पता चला कि लड़की तो प्रचंड मांगलिक है। कहीं कुंडली मिल ही नहीं रही थी। इसी चक्कर में ग्रेजुएशन हुआ और एमए सोशियोलॉजी में दाख़िला भी हो गया।

दिलीप और पूजा एक ही कॉलेज में थे। दिलीप तीन साल सीनियर था। पूजा कॉलेज के थियेटर ग्रुप में सक्रिय थी। यहीं दोनों की दोस्ती परवान चढ़ी। पूजा जिस वक़्त यूनिवर्सिटी पहुँची दिलीप पीएचडी के लिए अपना एनरॉलमेंट करवा चुका था, साथ ही प्रतियोगिता परीक्षाओं की तैयारी में जुटा था। उसका ज़्यादातर वक़्त लाइब्रेरी में गुज़रता था और वहीं पूजा से उसकी मुलाक़ात हुआ करती थी।

इसी बीच एक दिन सुबह-सुबह घर में तगड़ा क्लेश शुरू हो गया। ज़ीरो ऑवर में बुआ ने सवाल उठाया कि लड़की 23 की हो गई है। इतनी उम्र तक घर में बिठाए रखने वाले माँ-बाप को शर्म आनी चाहिए। बुआ यानी सर्वदमन बाबू की अविवाहित बड़ी बहन जिन्हें इस घर में सास वाला दर्जा हासिल है। सर्वदमन बाबू ने भीषण प्रतिज्ञा ले ली। कुंडली मिले ना मिले इस साल शादी होकर रहेगी।

बाप का फ़रमान सुनते ही पूजा ने अपने ब्वॉयफ्रेंड को धर-दबोचा। वह

लाइब्रेरी से कुछ रेफ़रेंसेज़ निकालने में व्यस्त था। पूजा ने सीधे पूछा- "मुझसे कल शादी कर सकते हो?" दिलीप के चेहरे की हवाइयाँ उड़ गईं। पूजा ने नया ऑप्शन दिया- "अच्छा, कल नहीं तो अगले हफ़्ते?"

जब पूजा ने बताया कि वह ज़रा भी इंतज़ार करने की हालत में नहीं है तो शुरू हो गए हिंदी फ़िल्मों के कई जाने-पहचाने डायलॉग। बिना नौकरी शादी करूँगा तो खिलाऊँगा क्या, रखूँगा कहाँ? ऊँच-नीच, छोटी जाति-बड़ी जाति और आख़िर में ये कि मैं तुम्हारे लायक़ नहीं हूँ। मुझे भूल जाओ कोई अच्छा लड़का देखकर घर बसा लो। लेकिन मेरा दिल तुम्हारे लिए हमेशा धड़कता रहेगा।

ठकुराइन ने पूरी बात सुनी और बोलीं- "अगर शादी नहीं करनी है तो एक काम करो पहले यहाँ से बाहर चलो।" दिलीप का हाथ पकड़कर पूजा उसे लगभग घसीटती हुई लाइब्रेरी से बाहर ले गई।

"ये सब क्या है पूजा?"

"मेरे साथ मेन रोड चलो। वहाँ पब्लिक के सामने कान पकड़कर 101 बार उठक-बैठक करो और कहो कि हम तो ख़ाली टाइमपास कर रहे थे। बोलो पब्लिक के सामने कि हमें रोमांस करने का शौक़ तो है लेकिन निभाने का गूदा नहीं है। अरे अगर हम तुम्हारी जगह होते तो अभी ही हाथ पकड़कर कहीं भगा ले जाते। लेकिन अफ़सोस कि हम मर्द नहीं हैं और आज पता चला कि तुम भी मर्द नहीं हो।"

...और अगले हफ़्ते दोनों का कोर्ट मैरिज हो गया और उसके बाद की कहानी आरामगंज के बच्चे-बच्चे की ज़ुबान पर है। सत्यनारायण का प्रसाद लेने आई युवा पीढ़ी इस लेजेंडरी कपल को हसरत भरी निगाहों से देख रही है। उनके कानों में प्यार झुकता नहीं के गाने गूँज रहे हैं।

"देखो शादी होते ही लड़का सीधे आईएएस हो गया। इसे कहते हैं लेडी लक। का कहते हैं, ओवरसियर साहेब?"

गिरीश बाबू अलमारी में क़रीने से प्रेस करके रखा गया गया सूट पहनकर ही नहीं आए हैं बल्कि नयी अंग्रेज़ी भी लाए हैं। उन्होंने चिर-परिचत अंदाज़ में नाक सिकोड़ी और बोले- "समथिंग इज़ बेटर देन नथिंग।"

चंद्रिका बाबू चिढ़ गए- "लीजिए, ये फिर लगे 'भकभोलरी' छाँटने।

मतलब पूरे मोहल्ला में ख़ाली आप ही को अंग्रेज़ी आता है। समथिंग इज़ बेटर देन थर्निंग। का मतलब हुआ आपके ई बोलने का?"

गिरीश बाबू की नाक और सिकुड़ गई- "अरे आप लोग आईएएस-आईएएस कह रहे हैं, हम उस पर बोल रहे हैं। सर्वदमन बाबू का दामाद आईआरएस है... द फ़ुल फ़ॉर्म ऑफ आईआरएस इज़ इंडियन रेवेन्यू सर्विस। एलायड सर्विस होता है, मेन नहीं।"

"आप बोले समथिंग इज़ बेटर देन नथिंग... मतलब ना से कुच्छो हो गया इनका दामाद ये कहना चाहते हैं आप? अरे रेवन्यू वाला एडमिनेस्ट्रेशन वाला का बाप होता है। जब चाहेगा डीएम-सीएम की कोठी पर छापा मार देगा। का हो गुप्ता हम कोई ग़लत बोल रहे हैं?"

आरती हो चुकी है। प्रसाद बँट रहा है। मोहल्ले की औरतों के लिए यह मौक़ा दूल्हा और दुल्हन को जी-भरकर देख लेने का है। आँखों पर हथेली से छज्जा बनाकर औरतें बड़े ग़ौर से नये-नवेले जोड़े को निहार रही हैं।

"मुहँवा से त लोहार ना लग रहिन हे..." यानी चेहरे से लुहार नहीं लग रहे हैं।

"बहुत सुंदर दामाद मिला है, सात जनम की तपस्या का फल है।"

"अरे देखो तो पूजवा का पेट फूलल लग रहा का?"

"चुप...!" बसंती चाची ने मुकेश की माँ को कोहनी मारी।

सभी विसर्जित होने को है। आशिक़ को अंदर आता देखकर बुआ लँगड़ाती हुई दोने में प्रसाद लेकर आईं- "अब तुमको भी नाउ भेजके नेवता देना पड़ेगा तब आओगे?"

"अरे नहीं बुआ दुकान में थोड़ी भीड़ थी, इसलिए लेट हो गए। अरे आरती ख़त्म हो गई?"

आशिक़ ने चरणामृत पीकर श्रद्धा से सिर के पिछले हिस्से में हाथ पोछा, बुआ से प्रसाद का दोना लिया और मुड़कर गेट की तरफ़ बढ़ा।

"अरे आशिक़ भइया रुकिए।"

आशिक़ ने गर्दन घुमाई। सामने बनारसी साड़ी पहने एक सुंदर-सी नवविवाहिता खड़ी थी। आशिक़ कुछ सेकेंड के लिए आँखें फाड़कर देखता रहा।

"तो आप हमें पहचानेंगे भी नहीं?"

"अरे पूजा दीदी, बहुत दिन बाद देख रहे हैं ना!"

"दीदी! तो मैं आपकी दीदी हूँ?"

आशिक़ ने कोई जवाब नहीं दिया। फ्रॉक छोड़कर पूजा ने पहली बार जो सलवार सूट पहना था वो आशिक़ ने ही सिला था। कितनी प्यारी और चुलबुली लड़की थी और अब देखते-देखते औरत! वक़्त कैसे भाग जाता है।

आशिक़ के मुँह से बोल नहीं फूट रहे। बचपन की बात और थी। अब उसे नाम से किस तरह बुलाए! आशिक़ की समझ में नहीं आ रहा कि पूछे तो क्या पूछे?

"और घर-परिवार में सब ठीक है ना भइया?" पूजा ने ख़ुद बात आगे बढ़ाई।

"सब रामजी की कृपा है।"

"एक मिनट रुकिए मैं अभी आई।" यह कहकर पूजा अंदर चली गई।

"का हो रामभक्त हनुमान, हियाँ कहाँ? अच्छा परसादी लेने आए हो।" जटाशंकर शर्मा ने दालान से उतरते वक़्त आशिक़ से पूछा।

"जी काका।"

"अच्छा सुनो, तुम्हारा मोहल्ला जहाँ से शुरू होता है, कल उस रोड का नामकरण समारोह है। अब वह श्रीराम पथ कहलाएगा।"

"... इश श्रीराम पथ!"

"हाँ श्रीराम पथ। तुम सवेरे अपने मोहल्ले के कुछ लड़कों को लेकर आ जाना।"

"मोहल्ले के लड़के? उ काहे काका?"

"अरे जब वानरों के बिना रामजी का पुल नहीं बना था तो भला पथ का नामकरण कैसे होगा!" शर्माजी ठठाकर हँसे और गेट खोलकर चले गए।

इतने में पूजा भागती हुई और उसने आशिक़ को एक लिफ़ाफ़ा पकड़ाया।

"ये क्या है दीदी?"

"कुछ पुराना हिसाब है, आपको याद तो होगा ही।"

"अरे छोड़िए ना दीदी, अब क्या हिसाब?"

"अरे नहीं रख लो भइया प्लीज़।"

“नहीं दीदी, अगर लेना भी होगा तो जिनके साथ हिसाब है, उनसे ही लेंगे।”

पूजा ने अंदर झाँककर देखा। सर्वदमन बाबू एक वीआईपी ग्रुप से अपने दामाद का परिचय करा रहे हैं। दिलीप को आवाज़ देकर बुलाना ठीक नहीं लगा।

“इनकी ट्रेनिंग नागपुर में हो रही है। ये चार दिन बाद चले जाएँगे। लेकिन उनके जाने से पहले हम लोग एक बार आपकी दुकान पर जरूर आएँगे। अच्छा एक काम कीजिए। ये हिसाब का पैसे नहीं है। बच्चों की मिठाई के लिए दे रही हूँ।”

पूजा ने सौ रुपये का एक नोट आशिक़ की तरफ़ बढ़ाया। आशिक़ के हाथ में प्रसाद का दोना था। पूजा ने नोट उसकी क़मीज़ की जेब में डाल दिया। बात बच्चों की है तो फिर आशिक़ क्या कहे। पूजा से बिना नज़रें मिलाए वह गेट से बाहर निकल आया।"हम लोग आएँगे ज़रूर इनके जाने से पहले।" पूजा ने एक बार चिल्लाकर कहा। आवाज़ भी आशिक़ के साथ-साथ चलती रही।

आरामगंज बीकम्स एस्पिरेशनल

'दिलीप भाई मोटर चले पम-पम-पम
चौपाटी जाएँगे भेल-पूरी खाएँगे
हल्ला मचाएँगे गुल्ला मचाएँगे
बैंड बाजा-बाजेगा ढम-ढम-ढम...'

गीत के बीच-बीच में नीली फ़िएट से छलकती झुंड भर लड़कियों की खनकती हुई हँसी। गाड़ी हर बीस मीटर बाद स्पीड ब्रेकर पर उछलती और हँसी का नया झोंका बाहर आता।

दृश्य साठ और सत्तर के दशक की किसी हिंदी फ़िल्म जैसा है। हीरो और हीरोइन के साथ हैं, हीरोइन की सहेलियाँ। जिज्जू अपनी उन प्यारी-प्यारी सालियों को सिनेमा दिखाने ले जा रहे हैं, जिनसे परिचय अभी-अभी हुआ है। फ़िल्म है तीन महीने से धूम मचा रही आमिर खान और माधुरी दीक्षित वाली- दिल!

सिनेमा के प्लान को लेकर पूजा और दिलीप में काफ़ी तू-तू मैं-मैं हुई। बेचारा दिलीप! एक तो ज़रूरत से ज़्यादा सीरियस आदमी ऊपर से भारी टेंशन के बीच डरता-सहमता पहली बार ससुराल आया है। सत्यनारायण कथा और ठाकुर ख़ानदान के रिश्तेदारों की पाँयलगी करके थका है और अब नयी मुसीबत!

बेशक वह पूजा को रौमैंटिक ख़त लिखा करता था लेकिन आँखों में आँखें डालकर बात करने में उसे बहुत वक़्त लगा था। अब झुंड भर अनजान लड़कियों

के साथ सिनेमा देखने और उसके बाद डिनर का आइडिया!

पूजा ने दो-टूक कहा- "झुंड भर नहीं केवल पाँच हैं। जाना तो पड़ेगा। मैंने ट्रीट देने का प्रॉमिस किया है।"

लंबी बहस के बाद दिलीप ने सालियों की इस लिस्ट में दो साले भी एड करवाए ताकि असहजता कुछ कम हो सके। एक है रीयल साला रिपु यानी रिपुदमन और दूसरा उसका दोस्त सचिन। नीली फ़िएट के पीछे-पीछे जो मोपेड आ रहा है, दोनों उसी पर सवार हैं। जब से यह पाँच किलोमीटर का सफ़र शुरू हुआ, उसी वक़्त से सचिन के मोपेड को हँफनी हो रही है। आरामगंज से नवरतन टॉकीज पहुँचने के लिए जो शॉर्टकर्ट लिया जाता है, उसके रास्ते में एक छोटी-सी पुलिया पड़ती है। सालियों से लदी फ़िएट हल्की-सी आवाज़ करती हुई पुलिया पार कर गई। सचिन का शेरदिल मोपेड भी ख़ूब जान लड़ाकर आगे बढ़ा। लेकिन पुलिया के चढ़ान पर उसका दम पूरी तरह फूल गया। अब वह दोबारा स्टार्ट होने को तैयार ही नहीं है। दोनों दोस्त मिलकर मोपेड को चढ़ान पर खींच रहे हैं ताकि किसी तरह पुलिया पार हो, फिर देखेंगे आगे क्या करना है। नीली फ़िएट सवार 'लुहार' के साथ मेन रोड वाली लड़कियों की आउटिंग और हाँफती मोपेड पर कॉमेडियन जैसे दो साले! आरामगंज का ट्रेंडिंग टॉपिक आज यही है।

आरामगंज ने अचानक राजनीतिक चर्चाओं को ब्रेक दे दिया है और सामाजिक मुद्दों पर आ गया। चौक के इतिहास में इससे पहले सिर्फ़ दो प्रेम विवाह हुए थे और दोनों ही सजातीय। तारा बाबू आज से 26 साल पहले अपने बड़े भाई की साली को ले उड़े थे। उन्हीं के पड़ोस में रहने वाले कुंदन श्रीवास्तव जी का बेटा पिछले साल किसी परिचित परिवार की लड़की पर दिल लुटा बैठा और माँ-बाप के मोटा दहेज वसूलने के अरमान धरे के धरे रह गए। चौक के बुज़ुर्ग प्रेम शब्द के प्रति बहुत हिक़ारत का भाव रखते हैं और उसे लगभग एक अश्लील चीज़ मानते हैं। यही वजह है कि बुढ़ापे की दहलीज़ पर क़दम रख चुके तारा बाबू अब भी पीठ पीछे 'रंगीले' और 'रसिया' कहलाते हैं।

चौक की वृद्ध मंडली के पास एक बड़ा भारी विचारणीय मुद्दा है। लुहार परिवार में शादी होने से सर्वदमन बाबू उर्फ़ राजा साहब की नाक कटी है या फिर दामाद के आईएएस होने से इज़्ज़त बढ़ी है? इस मुद्दे पर आम राय हो

पाना संभव नहीं है। एक तबक़ा यह मानता है कि आईएएस क्या अगर दामाद प्रधानमंत्री हो तब भी राजा साहब को हुए नुक़सान की भरपाई नहीं हो सकती है। बेचारे परमानेंटली कुजात हो गए। ग़नीमत है कि घर में शादी के लिए कोई और लड़की नहीं है, वर्ना किसी नीची जाति में ही लड़का ढूँढना पड़ता। मंगल की दुकान पर तिवारी जी ने कहा- "चाहे जो भी हो लेकिन पोस्ट बहुत तगड़ा है।" उनसे पूछा गया कि क्या ऐसे तगड़े पोस्ट वाले कुजात के यहाँ आप अपनी बेटी देंगे तो लगा कि हाथापाई हो जाएगी।

पद्मपति गुप्ता ने इस मामले का समग्र विश्लेषण किया है। वे इसे एक ऐसे लॉन्ग टर्म इनवेस्टमेंट की तरह देख रहे हैं, जिसमें कुछ तात्कालिक नुक़सान लग रहा है लेकिन आगे चलकर लाभ-ही-लाभ है। पाँच साल बाद किसे इस बात से मतलब रहेगा कि पड़ोसी का दामाद कौन-सी जात का है? लेकिन नौकरी इतनी तगड़ी है कि सात पुश्त तर जाएगी।

वृद्धों की जमात से हटकर यंगर जेनेरेशन के लिए यह मामला एकदम अलग है। एक ब्लॉकबस्टर लव स्टोरी में जो कुछ हो सकता है, वह सब पूजा और दिलीप की प्रेम कहानी में है। ग़रीब लड़का और अमीर लड़की। गोली से उड़ाने पर उतारू लड़की का बाप। ऊँचे आदर्श वाला हीरो और प्यार हासिल करने के लिए किसी भी हद तक जानेवाली ज़िद्दी हीरोइन।

घर से भागना, स्ट्रगल और आख़िर में ग़रीब का यूपीएससी क्लियर करके ससुराल में गाजे-बाजे के साथ लौटना। आरामगंज के युवाओं लिए इस शादी का इंपैक्ट बर्लिन वॉल के गिरने जैसा ही है, उससे ज़रा भी कम नहीं। फ़ेयर एंड लवली से रंग साफ़ करती और कात्यायनी माता का व्रत रखती आरामगंज की जो लड़कियाँ ज़िंदगी से निराश हो रही थीं, उनके सोए हुए अरमान फिर से जाग गए हैं। कहीं-न-कहीं ज़रूर बैठा होगा उनके सपनों का शहज़ादा।

पूजा-दिलीप की लव स्टोरी की एक नहीं कई व्याख्याएँ हैं। प्रोफ़ेसर भइया यानी हरेंद्र यादव गली के लड़कों को समझा रहे हैं- "अगर दिलीप यूपीएससी में क्वॉलीफ़ाई नहीं करता तब भी लड़की उससे शादी करती? नहीं करती, सवाल ही नहीं उठता। पूजा को प्रेम ही इसीलिए हुआ था क्योंकि दिलीप में आईएएस बनने की संभावना थी। इसलिए सबसे महत्त्वपूर्ण चीज़ है शिक्षा। यही वह औज़ार है, जो जाति-धर्म और ऊँच-नीच की सारी दीवारें गिरा सकता है।

इसीलिए कहता हूँ कि लाइफ़ में फ़ोकस्ड रहो और अपने एंबीशन बड़े रखो। ठीक से पढ़ोगे तो यूपीएससी में, यूपीएससी में नहीं तो स्टेट पब्लिक सर्विस कमीशन में और नहीं तो स्टाफ़ सलेक्शन में, मतलब कहीं-न-कहीं सलेक्ट हो ही जाओगे। अरे और कुछ नहीं तो चार-छह ट्यूशन तो पढ़ा ही लोगो। कम-से-कम भूखे तो नहीं ना मरोगे।"

आमिर ख़ान और माधुरी दीक्षित कई रोमैंटिक गाने गा चुके हैं। फ़िल्म क्लाइमेक्स की तरफ़ बढ़ रही है। कबाड़ी वाले हज़ारीप्रसाद के लड़के को अरबपति बिज़नेसमैन की बेटी आख़िर मिल ही गई। सच्चा प्यार हो तो कुछ भी मुमकिन है। पूजा की सहेली स्वीटी की आँखें भर आई हैं। छाया भी इमोशनल होकर पर्दे को एकटक से देख रही है। सचिन चोर नज़र से दोनों को बारी-बारी से देख रहा है और दिलीप सीधा तनकर भावहीन तरीक़े से बैठा फ़िल्म ख़त्म होने का इंतज़ार कर रहा है।

इस ऐतिहासिक शाम के क़िस्से पूरे विस्तार से आरामगंज के घर-घर तक पहुँचे। चौक वाली सहेलियों के लिए सत्यनारायण भगवान की पंजीरी और बाहर वालियों के लिए आमिर-माधुरी की मूवी के साथ ओडियन का डिनर! बड़े लोग बड़ी बातें, क़िस्मत है अपनी-अपनी! फिर भी इसमें कोई शक नहीं कि आरामगंज का यंगर जेनेरेशन लंबे अरसे बाद एस्पिरेशनल दिख रहा है।

'कुलच्छनी' बहन और 'लुहार' बहनोई की वजह से जिस रिपु की नाक कट गई थी, अब वह सीना तानकर घूम रहा है। दिलीप का कल पूरा दिन बहुत व्यस्त रहने वाला है। करियर काउंसलिंग के लिए सुबह से शाम तक चौक के लड़के 'जिज्जू' के पास आएँगे। गली वालों को भी मौक़ा मिलेगा। दिलीप अपने फ़ैब्रिक्रेटर चाचा के यहाँ भी सपत्नीक रहने जाएगा। आख़िर वहीं रहकर पढ़ाई की और चाचा उसी के चक्कर में गोली खाते-खाते बचे थे।

गिद्ध वापस आ गए हैं

घड़ी टिक-टिक करके चल रही है। वक़्त बहुत तेज़ी से भाग रहा है। होली कब गई, दशहरा कब आया और गया यह पता ही नहीं चला। आज 3 अक्टूबर है और सुबह के 11 बजे चुके हैं। सड़क पर कोई ख़ास चहल-पहल नहीं है। अचानक दुकान की तरफ़ आहिस्ता-आहिस्ता बढ़ती हुई एक आकृति नज़र आई।

दुबली-पतली काया, दूधिया रंग और बड़ी-बड़ी आँखें। आशिक़ दुकान की दीवार पर लगी राम, लक्ष्मण और सीता की तस्वीर देखता है। हाँ एकदम सीता मैय्या ही लगती हैं- आभा दीदी। दीदी का पूरा नाम आभा अस्थाना है। आवाज़ धीमी है लेकिन बोलती हैं तो लगता है, जैसे गले में मिश्री घुली हो। जब शादी हुई थी, उस वक़्त अंग्रेज़ी में एमएम कर रही थीं। आगे लेक्चरर बनने का इरादा था। लेकिन गृहस्थी के जंजाल में भला नौकरी-चाकरी किस तरह हो? बूढ़ी सास, पति और बेटे की देखभाल का ज़िम्मा आख़िर उन्हीं पर है।

आभा हफ़्ते-दस दिन में एक बार किसी-ना-किसी काम से आशिक़ की दुकान पर ज़रूर आती है। बसंती चाची एपिसोड के बाद आशिक़ ने औरतों से बातचीत कम कर दी है। लेकिन आभा दीदी की बात और है। आशिक़ चार बाई दो के दरवाज़े से होता हुआ फ़ौरन सावित्री बुटीक के काउंटर पर पहुँच गया। दीदी ने रंगाई के लिए एक पुराना दुपट्टा थमाते हुए उसे धानी रंग में रंगवाने की ताकीद की और फिर इधर-उधर की बातें करने लगीं। घर-परिवार का हाल, शमी और आयशा की बातें। कुछ देर रुकने के बाद वे मुद्दे पर आईं।

"आशिक़, तुमने कभी मेरे घर के सामने वाले पीपल के पेड़ पर गिद्ध देखे हैं?"

सवाल कुछ अजीब था। थोड़ा सोचने के बाद आशिक़ ने कहा- "हम तो नहीं देखे लेकिन पेड़ है तो आ भी सकते हैं।"

"आ सकते हैं ना? मैं भी यही कहती हूँ कि गिद्ध फिर से वापस आ गए हैं। लेकिन ये हैं कि मानते ही नहीं। कहते हैं, गिद्ध पूरी तरह ख़त्म हो गए हैं।

मुझे तो कई बार पेड़ पर बैठे दिखाई देते हैं। गिद्ध बहुत मनहूस होते हैं ना?"

आशिक़ की समझ में नहीं आ रहा था कि दीदी कहना क्या चाहती हैं।

आभा ने बात आगे बढ़ाई- "मेरी नानी कहती थी कि गिद्ध मुर्दाख़ोर होते हैं। इसलिए वे चाहते हैं कि ज़्यादा-से-ज़्यादा मौत हो। मुझे गिद्धों से घिन आती है। मैं अक्सर गिद्धों के सपने देखती हूँ और बुरी तरह डर जाती हूँ।"

"अरे ना-ना दीदी। इसमें डरने जैसी कोई बात नहीं है। जटायु महाराज भी गिद्ध ही थे। रावण से सीतजी को बचाने के लिए प्राण त्याग दिए। सपने का क्या है, आदमी कुछ भी देख लेता है।"

बोलते वक़्त आशिक़ लगातार आभा के चेहरे के भाव पढ़ने की कोशिश कर रहा था। लेकिन दीदी उसकी बातों से बहुत संतुष्ट नहीं लग रही थीं।

"अच्छा एक काम कीजिए। बड़ा बाज़ार से 'राम रच्छा स्त्रोत' मँगवा के तकिए के नीचे रख लीजिएगा। गिद्धों के सपने आने बंद हो जाएँगे।"

"सच बोल रहे हो भाई?"

"पाँड़े बाबा का बताया उपाय है, किसी तरह का बुरा सपना नहीं आएगा। अगर बात ग़लत निकले तो मेरे नाम से काला कुत्ता पाल लीजिएगा।"

"धत्त..." आभा मुस्कुराईं। चेहरे पर एक अलग तरह का सुकून था। उसके जाने के बाद आशिक़ सोचने लगा कि आख़िरी बार उसने गिद्ध कब देखा था? उसे याद आ रहे हैं बचपन के दिन। खेलकर लौटते वक़्त उसके कुछ दोस्त पूर्णा नदी वाली पुरानी पुलिया पर रुककर नीचे ज़रूर झाँकते थे। सुबह-सुबह वहाँ मरे हुए जानवरों के खाल उतारने वाले हुआ करते थे। बच्चों की टोली को देखकर वे चेतावनी भरे लहजे में कहा करते थे- "ऐ बाबू भागो यहाँ से। बहुत गंदा काम हो रहा है, रात को सपना आएगा तो बिछावन पर मूतने लगोगे।"

लेकिन बच्चों की दिलचस्पी उन आदमियों में नहीं बल्कि थोड़ी दूर खड़े गिद्ध और कुत्तों में होती थी, जिनके बीच फेंके गए अवशेष हड़पने की प्रतियोगिता चलती रहती थी। कुत्ते भौंकते तो जवाब में गिद्ध अपने दोनों डैने फैलाकर अजीब-सी आवाज़ निकालते। भौंकते कुत्ते थोड़ा सहमकर एक क़दम पीछे हट जाते और फिर से हिम्मत जुटाकर आगे बढ़ते। बच्चों को यह सब देखने में बहुत मज़ा आता था।

लेकिन आशिक़ की कभी हिम्मत नहीं हुई कि वह नीचे झाँककर देखे।

आशिक़ के कुछ दोस्त ख़ासे दुस्साहसी थे। वे अक्सर पत्थर उठाकर कुत्ते और गिद्धों के झुंड पर फेंकते थे। कुत्ते गुस्से में भौंकते थे और काम में बाधा पहुँचने पर खाल उतारने वाले गंदी-गंदी गालियाँ देते थे।

एक दिन बच्चों की टोली में कोई जोश में आकर चिल्लाया- "वो देख लगी!" बाक़ी बच्चे ख़ुश होकर तालियाँ पीटने लगे। आशिक़ भी मुड़कर देखने से ख़ुद को रोक नहीं पाया। ऐसा लग रहा था कि कोई काला कंबल ओढ़े तड़प रहा है। वह एक विशालकाय गिद्ध था जिसकी अधटूटी गर्दन एक तरफ़ लटक रही थी। पास ही ख़ून से सनी हत्यारी ईंट पड़ी थी। चार क़दम दूर किसी जानवर का पिंजर था और श्वान-गिद्ध सहभोज आबाध रूप से जारी था। आशिक़ के आँखों में कई दिनों तक वह मरता हुआ गिद्ध घूमता रहा था। मरे हुए जानवरों का माँस खाने वाला बुरा है तो फिर बिना मक़सद किसी की जान लेनेवाला क्या है?

हॉर्न की तेज़ आवाज़ से चौंककर आशिक़ ख़यालों की दुनिया से बाहर निकला। उसकी दुकान के ठीक सामने अखिलेश खड़ा था- "चल बे मर्यादा पुरुषोत्तम।"

"हमको जो बोलना है बोलो, भगवान के नाम के साथ अबे-तबे नहीं। और... इतना तेज़ हॉर्न काहे बजाए? दिखाई नहीं देता यहाँ दुकान है।"

"भगवान का काम है, इसीलिए आपको बुलाने का आए हैं, पुजेड़ी बाबा। सड़क के नामकरण का कार्यक्रम है।"

आशिक़ की आँखों के सामने जटाशंकर शर्मा का चेहरा घूम गया। वह भूल ही गया था! हनीफ़ को दुकान सँभालने की ताकीद कर आशिक़ मोटरसाइकिल पर बैठ गया। मोटरसाइकिल सीधे रैयत टोली के मुहाने पर रुकी। वहाँ कुल मिलाकर तीस-चालीस लोग खड़े थे। ज़्यादातर वॉलेंटियर लग रहे थे। खंभे पर लाउडस्पीकर बाँधा जा चुका था और एक कर्मठ कार्यकर्ता लगातार 'हैलो माइक्रोफ़ोन टेस्टिंग वन टू थ्री फ़ोर हैलो-हैलो' कर रहा था।

"आओ रामभक्त विभीषण। राज्याभिषेक हुआ नहीं है तुम्हारा लेकिन लगता है कि अभी से राजा हो गए हो।" जटाशंकर शर्मा आशिक़ को देखते ही बोले।

आशिक़ पाँयलगी वाले अंदाज़ में अपनी जगह खड़े-खड़े थोड़ा-सा झुक गया। जटाशंकर शर्मा आशिक़ को अपने मूड के हिसाब से अलग-अलग नामों से बुलाते हैं, कभी हनुमान तो कभी अगंद, कभी सुग्रीव तो कभी जामवंत। आज

उनके मुँह से विभीषण निकला। मूड है या मौक़ा पता नहीं।

"ऐसे ही आ गए डोलते-डोलते? काकाजी बोले थे ना तुमसे रैयत टोली वालों को लाने के लिए।" सेकेंड इन कमांड वाले अंदाज़ में खड़े मनोज ने घुड़की दी। साथ की माइक टेस्ट कर रहे वॉलेंटियर को शांत रहने का इशारा किया।

"आदमी इस टाइम कहाँ मिलेगा भाई, सब काम धंधे पर गए होंगे।" आशिक़ ने सफ़ाई दी।

"टेंसन मत लो मास्टरजी यहाँ कोई तुम्हारे भरोसे नहीं है, सब अरेंजमेंट पहले से कर दिए हैं हम।" मनोजवा ऐंठकर बोला और नज़र फ़ज़लू की तरफ़ फेंकी।

फ़ज़लू के साथ नज़रुल और उसके ठीक बग़ल में पीले दाँत निकाले इमरोज़वा भी खड़ा है। रैयत टोली के तीन सबसे नकारा चेहरे। एक नंबर के गँजेड़ी और जुआरी। आए दिन किसी-ना-किसी से ज़रूर पिटते हैं। इनके अलावा रैयत टोली के तीन-चार ग़रीब-ग़ुरबा टाइप किशोर भी हैं जो कोना पकड़कर तमाशा शुरू होने का इंतज़ार कर रहे हैं। इन सबसे कुछ दूर गोपाल मोची अपनी आँखों में चिर-परिचित कौतुहल और डर लिए खंभे से सटा खड़ा है।

सर्वदमन बाबू चौक के दो-चार गणमान्य लोगों के साथ आते दिखे। जटाशंकर ने दौड़कर अगवानी की- "लीजिए आ गए आज के असली चीफ़ गेस्ट। फटाफट कार्जक्रम शुरू किया जाए। पार्टी मीटिंग में जाना है, जादा टाइम ना है हमारे पास।"

सर्वदमन बाबू ने शलभमणि त्रिपाठी के बारे में पूछा तो पता चला कि किसी कार्यक्रम के सिलसिले में दिल्ली गए हैं- "बहुत चंट है ई भूमिहरवा। पूरा ज्ञान त्रिपाठी जी से ले लिया और जान-बूझकर प्रोग्राम ऐसे टाइम में रखा, जब वे बाहर हैं। यहाँ होते तो श्रीराम पथ का नामकरण उन्हीं से करवाना पड़ता।" सर्वदमन सिंह से सटकर खड़े चौबेजी उनके कान में फुसफुसाए और फिर दोनों लोगों ने एक कोना पकड़ लिया।

चेले-चपाटों ने सारा इंतज़ाम कर रखा है। जहाँ से सड़क रैयत टोले की तरफ़ मुड़ रही है यानी इंद्रदेव बाबा के घर के ठीक सामने एक पत्थर लगाया जा चुका है, उस पर कपड़ा ढँका है। शर्माजी ने कपड़ा उठाया तो शिलालेख प्रकट

हुआ- आज दिनांक 3-10-1990 को श्रीराम पथ का नामकरण जुझारू जन नेता श्री जटाशंकर शर्मा के कर-कमलों से संपन्न हुआ।

नारा उठा- जय श्रीराम!

लेकिन जनता में जोश नहीं है। कलमेश फिर से चिल्लाया- जय श्रीराम। लौंडे-लपाड़ों ने नारा दोहराया लेकिन बुज़ुर्ग इस तरह खड़े रहे जैसे किसी उद्घाटन में नहीं बल्कि शोकसभा में आए हों। इन सबके बीच भीड़ में झाँकते किसी चेहरे ने गला फाड़ते हुए कहा- "मंदील वहीं बनाएँगे।" बैजू को देखकर कई लोग खीं-खीं करके हँस पड़े लेकिन जटाशंकर शर्मा बहुत गंभीर हैं।

आज उनके जीवन का एक बड़ा दिन है। उनके गुरुजी कहते हैं- "राजनीति में सफल होना चाहते हो तो कोई जनांदोलन खड़ा करो।" बड़े नेता लोग समझते नहीं हैं।"रातों-रात कहाँ से आंदोलन खड़ा कर दें जटाशंकर शर्मा? क्या आंदोलन कोई ऐसी चीज़ है कि सांडे का तेल लगाते ही खड़ा हो जाएगा?" फिर भी जटा बाबू ने पूरा ज़ोर लगाया है और सड़क के नामकरण का ऑरिजनल आइडिया लेकर आए हैं और ये तो अभी शुरुआत है।

अचानक मनोजवा उपस्थित जनसमूह में पेड़े बाँटने लगा। कमलेश सिंह ने माथा ठोक लिया। इस मूरख को इतना भी पता नहीं है कि प्रसाद सबसे आख़िर में बाँटा जाता है। पेड़े मिलते ही ग़रीब-गुरबा टाइप जनता वहाँ से खिसकने लगी। कमलेश ने बुलंद आवाज़ में कहा- "मैं लोकप्रिय नेता काकाजी आदरणीय जटाशंकर शर्मा से आग्रह करूँगा कि मंच पर आकर दो शब्द कहें।"

मंच कहाँ है भला! तो जटाशंकर शर्मा जहाँ थे, वहीं खड़े-खड़े बोलना शुरू किया। लेकिन पेड़ा खाकर खिसकती जनता की तरह माइक भी बेवफ़ा निकला। अगर सार्वजनिक स्थल ना होता तो जटा बाबू शुद्ध हिंदी में शिव साउंड वाले को समझा देते लेकिन उन्होंने संयम से काम लेते हुए बिना माइक के ही भाषण जारी रखा। उन्होंने कहा कि पथ का नामकरण आरामगंज ही नहीं बल्कि रैयत टोली वालों के लिए भी गर्व का विषय है क्योंकि अब वे मिनी पाकिस्तान वाले नहीं बल्कि श्रीराम पथ के वासी कहलाएँगे।

"प्रेस वाला अभी तक नहीं आया।" बेचैनी से घड़ी देखते हुए कमलेश सिंह ने कहा। लोगों ने पास खड़े निर्मल जैन पर नज़र डाली। दिल्ली, मुंबई के आधा दर्जन अख़बारों के स्ट्रिंगर हैं, निर्मल जैन। लेकिन जटाशंकर के किसी काम के

नहीं। यहाँ तो ज़रूरत लोकल आदमी की है। देशदीप टाइम्स के फ़ोटोग्राफ़र रूपनाथ झा को आता देखकर जटा बाबू की बाँछें खिल गईं।

उद्घाटन समारोह का पूरा मॉक ड्रिल फिर से करना पड़ा। चौक के सभी गणमान्य लोग जटाशंकर के आजू-बाज़ू खड़े हो गए। फ़ज़लू और इमरोज़ भी फ्रेम में घुसने को तैयार थे लेकिन सर्वदमन बाबू ने इस जलती हुई निगाह से देखा कि दोनों की हिम्मत नहीं हुई। फ़ोटोग्राफ़र ने सबको सामने देखने का इंस्ट्रक्शन दिया तो जटाशंकर शर्मा चिल्लाए- "अरे रामभक्त विभीषण कहाँ हैं?"

"हम यहीं ठीक हैं, काका।" आशिक़ ने हाथ हिलाकर कहा।

जवाब में जटाशंकर ने आगे आने का आदेश दिया। आशिक़ सकुचा रहा था। सर्वदमन सिंह बोले- "चौक के सबसे बड़का भीआईपी यही हैं। अरे देखते नहीं हो नेताजी बुला रहे हैं।"

आशिक़ चुपचाप आगे बढ़ा और फ्रेम के एक कोने में खड़ा हो गया।

"अरे उहाँ नहीं हियाँ..." शर्माजी ने गर्दन पकड़कर आशिक़ को अपने क़रीब खींच लिया और सस्नेह पीठ पर दो-तीन आवाज़ करते चपत लगाए। शरीर की भाषा बहुत कुछ कहती है। आशिक़ ने महसूस किया है कि चौक के कुछ दोस्त भी आजकल इसी तरह अपनापन जता रहे हैं। जाने क्यों ऐसा लगता है कि यारबाज़ी में धौल-धप्पा करने वाले उसे गिराना या चोट पहुँचना चाहते हैं!

फ़ोटो सेशन के साथ कार्यक्रम का विधिवत समापन हुआ। जटाशंकर शर्मा ने आत्मीयता दिखाते हुए फ़ोटोग्राफ़र से कहा- "डेरा पर चलिए। चाय पीकर जाइएगा। एक ठो प्रेस विज्ञप्ति बनवा रहे हैं, वो भी लेते जाइएगा।" लेकिन फ़ोटोग्राफ़र ने बेरुख़ी से जवाब दिया कि अभी बहुत काम है, विज्ञप्ति शाम को ऑफ़िस में भिजवा दीजिएगा। सभा विसर्जित हुई तो सब अपने-अपने घर की ओर चले और आशिक़ ने दुकान का रुख़ किया।

अगले दिन सुबह चौक पर एक नयी ख़बर थी- "आशिक़वा आज नहीं तो कल म्यूनिसिपैलिटी का चुनाव ज़रूर लड़ेगा।" ख़बर सुरसुरी बनकर मंगल के पान दुकान से उठी और देखते-देखते चौक के आख़िरी हिस्से तक फैल गई। ख़बर का आधार देशदीप टाइम्स के तीसरे पन्ने पर छपा फ़ोटो है। फ़ोटो में नेताजी श्रीराम पथ का नामकरण कर रहे हैं और आशिक़वा अपनी पूरी रंगबाज़ी के साथ उनके बराबर सीना तान के खड़ा है।

फ़ोटो से ज़्यादा अहम उसके साथ छपा मज़मून है, जिसमें लोकप्रिय जननेता जटाशंकर शर्मा की तारीफ़ के पुल बाँधे गए हैं और साथ-साथ यह भी लिखा है कि मुस्लिम समुदाय के समाजवसेवी शेख़ निज़ामुद्दीन वली आशिक़ ने कहा है कि इस नामकरण से उनका बरसों पुराना सपना पूरा हुआ।

चौक के दुकानदारों के लिए आशिक़ का जटाशंकर शर्मा के साथ अख़बार में आया फ़ोटो सबसे बड़ी ख़बर है। लेकिन समझदार लोग कुछ और पढ़ रहे हैं। असली ख़बर यह है कि जटाशंकर शर्मा ने बड़ी सफ़ाई से शलभमणि त्रिपाठी का पत्ता काट दिया है। त्रिपाठी जी होंगे विद्वान आदमी लेकिन पॉलिटिक्स अलग चीज़ है। जगधारी सिंह से तगड़ी सेटिंग है और जगधारी की सीधे दिल्ली तक पहुँच है। मतलब राजनीति के खेल में बहुत ऊपर चढ़ चुका है, जटाशंकर।

"जटा नहीं 'झँटासंकर' है यह आदमी। बड़े आदमी के झाँट में रहने वाले पिस्सू जैसे होते हैं, ठीक वैसा ही। ऐसी मीठी खुजली पैदा करने वाला कि खुजलाने की लत लग जाए और फिर एक दिन मौक़ा मिलते ही इतनी ज़ोर से काटे कि धोती सँभालता आदमी बीच-बाज़ार उछल जाए।" उछलने की बारी त्रिपाठी जी की है। उन्हें एसटीडी करके बताया जा चुका है कि चेला उनकी ग़ैर-मौजूदगी में 'खड़यंत्र' रचके बहुत बड़ा खेल कर चुका है। वैसे त्रिपाठी जी ठंडा करके खाने वालों में हैं। बेशक उछले ना हों लेकिन हे हरि कहकर सहलाया ज़रूर होगा।

'झँटवा' नाम ओमजी का दिया हुआ है, इसलिए ख़बर का सबसे प्रामाणिक विश्लेषण भी उन्हीं के पास है। अगर ओमजी को देखकर चौक वाले आहिस्ता से कट लेते हैं तो जटा लंबी-लंबी डग भरने लगता है। इसके बैकग्राउंड में कई कहानियाँ हैं। सबसे लोकप्रिय वाक़या राजनारायण सिंह के छोटे बेटे की बारात का है। बारात वाली तीन बसें शेरघाटी जा रही थीं। इन्हीं में एक बस की डबल सीट पर जटाशंकर बाबू अकेले पसरे हुए थे। पीछे वाली सीटों पर श्रद्धानुसार व्हिस्की और रम लगाए तीन-चार नौजवान थे। आख़िरी सीट पर गाँजे का दम मारकर ओमजी लंबायमान थे। वैसे बारात की परंपरानुसार 'लगा' जटा बाबू ने भी रखी थी। बस के अंदर की बत्ती बुझी हुई थी और लोग ऊँघ रहे थे। अचानक जुझारू नेता जटाशंकर शर्मा भय-मिश्रित आवाज़ में अजीब तरह से चिल्लाए-
"हे गे... माई..."

आगे बैठे लोगों ने चौंक कर पूछा- "अरे क्या हुआ?"

"कोई कपार पर चमेटा मारा हो बहुत ज़ोर से।"

"आँय!"

"इहाँ तो कोई ना है काका।"

"कोई सपना-उपना तो ना देख रहे हैं?"

"अरे नहीं भाई है, कोई है ससुरा।"

"स्पीड ब्रेकर पर गाड़ी उछली थी, सो जाइए।"

जटाशंकर के रहस्यमय अनुभव पर किसी ने ख़ास ध्यान नहीं दिया। पंद्रह मिनट बाद जटाशंकर के मुँह से दोबारा वैसी ही आवाज़ निकली। इस बार दो-तीन बढ़िया क़िस्म की गालियाँ भी थीं। वे बक़ायदा अपनी जगह से उठे। आगे और पीछे मुड़कर देखा, उनींदे नौजवानों को जगाया लेकिन जाँच में कुछ भी सामने नहीं आया। बस भागती रही।

कांड तीसरी बार होने ही वाला था कि जटा ने हमलावर का हाथ कसकर पकड़ लिया और बिना वक़्त गँवाए टॉर्च जला दिया। लेकिन अज्ञात अपराधी एक क़दम आगे था। उसने सेकेंड के दसवें भाग में अपनी लुंगी उठाकर ऐसा पर्दा किया कि जटाशंकर बाबू उसके चेहरे के अलावा बाक़ी सब कुछ बहुत साफ़-साफ़ और बिलकुल क़रीब से देख सकते थे। मारे घिन के टॉर्च उनके साथ से छूट गया।

बस रुकवाई गई। पीछे-पीछे आ रही बाक़ी बसें भी रुकीं। जटाशंकर शर्मा इस क़दर ग़ुस्से से भरे थे कि दस मिनट तक बता ही नहीं पाए कि असल में उनके साथ हुआ क्या था। बड़ी मुश्किल से उन्होंने ओमजी का नाम लिया। लेकिन ओमजी उस बस में थे ही नहीं। वे तो किसी और बस में सोये हुए पाए गए। लाख कोशिशों के बावजूद कोई ऐसा गवाह नहीं मिल पाया जो कह दे कि ओमजी इसी बस में थे और उन्हें ग़लीज़ हरकत करते हुए देखा गया है।

जटाशंकर शर्मा ने वापस लौट जाने की धमकी दी। लेकिन बीच जंगल से रात को लौटना भला कहाँ मुमकिन था? बड़ी मुश्किल से समझा-बुझाकर लड़के के बाप यानी राजनारायण सिंह ने उन्हें दूसरी बस में अपनी ठीक बग़ल वाली सीट पर बिठाया। पूरा मोहल्ला जानता है कि अज्ञात अपराधी ओमजी ही थे। लेकिन हुआ कुछ नहीं।

सर्वदमन सिंह भी जानते हैं कि पूरा हरामीपना 'झँटवा' का किया हुआ है। फुसलाकर उनकी कंस्ट्रक्शन साइट से सबसे महँगी टाइल उठवा ले गया और उस पर सिर्फ़ अपना नाम लिखवाया। चलो कोई बात नहीं, नेतागीरी चमकानी है, चमका ले। लेकिन अख़बार में जो छपा है, उसका क्या?

बाबू सर्वदमन सिंह, मधुकर चौबे, विभूति मिश्रा और लक्ष्मीकांत सहाय के साथ घंटे भर धूप में खड़े रहे थे। किसी एक लाइन में नाम तक नहीं। पूछने पर बोल दिया- "हम तो प्रेस विज्ञप्ति में लिखवाए थे, अख़बार वाला नहीं छापा तो क्या करें।"

"अगर नाम ही हटाना होता तो अख़बार वाला आशिक़वा का नहीं हटाता? नेतागीरी कर रहा है हिंदुओं की और नाम दे रहा है, कटुए का। ये मुस्लिम तुष्टीकरण नहीं है तो और क्या है?" बजरंगी के ढाबे पर चाय सुड़कते हुए कमलेश ने जब यह आरोप सुना और बेपरवाही से बोले- "तुष्टीकरण नहीं घंटा है। देखते जाओ आगे क्या-क्या होता है।"

मुस्लिम तुष्टीकरण शब्द आशिक़ भी आज सुबह से अपनी दुकान पर बैठा-बैठा सुन रहा है। लोग कह रहे हैं कि आज से इस रोड पर दो ही वीआईपी हैं एक जटाशंकर शर्मा और दूसरे टू इन वन टेलर वाला आशिक़ रंगबाज़। बधाई क़बूल करते, सफ़ाई देते और ताने सुनते आशिक़ इस क़दर थक चुका है कि उसे इस बात का ध्यान ही नहीं है कि अख़बार में छपा क्या है।

आशिक़ को याद आया कि कल जब वह दुकान बंद करके लौट रहा था, उसने महसूस किया था कि रैयत टोली में अजब-सी बेचैनी है। किसी ने चिल्लाकर कहा था- "हम लोग को बर्बाद करके ही मानोगे मिसिर?" कौन था, याद नहीं। आशिक़ कभी इस तरह की आवाज़ों पर ध्यान नहीं देता। आज तो अख़बार में भी उसका नाम छप गया है, क्या सोचेंगे वहाँ के लोग? सोचने दो जो भी सोचे। अख़बार पढ़ता कौन है, रैयत टोली में ? अगर पढ़ना-लिखना आता तो क्या यहाँ के लोगों की ज़िंदगी ऐसी होती?

आशिक़ घर पहुँचा। मुँह-हाथ धोए और रसोई के सामने पीढ़े पर बैठ गया। ज़ुलेख़ा चुपचाप आई और आशिक़ के सामने रोटी और तरकारी रख दी। आशिक़ बिना कुछ कहे निवाला गटकने लगा। आयशा अपनी दादी के साथ सो चुकी है। शमी लगातार आँखें मल रहा है। ऐसा लग रहा है, जैसे बड़ी मुश्किल

से नींद को भगा रहा हो। जैसे ही आशिक़ के हलक़ से आख़िरी निवाला उतरा, शमी ने सवाल किया- "अब्बू हम लोग मुसलमान हैं या हिंदू ?"

आशिक़ के लिए ऐसे मासूम सवाल नये नहीं हैं। लेकिन सवाल आशिक़ के मन में एक अजीब-सी खीज पैदा कर गया। फिर भी उसने ख़ुद को सँभालते हुए प्यार से कहा- "तुम बताओ बेटा ? तुमको क्या लगता है ?"

"आज रहीम कह रहा था कि तुम्हारे अब्बा तो हिंदू हैं।"

आशिक़ ठठाकर हँसा। लेकिन सामने खड़ी ज़ुलेख़ा बानो के तन-बदन में आग लग गई। उसने कहा- "मत खेलना उस माटी मिले करमजले के साथ। मेरे मुँह पर तो बोल के देखे तो कोई। कौन किसके घर जाती है और कौन कहाँ से आता है, सब उघट के रख देंगे।"

"अरे इतना ग़ुस्सा होने की बात क्या है ?"

"ग़ुस्सा ना हों तो क्या बाज़ार में जाके बैठ जाएँ कि आओ हमारी इज़्ज़त उतारो ? कोई किसी की घरवाली की चाल-चलन को लेकर बातें बनाए और उसका आदमी कहे कि ग़ुस्सा ना हो फिर उस आदमी को कोई क्या कहे। अल्लाह ने पूरी दुनिया को अक़्ल दी सिर्फ़ मेरे मियाँ को छोड़ दिया।"

"फालतू बात मत करो। इसमें तुम्हारे चाल-चलन की बात कहाँ से आ गई ?"

"हाय अल्लाह ! दिमाग़ में एकदम गू भरा है इनके। बच्चे को कोई हिंदू की औलाद बताए तो गाली किसको हुई ये भी बताना पड़ेगा ? जाके रहिए आप वहीं आरामगंज में और हमें छोड़ दीजिए हमारे हाल पर।"

ज़ुलेख़ा बानो शमी की बाँह पकड़कर उसे घसीटती हुई कमरे में ले गई और दरवाज़ा अंदर से बंद कर लिया। शादी के बाद ऐसा ग़ुस्सा आशिक़ ने दो-तीन बार ही देखा है। दरवाज़ा अंदर से बंद मतलब आशिक़ को बाहर पड़ी चौकी पर सोना पड़ेगा। अब तो कोई बुलाए तब भी वह अंदर ना जाए। जितनी अकड़ पूरी दुनिया में है, उससे ज़्यादा अकेले आशिक़ में है। अगर अपने पर आ जाए तो गर्दन कटा देगा लेकिन किसी के सामने झुकाएगा नहीं।

हिंदू शब्द सुनकर ज़ुलेख़ा बानो को इस तरह बिफरते हुए उसने कभी नहीं देखा। आशिक़ को जब लोग मिसिर जी कहकर छेड़ते हैं, उसे अजीब का तरह का मज़ा आता है। उसने कभी यह नहीं सोचा कि इन संबोधनों को कभी जैविक

नज़रिये से या एक गंदी गाली की तरह देखा जा सकता है। लेकिन ज़ुलेख़ा के रिएक्शन के बाद उसके मन में अजब से ख़याल आने लगे। कहीं ऐसा तो नहीं कि उसे मिसिर जी कहने वाले लोग वहीं सुख हासिल करते हों जो किसी दुश्मन को माँ की गाली देकर हासिल किया जा सकता है?

'हम लोगों को बर्बाद करके ही मानोगे मिसिर।' कानों में गूँज रही है वह आवाज़ जो शायद रकीबुल के बेटे मोहसिन की थी।

अगर रैयत टोली के बाक़ी लोग 'हम लोग' हैं तो फिर आशिक़ कौन है? रैयत टोली में उसका सिर्फ़ रैन बसेरा है, ठीक वैसे ही जैसे आरामगंज में सिर्फ़ दुकान है? आरामगंज में सिर्फ़ दुकान कहाँ हैं, वहाँ तो पूरी ज़िंदगी है। लेकिन क्या वहाँ रहने वाले भी ऐसा मानते हैं? विभीषण, सुग्रीव, जामवंत और निषाद राज! जटाशंकर शर्मा की कपट भरी हँसी में लिपटे संबोधन कानों में गूँज रहे हैं।

शांति मार्च और अशांत चिंटू

चिंटू सुबह से गहरे सदमे में है। सूरज उगते ही वह गले में दूरबीन लटकाकर 'शोध' के लिए निकला था कि अचानक 'कांड' हो गया। लाइफ़ में आगे बढ़ने के लिए कुछ कैलकुलेटेड रिस्क लेने ही पड़ते हैं। आख़िर चिंटू कब तक वर्माजी की छत पर सूखती अंगिया और कच्छे देखकर कल्पना के घोड़े दौड़ाता रहता? वर्माजी के घर का भूगोल बदलने से रहा। गुसलख़ाने की खिड़की जहाँ है, वहीं रहेगी और पानी की टंकी पर कमांडों की तरह लेटकर भी चिंटू को हेयर बैंड उतारते या शावर एडजस्ट करते हाथ ही नज़र आएँगे उससे ज़्यादा कुछ नहीं।

तो चिंटू ने अपनी 'लुक ईस्ट पॉलिसी' चेंज की और पश्चिम की तरफ़ देखना शुरू किया। भुइयाँ टोली में एक बहुत बड़ी सार्वजनिक बावड़ी है, जहाँ सुबह-सुबह औरतें नहाती हैं। ये चिंटू के दूरबीन ने बता दिया था। दृश्य मनोरम है लेकिन दूरी इतनी ज़्यादा है कि कोई फ़ील नहीं है। तो चिंटुआ सुबह-सुबह गले में दूरबीन लटकाए ज़ुलॉजी के किसी कमिटेड स्टूडेंट की तरह घर से निकला।

बहुत दिमाग़ लगाकर उसने मिट्टी के उस विशालकाय टीले को चिह्नित किया जिसके एक एंगिल से बावड़ी तो साफ़ नज़र आए लेकिन बावड़ी वालियों को पता ना चले कि 'कान्हा' नयनसुख ले रहे हैं। दूरबीन थामे वह अभी टीले पर चढ़ ही रहा था कि अचानक कंधे पर एक सनसनाता हुआ ढेला आकर लगा। चिंटू ने नज़र घुमाई। हाथ में गुलेल थामे एक लड़का अपने साथी के साथ नीचे खड़ा था।

"कौन हो बे? भोरे-भोरे हियाँ का कर रहे हो?"

"इस्टूडेंट हैं, रिसर्च करने आए हैं।" कंधा सहलाते हुए चिंटू ने जवाब दिया।

लड़के ने चिंटू को इशारे से नीचे आने को कहा।

"अच्छा छात्र हैं, हम अभी पढ़ाते हैं ट्यूशन आपको।" और गुलेल वाले लड़के ने राधे बाबू की छठी संतान का कॉलर पकड़ लिया।

"अरे ऐ तमीज़ से! तुमको मालूम नहीं है कौन है हम? कमलेश भइया को पता चलेगा तो..."

ये सुनते ही दूसरे लड़के ने करारा तमाचा जड़ दिया। उसके बाद चौक की सबसी ऊँची अट्टालिका के स्वामी संदीप श्रीवास्तव उर्फ़ चिंटू को कान पकड़कर उठक-बैठक कराया गया। जेब में जो बीस रुपये थे वो जाँच अधिकारियों ने रख लिए लेकिन उससे भी बड़ी बात ये कि उन्होंने कलकतिया दूरबीन भी ज़ब्त कर ली।

लुटे-पिटे चिंटू ने सीधे कमलेश सिंह के घर का रुख़ किया और एक साँस में ये बता दिया कि किस तरह भुइयाँ टोली के बदमाशों ने सिर्फ़ इसलिए इतने ज़ुल्म ढाए क्योंकि वो चौक का वासी है, फ़ारवर्ड कास्ट है और कमलेश भइया का आदमी है।

पूरी कहानी सुनकर कमलेश बहुत देर तक हँसता रहा- "लालजी, मूली तो उखाड़ सकते नहीं फिर क्या ज़रूरत थी क्रिमिनल एरिया में पेट्रोलिंग करने की।"

चिंटू ने चिरौरी की- "भइया आगे से कभी नहीं जाएँगे, बस दूरबीन दिलवा दीजिए, बहुत महँगा ख़रीदे थे।"

कमलेश गंभीर होकर बोला- "जाके आलोकवा से बात करो, भुइयाँ टोली वाले उसी के चेले हैं। अगर फिर भी ना मिले तो आके हमको बताना, देखेंगे क्या हो सकता है। हिंदू इलाक़ा में फालतू लड़ाई-झगड़े का टाइम नहीं है अभी। बहुत टेंशन है सिटी में।"

सचमुच बहुत टेंशन है। रामरथ अभी दूर है लेकिन रुझान मिलने शुरू हो गए हैं। आस-पास के कई शहरों में कर्फ़्यू है। नगर प्रशासन यहाँ भी मुस्तैद है। ज़िलाधिकारी को निर्देश है कि रोज़ सुबह-शाम गृह सचिव को अपडेट दें।

तनाव के इसी माहौल में कचहरी चौक पर कुछ लोग धीरे-धीरे इकट्ठा हो रहे हैं। ये लोग अलग-अलग पेड़ों के नीचे खड़े होकर एक-दूसरे से बातें कर रहे

हैं। रिक्शेवाले और खोमचे वालों को समझ में नहीं आ रहा है कि क्या हो रहा है।

कई लोगों के हाथ में बैनर हैं, जिन पर सुंदर अक्षरों में तरह-तरह के मज़मून लिखे हैं-

'इंसान से इंसान का हो भाईचारा
यही पैगाम हमारा...'

'ना मैं हिंदू ना मैं मुसलमान
मैं तो बस एक इंसान...'

'जियो और जीने दो...'

देखते-देखते इतनी तादाद में लोग जमा हो गए कि एक छोटा जुलूस निकल सके। ये जुलूस शहर के लेखक, पत्रकार, संस्कृतिकर्मी और छात्रों का है जो कचहरी चौक से शुरू होगा और मेन रोड के दोनों तरफ़ बसे अलग-अलग मोहल्ले से होता हुआ गुज़रेगा। लोगों से अपील की जाएगी कि वे घरों से बाहर निकलें और शांति मार्च में साथ चलें। मेन रोड के दायीं तरफ़ अमीर हिंदू बस्तियाँ हैं, जहाँ मारवाड़ी, पंजाबी और बंगाली लोगों की बसावट है।

बायीं तरफ़ मिली-जुली आबादी है, जहाँ पुराने हिंदू घरों के साथ कर्बला चौक जैसे मुस्लिम पॉकेट्स भी हैं। तय ये हुआ है कि शांति मार्च दोनों तरफ़ की गलियों में घूमता हुआ स्टेशन के सामने वाले मैदान तक जाएगा। वहाँ गाँधी की मूर्ति के सामने एक छोटी-सी जनसभा करके शांतिपूर्ण तरीके से कार्यक्रम का समापन होगा।

सामाजिक एकता वाले तरह-तरह के बैनरों से सजे ट्रक टेंपो पर साउंड सिस्टम रखा हुआ है और पीछे-पीछे चल रही है, सैकड़ों लोगों की भीड़। ट्रक पर खड़े हैं शहर के प्रसिद्ध रंगकर्मी और कवि अशोक अंचल।

दुबली कद-काया वाले अंचल के हाथ में माइक है और वो अमन का तराना बड़ी शिद्दत से गा रहे हैं-

"इंसानियत का जज़्बा हर दिल में जगाना है
हर क़ौम से नफ़रत को मिल-जुलके मिटाना है..."
पीछे-पीछे कोरस में बहुत-सी आवाज़ें एक साथ आ रही हैं-
"हर क़ौम से नफ़रत को मिल-जुलकर मिटाना है..."

कचहरी चौक से शुरू हुआ जुलूस सबसे पहले प्रेम रतन स्ट्रीट में दाख़िल हुआ। छतों पर चढ़े लोग बड़े ही अचरज से तमाशा देखने लगे। जुलूस कई आते हैं, चाहे रामनवमी की झाँकी हो या शिवजी की बारात, लेकिन ये वाला थोड़ा-सा अलग है।

दो सौ की भीड़ में कोई पच्चीस-तीस औरतें भी होंगी जिनमें से ज़्यादातर हाव-भाव और पहनावे से एक्टिविस्ट लग रही हैं। लेकिन कॉलेज की कुछ लड़कियाँ भी हैं। विभा और शांभवी ने राजेश की कविता वाला एक बड़ा बैनर पकड़ रखा है-

'आप जिसका उगाया गेहूँ खाते हैं
क्या उसका मज़हब जानते हैं?'

शांति मार्च धीरे-धीरे आगे बढ़ रहा है। इक्का-दुक्का लोग बीच में जुड़ रहे हैं। अश्विनी माइक पर अपनी बुलंद आवाज़ में लोगों को बुला रहा है- इस शहर को शांति की ज़रूरत है। हम अपने यहाँ कोई दंगा-फ़साद नहीं होने देंगे। कृपया घरों से बाहर आइए और शांति का पैग़ाम जन-जन तक पहुँचाइए।

शांति मार्च जब लोहा मंडी तक पहुँचा तो मालूम हुआ कि व्यापारियों के नेता साँवरमल मारू अपने दरवाज़े पर जुलूस का अभिनंदन करेंगे लेकिन जैसे ही उन्हें किसी ने बताया कि मेटाडोर पर एक बैनर लगा है जिस पर लिखा है- 'रामजन्मभूमि-बाबरी परिसर को राष्ट्रीय स्मारक घोषित करो'। मारूजी उल्टे पाँव वापस लौट गए।

"शांति-वांति तो सब ठीक है, होनी भी चाहिए। लेकिन विचारधारा से समझौता कैसे होगा?" उन्होंने शांति मार्च के संयोजकों में एक त्रिदीव घोष से कहा।

शहर के उदीयमान लेखक और आरामगंजवासी पराग ने छात्रों को जुटाने के लिए क़रीब हफ़्ता भर मेहनत की है। वो गर्दन घुमाकर लगातार गिन रहा है, सुधीर, प्रवीण और कमल आ चुके हैं, लेकिन जोश दिखाने वाले बाक़ी दोस्तों का कोई अता-पता नहीं है। शांति मार्च जब मेन रोड की बायीं तरफ़ की गलियों में दाख़िल हुआ तो उसने नोटिस किया कि क़रीब चालीस-पचास लोग कम हो

गए हैं।

चित्रकार हिमांशु बोस ने कहा- "इसमें नया क्या है? मारवाड़ी टोले से डेड बॉडी लेकर पूर्णा घाट के लिए निकलो तो श्मशान पहुँचे-पहुँचते आधे लोग ग़ायब हो जाते हैं। शांति मार्च हो या शवयात्रा, ज़्यादातर लोगों को मतलब सिर्फ़ चेहरा दिखाने से होता है।"

जुलूस गली मीना बाज़ार से आगे बढ़ रहा है। अशोक जी ने अपने पुराने साथी एडवोकेट रऊफ़ सिद्दिकी को बाहर निकलने के लिए आवाज़ दी। रऊफ़ बाहर आए और झुककर सलाम किया लेकिन साथ चलने से इनकार कर दिया।

"बहुत ख़राब वक़्त है। आप लोग इस तरह सड़क पर निकलेंगे तो प्रोग्रेसिव होने का तमगा पाएँगे और हम निकलें तो दंगाई कहे जाएँगे। मुसलमानों के मुक़द्दर में यही लिखा है।"

बात अशोक जी को बुरी तरह चुभी। उन्होंने कहा- "शांति सबके के लिए ज़रूरी है। अगर पढ़े-लिखे लोग अमन के हक़ में आवाज़ बुलंद नहीं करेंगे तो कौन करेगा?"

रऊफ़ के साथ खड़ा उनका भाई रिफ़त ग़ुस्से में लग रहा था। उसने कहा- "अमन का लेक्चर उन्हें दीजिए साहब जो ढोल-ताशे बजाकर रोज़ हमारे कानों में चीख़ रहे हैं- मंदिर वहीं बनाएँगे। आपने तय पहले से कर रखा है कि करना क्या है और यहाँ सिर्फ़ मुसलमानों को बरगलाने आए हैं ताकि जो भी नाइंसाफ़ी हो हम वो चुपचाप बर्दाश्त कर लें।"

ये सब बोलते वक़्त रिफ़त की निगाहें मेटाडोर पर लगे उस बैनर पर थी, जिस पर लिखा था- 'रामजन्मभूमि-बाबरी मस्जिद को राष्ट्रीय स्मारक घोषित करो।'

रऊफ़ ने अपने भाई को चुप रहने का इशारा किया और अशोक जी से कहा- "मैं आपको तीस साल से जानता हूँ। आपकी बहुत इज़्ज़त करता हूँ। इसीलिए हाथ जोड़कर माफ़ी माँग रहा हूँ। हमारी भलाई इसी में है कि हम ऐसे पचड़ों से दूर रहें।"

शहर की सांस्कृतिक गतिविधियों में बढ़-चढ़कर हिस्सा लेने वाला ख़ालिद इस पूरे आयोजन की प्लानिंग में शुरू से रहा है। वो अपने दोस्तों को इस शर्मिंदगी से देख रहा था, जैसे कहना चाहता हो कि इनके बारे में क्या कहूँ, मैं

तो तुम लोगों के साथ हूँ।

अशोक अंचल माइक पर लगातार गा रहे हैं-

"इंसानियत का जज़्बा हर दिल में जगाना है

हर क़ौम से नफ़रत को मिल-जुलके मिटाना है..."

आवाज़ में वही मिठास और लहजे में वही आत्मविश्वास है, जो कचहरी चौक पर था। लेकिन कोरस में शामिल लोगों का एनर्जी लेवल घटने लगा है। इस शहर में शांति मार्च पहले भी कई बार निकले हैं और हर बार वही सौ-पचास जाने-पहचाने चेहरे होते हैं। कुछ नये चेहरों के अलावा इस बार भी कहानी वही है।

"पढ़े-लिखे लोगों की सबसे बड़ी परेशानी यही है कि वे मानकर चलते हैं कि हमें सब कुछ आता है। इस समाज की सही समझ शायद हम में से किसी को नहीं है। शांति इस वक्त की सबसे बड़ी ज़रूरत है। कार्यक्रम का उद्देश्य लोगों को यह बताना है कि अगर शहर में आग लगेगी तो हमारे घर भी जलेंगे। ऐसे में ट्रक पर इतना बड़ा पोस्टर लगाने का कोई औचित्य नहीं था कि 'रामजन्मभूमि-बाबरी मस्जिद को राष्ट्रीय स्मारक घोषित करो'। आप देख रहे हैं हिंदू और मुसलमान दोनों किस तरह बिदक रहे हैं।" मार्च में चलते-चलते शहर के वरिष्ठ लेखक विद्याभूषण ने दूसरे लेखक समरेश समर से कहा।

जवाब में समरेश समर ने बीसवीं सदी में फ़ासिज़्म के उभार पर एक छोटा सा व्याख्यान दिया और फिर शीतयुद्ध में अमेरिका की भूमिका पर आए। सोवियत विघटन पर उन्हें एक पॉज लिया और फिर उपसंहार में बोले- "सिर्फ़ तात्कालिक शांति की बात करना एक तरह का संशोधनवाद है। हमें क्रांतिकारी उपायों की ज़रूरत है। इस शांति मार्च के ज़रिये हमारे पास सभी धार्मिक संगठनों की संपत्ति ज़ब्त करके उनके राष्ट्रीयकरण की माँग करने का विकल्प भी था लेकिन हम चूक गए। धर्म अफ़ीम है और जब तक देश इस नशे से बाहर नहीं आएगा तब तक इसका कुछ नहीं होगा।"

जुलूस अब कर्बला चौक के मुहाने पर जा पहुँचा। वही मोहल्ला जहाँ हफ़्ते भर पहले छुरेबाजी हुई थी। रेलवे स्टेशन यहाँ से काफ़ी क़रीब है। शांति मार्च में आगे चल रहे लोगों ने देखा कि पुलिस का ज़बरदस्त पहरा है। तीन-चार जीपें इस तरह खड़ी हैं, जैसे जान-बूझकर रास्ता बंद किया गया हो। पुलिस को देखते

ही कोरस वालों में नयी जान आ गई और सबकी आवाज़ अचानक तेज़ हो गई-

'इंसानियत का जज़्बा हर दिल में जगाना है

हर क़ौम से नफ़रत को मिल-जुल के मिटाना है'

"आप लोग लौट जाइए। आगे जाने की अनुमति नहीं है।" इंस्पेक्टर जैसे दिखने वाले एक पुलिस अधिकारी ने कहा।

"हम क्यों लौट जाएँ, क्या शहर में अब शांति स्थापना की कोशिश भी गुनाह हैं।" कॉमरेड घोष ने आगे आकर कहा। उन्हें देखकर बहुत से लोगों की समझ में आया कि यह सिर्फ़ संस्कृतिकर्मियों का जुलूस नहीं है। शहर की तमाम कम्युनिस्ट पार्टियाँ इसमें शामिल हैं।

"शांति स्थापना पुलिस का काम है, वो हम पर छोड़ दीजिए।"

"मतलब इस देश में नागरिक के कोई दायित्व नहीं है? अगर पुलिस शांति स्थापना में इतनी सक्षम है तो फिर बताइए कि जगह-जगह इतना दंगा-फ़साद क्यों हो रहे हैं? धार्मिक जुलूसों से आपको परेशानी नहीं है लेकिन शांति की अपील से परेशानी है।" घोष बाबू एक साँस में बोल गए।

इंस्पेक्टर से घोष बाबू की बहस होती रही। इसके बाद गाड़ी से उतरकर सिटी एसपी आए उन्होंने जुलूस की अगुआई कर रहे लोगों को कोने में ले जाकर समझाया कि शहर की स्थिति अचानक ख़राब हो गई है। धारा-144 लागू है और हो सकता है रात तक कर्फ़्यू भी लग जाए। इसलिए शांति मार्च यहीं ख़त्म करके सबको वापस लौटना होगा।

‘कलंक’ कर्फ़्यू

भंग हुए शांति मार्च से लौट रहे मुट्ठी भर आरामगंजवासियों यानी पराग, राजेश, सत्यप्रकाश और विवेक ने पूरे रास्ते में धड़ाधड़ दुकानों के शटर गिरते देखे। देशदीप टाइम्स का सांध्य संस्करण आ चुका था और चौराहों पर जमा लोग बड़ी बेचैनी से ख़बर पढ़ रहे थे।

हेडिंग है- ‘जयपुर में दंगे की भेंट चढ़े शहर के दो भाई’

शीर्षक से ऐसा लग रहा है कि सांप्रादायिक दंगे में दोनों की मौत हो गई है। लेकिन अंदर की ख़बर से पता चलता है कि एक भाई की स्थिति थोड़ी गंभीर है और दूसरे को इलाज के बाद अस्पताल से छुट्टी दे दी गई है। इस ख़बर के आने के बाद लड़कों के पिता जयपुर रवाना हो गए हैं।

शहर के जिस इलाक़े चाँदपुर के ये दोनों भाई हैं, वहाँ एक दुकान को आग लगाए जाने की ख़बर है। शहर में धारा-144 के बावजूद लोग जगह-जगह गोलबंद होकर अख़बार बाँच रहे हैं। नौजवानों की चौकड़ी आरामगंज की तरफ़ बढ़ रही है।

जैसे ही रैयत टोली वाला पैच आया राजेश थोड़ा ठिठका- “इधर से जाना ठीक होगा क्या?” यही सवाल बाक़ियों के दिमाग़ में भी आया। पराग और राजेश चौक के वासी हैं। विवेक और सत्यप्रकाश वहाँ से थोड़ा आगे बसे विद्यानगर में रहते हैं। तय हुआ कि रैयत टोली पार करने में मुश्किल से पाँच मिनट लगते हैं, दनदनाते निकल जाएँगे और क्या! लेकिन रैयत टोली में दाख़िल होने पर अंदाज़ा हुआ कि दनदनाते हुए पार करने की ज़रूर नहीं है। रोज़ की

तरह ख़रामा-ख़रामा निकला जा सकता है। सड़क पर बकरियों और हगते बच्चों का कोई अता-पता नहीं है। हाँ मुर्ग़ियाँ ज़रूर नज़र आ रही हैं।

थोड़ा आगे चलने के बाद चौकड़ी उस जगह पहुँच गई जिसे रैयत टोली वाले इमली मैदान कहते हैं। मैदान क्या है, क़रीब हज़ार गज़ की एक ख़ाली ज़मीन है, जहाँ कूड़ा फेंककर भरी जा चुकी एक पुरानी बावड़ी का अवशेष मौजूद है, साथ ही इमली के दो पेड़ भी हैं, जिनके आधार पर इस जगह का नामकरण हुआ है। रैयत टोली वाले इमली मैदान को सामुदायिक कामों जैसे शादी-ब्याह वग़ैरह के लिए इस्तेमाल करते आए हैं। बाक़ी वक़्त यह जगह बकरियाँ चराने या बच्चों के खेलने के काम आती है।

इमली के पेड़ पर बने चबूतरे पर चिंतित भाव से बैठे कुछ लोग नज़र आए। सामने रेडियो रखा था। हाथ में अख़बार लिए एक बुज़ुर्ग लोगों को कुछ बता रहे हैं। आरामगंज की नयी पीढ़ी इन्हें नहीं जानती है। लेकिन पुराने लोग हकीम इस्माइल को अच्छी तरह पहचानते हैं।

हकीम इस्माइल के चौक की पिछली पीढ़ी से ठीक-ठाक सामाजिक संबंध रहे हैं। होम्योपैथी और यूनानी चिकित्सा पद्धतियों में रुचि रखने वाले मुकुट बाबू जैसे लोगों के पास उनका आना-जाना था। चौक वालों में बसंत बाबू की बेटी की मिर्गी और प्रभात दयाल की 'गर्मी' का सफल इलाज भी उनके खाते में दर्ज है। मगर इस्माइल साहब की ज़्यादा शोहरत मौलवी के तौर पर है। वो कुछ कलमा-वलमा पढ़कर मरीज़ों को 'चमत्कारी पानी' दिया करते हैं। साँप के काटे और बिच्छू के डंक की झाड़-फूँक भी उन्हें आती है।

पुराने लोग नहीं रहे तो हकीम साहब का नाता भी चौक के साथ टूट गया। वैसे भी उनकी उम्र अस्सी के क़रीब हो चली है। आरामगंज की इस चौकड़ी में सत्यप्रकाश के अलावा उन्हें किसी और ने नहीं पहचाना लेकिन फ़ज़लू को सबने पहचान लिया। इमली के पेड़ से कमर टिकाकर खड़े फ़ज़लू ने 'चौक वालों' पर जलती निगाह फेंकी। भला कौन यक़ीन करेगा कि यही आदमी जटाशंकर शर्मा के श्रीराम पथ वाले कार्यक्रम में दाँत निकाले अपने मोहल्ले की नुमाइंदगी कर रहा था?

चौकड़ी जैसे ही रैयत टोली के मुहाने पर यानी इंद्रदेव बाबा के घर के क़रीब पहुँची विवेक चिल्लाया- "पीछे देखे तुम लोग। वहाँ एक घर के बाहर

पाकिस्तानी झंडा फहरा रहा था।"

पराग बोला- "पाकिस्तान का नहीं उनका मज़हबी झंडा है। चेल्हम था ना हाल में इसीलिए लगाया होगा।"

"नहीं, पाकिस्तानी झंडा था। उसमें भी चाँद-तारा था, जो पाकिस्तानी झंडे में होता है।"

"अरे नहीं भाई पाकिस्तानी झंडे में सफ़ेद पट्टी होती है। वहाँ चाँद-तारे की पोजीशन भी इस्लाम के झंडे से थोड़ी अलग होती है।"

"साला इतना कंफ़्यूजन वाला झंडा लगाने की क्या ज़रूरत है इन लोगों को? सब तो यही सोचेंगे ना कि पाकिस्तानी झंडा है।"

टोली चलते-चलते आरामगंज के हार्टलैंड यानी चौक पर पहुँच गई। सुबह और शाम के माहौल में ज़मीन आसमान का अंतर है। हर पंद्रह बीस मीटर की दूरी पर अलग-अलग झुंड खड़े हैं। लेकिन सबसे ज़्यादा भीड़ मंगल और ओझाजी की पान की दुकानों पर है। किराने की दुकानों पर लाइन लगी है। लोग जल्दी-जल्दी ज़रूरी सामान ख़रीद रहे हैं। स्टेशनरी, रेडियो-टीवी रिपेयर और इलेक्ट्रिशियन वग़ैरह की दुकानें बंद हो चुकी हैं। बाक़ी दुकानदारों को ख़बर कन्फ़र्म होने का इंतज़ार है।

ख़बर एक नहीं कई हैं। सबसे पहली ख़बर ये है कि शहर में कर्फ़्यू लग गया है। गुदड़ी बाज़ार में छुरेबाजी हुई है। चाँदपुर में दुकान को आग लग गई ये ख़बर भी सबको है।"काँटा-टोली के मुसलमान व्यापारी जलील शाह ने केरोसिन के दो सौ ड्रम मँगवाए हैं, सोचो अगर आग लगेगी तो हिंदुओं के कितने घर जलेंगे!" ये सत्या भइया हैं, जिनका पूरा नाम सत्यानंद तिवारी। नित्यानंद तिवारी के एम.ए. द्वय पुत्र जिनकी किसी तरह के 'काम' में रुचि नहीं है। इसलिए कोई नौकरी नहीं की और चालीस पार करने के बावजूद विवाह भी नहीं किया। हवा में तैरती एक लाइन की ख़बर को पकड़कर सत्या भइया ऐसी कहानी खड़ी करते हैं कि सुनने वालों को मज़ा आ जाता है।

"दो सौ ड्रम? सत्या भइया इतना केरोसिन तो पूरे शहर में नहीं होगा। कुछ सोच समझकर बोलिए।" विवेक ने टोका।

"अरे थोड़ा कम कर लो और क्या, लेकिन मँगवाया है ये पक्की ख़बर है। कर्बला चौक पर भीड़ में बम फट गया। कम-से-कम पंद्रह लोग घायल हुए हैं।

पता नहीं कितने बचेंगे?"

"कर्बला चौक पर बम फटा? कब कितने बजे?"

"यही दिन में दो बजे की बात है। अखिलेश अपनी आँख से देखकर आया है।"

"आप भी ना भइया, फालतू कहानी बनाते हैं, हम लोग चार बजे तक वहाँ थे। कुछ नहीं हुआ है।" सत्यप्रकाश ने सत्या भइया के झूठ पर सत्य का प्रकाश डाला। ऐसा करते वक़्त उसके मन में ख़याल आया कि क्या पता बाक़ी ख़बरें भी कोरी अफ़वाह हों।

'कर... र... र... फू... बप्पा रे बप्पा करफू...'

वाल्मीकि नगर का फुस्सू अचानक ना जाने कहाँ से दौड़ता हुआ चौक पर प्रकट हुआ। उसके चीख़ने का अंदाज़ कुछ वैसा ही था, जैसे केमेंटेटर कोपा अमेरिका कप में गोल होने पर चिल्लाते हैं- गो... ओ... ओ... ल।

कर... र... र... फू...

फुस्सू एसिड की बोतल लेकर हफ़्ते में एक बार चौक के घरों में पिछले दरवाज़े से दाख़िल होता है। टॉयलेट की सफ़ाई करता है और वापस चला जाता है। महीना पूरा हो तो एक फ़ुट की ऊँचाई से बीस का नोट टपका दो। नज़रें मिलाने की भी ज़रूरत नहीं है।

लेकिन आज वह उस ख़बर से लैस है जो देशदीप टाइम्स के सांध्य संस्करण में भी नहीं है। लिहाज़ा उससे बात करना बनता है।

"कहाँ से पता चला रे फुस्सुआ तुमको?"

"क... र... र... फू... आ रहा है... गाड़ी में बोलते... करफू..."

और फुस्सू उसी एक्शन में एनाउंसमेंट करता हुआ वाल्मीकि नगर की गली में घुस गया।

जल्द ही लाउडस्पीकर की गूँजती हुई आवाज़ चौक तक पहुँच गई। आरामगंज के जो दुकानदार बोरी से एक किलो चीनी और आधा किलो सूजी निकालकर तौलने में पाँच मिनट लगाते हैं, उन्होंने बिजली की रफ़्तार से शटर गिरा दिए। अलग-अलग जगहों पर खड़े झुंड तेज़ी से बिखरने लगे। पान खाने और गप्प लड़ाने आए लोगों ने अपने-अपने घरों का रुख़ किया। घर के लिए रवाना होने से पहले मुरली बाबू मंगल की पान दुकान पर ब्रहज्ञान दे गए- "अगर

अपना कोई नुकसान ना हो तो मनोरंजन के मामले में दंगा हर मेले-ठेके का बाप है। कर्फ्यू घर आया फोकट का तमाशा है। जब तक है, जी भरके देख लो।"

लक्ष्मीकांत सहाय का पूरा जीवन प्रशासन और कचहरी में ही बीता है। वे लोगों को रोक रहे हैं- "अरे ठहरिए महाराज। एनाउंसमेंटे हो रहा है, गोली थोड़े ना चल रहा है। काहे एतना घबरा रहे हैं?"

मुनादी करने वाली जीप आ गई। माइक थामे कर्मचारी पिछली सीट पर बैठा है। सहाय जी ने उसे देखते ही पहचान लिया- "ई तो सिंघेसरा है, मेरा अस्टिटेंट हुआ करता था। आगे की सीट पर बैठा सिपाही बंदूक़ लहरा-लहराकर लोगों से सड़क ख़ाली करने को कह रहा है।"

"का हो सिंघेसर, अरे ओ सिंहेश्वर सिंह जी क्या हाल-चाल है।" सहाय जी ने इस ऊँची आवाज़ में पूछा कि हिम्मत बाँधकर साथ खड़े लोग इंप्रेस हो जाएँ। लेकिन सिंघेसरा आज गजबे सरकारी रौब में है। गर्दन घुमाके देखिस तक नहीं।

"हाल आपको पता नहीं है चचा? रोड पर भीड़ मत लगाइए, नहीं तो अंदर हो जाइएगा। पेट्रोलिंग वाला दस्ता आ रहा है।" बंदूक़ वाले सिपाही ने निहायत ही बदत्तमीज़ी से कहा।

"हाँ हाँ, जा रहे हैं..." लक्ष्मीकांत सहाय बड़बड़ाते हुए अपने घर की तरफ़ बढ़े।

"पावर मिलते ही सब के सब बौरा जाते हैं। ई तो सिपाहिये है... ऊ फूलन दरोगवा है ना।"

"कौन? सुकुल जी का दामाद?"

"हाँ और नहीं तो कौन... तो फूलन दरोगवा हमको एक दिन बताइस था कि 81 के दंगा में हमको लगा ना चचा कि हम पुलिस वाले नहीं है, एकदम आर्मी ऑफ़िसर हो गए हैं और फ्रंट पर आए हैं। इस्लाम नगर में पत्थर चला नहीं कि उठाए कारबाइन और तड़तड़ा दिए।" भोला बाबू ने सहाय जी को भूली दास्तान याद दिलाई।

"ठिक्के तो किया। लेकिन हिंदू इलाक़ा में गर्मी नहीं दिखाना चाहिए, जो करना है मुसलमान बस्ती में करे। यहाँ कौन दंगा कर रहा है?" सहाय जी गेट खोलकर घर के अंदर चले गए। लेकिन जाते-जाते अपने प्रशासनिक अनुभव का छोटा-सा सबूत भोला बाबू को दे गए- "81 में कार्बाइन कहाँ था जी पुलिस

वालों के पास? जिसको देखो वही डींग मारता है आजकल।"

चौक की सारी दुकानों के शटर गिर चुके हैं। टू इन वन टेलर का शटर सबसे पहले गिरा था। लेकिन आशिक़ दुकान के अंदर है। जब टेंशन शुरू हुआ तो आशिक़ ने हनीफ़ को निर्देश दिया था- "बाहर से ताला मार दो। हमको जब निकलना होगा कि सावित्री बुटीक वाला दरवाज़ा खोल के आ जाएँगे। घर जाके भाभी को बोल दो कि काम बहुत है। ख़तम करके सात-साढ़े सात तक पहुँचेंगे।"

"नहीं भइया, हम जाके बोलेंगे तो भाभी हमको बहुत बात सुनाएँगी। बंद कर दीजिए ना। एक-दो दिन बाद टेंशन कम हो जाएगा तो पूरा कर दीजिएगा। अभी कर्फ़्यू में कौन ग्राहक कपड़ा लेने आएगा?"

"सामने देख रहो पहाड़। आठ सेट सलवार सूट है, रोड नंबर छह वाले जायसवाल जी के घर का। शादी थोड़े ना रुकेगी।" आशिक़ की जिद के आगे भला किसकी चली है?

कर्फ़्यू के दौरान आने-जाने का सीधा नियम यह है कि पुलिस या आर्मी की एक गाड़ी गुज़रे उसके बाद दस तक गिनो अगर क़ाफ़िला होगा तो अगली गाड़ी भी आ जाएगी।

अगर नहीं आई तो फिर समझ लो कि अगले 15 मिनट तक कोई और गाड़ी नहीं आएगी। ये अचूक फ़ॉर्मूला है, जो 1984 में आशिक़ ने चौक के लोगों को दिया था।

नयी पीढ़ी बहुत उत्साहित है क्योंकि उसने अपने होशो-हवास में कर्फ़्यू नहीं देखा है। लेकिन अनुभवी लोग थोड़े से मायूस हैं- "साला ये भी कोई कर्फ़्यू है। दो-दिन से ज़्यादा चल जाए तो मेरा नाम बदल दीजिएगा।"

"दंगा तो सन 67 में हुआ जब हफ़्ता दिन तक लाश की गिनती चलती रही थी। वैसे 73 वाला भी बहुत तगड़ा था। समझ लो चौक की आधी आबादी ख़त्म हो जाती। लेकिन ननका और बजरंगिया ऐसा डटे कि खेल बदल गया। अभी जो ग्वाला टोली है, वहाँ 73 से पहले तक जोलहा बस्ती थी। लेकिन पंद्रह दिन के भीतर पूरा साफ़ हो गया। भुतहा तालाब में महीना भर तक कटल हाथ-गोड़ उथला रहा था। आखिर में पूरा तालाब ही भरना पड़ा।"

मुरली बाबू घर में बैठे अपनी नयी पीढ़ी को कहानियाँ कुछ इस अंदाज़ में सुना रहे हैं जैसे किसी क्रिकेट मैच में टर्निंग प्वॉइंट आया हो और उनकी फ़ेवरेट

टीम की हारते-हारते जीत गई हो।

"पापा आर्मी आएगी क्या?" सबसे छोटे साहबज़ादे ने बहुत हसरत के साथ सवाल किया।

"कपार आएगी। दो दिन से ज़्यादा ना चलने वाला है। कल बीएमपी वाले मियाँ बस्तियों जाके सबको चार-चार लाठी लगाएँगे बस क़िस्सा ख़तम।"

छोटे साहबज़ादे का चेहरा उतर गया। नयी पीढ़ी के हिस्से में कुछ भी नहीं है। हमेशा बुज़ुर्गों के क़िस्से-कहानियों से काम चलाना पड़ता है। 'घी क्या खाओगे तुम लोग जो हम लोग खाए हैं' वाले अंदाज़ में 'दंगा क्या होगा जो पहले होता था।'

आरामगंज के बुज़ुर्गों को पता है कि कर्फ़्यू के पहले चौबीस घंटे उसी तरह बोरिंग होते हैं, जैसे टेस्ट मैच का पहला दिन। राधे बाबू अपने जिगरी दोस्त मिसिर जी से फ़ोन पर बतिया रहे हैं। कर्फ़्यू का यही एक नुक़सान है कि पड़ोसी तक से बतियाने का पइसा देना पड़ता है। लेकिन कॉल मिसिर जी ने किया है जो टेलीफ़ोन एक्सचेंज में काम करते हैं, इसलिए कोई टेंशन नहीं है।

"झुट्ठो लगाया है जी कर्फ़्यू इधर। जब मियाँ हइए ना है, तो फिर ई सब इतना ताम-झाम करना का ज़रूरी था?"

"काहे रैयत टोली में ना है, चालीस-पचास घर होगा आराम से।"

"भक्क! उस सब कोनो मुसलमान है? चूड़िहारा, धोबी, दर्जी और नउआ रोज़ कमाने और रोज़ खाने वाला। अगर एक दिन चूल्हा नहीं जलेगा तो बाप-बाप कर के मर जाएगा। तगड़ा दंगा कराने के लिए बन्नू मियाँ बैरिस्टर जैसा कोई चाहिए। इधर से नगर व्यापार मंडल के सिंधी और मारवाड़ी भाई लोग पूरा फ़ंडिंग लगाए हुए थे तो उधर बैरिस्टर बन्नू था। मगर सब पर भारी था एक अकेला बन्नुआ।"

"बाबूजी बताते थे कि 47 में जो दंगा हुआ था, उस समय अकेले अपने कोठा पर बंदूक़ लिए गोली चला रहा था बैरिस्टर बन्नू। तीन दिन तक शहर में दंगा चला लेकिन मजाल के बन्नू के मोहल्ले में कोई घुस जाए। पइसा वाला आदमी और जान-पहचान ऐसी तगड़ी के सीधे जिन्ना के साथ उठना-बैठना होता था। प्रॉपर्टी इतनी थी कि छोड़ के जा नहीं सकता था, इसलिए ख़ानदान के साथ यहीं रह गया। दंगा ख़त्म हुआ लेकिन कोई टच तक नहीं कर पाया उसको। अब

उस टाइप के आदमी कहाँ हैं आजकल!"

मिसिर जी की आवाज़ में कुछ ऐसा दर्द था जैसे कह रहे हों कि इमरान खान के बिना पाकिस्तानी टीम भारत के साथ मैच खेलेगी तो क्या ख़ाक मज़ा आएगा। वृद्ध मंडली ने लिफाफा देखते ही मजमून भाँप लिया है। कर्फ्यू अभी ठीक से लगा भी नहीं है लेकिन मिसिर जी समेत ज़्यादातर बुज़ुर्गों में इस बात को लेकर आम राय है कि यह कर्फ़्यू नहीं है बल्कि साला कर्फ़्यू के नाम पर एक तरह का 'कलंक' है।

कर्फ़्यू की पहली रात शुरू हो चुकी है। चौक के बहुत से लोगों के लिए भय मिश्रित रोमांच की रात है। लेकिन वैसा कुछ नहीं है, जैसा सन 84 में था, जब शहर के अलग-अलग हिस्सों में उठती आग की लपटें दिखाई दे रही थीं। पुलिस की गाड़ियों की आवाज़ के साथ अपनी कल्पना को मिलाकर जो कहानी बन सकती है, सबके लिए अपने-अपने हिस्से का रोमांच उतना ही है।

आरामगंज के फ़ैशन ट्रेंड्स के हिसाब से डिज़ाइनर कहे जा सकने वाले सलवार सूट के आठ पीस और एक लहँगा चोली के लिए काटे गए कपड़ों को आशिक़ ने ग़ौर से देखा। उत्सव के कई रंग उसकी आँखों में झिलमिलाने लगे। काम की धुन में उसे पिछले तीन घंटे में एक बार भी याद नहीं आया कि बाहर क्या चल रहा है। उसने दुकान की मद्धिम रौशनी में घड़ी पर नज़र डाली। पौने आठ बज रहे हैं लेकिन बाहर के सन्नाटे में ऐसा महसूस हो रहा है जैसे रात के दो बज गए हों।

आशिक़ बहुत देर तक कान लगाए बाहर की आहट सुनता रहा। आज पेट्रोलिंग ख़ास नहीं है। उसने फटाफट सावित्री बुटीक का दरवाज़ा खोला, शटर उठाया, बाहर निकलकर ताला जड़ा और सड़क के दायें-बायें देखकर तेज़ी से घर के रास्ते की तरफ़ बढ़ निकला। आशिक़ की जेब में एक छोटा-सा टॉर्च है और हाथ में है दर्ज़ियों वाला बड़ा स्केल, जिससे ज़रूरत पड़ने पर छड़ी जैसा काम लिया जा सकता है।

चौक के कुत्तों से उसकी ठीक-ठाक जान-पहचान है। रैयत टोली के कुत्ते भी उसे देखकर दुम हिलाते हैं। लेकिन बीच वाले ससुरों का कोई भी भरोसा नहीं। 'हिंदू कुत्ते भी मेरे अपने हैं, मुसलमान कुत्ते भी अपने हैं लेकिन जो केवल कुत्ते हैं, वे कभी-कभी काटने को दौड़ पड़ते हैं।' मन में आए इस अजीबो-ग़रीब

ख़याल पर आशिक़ राह चलते-चलते अकेले ही हँस पड़ा।

बलवाइयों की भीड़ ज़्यादा डराती है या ख़ाली सड़क का सन्नाटा, ये दूसरा ख़याल चलते-चलते आशिक़ के मन में आया। इस समय आशिक़ के साथ केवल उसका साया है जो उसकी चाल के हिसाब से अपनी चाल बदल रहा है और बीच-बीच में प्रेत की तरह कुछ समय के लिए अदृश्य भी हो रहा है। आशिक़ मिनी पाकिस्तान के बॉर्डर पर पहुँच चुका है। श्रीराम पथ की नाम पट्टिका ने उसका स्वागत किया। उद्घाटन समारोह के दिन फैला कचरा अब तक साफ़ नहीं हुआ है। डीम लाइट के मामले में आज चाँद भी म्यूनिसिपैलिटी के बल्ब से कंपिटीशन कर रहा है। अनगिनत मन्नतों के धागों में लिपटा पीपल सिर्फ़ एक धुँधली आकृति होने का आभास दे रहा है।

अगर सन्नाटा हो तो इस पीपल के पेड़ के पास आकर लोगों की साँसें अटक जाती हैं क्योंकि इसके ठीक दायीं तरफ़ इंद्रदेव बाबा का भुतहा मकान है। आशिक़ को छोड़कर इस मकान से हर कोई डरता है। बाबा के घर के पास से आशिक़ को अचानक कुछ अजीब-सी आवाज़ सुनाई दी, जैसे कोई गीला कपड़ा पसारने से पहले उसे हवा में फटक रहा हो।

आशिक़ ने टॉर्च जलाया और इधर-उधर रौशनी फेंकी। लेकिन कुछ दिखाई नहीं दिया। वह मुड़ने ही वाला था कि अचानक नज़र नींबू की झाड़ी पर पड़ी। मकड़ी के मोटे जाले में फँसी एक नन्ही चिड़िया बुरी तरह छटपटा रही है। आशिक़ ने अंदाज़ा लगाया कि लगातार हिलने-डुलने से चिड़िया के पंख जालों में इस तरह उलझ चुके हैं कि बाहर निकलना मुश्किल है।

आशिक़ दीवार के सहारे खड़ा हो गया और दर्ज़ीगीरी वाला बड़ा स्केल जाले की तरफ़ बढ़ाया लेकिन क़रीब डेढ़ हाथ का फ़ासला है। उसने कुछ सोचकर एक पत्थर उठाया। अगर पूरी ताक़त से जाले के उपरी हिस्से की तरफ़ फेंका जाए तो हो सकता है कि मकड़ जाला टूट जाए और चिड़िया बाहर आ जाए। लेकिन अगर पत्थर ग़लती से चिड़िया को लग गया तो क्या होगा? ये उपाय भी कारगर नहीं है। अब आख़िरी रास्ता यही है कि गेट फाँदकर अंदर दाख़िल हुआ जाए।

पूरे गेट पर जंग की मोटी परत जमी है। आशिक़ ने अपनी हथेलियाँ अच्छी तरह रगड़ीं और गेट के ऊपरी सिरे को थामकर अंदर कूद गया। अँधियारी रात

में हाथ को हाथ भी नहीं सूझ रहा है। लेकिन अचानक रौशनी का रेला इस तरह आया कि पीपल के सारे पत्ते चमकने लगे। उसके साथ-साथ थी मोटरसाइकिलों की आवाज़। खुजली वाली झाड़ियों की परवाह ना करते आशिक़ छिपकली की तरह कंपाउंड की अंदरूनी दीवार से इस तरह चिपक गया कि अगर कोई झाँककर देखे तब भी उसे कुछ नज़र ना आए। रौशनी फेंकती मोटरसाइकिलें गश्ती वालों की है ये आशिक़ की समझ में आ गया। चौक पर कोई पेट्रोलिंग तक नहीं लेकिन इधर मोटरसाइकिल गश्त! आशिक़ को याद आया कि यह एक मुसलमान बस्ती है।

जल्द ही आवाज़ और रौशनी दोनों ओझल हो गए। थोड़ी देर तक दीवार से निर्जीव चिपके रहने के बाद आशिक़ ने साँस ली और टॉर्च जलाकर नींबू की उस झाड़ी की तरफ़ बढ़ा जिसमें चिड़िया फँसी है। ऊँचाई कोई ज़्यादा नहीं है। उसने स्केल में जाले को लपेटकर अपनी तरफ़ खींचा। चिड़िया जब क़रीब आ गई तो उसने अपना हाथ बढ़ाया। जालों में लिपटी नन्ही-सी चिड़िया जिसकी धड़कनें आशिक़ अपनी हथेली में महसूस कर सकता था। लेकिन अचानक वह बेइंतहा दर्द से बिलबिला उठा। बचपन में इसी जगह पर उसने गेहुँअन साँप निकलते देखे हैं।

ग़नीमत है, कोई साँप नहीं था। लेकिन चिड़िया को जाले से अपनी तरफ़ खींचते वक़्त आशिक़ के दाहिने हाथ पर नींबू के काँटे से लगभग तीन इंच लंबा चीरा लग गया और ख़ून तेज़ी से रिसने लगा। चिड़िया आशिक़ की मुट्ठी में थी। मुँह से टॉर्च पकड़कर उसने दोनों हाथों से चिड़िया पर चिपके जाले साफ़ करने शुरू किए। गोल आँखों से आशिक़ ने पहचान लिया, यह एक छोटा-सा उल्लू है।

तो इस 'उल्लू के पट्ठे' के चक्कर में आशिक़ मियाँ ख़ुद को लहूलुहान कर बैठे। हँसी आयी तो लगा कि टॉर्च मुँह से छूट जाएगा। ख़ैर ख़ुद को क़ाबू में रखते हुए आशिक़ ने पंखों में लगे बाक़ी जाले हटाए और आहिस्ता से अपनी मुट्ठी खोल दी। चिड़िया बिना एक पल गँवाए अँधेरे में ओझल हो गई।

दबे पाँव फाटक खोलकर आशिक़ अपने घर के अहाते में दाख़िल हुआ। चुपचाप गेंदे के दस-बारह पत्ते तोड़े और उन्हें मसलकर रस घाव पर निचोड़ दिया। ख़ून तो रुक गया है लेकिन परिवार वाले पूछकर जीना हराम कर देंगे कि

खरोंच कैसे लगी ? सच बोलने का मतलब है, आधे घंटे तक ज़ुलेख़ा बानो के ताने और नसीहतें सुनना।

तो फिर आशिक़ क्या कहेगा ? दिमाग़ दौड़ाने के बाद उसे आइडिया आया। वह युधिष्ठिर की तरह आधा झूठ बोल देगा- "किसी उल्लू के पट्ठे के चक्कर में ये हुआ है। लोग जाने क्यों बीच रास्ते पर काँच की टूटी हुई बोतल फेंक देते हैं, ग़नीमत है कि फिसलकर गिरते वक़्त टूटी हुई बोतल कोहनी पर ही लगी कहीं और नहीं।"

कर्फ़्यू वाले वीआईपी

कर्फ़्यू वाली पहली रात चौक वाले सारे बूढ़े हमेशा की तरह बेफ़िक्री से सोए। लेकिन नौजवान पीढ़ी को एक्साइटमेंट की वजह से नींद नहीं आई। आँख खुलते ही हर कोई छतों पर भागा। सुबह नौ बजे तक तमाम छतें भर चुकी थीं लेकिन ख़ाली सड़क के अलावा देखने लायक़ कोई और नज़ारा नहीं था। दो घंटे के इंतज़ार के बाद अब जाकर कर्फ़्यू का माहौल बनना शुरू हुआ है।

बंदूक़ की नली अगली खिड़की से बाहर निकाले जब मेटाडोर आरामगंज चौक पर रुकी तो छत्तों से झाँक रहे लोगों ने कछुए की तरह मुंडी सिकोड़ ली। बेटे ने दोबारा गर्दन आगे की तो दुर्गा पंडित ने गिरेबान पकड़कर उसे पीछे खींच लिया। मेटाडोर से एनाउंसमेंट हुआ- आवश्यक सेवाओं से जुड़े लोगों को कर्फ़्यू पास निर्गत किया जा रहा है। सरकारी कर्मचारी, चिकित्सक और पत्रकार उचित पहचान दिखाकर कर्फ़्यू पास प्राप्त करें। उन्हें उनके कार्यस्थल तक पहुँचाने की व्यवस्था भी की गई है।

पाँच मिनट के सन्नाटे के बाद लोगों ने देखा किशोर साहू और त्रिवेणी यादव अंदर की गली से निकलकर आ रहे हैं। किशोर साहू उपायुक्त कार्यालय में कार्यरत हैं जबकि त्रिवेणी यादव अग्निशमन विभाग में काम करते हैं। थोड़ी देर बाद गली से निकलकर प्रेम चौरसिया भी गाड़ी के क़रीब आए। फिर एक तेईस-चौबीस साल का लड़का भी तेज़ी से चलता हुआ गाड़ी तक पहुँचा।

"ई कौन है जी?"

"राजेंद्र पासवान का लड़का रणविजय है भइया। राज्य सूचना विभाग में

नौकरी लगी थी जिसकी पिछले साल।"

छतों पर खड़े लोग गिन रहे हैं, पासी, तेली, ग्वाला और तंबोली सब सरकारी नौकरी में। सब-के-सब कर्फ़्यू वाले वीआईपी हैं। चौक वाले ऊँच जतियों में एक्को नहीं। सचमुच समय बहुत बदल गया।

अचानक गिरीश बाबू नाक सिकोड़ते हुए मेटाडोर के पास पहुँचे। चलो अच्छा हुआ कुछ तो इज़्ज़त रही चौक की। निर्मल जैन भी आ गए। प्रशासन में इनकी तगड़ी जान-पहचान है। लो ऑल इंडिया रेडियो वाले गोविंद झा मेटाडोर की तरफ़ क़दम बढ़ा रहे हैं। उदय वर्मा और वाचस्पति पाठक भी दिखाई दे रहे हैं। लेकिन कुल मिलाकर पाँच आदमी हुए, बाक़ी सब तो 'वही' लोग हैं।

"हे भगवान! अब यही दिन देखना बाक़ी रह गया था।" वाल्मीकि नगर के सुगना राम को सीना तान आता देखकर तिवारी जी ने आह भरी। एयरपोर्ट पर सफ़ाई कर्मचारी होने के साथ यूनियन का नेता भी है सुगना।

"मुँह बंद रख ना तो एसटी-एससी एक्ट में अंदर करवा देतो तोरा।" पास वाले छत पर खड़े विभूति मिश्रा ने नित्यानंद तिवारी से चुहल की।

कर्फ़्यू वीआईपी गिनते बुज़ुर्गों के मन में एक अजीब-सी झल्लाहट भर गई। वर्माजी लैट्रिन जाने के लिए छत से नीचे उतरे तो पोते ने लाड़ दिखाते हुए रास्ता रोक लिया- "बाबा-बाबा, क्या कर्फ़्यू हमेशा नहीं रह सकता है?"

"हमेशा रहेगा तो खाओगे क्या? सामान कहाँ से आएगा?"

"क्यों नीचे मिथिलेश वाली दुकान हमारी ही तो है।"

"शाबाश बेटा, तुम्हारा बाप मेरा पेंशन और किराया खा रहा है और तुम पूरी दुकान ही खा जाओ।" वर्माजी ने धड़ाम से पोते के मुँह पर बाथरूम का दरवाज़ा बंद किया।

ऐसे कठोर वचन सुनकर बहूरानी की आँखें छलछला गई।अगर एडवोकट साहब अपने पिता का ये ताना सुन लेते तो ग़ुस्से से पैर पटकते चौक पर जाकर खड़े हो जाते और तब तक वापस नहीं लौटते जब तक मन शांत ना हो जाए। अच्छा हुआ वो छत पर हैं, आज नाराज़ होते तो कहाँ जाते?

मेला चाहे दशहरे का हो या 'कर्फ़्यू' का औरतों के नसीब में सिर्फ़ चूल्हा-चौका ही है।

'कर्फ़्यू मेले' की मार औरतों पर दोगुनी है क्योंकि सारे मर्द घरों में हैं। छत

से चाय, पकौड़े और हलवे की फ़रमाइशें आ रही हैं। उसके बाद दोपहर का भोजन और फिर रात का खाना। तिवारी जी की इकलौती बहू गौरी अपने दोनों बच्चों को दो-दो तमाचे लगा चुकी है लेकिन ग़ुस्सा उतारने से काम थोड़े ना कम हो जाएगा?

अभी-अभी सरकारी गाड़ी ने ऐलान किया कि कर्फ़्यू में दोपहर 3 बजे से 6 बजे तक की छूट दी जाएगी। चौक के फ़र्स्ट टाइम वाचर्स उस तरह मायूस हो गए जैसे सिनेमा शुरू होते ही इंटरवल हो गया हो। कर्फ़्यू में ढील का मतलब है कि ज़रूरी काम निपटा लिए जाएँ। चौक वालों के पास सबसे ज़रूरी काम यही है कि बाहर निकलकर अपने हाथ-पाँव सीधे करे, वर्ना घर में राशन की क्या कमी है! घड़ी का काँटा जैसे तीन पर पहुँचा वैसे ही लोग सड़क पर जमा होने लगे।

चौक से दूर अंदर गली नंबर पाँच में आलोक अपने घर के बाहर खंबे की ओट में खड़ा सिगरेट फूँक रहा है। उसकी नज़र चिंटू पर पड़ी जो दो दिन में तीसरी बार उसके पास आया है।

"क्या रे कोई और काम-धाम नहीं है तुमको?"

"भइया कुछ पता चला?" चिंटू की जान दूरबीन में अँटकी पड़ी है। संजय के पास दिव्य-दृष्टि ना होती तो वह भला महाभारत का इतना अहम किरदार क्यों होता? चरम चपंडूक माना जानेवाला चिंटुआ आजकल आरामगंज के हमउम्र लौंडों के साथ उठने-बैठने के क़ाबिल ही इसलिए हुआ है क्योंकि उसके चमत्कारी दूरबीन और उससे जुड़े कुछ क़िस्से हैं।

"साला नाक कटवा के मानोगे राधे चाचा का। कितना नंबर आया था बेटा इंटर में?"

"भइया कॉपी ख़राब हो गया था।"

"बहुत अच्छे।"

"भइया वो आठ सौ रुपये का बाइनाकुलर था। ज़रा देखिए ना।"

'ज़रा देखिए ना' वाला आग्रह लेकर चिंटू पहली बार कल शाम को आया था। फिर कर्फ़्यू की परवाह किए बिना सुबह-सुबह आया और अब कर्फ़्यू में छूट मिलते ही।

"बनवारी!" आलोक ने अपनी जगह खड़े-खड़े आवाज़ दी।

डेढ़ पसली वाला एक बीस-बाइस का लड़का ऐंठती हुई चाल में अचानक कहीं से आया और आलोक के पास खड़ा हो गया।

"इसका सामान दिलवा दो।"

चिंटू की घिग्घी बँध गई।"अबे जाओ ना।" आलोक ने लगभग हड़काते हुए कहा।

चिंटू डरता-सहमता चला। लड़का उसे मिट्टी के टीले से आगे अजीबो-ग़रीब सँकरे रास्ते पर ले गया जहाँ वो आज तक कभी गया नहीं था। फिर एक झोपड़ी के क़रीब पहुँचकर उसने दरवाज़ा खटखटाया। अंदर से एक और लड़का निकला, ये वही था, जिसने चिंटू को कान-पकड़कर उट्ठक-बैठक कराई थी। दोनों में कुछ देर तक बात हुई और फिर उसने दूरबीन चिंटू के हवाले कर दिया।

"और बीस रुपया भी तो था?"

दोनों लड़के एक-दूसरे को देखकर हँसे- "तुम्हारे बाबूजी भी इधर रिसर्च करने आए थे, उन्हीं को दे दिए हैं, जा के माँग लो।"

शमी अपने अब्बू यानी आशिक़ के साथ बैठा लूडो खेल रहा है। साइकिल की घंटी की आवाज़ सुनाई दी तो पता चला कि हनीफ़ आ गया है। सवा तीन बज चुके हैं। आशिक़ को दुकान पर जाना होगा। अम्मा ने रात को हुए ड्रामे का हवाला देकर याद दिलाया कि तुमने ज़ुलेख़ा से वादा किया है कि कर्फ़्यू के दौरान कहीं नहीं जाओगे। आशिक़ ने बताया कि इस वक़्त कर्फ़्यू नहीं है। शाम छह बजे तक की छूट है वह हर हाल में साढ़े पाँच तक वापस आ जाएगा। अम्मा और ज़ुलेख़ा ने एक-दूसरे को ऐसे देखा जैसे कह रही हों- "अल्लाह ही मालिक है!"

दुकान पर पहुँचकर हनीफ़ ने बिजली की तेज़ी से झाड़ू-बुहारू किया और उसके बाद सलवार सूट के लिए काटे गए कपड़े निकालकर रख दिए। उस्ताद अब स्टिचिंग के लिए तैयार हैं। आशिक़ ने नोटिस किया दुकान के चबूतरे पर चार-पाँच लोग खड़े हैं। कोई और दिन होता तो चलता कर देता लेकिन आज ज़रूरत नहीं, कर्फ़्यू वाले दिन आख़िर कौन-सी औरत दुकान पर आएगी!

"सब बखेड़ा मियाँ लोग का खड़ा किया हुआ है। हिंदू अपने देश में अपने भगवान का एक-ठो मंदिर भी नहीं बना सकता है? ग़ुलामी नहीं तो और क्या

है?" बारामदे पर खड़े किसी आदमी ने कहा।

"हाँ मतलब इनसे दबके रहो तो ठीक है, ज़रा-सा भी अपने हक़ की बात करोगे तो दंगा करने लगेंगे। अरे रथ यात्रा निकल रही है तो कौन पहाड़ टूट रहा है?"

"कभी-कभी हमको लगता है कि ई जो 'बिपिया' (वी.पी. सिंह) है ना, कोई नान जात है, राजपूत किसी भी हाल में नहीं हो सकता है। राजपूत होता तो अब तक तोप- टैंक चलवा देता फिर देखते कौन ख़ुदा-अल्लाह बचाने आता।"

बारामदे पर खड़े लोगों के हरेक वाक्य के साथ हनीफ़ अपनी सशंकित निगाह आशिक़ की तरफ़ फेंक रहा है। लेकिन आशिक़ किसी साधक की तरह अपने काम में जुटा है। एकाध बार हनीफ़ से उसकी निगाह टकराई तब भी वो इस तरह निर्लिप्त बना रहा जैसे कह रहा हो- 'ये सब तो बातें हैं बातों का क्या!'

"तो आरामगंज के कारसेवकों का पहला जत्था प्रख्यात मोहम्मदिया हिंदू आशिक़ मियाँ रंगबाज़ के कूचे से होके निकलेगा। तैयारी चल रही है... वाह!"

ये आवाज़ ओमजी की है। न्यूट्रल ऑब्ज़र्बर निर्मल जैन का कहना है कि ओमजी की आवाज़ सुनते ही बकैती करने वाले बूढ़े ऐसे भागते हैं, जैसे लंगूर को देखकर बंदर।

"अरे गुप्ताजी रुकिए तो, जा कहाँ रहे हैं सर?" आवाज़ से ऐसा लग रहा है कि गुप्ताजी बेचारे ओमजी की जकड़ में हैं।

"बहुत ख़राब आदत है, हाथ छोड़ के बात करो जी।"

"पहले आप बताइए कि आप धर्म काहे छोड़े?"

"हम कब धर्म छोड़े?"

"कितना चंदा दिए थे उस दिन जगधारी सिंह की श्रीराम शोभायात्रा में? बोलिए-बोलिए..."

"याद थोड़े ना है।"

"हमको याद है, हम वहीं खड़े थे। लक्ष्मीकांत सहाय दिए थे 21, विभूति मिश्रा दिए थे 51 और आप दिए थे घंटा।"

पास खड़े तिवारी जी खी-खी करके हँसे।

"सबसे ज़्यादा चंदा दिया मोहम्मदिया हिंदू आशिक़ और आप उसी की दुकान के बाहर खड़े होके टैंक चलवाने की बात कर रहे हैं, वो भी कर्फ़्यू के

दौरान? अगर सरकार को पता चला कि आप दंगा भड़का रहे हैं तो?"

बेचारे गुप्ताजी हकलाने लगे। ओम जी ने हाथ छोड़ दिया लेकिन खिंचाई जारी रखी।

"आप लोग सब हवाबाज़ हैं। आपका जो आडवाणी है ना, वो झूलेलाला की पूजा करता है। मंदिर-वंदिर से कोई लेना-देना नहीं, ख़ाली पॉलिटिकल गेम है उसका। जैसा आपका धर्म-कर्म से कोई मतलब नहीं है। नाम के हिंदू हैं आप लोग।"

"सुनो जी बहुत हो गया। तुम्हारे बाप की इज़्ज़त करते थे हम इसलिए सुन रहे हैं। जितना बदत्तीमीज़ी करना था कर लिए, अब मेरे धर्म-कर्म के बारे में कुछ मत बोलो।"

"घंटा धार्मिक हैं आप! मंदिर-मंदिर छाती पीटते रहिए और मिट्टी तेल की ब्लैक मार्केटिंग करके माल काटते रहिए। ज़रूरत होगी तो राम के नाम पर सौ रुपया नहीं निकलेगा आपसे।"

"जब समय आएगा तो हम बता देंगे हम कितने धार्मिक हैं।"

"समय आ गया है। नथुनी पंडित जी के यहाँ सप्तचंडी यज्ञ हो रहा है। लाइए चंदा।"

गुप्ताजी थोड़ा सकुचाए और कुर्ते की जेब में हाथ डाला। हाथ अंदर घूमता रहा। ऐसा लगा जैसे कोई सबसे छोटा नोट टटोल रहे हों। लेकिन हाय री क़िस्मत! बाहर आया तो पचसटकिया। वे नोट अंदर रखने लगे।

"अरे रुकिए, आप तो 100 देने वाले थे? लेकिन कोई बात नहीं, भावना में भगवान बसते हैं। श्रद्धा से जो दिया वही बहुत है।" ओमजी पचास का नोट जेब में रखकर चलने लगे।

"अरे लेकिन सप्तचंडी यज्ञ कब है?"

"यज्ञ की तारीख़ का पता चलते ही आपको पहले से पेश्तर इत्तला दी जाएगी। आप राम भक्त हैं ना। जानते हैं राम शब्द कैसे बना है? राम बना है रम से। रमे रहिए भगवान में कल्याण होगा। रम है तो राम है।"

तिवारी जी ने बड़ी मुश्किल से अपनी हँसी रोकी और मन-ही-मन बोले- "नंबरी हरामज़ादा है ई ओमवा। दारू पीने के लिए पचास रुपया ठग लिहिस!"

हनीफ़ ने आकर इत्तला दी कि मिस्टर इंडिया के काउंटर पर कोई लड़का

खड़ा है और पूछ रहा है कि आशिक़ मामा कहाँ हैं?

आशिक़ मिस्टर इंडिया के दरवाज़े पर गया। सामने आभा दीदी का लड़का गुड्डू खड़ा था।

"ये माँ भेजी है। बोली है, घर ले जाना।" आशिक़ ने देखा एक बड़े पॉलीथिन में क़रीब पंद्रह-बीस पूरियाँ होंगी। साथ-साथ दो अलग-अलग पॉलीथिन में रबर बैंड लगाकर पैक की गई तरकारी।"

आशिक़ एकदम से भौंचक रह गया- "अरे इसकी क्या ज़रूरत थी! दीदी काहे इतना तकलीफ़ उठाईं?"

गुड्डू कुछ नहीं बोला और मुड़कर वापस जाने लगा। आशिक़ की कुछ समझ में नहीं आया कि कहे तो क्या कहे। उसने चिल्लाकर कहा- "दीदी से बोलना जो दुपट्टा भेजी हैं, एकाध दिन में हम ख़ुद अपने सामने रँगवाके घर पहुँचा देंगे।"

ऐसे वक़्त जब लोगों में अजीब तरह से अविश्वास बढ़ रहा है, हिंदुओं के मोहल्ले में कोई है जो उसके परिवार के बारे में सोच रहा है। चावल उधार माँगने आई करीमन आज सुबह जाते-जाते ताना दे गई थी कि आप लोगों को तो सामान हिंदुओं के इलाक़े से भी मिल जाएगा, हमें कौन देगा। आशिक़ सोचने लगा कि क्या सचमुच करीमन ने कुछ ग़लत कहा? जब तक चौक के लोग हैं, आशिक़ को कुछ सोचने की ज़रूरत नहीं है।

घड़ी टिक-टिक करके चल रही है। आशिक़ ने सुइयों पर नज़र डाली। पाँच बजकर पैंतीस मिनट हो चुके हैं। समय पर काम ख़त्म कर लो तो एक अलग ही तरह का सुकून मिलता है। आशिक़ ने दुकान से ढूँढकर एक पॉलीथिन निकाला और हनीफ़ को थमाते हुए हिदायत दी कि अपने खाने लायक़ पूरियाँ निकाल ले। सब्ज़ी बहुत है, एक पूरा पैकेट अपने साथ लेता जाए। कर्फ़्यू ख़त्म होने का एनाउंसमेंट शुरू हो गया है। आशिक़ ने पूरी और सब्ज़ी का पॉलीथिन उठाया और घर के लिए निकल पड़ा। आज वह ज़ुलेख़ा को शिकायत का कोई मौक़ा नहीं देगा।

कर्फ़्यू की पहली रात चौक की नौजवान पीढ़ी की अनुभवहीनता की वजह से बड़ी बोरिंग रही है। लेकिन आज ऐसा नहीं होगा। चौक से लेकर तमाम गलियों तक नौजवान पूरी तरह तैयार हैं। 'इश्टूडेंट कमुनिटी' के कई लोग माँ-

बाप के मना करने के बावजूद कर्फ़्यू में ढील के दौरान शहर के अलग-अलग कोनों के चक्कर लगा आए हैं। माहौल हर जगह आरामगंज जैसा ही है, यानी कोई ख़ास टेंशन नहीं। थोड़ी बहुत अफ़वाहें हैं, जो हमेशा ऐसे माहौल में होती हैं, लेकिन कुछ भी ऐसा नहीं है जो थ्रिलर का मज़ा दे सके। आरामगंज के नौजवानों को ये बात समझ में आ गई है कि कर्फ़्यू से डरकर घर में बंद होने की ज़रूरत नहीं है, तो शाम ढलते ही तरह-तरह एक्टिविटी शुरू हो गई।

मोहल्ले के एंग्री ओल्ड मैन नथुनी पंडित के दरवाज़े पर आकर कुछ अज्ञात लोग ज़ोर-ज़ोर से चिल्ला रहे हैं- "राम नाम सत्य है!" बेचारे पंडीजी जब भी रोड पर निकलते हैं, लौंडे उन्हें इसी तरह छेड़ते हैं। कोई कान में 'राम नाम सत्य है' चिल्लाता है तो कोई पूछता है कि बाबा ज़रा पतरा देखके बताइए कि तेरहवीं कब है?

तंग आकर पंडीजी के छोटे बेटे गिरधारी ने ट्रैप बिछाया। बाक़ी सब तो भाग गए लेकिन लल्लन पकड़ा गया। मुँह से आ रही बदबू बता रही थी कि उसने ठीक से लगा रखी है। सफ़ाई पूछी गई तो उसने उल्टा सवाल दागा- "राम का नाम सत्य नहीं है तो क्या झूठ है?"

"क्या अब मंदिर के सामने भगवान का नाम लेना भी गुनाह हो गया है?" शिकायत लल्लन के बाप यानी जगदीश बाबू तक पहुँची तो उन्होंने कड़े शब्दों में इसकी निंदा की- "बाहर कुछ करता तो मान भी लेते। अपने मोहल्ले में ऐसी हरकत! बहुत बुरी बात है, शिव-शिव!"

लक्ष्मीकांत सहाय ने शाम सात बजे दोस्तों की पकौड़ा पार्टी रखी है। माना कर्फ़्यू है, मगर इतना डरने की क्या ज़रूरत है? कर्फ़्यू का तमाशा उम्मीदों के मुताबिक़ नहीं है, इसलिए चौक की हर मंडली में इसकी भर्त्सना हो रही है। लेकिन कुछ लोग ऐसे भी हैं जो हँसी-मज़ाक़ के इस माहौल में लगातार गंभीर हैं।

कमलेश सिंह ने अपने युवा वॉलेंटियर्स की मीटिंग बुलाकर उन्हें बताया है कि कर्फ़्यू शायद कल से हट जाए लेकिन असली 'खेला' अब शुरू होने वाला है। होशियार रहें, आपसी संपर्क बनाए रखें और एक-दूसरे की मदद करें। इन सबसे बड़ी बात यह कि ज़रूरत पड़ने पर अपने धर्म की रक्षा के लिए लड़ने को भी तैयार रहें। गाँधी जैसे ढोंगियों ने अहिंसा का झूठा ज्ञान पेल-पेलकर हिंदुओं को नपुंसक बना दिया, लेकिन अब समय बदल रहा है।

दंगाई बकरा

'सुख के सब साथी दुख में ना कोय
तेरा नाम इक साँचा दूजा ना कोय...'

रात के सन्नाटे में वाल्मीकि नगर से उठने वाली आवाज़ बिना माइक के ही आरामगंज के एक बड़े हिस्से में गूँज रही है। 'मेरे राम' का जो अलाप है, उससे कोई भी समझ सकता है कि ये भगतू राम है।

कई तरह की आवाज़ों में गा सकता है भगतुआ। बाप ने सफ़ाई के पुश्तैनी धंधे में लगाना चाहा तो 'आर्टिस्ट' बेटा विद्रोही हो गया। नाराज़ होकर बाप ने घर से निकाल दिया। बहुत दिनों तक इधर-उधर मारा फिरा। पूर्णा नदी के श्मशान पर बने भूतनाथ मंदिर में रहने वाले एक साधु की शागिर्दी की और उन्हीं से कुछ निर्गुण भजन के साथ गाँजा पीना भी सीखा। बाप से सुलह के बाद आजकल घर आया हुआ है। सफ़ाई का काम नहीं करता, पवन हटवाल के टहुलता गुलाम की तरह है। थोड़ा बहुत ख़र्चा-पानी वहीं से मिल जाता है।

भगतू जैसे 'टैलेंट' के लिए मंच की कमी है। लिहाज़ा जब भी मौक़ा होता है, वह सबको बता देता है कि उसके भीतर का कलाकार ज़िंदा है। प्रभात दयाल के छोटे भाई की अचानक हुई मौत के बाद ऐसे ही सन्नाटे वाली रात को जब उसने 'मन रे... तू काहे ना धीर धरे' गाया था तो अपने घरों में बैठे-बैठे ना जाने कितने लोग रो पड़े थे।

लेकिन अनिलवा इस समय हँस रहा है। उसकी मामूली-सी कोशिश से ही

आरामगंज के आख़िरी सिरे यानी पूर्णा नदी वाले रास्ते पर मौजूद अकरम क़साई की दुकान का ताला टूट गया है। दुकान का मतलब लकड़ी के एक बड़ा कुंदा जिस पर मटन काटा जाता है, एक चौकी, एक स्टूल और कटे बकरे टाँगने के लिए दीवार में लगे दो-तीन हुक। लेकिन अंदर जाने के बाद दस बाई बारह फ़ुट की एक जगह और है। 'ख़ज़ाना' यहीं कहीं होगा।

"इश्शश... देख बे हरिया, बहुत तगड़ा माल है रे..."

हरि भी अंदर आ गया। कमरे से सड़े पत्तों की दुर्गंध आ रही है। ऐसा लग रहा है कि अँधेरे कमरे में आख़िरी हिस्से में ज़ीरो पावर वाले दो बल्ब जल रहे हैं। हरि ने जेब से निकालकर माचिस जलाई। सामने अपनी पूरी अकड़ के साथ गाय के बछड़े जैसा एक हट्ठा-कट्ठा बकरा खड़ा है।"एक्के ठो है लेकिन है बहुत सॉलिड।"

"आवाज़ मत कर। रस्सी खोल चुपचाप।"

"नहीं, पहले घंटी निकालना होगा, नहीं तो सबको पता चल जाएगा।"

बकरे के गले में बँधी घंटी छोटी है। एकदम उसकी गर्दन-सी चिपकी हुई। अनिल ने आगे बढ़कर जैसे ही बकरे की गर्दन को हाथ लगाया वह घोड़े की तरह दो पैरों पर खड़ा हो गया और लगा ललकारने।

"बहुते हरामी है बेट्टीचो... जाएगा हम लोग से?"

"जाएगा इसका बाप। घंटी नहीं खुलती है तो मत खुले। ऐसे ही ले चलते हैं। देख रोड पर गश्ती वाली गाड़ी तो नहीं है ना?"

हरिया ने बाहर झाँककर देखा और अनिलवा को आने का इशारा किया। अनिल बाहर आया, उसने बकरे की रस्सी हरि को पकड़ाई और ख़ुद हाथ में लोहे का वो सरिया थाम लिया जो ताला तोड़ने के काम में लाया गया था।

अनिल ने सरिये से बकरे के पुट्ठे पर चोट किया और हरि रस्सी पकड़कर दौड़ पड़ा। सड़क पार करके अंदर गलियों के रास्ते पाँच मिनट के भीतर दोनों ठिकाने पर थे। ठिकाना यानी युवा शक्ति संघ क्लब सह सरस्वती पूजा समिति। गली नंबर छह की यह जगह चौक से कुछ दूर है। इसलिए माँ-बाप को झाँसा देकर बहुत से नौजवान यहाँ कर्फ़्यू नाइट के मज़े लूट रहे हैं।

मंडल के बाद से चौक और गलियों के लोगों के बीच दूरी बढ़ गई है। लेकिन क्लब के सौहार्द्र पर इसका असर नहीं पड़ा है क्योंकि यहाँ पॉलिटिकल

बकचोदी करना एकदम मना है। साला आदमी कुछ भी करे लेकिन पॉलिटिक्स और जातिवाद से दूर रहे क्योंकि दोनों बहुत ख़राब हैं। युवा शक्ति संघ के सदस्यों को हिदायत है कि समाज पर कोई संकट आए तो पीछे मत रहो, बाक़ी टाइम खाओ-पियो मस्त रहो।

क्लब में लड़के लोग आते हैं बॉडी बनाने, तरह-तरह की सोशल सर्विस और अपने इंटरटेनमेंट के लिए। इसलिए यहाँ जिम जैसा बंदोबस्त है। कैरम बोर्ड, ताश और शतरंज के साथ एक जुगाड़ू वालीबॉल कोर्ट भी है लेकिन लाइब्रेरी नहीं है। पंडित, लाला, तेली, कहार, भूमिहार, राजपूत, नोनिया और कोइरी मतलब हर जात के नवयुवक हैं, इसमें। गली नंबर तीन और पाँच के कुछ 'पढ़निहार छोट जतियो' ने इस क्लब का बायकॉट कर रखा है क्योंकि उनपर आजकल एसपी-डीएम बनने का भूत सवार है। रंजीत जैसे लड़के घूम-घूमकर 'छोट जतियों' को भड़का रहे हैं कि युवा शक्ति संघ संप्रादायिक राजनीति का अड्डा है और पिछड़ों को पढ़ाई-लिखाई से दूर कर रहा है। भड़काने दो। कमलेश भइया को घंटा फ़र्क़ पड़ता है! गलियों की यूथ मेजोरिटी उनके साथ है।

कमलेश सिंह के नेतृत्व में युवा शक्ति संघ का निरंतर विस्तार हो रहा है। कई बार आरामगंज से बाहर वाले भी यहाँ देखे जाते हैं। क्लब को जुझारू नेता और भावी विधायक श्री जटाशंकर शर्मा का संरक्षण प्राप्त हैं। शहर में टेंशन बढ़ा तब क्लब की आपात बैठक हुई थी जिसमें इस बात पर विचार किया गया था कि क्या इलाक़े की सुरक्षा के लिए हथियार जमा करने का वक़्त आ गया है? कुछ मेंबरों की राय थी कि चंदा अभी से इकट्ठा करना शुरू कर देना चाहिए।

"लेकिन आस-पास ख़तरे वाली कोई मुसलमान बस्ती तो है नहीं, फिर चंदा कौन देगा?" इस काउंटर क्वेश्चन का जवाब नहीं मिला इसलिए प्रस्ताव गिर गया।

इस बात पर सहमति ज़रूर बनी कि जैसे भी हो मुसलमानों को औक़ात में रखा जाना ज़रूरी है। मगर फ़िलहाल बड़े एक्शन की ज़रूरत नहीं है इसलिए आज सांस्कृतिक कार्यक्रम होगा। वीसीआर मँगाया जा चुका है। आज माताएँ-बहनें नहीं हैं इसलिए सामाजिक चलचित्रों में वक़्त बर्बाद करना बेकार है, सीधे 'मुख्य कार्यक्रम' ही होगा। कर्फ़्यू जैसे माहौल का फ़ायदा ये है कि खुलेआम दारू पार्टी हो सकती है। फ़िलहाल वही चल रही है।

अखिलेश गिलास थामे शराबी फ़िल्म के विक्वी बाबू वाले पोज में खड़ा है। अचानक उसके कान में आकर कोई फुसफुसाया। अखिलेश गिलास पकड़े-पकड़े सीधे क्लब के पिछले हिस्से में गया। हैंडपंप से बँधा चित्तीदार बकरा देखकर उसकी आँखें फटी रह गईं।

मुस्लिम तुष्टीकरण पर हिंदू एकता की तगड़ी जीत का प्रतीक है ये बकरा। प्लानिंग एक राजपूत ने की, ऑपरेशन को अंजाम दिया नोनिया-कहार रणबाँकुरों ने और पकाएगा एक कायस्थ। कमलेश सिंह के रास्ते पर चलते हुए अब अखिलेश ने भी 'छोट जतियों' का नेतृत्व करना सीख लिया है। अपनी इस तरक़्क़ी पर वह बहुत ख़ुश है।

"जियो मेरे लाल! कम-से-कम दो बाल्टी तो निकलेगा!"

"अरे नहीं भइया, ढाई बाल्टी से थोड़ा भी कम नहीं होगा।" हरिया ने ताल ठोककर कहा।

बड़ा तालाब से गली नंबर छह तक आरामगंज के तमाम क्लबों में मटन मापने का पैमाना बाल्टी ही है। सरस्वती पूजा या किसी और ऐसे बड़े आयोजन के बाद होने वाली पार्टी में पका हुआ मीट बाल्टी में रखा जाता है और पंगत में बैठे मेंबर्स को परोसा जाता है।

पिछली बार आधा बाल्टी मीट चोरी का जो घोटाला हुआ था, उसका सुराग़ आज तक नहीं मिल पाया है।

अखिलेश को अपने दोनों चेलों पर बहुत प्यार आ रहा है। कम-से-कम दो-ढाई हज़ार रुपये का माल उड़ाकर लाए हैं। रंग बादामी है और उस पर सफ़ेद-सफ़ेद धब्बे हैं। पूरी तरह तंदुरुस्त लग रहा है। सवाल ये है कि अगर इतनी रात काटा गया तो पकेगा कब और भोज-भात कब तक चलेगा? आधे मेंबर्स ने तो अब तक खाना भी लिया होगा। रमेश ने ये वाजिब मुद्दा उठाया।

"अभी नहीं कटेगा तो कब कटेगा? चोरी का माल है, ख़तम करो खा-पका के। साला फालतू ख़बर फैल गई तो अलग ड्रामा होगा। प्रशासन हरामी है और अपने मोहल्ले तक में भी दुश्मन बैठे हैं।" अखिलेश का इशारा आलोक एंड कंपनी की तरफ़ था।

"वो तो ठीक है भइया, लेकिन काटेगा कौन?"

"अरे हम काट देंगे। फरसा लेके गर्दन पर खींच के मारना है और क्या!"

"काट दोगे लेकिन छीलेगा कौन? एक भी हिंदू कसाई नहीं है, सब मुसलमान हैं और बाहर कर्फ़्यू लगा है।" मनोजवा अचानक टपक पड़ा।

"छीलने में का रखल है, हम छील देंगे। मुन्ना भइया बनाएँगे। इनसे अच्छा मटन कौन बनाता है पूरे आरामगंज में।"

मुन्ना यानी चिंटुआ का बड़ा भाई। बड़ी बेसब्री से फ़िल्म फ़ेस्टिवल शुरू होने का इंतज़ार कर रहा है। कार्यक्रम में ख़लल पड़ता देखकर बहाना बनाने लगा- "छीलना बहुत मुश्किल काम है जी। अँतड़ी-पचौनी, ये सब साफ़ कौन करेगा?"

"कुछ मुश्किल नहीं है भइया! खाल उतारना ज़रूरी नहीं है। बस एक पैकेट ब्लेड मिल जाए तो हम हजामत बना देंगे। बाल साफ़ हो गया बस यही काफ़ी है। मुड़वाँ मटन तो एकदम रसगुल्ला होता है।"

"साला छोट जतिया आ गया अपनी औक़ात पर। कोई नहीं खाएगा यहाँ मुड़वाँ मटन। बकरा है, तेरा झाँट नहीं है कि छील देगा।" मनोजवा फनफनाता हुआ बोला।

मनोज और हरि दोनों मंडल कमीशन की नयी सूची के हिसाब से ओबीसी हैं। लेकिन मनोज अपने-आप को किसी भी हिसाब से राजपूत से कम नहीं समझता। उसकी गाली ने सीधे हरिया के मर्म पर चोट किया।

"अरे ओ अशराफ़ की औलाद, जादा बॉसगीरी करोगे तो यहीं पटक के सिर से पैर तक छील देंगे तुमको भी। जैसे हमको कुछ पते नहीं तुमरे ख़ानदान के बारे में। साला तेरा बाप कचहरी में लाइन में लग के फ़्री वाला निरोध लेता है और कहाँ जाता है बताएँ?"

...और दोनों ही गुत्थम-गुत्था हो गए। हिंदू एकता ख़तरे में पड़ता देखकर कमलेश सिंह ने एंट्री मारी और धक्के मारकर दोनों को एक-दूसरे से अलग किया।

पूरी कहानी सुनने के बाद कमलेश ने पूछा- "ये बकरा चोरी का आइडिया किसका था?"

दोनों रणबाकुँरों ने उँगली अखिलेश की तरफ़ कर दी। कमलेश बोला- "जाओ इसको अखिलेश के घर बाँध के आओ।"

अखिलेश चकराकर देखने लगा।

"साला ठीक नाम है, तुम्हारा एकदम 'अकललेस' हो। ये खस्सी नहीं 'बोका' है। साठ किलो से कम का नहीं होगा। देखो कैसे बदबू मार रहा है। बक़रीद तक में क़ुर्बानी के लिए भी कोई नहीं ख़रीदेगा इसको। अकरमवा बकरी को पाल खिलाने का धंधा भी करता है। उसी के लिए रखा होगा और साला तुम लोग खोल ले आए। मालूम है अभी पकाने जाओगे तो अगले दिन दोपहर तक भी नहीं सिंझेगा। मांस इतना कड़ा होगा कि कुत्ते जैसे बोटी नोचते रह जाओगे।"

लीडर की बात सुनके पूरी टीम का केएलपीडी हो गया। अगला आदेश आया- "अखिलेश के साथ जाओ और इसको वहीं बाँधकर आओ।"

"अरे भइया वहाँ जाएँगे तो पुलिस पकड़ लेगी। पेट्रोलिंग बहुत तेज़ है। कल रात को ओमजी दारू लेने निकले थे। पुलिस वाले ने कान पकड़कर उठक-बैठक करवाया। दास बाबू कंपाउडर को ले जाके बानो मंज़िल रोड पर छोड़ दिया था। बेचारे जैसे-तैसे छिपते आए यहाँ। हम नहीं जा पाएँगे भइया।" हरिया रिवॉल्ट कर गया।

"फिर एक काम करो, अंदर-अंदर जाओ और नोनिया टोली के आगे ले जाके कहीं छोड़ दो... और सुन बे अकललेस, तुम भी साथ में जाओ समझे।"

अखिलेश ख़ून की घूँट पीकर रह गया। कोई और होता तो यहीं समझा देता, लेकिन कमलेश अपनी बिरादरी का है और उम्र तीन-चार साल बड़ा भी है। पारिवारिक हेल-मेल भी है लेकिन आजकल उस पर नेतागीरी और हिंदू एकता का भूत इस तरह सवार हुआ है कि छोटी जाति वालों के सामने अखिलेश की पगड़ी उतार रहा है। दारू अभी ठीक से चढ़ा भी नहीं है और ऊपर से ख़ून की ये घूँट!

मन मारकर अनिल और हरि के साथ अखिलेश चला बकरे को आरामगंज की सीमा से बाहर खदेड़ने। चलते-चलते चिरौरी कर गया कि उसके लौट के आने तक कोई फ़िल्म स्टार्ट ना करे। क्लब से आगे तीनों मुश्किल से बीस क़दम चले होंगे कि बकरे ने ज़ोर का झटका दिया और रस्सी छुड़ाकर सरपट चौक की तरफ़ भागा। हरिया हाथ में सरिया लिए उसके पीछे दौड़ा।

टन... टन... टन... टन...

"बाप रे! दमकल आग... आग... लग गया हो आग..." दुर्गा पंडित बिस्तर से गिरते-गिरते बचे।

"कहाँ लगी आग?"

टन... टन... टन... टन...

आधा चौक छतों पर आ गया। लोग बेचैन होकर इधर-उधर झाँकने लगे। आग कहीं दिख तो नहीं रही है।

दुर्गा पंडित ने दमकल की आवाज़ अपने कान से सुनी और बाक़ी लोगों ने पड़ोसियों के मुँह से। देखते-देखते ये आवाज़ पूरे चौक पर स्टीरियो फ़ोनिक इफ़ेक्ट में गूँजने लगी।

टन... टन... टन... टन...

"देयर इज़ समथिंग फ़िसी।" गिरीश बाबू ने क़रीने से सँभालकर रखा गया अंग्रेज़ी नया वाक्य निकाला और पंडीजी की छत की तरफ़ उछाल दिया।

"का बोले गिरीश बाबू?"

"कोई कांस्पिरेसी है, मोहल्ला पर अटैक करने का। हम अभी सिन्हा साहब से बोलवा देते हैं फ़ोर्स के लिए।"

सिन्हा साहब यानी गिरीश बाबू के सगे आईएएस साढ़ू। अगले दस मिनट में पुलिस की गाड़ी आकर चौक पर रुकी और टन... टन... टन... टन... की आवाज़ का पीछा करती हुई गली में घुस गई।

... और उसके बाद- "भाग रे मनोजवा!"

"भाग रे अनिलवा... अरे मइया रे!"

आधे घंटे बाद पुलिस वाले गली से निकले। गिरीश बाबू की छत की तरफ़ मुख़ातिब होकर हवलदार बोला- "कोई टेंशन नहीं है। कुछ लौंडे-लपाड़े थे। दो-दो लाठी लगा दिया गया है सबको। आप लोग जाके सोइए।"

"फ़ायर ब्रिगेड कहाँ आया था?"

"पढ़े-लिखे लोग होकर आप लोग बकरा पालते हैं और गले में घंटी बाँध के आधी रात को चरने के लिए छोड़ देते हैं? आप सोइए जाके कोई टेंशन नहीं है।" पुलिस वाले भी गाड़ी में बैठकर वापस चले गए।

टाँट सहलाते युवा शक्ति संघ के मेंबरान आपस में बात कर रहे हैं कि अकललेसवा ज़्यादा बड़ा उल्लू का पट्ठा है या फिर आग-आग चिल्लाने वाले मोहल्ले के बुज़ुर्ग। कार्यकर्ताओं के साथ उभरते हुए नेता कमलेश सिंह भी सूत दिए गए। दारोगा की बदली कर्फ़्यू ख़त्म होने के बाद करवाएँगे ना,

जितनी बेइज़्ज़ती होनी थी, वो तो हो चुकी। फ़िल्म फ़ेस्टिवल का केएलपीडी हुआ अलग से। पिट-पिटाकर पौने बारह बजे रात को मुन्ना जब घर पहुँचा तो राधे बाबू ने बाक़ी बहू-बेटों के सामने उसका सत्कार चप्पल से किया। चिंटुआ मन-ही-मन बहुत ख़ुश हुआ।

ग़नीमत थी कि पुलिस वालों ने मोहल्ले के किसी भी लड़के को उठाया नहीं। दो-चार दिन के लिए अंदर कर देते तो अलग मुसीबत होती। ठीक कहता है अशिक़वा- रामजी की बहुत कृपा है, इस मोहल्ले पर। अगली सुबह प्रशासन ने दिन का कर्फ़्यू उठाने का ऐलान कर दिया।

अगर करेंट 440 वोल्ट का हो तब भी वो आरामगंज में आकर सुरसुरी में बदल जाता है और अगर मामला सचमुच सुरसुरी जैसा हो तब? तो फिर आरामगंज वाले अपनी मेहनत और कल्पनाशीलता से उसे ऐसा बना देते हैं कि अगले आठ-दस दिन उस पर बात की जा सके। शहर का दंगा क्या था, चुँचू का मुरब्बा था। एक दुकान जलने, दो-चार जगह पत्थरबाजी और यहाँ-वहाँ लाठी चलने के अलावा कुछ नहीं हुआ। लेकिन जैसे ही कर्फ़्यू हटा, ना जाने कहाँ से सैकड़ों कहानियाँ नागिन की तरह झूमती हुई आईं और चौक पर जमा होकर एक साथ नाचने लगीं।

हर ग्रुप की अपनी अलग कहानी है। बुज़ुर्ग मंडली यह मानती है कि अगर गिरीश बाबू समय रहते त्वरित कार्रवाई करके पुलिस नहीं बुलवाते तो मोहल्ला जल जाता। क़साई टोला, कर्बला चौक या फिर कुँजड़ा बस्ती ना जाने कहाँ से गुंडे आए थे आरामगंज का नामो-निशान मिटाने? मोहल्ले को बचाने की बधाई गिरीश बाबू ने बहुत ही शालीनता से क़बूल की, अंग्रेज़ी का नया वाक्य उछालते हुए- "प्रिवेंशन इज़ बेटर देन क्योर।"

हल्दी-दूध पीकर युवा शक्ति संघ के कार्यकर्ता फिर से चौक पर आ गए हैं। उन्हें अफ़सोस है कि दो दिन में पूरे शहर में कहीं भी मुसलमानों को टाइट नहीं किया जा सका क्योंकि प्रशासन ने खुलेआम उनकी तरफ़दारी की। नथुनी पंडीजी का पोता भुटकुन कर्फ़्यू के दौरान शंख बजा रहा था। पुलिस वाले शंख छीनकर ले गए। जब भी सरकार बदलेगी चुन-चुनकर हरामी दारोगाओं को सबक़ सिखाया जाएगा। कमलेश भइया ने सिखा ही दिया। ऐसा झापड़ मारा कि साला ज़िंदगी भर याद करेगा। इतने हथियारबंद पुलिस वाले ना होते तो टाँग

तोड़कर हाथ में दे देते कमलेश सिंह।

अखिलेश डिप्रेशन में है। कमर पर डंडा ऐसा पड़ा है कि नीला निशान बन गया है। स्टेट फ़ारवर्ड आदमी है। उसे बाक़ियों की तरह फ़र्जी कहानियाँ बनानी नहीं आती। बिस्तर पर पड़ा कराह रहा है और माँ ने घबराकर हरेक रिश्तेदार को इत्तला दे दी है। रिश्तेदारों ने हाल पूछ-पूछकर जीना हराम कर रखा है। शक्ल से मिखाइल गोर्बाचेव का बिहारी संस्करण लगने वाले अखिलेश के फूफाजी ने उसका 'पेरेस्त्रोइका' करवा दिया। पूर्ण पारदर्शिता बरतते हुए सबके सामने बकायदा पैंट उतरवाई गई- "देख रहे हैं निशान! इनके चुत्तर पर इसी तरह हॉट वाटर बैग से सुबह-शाम सिकवाइए, नहीं तो जमा ख़ून नहीं पिघलेगा और घाव बन जाएगा। ठीक से सेको जी!"

अंडर-19 मंडली में चिंटुआ फिर हीरो बनकर निकला है। एक तो 'गुंडों' की बस्ती में घुसकर अपना 'सामान' ले आया और ज़्यादा बड़ी बात ये कि बिना दूरबीन के ही उसने डबल्स गेम का लाइव टेलीकास्ट देख लिया। उसके सेकेंड फ़्लोर वाले किरायेदार डॉक्टर और डॉक्टरनी समय का सदुपयोग कर रहे थे। चिंटुआ स्टूल लगाकर खड़ा हो गया वेंटिलेटर पर... खेला चल रहा था एकदम धकाधक!

कहानियाँ वाल्मीकि नगर में भी रही होंगी। लेकिन कर्फ़्यू खुलते ही सब-के-सब काम पर भाग गए। कुछ लोग कह रहे हैं कि अकरम का बकरा घूमता हुआ सुबह-सुबह वाल्मीकि नगर में पहुँचा था और आज वहाँ तगड़ी दावत है, लेकिन वर्माजी के यहाँ टॉयलेट साफ़ करने आए फुस्सू ने खंडन किया है। उसका कहना है कि पवन हटवाल ने बकरा अकरम को वापस करवा दिया है, पॉलिटिक्स आख़िर हर जगह है।

रैयत टोली में वाल्मीकि नगर जैसा इंप्लायमेंट नहीं है इसलिए वहाँ दिन के वक़्त भी कई लोग इधर-से-उधर डोलते नज़र आते हैं। अफ़वाह, डर और तरह-तरह की चर्चाओं के बीच अंजुमन इस्लामिया के चपरासी मोहम्मद क़मरुद्दीन उर्फ़ मुफ़्ती साहब ने एक ऐसी जानकारी दी है जिससे नौजवानों के कान खडे हो गए हैं।"मुसलमानों को बर्बाद करने के लिए बहुत बड़ी बैनल-अक़्वामी साज़िश चल रही है। लेकिन जब तक 'उम्मा' है, तब तक ऐसी कोई साज़िश कामयाब नहीं हो सकती है। उम्मा में पाकिस्तान की बहुत इज़्ज़त है और सबको पता है

कि जुनूबी एशिया में पाकिस्तान ही सुपर पावर अमरीका का वाहिद पार्टनर है। तो पाकिस्तान ने अमरीका से ये कहलवाया है कि हिंदुस्तान के मुसलमानों पर ज़ुल्म बंद हो, तब जाकर सरकार हरकत में आई है। देखिए आगे क्या होता है।"

देखिए आगे क्या होता है? यह वाक्य देश के अलग-अलग हिस्सों में अलग-अलग तरीक़े से इस्तेमाल किया जा रहा है। कहीं यह वाक्य सवाल की तरह है तो कहीं चेतावनी की तरह। कहीं यह वाक्य डर का प्रतीक है तो कहीं डराने के लिए बोला जा रहा है। घड़ी टिक-टिक चल रही है।

पहले मस्जिद टूटेगी या मकान ?

विधायक जगधारी सिंह बहुत टेंशन में हैं। आज 8 अक्टूबर है। रामरथ आने में दो हफ़्ते से भी कम का वक़्त बचा है, लेकिन स्वागत के लिए तोरण द्वार बनने अब तक शुरू नहीं हुए हैं। तोरण द्वार अगर कार्यक्रम के आठ-दस दिन पहले से दिखाई ना दें तो फिर माहौल नहीं बन पाएगा। शहर और पार्टी वालों के बीच जगधारी बाबू की साख का क्या होगा ?

मेन रोड में दिन के वक़्त ट्रक ले जाना मना है और रात का कर्फ़्यू अब भी जारी है तो फिर बाँस आएँगे कब ? जगधारी बाबू ने डीएम को पहले हड़काया और फिर चिरौरी की लेकिन जवाब एक ही मिला- "नियम में ढिलाई नहीं दी जा सकती। रात का कर्फ़्यू ज़्यादा-से-ज़्यादा दो दिन चलेगा। इसके बाद बाँस गिरवाने और तोरण द्वार बनवाने के लिए आपको काफ़ी वक़्त मिल जाएगा।"

आरामगंज ट्रकों के नो एंट्री जोन में नहीं है। बाँस से भरा ट्रक जैसे ही मोहल्ले की सीमा में दाख़िल हुआ सड़क पर लट्टू नचा रहे मैले-कुचैले बच्चे नाच उठे- "जै काली कलकत्ते वाली।" ट्रक आरामगंज चौक को पार करता हुआ पूर्णा नदी की तरफ़ बढ़ा और अकरम कसाई की दुकान से थोड़ा आगे दायीं तरफ़ मैदाननुमा ख़ाली जगह पर रुक गया। इस समय यहाँ कूड़े का ढेर पड़ा है, जिस पर कुत्ते और सूअर मुँह मार रहे हैं। लेकिन अगले दो-चार दिन में यहाँ का नक़्शा पूरी तरह बदल जाएगा। भव्य काली पूजा की तैयारियाँ आज से ही शुरू हो रही हैं। चौक की दुर्गापूजा के कर्ता-धर्ता सर्वदमन बाबू जैसे सवर्ण लोग हैं तो काली पूजा की कमान पिछड़े और दलितों के हाथ में है।

विधान पार्षद बालचंद्र साह काली पूजा समिति के संरक्षक हैं। प्रेम राजभर इस पूजा समिति का अध्यक्ष है। मशहूर हिस्ट्रीशीटर प्रेम आजकल पूर्व केंद्रीय मंत्री राधेमोहन सहाय का क़रीबी है। इस काली पूजा समिति का सचिव वाल्मीकि नगर का उभरता हुआ नेता पवन हटवाल है। बहुत चालू चीज़ है ये हटवाल। जब चप्पे-चप्पे जय श्रीराम का नारा है, कमल वाले वाल्मीकि नगर में एक भी भगवा झंडा नहीं लगा पाए हैं। नेताजी ने सफाई कर्मचारी यूनियन वाले सुगना राम को चाबी भरी थी और वो वाल्मीकि नगर का नेता बनने के लिए लपलपाया भी था लेकिन जल्द ही उसे समझ में आ गया कि कोशिश बेकार है। पवन के इशारे के बिना बस्ती में पत्ता तक नहीं हिलता। जवान से लेकर बूढ़े तक सब उसके इशारे के गुलाम हैं। चक्र छाप, हाथ छाप के साथ नये-नवेले हाथी छाप को भी अपनी जेब में रखता है और सौदा ठीक इलेक्शन से पहले करता है। फिलहाल वह चक्र वाले बालचंद्र साह के साथ है।

काली पूजा आयोजन समिति में दबदबा भले ही ग़ैर-सवर्णों का हो लेकिन पूजा सबके के लिए है। पूजा पंडाल के पीछे डिस्को करने, दारू पीने और जुआ खेलने सवर्ण भी आते हैं, ये अलग बात है कि उनकी तादाद बहुत ज़्यादा नहीं है। चंदा उगाहने से लेकर पंडाल बनाने तक यहाँ के हर काम में आलोक भी ख़ूब सक्रिय रहता है। जिस तरह जात-पात के बंधन युवा शक्ति संघ ने तोड़े हैं, उसी तरह काली पूजा समिति ने भी तोड़े हैं। बुनियादी अंतर सिर्फ़ पॉलिटिकल आइयोलॉजी का है। शक्ति संघ वाले 'हिंदूवादी' हैं जबकि काली पूजा समिति वाले 'सेक्यूलर' हैं।

आशिक़ जैसे दुकानदारों के लिए दोनों जगह होनेवाली पूजा का एक ही मतलब है। चंदा देना है, विसर्जन वाले दिन दुकान बंद रखनी है और अगर श्रद्धा हो तो जुलूस में नाचते हुए चले जाना है। विसर्जन से बाक़ी दुकानदारों को कोई ख़ास मतलब नहीं है लेकिन आशिक़ अपने हुनर की वजह से उस दिन सुपर स्टार होता है। दशहरा हो या काली पूजा, आशिक़ कुछ ऐसा रंग जमाता है कि लोग पूरे साल याद रखते हैं।

पिछले कुछ दिनों में कई चीज़ें ऐसी हुई हैं, जिन्होंने आशिक़ के मन में अजीब-सा ख़ालीपन भर दिया है। ज़ेहन में बुरे ख़याल ना आएँ इसलिए वो ख़ुद को काम में झोंके रखना चाहता है। लेकिन काम है कहाँ? नये कपड़ों

का त्यौहार दशहरा है, जो बीत चुका है। जायसवाल जी के घर का शादी वाला ऑर्डर पूरा हो चुका है।

आशिक़ के पास जितने नये ऑर्डर है, अपनी नॉर्मल स्पीड से तीन-चार दिन में निबटा सकता है। उसके बाद नये ऑर्डर नहीं आए तो क्या होगा, समय कैसे कटेगा? उसने दुकान के बाहर झाँकर देखा। जब बाज़ार मंदा होता है तो मिथिलेश के बरामदे पर दोपहर से ही कैरम की बाजी जम जाती है। लेकिन आज ऐसा नहीं है। मिथिलेश दुकान में सिर झुकाकर चुपचाप बैठा है। आनेवाले कल की चिंता सबको सता रही है। घड़ी की सुई टिक-टिक करती चार पर आ पहुँची है।

"आशिक़ चचा... आशिक़ चचा..." अचानक एक चीख़ती हुई आवाज़ कानों से टकराई। आशिक़ को पल भर के लिए लगा जैसे वह अपने रैयत टोली के घर में हो। चीख़ती हुई आवाज़ तीन सेकेंड बाद आकर उसके सामने आकर खड़ी हो गई। ये आशिक़ के चचेरे भाई इदरीस का छोटा बेटा साजिद है। चेहरे का रंग अजीब तरह से उड़ा हुआ है और आँखों में बेइंतहा डर है। आशिक़ को याद भी नहीं है कि साजिद इससे पहले कभी उसकी दुकान पर आया हो।

"चचा जल्दी घर चलिए, दादी बुला रही हैं, अभी।"

आशिक़ को ध्यान आया कि आज सुबह भी आयशा को हल्का बुख़ार था। उसका मन अजीब तरह की आशंका से भर उठा।

"क्या बात है? सब ख़ैरियत तो है ना?"

"वो मकान है ना..."

"क्या हुआ मकान को?"

"मकान ख़ाली करवा रहा है..." साजिद ने अँटक-अँटक कर बताया।

"कौन करवा रहा है किसका मकान?"

"सबका मकान..."

आशिक़ ने हनीफ़ से साइकिल की चाबी ली, साजिद को कैरियर पर बिठाया और बदहवास पैडल मारने लगा। देखते-देखते वह रैयत टोली के मुहाने पर था। लोग घरों के बाहर इस तरह जमा थे जैसे किसी की मौत हो गई हो। आशिक़ ने साजिद को साइकिल थमाते हुए कहा- "घर में लगा दो और दादी को बोलो कि हम आ गए हैं।"

मसूद के घर के बाहर कई लोग घेरा बनाकर खड़े हैं और दीवार की तरफ़ झाँकने की कोशिश कर रहे हैं। आशिक़ ने देखा, ऐसा ही कुछ मंज़र जुमेराती के घर के बाहर भी है लेकिन वहाँ बहुत ज़्यादा लोग नहीं हैं। आशिक़ भागकर जुमेराती के दरवाज़े पर पहुँचा जहाँ एक सरकारी नोटिस चिपका है।

उसने पढ़ना शुरू किया- 'सर्वसाधारण को सूचित किया जाता है कि माननीय हाईकोर्ट के निर्देश के तहत ज़िला प्रशासन ने अवैध निर्माण हटाने का अभियान शुरू किया है। आपने सरकारी ज़मीन पर जो ग़ैर-क़ानूनी निर्माण कर रखा है, उसे 30 अक्टूबर 1990 तक गिरा दें और यह जगह ख़ाली कर दें अन्यथा कड़ी क़ानूनी कार्रवाई की जाएगी।'

आदेशानुसार

क्षेत्राधिकारी, सर्किल टू

"ये क्या है, कब लगा ये नोटिस?"

"दो घंटा पहले।"

"कहाँ-कहाँ लगा है?"

जुमेराती को जैसे काठ मार गया है। उसके मुँह से एक शब्द नहीं निकला। उसने हाथ से इशारा किया जिसका मतलब था, हर जगह।

आशिक़ ने नज़र उठाई। हर आदमी अपने दरवाज़े पर खड़ा है। आशिक़ बदहवास घर की तरफ़ बढ़ा। दीवारों पर चिपका सरकारी मुहर वाला नोटिस मौत के फ़रमान से कम नहीं लग रहा है।

अम्मा का रो-रोकर बुरा हाल है। ज़ुलेख़ा हाथ में पानी का गिलास लिए खड़ी है। बच्चे दूसरे कमरे में चुपचाप बैठे हैं। अम्मा को पढ़ना नहीं आता लेकिन पड़ोसियों से मालूम हो गया है कि मामला क्या है।

"अल्लाह जब आफ़त भेजता है तो चारों तरफ़ से भेजता है। हम लोग आज तक किसी का कुच्छो नहीं बिगाड़े हैं... दुहाई हो अल्लाह मियाँ रहम करीहsss" इस तरह तो अम्मा अब्बू के जाने के बाद ही रोई थीं।

"घबराओ मत कुछ नहीं होगा। ई मकान तो दादाजान के समय से है, ऐसे कैसे ग़ैर-क़ानूनी हो जाएगा, हम पता करते हैं।"

आशिक़ फाटक खोलकर बाहर निकला और बग़ल वाले दरवाज़े पर

पहुँचा। ये घर बरकत मियाँ का है। बरकत मियाँ यानी आशिक़ के अब्बू ग़नी मियाँ के सगे बड़े भाई। मकान बरकत और ग़नी के अब्बा यानी रमज़ान मियाँ के नाम पर था। उनकी मौत के बाद जायदाद दोनों बेटों में बँट गई। ये बँटवारा क़ानूनी नहीं था। बस दोनों ने बीच में एक दीवार खींच ली और अलग-अलग रहने लगे। इदरीस रमज़ान मियाँ का बेटा है और साजिद उनका पोता है।

"बड़े अब्बू, ये अचानक क्या हो गया?"

"अब हम क्या बताएँ बेटा? बरसों हो गए हियाँ रहते हुए और आज अचानक मालूम हुआ कि मकान ग़ैर-क़ानूनी है। मुसलमान को जीने नहीं देंगे अब ये लोग।" बोलते-बोलते बरकत मियाँ की आवाज़ भर्रा गई।

आशिक़ को अचानक याद आ गए अब्बू के पुराने क़िस्से। वे बताते थे कि किस तरह रात को इधर सियार आ जाते थे और बड़े-बड़े जंगली ख़रगोश घूमा करते थे। मैं और बरकत भाई एक साथ वे काशीनाथ विद्यालय की दीवार में खड़े होकर पानी में छलाँग लगाते थे और तैरते हुए पाँच मिनट के भीतर बड़ा तालाब के एक सिरे से दूसरे सिरे तक पहुँच जाते थे। अब्बू इस जगह के बारे में इस तरह बात किया करते थे, जैसे वह ये मानते हों कि रैयत टोली का वजूद पचास-साठ साल नहीं बल्कि उस वक़्त से है, जिस वक़्त ये दुनिया बनी होगी।

"ऐसे कैसे जीने नहीं देंगे बड़े अब्बू? कोई मज़ाक़ थोड़े ना है। घर के काग़ज़ तो होंगे ना आपके पास?"

"हमको कुच्छो याद नहीं है बेटा। कोर्ट-कचहरी के सब काम ग़नी देखता था। उ तो दुनिया छोड़कर चला गया। काग़ज़ वालिद साहेब रखीन थे कि ग़नी के पास था, हमको पता नहीं है। अपने भाई इदरीस को तुम जानते ही हो, दुकानदारी और पहलवानी से इतनी फ़ुर्सत भी नहीं है कि घर-दुआर कुछ समझे। अल्लाह जाने क्या होगा..." और बरकत मियाँ ज़ोर-ज़ोर से रोने लगे।

आख़िर अचानक ऐसा क्या हो गया कि आधी सदी से यहाँ रहने वाले रातों-रात घुसपैठिए बन गए? सवाल सबके मन में है लेकिन जवाब किसी के पास नहीं है। नोटिस की ख़बर मिलने पर कई लोग काम-धंधे छोड़कर वापस आ चुके हैं। पूरा मोहल्ला सड़क पर है। बहुत-सी ऐसी बातें सुनने को मिल रही हैं, जिन पर कभी किसी ने ध्यान नहीं दिया।

"दो महीना पहले सर्किल ऑफ़िस से कोई आदमी आया और मेरी गली

का नाप-जोख करने लगा। हम पूछे कि क्या हो रहा है तो बोला कि सरकार का रेगुलर सर्वे है। तब हम कहाँ सोचे थे कि ई सब हम लोग को बेघर करने का प्लान होगा।" माजिद मियाँ बोले।

"हाँ नाप तो मेरी गली भी रहे थे। हमको लगा कि नाली-वाली बनाने की कुछ प्लानिंग हो रही होगी।" मुमताज़ बोला।

"ग़ज़ब बुड़बक आदमी हो जी! देखे हो कभी मुसलमान बस्ती में नाली बनते हुए? ये साला उजाड़ने का प्लानिंग ही था, हम लोग इतने बड़े गदहे कि कुछ ख़बर नहीं रख पाए। अल्लाह जाने आगे क्या होगा!"

"कोई ग़लतफ़हमी हुई है प्रशासन को। हम लोग का घर पूरी तरह क़ानूनी हैं। मकान से जुड़े जितने भी काग़ज़ात हों, सब इकट्ठा कर लो। यहाँ सड़क पर भीड़ लगाने का कोई फ़ायदा नहीं है।" इश्तियाक़ मियाँ ने अपने घर के सामने खड़े लोगों से कहा।

इश्तियाक़ मियाँ पूरे रैयत टोले के इकलौते ऐसे आदमी हैं, जिनके पास सरकारी नौकरी है। ज़िला कुष्ठ निवारण केंद्र में कर्मचारी हैं। उनके ऑफ़िस में काम-धाम कुछ होता नहीं है। आधे समय घर में ही रहते हैं। जो भी हो सरकारी कर्मचारी होने के नाते लोग उनकी बात ध्यान से सुनते हैं।

इश्तियाक़ मियाँ की नसीहत के बाद रैयत टोली लगभग सुनसान हो चुकी है। एकाध लोग बाहर खड़े हैं। बाक़ी लोग घर का कोना-कोना छान रहे हैं। जुमेराती ने काग़ज़ सँभालकर रखा था लेकिन पाँच साल पहले जब बरसाती पानी यहाँ के घरों में घुसा था काठ का संदूक़ भी आधे दिन तक डूबा रहा था। मकान का काग़ज़ लुगदी हो गया, अब जुमेराती कहाँ से लाए? अल्लारक्खा और नजीबुन ने ज़िंदगी में पहली बार सुना है कि मकान का कोई काग़ज़ भी होता है। उनके लिए बिजली का बिल ही काग़ज़ है।

मसूरियादीन को अपने अब्बा मरहूम के संदूक़ से एक बहुत पुराना काग़ज़ मिला है। उसे पढ़ना तो नहीं आता लेकिन जिस तरह काग़ज़ को एक कपड़े में बाँधकर रखा गया है, उसे देखकर लग रहा है कि ये कोई अहम दस्तावेज़ है। माजिद मियाँ को भी एक स्टैंप पेपर और उसके साथ काग़ज़ का आधा टुकड़ा मिला है। कैथी लिपि में कुछ लिखा है, जो उनकी समझ में नहीं आ रहा है।

आशिक़ के घर में मौजूद आठ संदूक़ मुँह बाए पड़े हैं। एक-एक सामान

बाहर निकाला जा चुका है। अम्मा, ज़ुलेख़ा और आशिक़ तीनों पसीना-पसीना हैं। नन्हा शमी भी अपने हिसाब से हाथ बँटाने की कोशिश कर रहा है लेकिन नतीजा अब तक सिफ़र है। शादी का एलबम, कुछ पुराने कपड़े, मुसलमान औरत और बहिश्ती ज़ेवर जैसी कुछ किताबें, एक पुरानी दरी और ना जाने कहाँ-कहाँ की भूली-बिसरी चीज़ें एक-एक कर नमूदार हुईं लेकिन मकान के काग़ज़ का कुछ अता-पता नहीं है। आशिक़ बदहवास-सा कभी इस संदूक़ में तो कभी उस संदूक़ पर नज़र दौड़ा रहा है। वह हर छोटी-सी छोटी चीज़ को एक्स-रे वाली नज़रों से देख रहा है लेकिन दिमाग़ लगातार कई तरह के ख़यालों में उलझा है।

आख़िर अचानक आए इस नोटिस का मतलब क्या है? तीन-चार पीढ़ियाँ हो गईं यहाँ रहते, अगर मोहल्ला पहले ग़ैर-क़ानूनी नहीं था, तो अचानक अब कैसे हो गया? ये नोटिस नहीं है, सीधे-सीधे अपने घर-बार छोड़कर सड़क पर आ जाने का फ़रमान है और वो भी बीस दिन के भीतर। ठीक ही कह रहे हैं, मोहल्ला वाले ये सिर्फ़ मुसलमान होने की सज़ा है और कुछ नहीं। आशिक़ ने अपने नाम और अपनी पहचान के बारे में कभी सोचा नहीं। लेकिन क्या सोचने या ना सोचने से सच्चाई बदल जाएगी? सच्चाई यही है कि आशिक़ भी रैयत टोली के बाक़ी बाशिंदों से अलग नहीं है। सुख भले ही साझा ना हों लेकिन दुख ज़रूर साझा हैं। अगर मुसलमान होने की ही सज़ा मिलनी है तो फिर बाक़ी लोगों के साथ आशिक़ भी भुगतेगा।

"अम्मा ऊ बड़का बक्सा की चाभी कहाँ है?" आशिक़ ने लोहे के ट्रंक की तरफ़ इशारा करते हुए कहा।

"रहे द बेटा, उ दादाजान का संदूक़ है। पुराने पीतल और फूल के बर्तन के अलावा उसमें और कुच्छो नहीं है।"

अचानक दरवाज़े पर दस्तक हुई। पता चला कि इमली मैदान में मोहल्ले वालों की मीटिंग है, सबको पहुँचना है, अभी तुरंत। आशिक़ ने माँ और बीवी को एक बार फिर ठीक से सारे संदूक़ देख लेने की ताकीद की और बाहर निकल पड़ा। मैदान पूरी तरह भरा हुआ है। आमतौर पर घरों में बंद रहने वाली औरतें भी अपने-अपने दरवाज़े पर हैं। यह मीटिंग मोहल्ले की किसी आम पंचायत की तरह नहीं है।

सामाजिक कामों में हमेशा आगे रहने वाले शम्सुद्दीन, तबरेज़ और इश्तियाक़

मियाँ जैसे लोग पीछे की क़तारों में खड़े हैं। दूसरी तरफ़ मंच क़मरुद्दीन मियाँ उर्फ़ मुफ़्ती साहब और मोहम्मद शमीम ने सँभाल रखा है। शमीम मियाँ लेबर कांट्रेक्टर हैं और बाक़ी बचे हुए वक़्त में नेतागीरी करते हैं। रैयत टोली से बाहर शहर के बाक़ी मुसलमान मुहल्लों में भी उनकी अच्छी जान-पहचान है। शमीम मियाँ जो बात धीमी ज़ुबान में अपने क़रीबी लोगों को बता चुके हैं, अब वही सब उपस्थित जनता के सामने ब-आवाज़े-बुलंद दोहरा रहे हैं।

"रैयत टोली वालों के साथ एक बड़ी साज़िश हुई है। हाईकोर्ट के निर्देश का बहाना लेकर इतनी पुरानी बस्ती को हटाने का नोटिस दिया गया है जबकि यहाँ के मकान बाशिंदों के नाम से रजिस्टर्ड हैं। दूसरी तरफ़ इस शहर में बहुत ऐसे इलाक़े हैं जहाँ खुल्लम-खुल्ला सरकारी ज़मीन पर एनक्रोचमेंट है लेकिन उन्हें नोटिस नहीं भेजा गया है। बहुत गहरी चाल है लेकिन आप लोग डरे नहीं। कोर्ट में इस नोटिस की धज्जियाँ उड़ जाएँगी। हमें जितनी जल्दी हो सके अदालत का रुख़ करना होगा। आप लोगों में कितनों के पास रजिस्ट्री के ऑरिजनल पेपर हैं?"

इस सवाल पर सबको जैसे साँप सूँघ गया। पूछताछ के बाद पता चला कि रजिस्ट्री के मुकम्मल दस्तावेज़ हकीम इस्माइल और इश्तियाक़ मियाँ के अलावा किसी के पास नहीं हैं। कुछ लोगों के पास फटे पुराने काग़ज़ात ज़रूर हैं लेकिन उनसे कुछ साबित होगा या नहीं होगा ये कहना मुश्किल है। सरकारी ऑफ़िस से डुप्लीकेट काग़ज़ निकलवाना कोई खेल नहीं है। रात-दिन चक्कर काटिए, बाबुओं की मुट्ठी गर्म कीजिए, पैरवी लगाइए और ये सब होते-होते 30 अक्टूबर आ जाएगा।

इश्तियाक़ मियाँ सरकारी मुलाज़िम है, इसलिए वे कोर्ट-कचहरी के मामले में खुलकर नहीं पड़ना चाहते तो फिर तय हुआ कि हकीम चचा पूरे मोहल्ले की तरफ़ से इस केस में वादी बन जाएँगे। इनके पास काग़ज़ात हैं जिससे साबित हो जाएगा कि राजा पृथ्वीनाथ शाहदेव ने ज़मीन अपनी मर्जी से यहाँ रहने वालों के नाम की थी। फ़र्ज़ी क़ब्ज़े का दावा औंधे मुँह गिर जाएगा। क़ानूनी मसला है तो कुछ ख़र्चा भी होगा। हर घर से हज़ार-हज़ार रुपये आज शाम तक मुफ़्ती साहब के पास जमा करवा दिए जाएँ।

पैसे की बात सुनकर कुछ लोगों को चक्कर आने लगा। "हज़ार तो बहुत ज़्यादा है। इतना पैसा कहाँ होता है घर में? अभी तो पूरा महीना बाक़ी है।"

किसी ने कहा। कुछ सोच-विचार के बाद शमीम साहब ने कहा कि अगर ज़्यादा लग रहे हैं फ़िलहाल पाँच-पाँच सौ दे दीजिए। डेट लगवाने के लिए भी कोर्ट में पैसा खिलाना पड़ता है। सवाल पुरखों की जायदाद का है। अगर आप काइँयापन करेंगे तो तो मकान हाथ से निकल जाएगा।

"वकील कौन होगा? विश्वंभर बाबू और बंशी प्रसाद ये दो पुराने वकील ज़मीन-जायदाद के मामले में अच्छे हैं।" हकीम साहब बोले।

"आप किस दुनिया में रहते हैं चचा? ये सारा बखेड़ा इन अशराफ़ हिंदुओं का ही खड़ा किया हुआ है। वकील होगा तो सिर्फ़ हमारी क़ौम से। अली इमाम साहब से बात कर ली गई है। बहुत ही आला दर्जे के वकील हैं। फ़ीस थोड़ी ज़्यादा है लेकिन हमने गुज़ारिश की तो कहने लगे कि क़ौम की बात है, इसलिए थोड़ा-बहुत जो होगा एडजस्ट कर लेंगे। इस केस में वकील केवल मुसलमान ही होना चाहिए और वो भी सुन्नी। क्या कहते हैं मुफ़्ती साहब?" शमीम अपनी बात ख़त्म करके क़मरुद्दीन मियाँ की तरफ़ मुख़ातिब हुए।

क़मरुद्दीन मियाँ दार्शनिक भाव से आँखें बंद किए बैठे थे। ऐसा लग रहा था कि ऊपर वाले से गुफ़्तगू कर रहे हैं। कुछ सेकेंड तक ख़ामोश रहने के बाद उन्होंने चुप्पी तोड़ी- "अल्लाह इस मोहल्ले वालों को उनकी बदी की सज़ा दे रहा है। मैं किस ज़माने से कह रहा हूँ कि इस मैदान में एक छोटी-सी मस्जिद की तामीर करो। जो लोग अल्लाह का घर बनाते हैं, अल्लाह उनका घर बनाता है। मस्जिद होती तो लोग पाक रवायतें सीखते, बुरी सोहबत में नहीं पड़ते, हिंदुओं की चमचागीरी नहीं करते। लेकिन किसी ने मेरी बात पर ग़ौर नहीं किया। उधर बाबरी मस्जिद को शहीद करने की 'पिलानिंग' चल रही है और इधर अल्लाह के बंदों का घर ख़तरे में है। देखते हैं पहले हमारा घर टूटता है या फिर... रब ख़ैर करे! या अल्लाह!"

"हम जान दे देंगे लेकिन अपने घर नहीं देंगे। जरूरत पड़ी तो दिखा देंगे कि हम भी मुग़ल बच्चे हैं।" अचानक भीड़ से आवाज़ आई।

"हाँ ये हक़ और बातिल की लड़ाई है। अपने हुक़ूक़ के लिए सिर पर कफ़न बाँधना ही होगा। बड़ी-से-बड़ी क़ुर्बानी देनी पड़ेगी, अल्लाह भी डरने वालों की मदद नहीं करता है। इंशा अल्लाह हम लड़ेंगे।"

नारा-ए-तकबीर

अल्लाहु अकबर

नारा-ए-तकबीर

अल्लाहु अकबर

इमली मैदान से उठी आवाज़ इतनी ऊँची है कि यक़ीनन रैयत टोले के हर घर तक पहुँच रही होगी। मुफ़्ती साहब की छोटी-सी तक़रीर ने जाने क्या जादू किया। हर आदमी की मुट्ठी बँधी हुई है और आवाज़ में अलग तरह की बुलंदी है।

नारा-ए-तकबीर

अल्लाहु अकबर

"एक मिनट... चचा नारा ज़रा आराम से। बहुत ख़राब समय चल रहा है।" आशिक़ अचानक भीड़ को चीरकर चबूतरे के क़रीब आया।

"लीजिए आ गए हिंदुओं के पैरोकार, अब हम अल्लाह का नाम भी इनसे पूछकर लेंगे।" क़मरुद्दीन मियाँ ने तंज़ के साथ कहा।

"ऐ मिसिर, यहाँ आके लेक्चर मत पेलो। जो हुआ है ना, तुम जैसे ग़द्दारों की वजह से हुआ है।"

"अबे ग़द्दार किसको बोला? किसके साथ ग़द्दारी किए हैं हम?"

"तुमको बोले और किसको? हज़ार बार बोलेंगे। चोट्टा कहीं का। साला जटाशंकर का चमचा, पेपर में फ़ोटो छपवाने के लिए हम लोग को बेघर कर दिया, हरामी का पिल्ला।" सलीम दहाड़कर बोला।

आशिक़ ने सलीम की गिरेबान पकड़ ली। सिलाई-कढ़ाई वाले इन हाथों की पकड़ अब भी बहुत सख़्त है। लेकिन पल भर में मंज़र बदल गया। रैयत टोली के लोफर के रूप में मशहूर रहे सलीम के पक्ष में ना जाने कहाँ से एक साथ इतने लोग खड़े हो गए! आशिक़ को धक्के देकर किनारे ले जाया गया।

जिस लड़के ने आशिक़ के गाल पर खींचकर एक तमाचा जड़ा, उसकी उम्र मुश्किल से 18 साल होगी। आशिक़ पहचान गया- ये फ़रजन का पोता है। बदनसीब बिजली मिस्त्री फ़रजन जो खंभे से गिरकर हमेशा के लिए अपाहिज हो गया था। आशिक़ के अब्बू अक्सर उसका हाल पूछने जाया करते थे। वो जब तक ज़िंदा रहा ग़नी मियाँ हर ईद पर अपनी तरफ़ से एक कुर्ता सिलकर यूँ

ही दे दिया करते थे। 'किसी लाचार आदमी का तन ढँकना सवाब का काम है।' अब्बू अक्सर कहा करते थे।

लेकिन आशिक़ को लग रहा है कि फ़रजन के पोते ने भीड़ के सामने उसे पूरी तरह नंगा कर दिया है। थप्पड़ गाल पर नहीं पूरे वजूद पर पड़ा है। आज तक किसी की हिम्मत नहीं हुई कि आशिक़ मियाँ की गिरेबान पर हाथ रख दे, मगर आज कुछ नहीं बचा। सलीम की गालियाँ उसके खुले बदन पर तेज़ाब की बूँदों की तरह पड़ रही हैं। फफोले उठाती हर बूँद।

"घर के भेदी के बिना ये नहीं हो सकता था। अगर मोहल्ला बचाना चाहते हो तो फिर हिंदुओं के टुकड़ों पर पलने वाले इस कमीने से कहो कि बीच में ना पड़े।"

भीड़ ख़ामोश थी लेकिन ऐसा लग रहा था कि हर किसी पर सलीम की बातों का असर हो रहा है। अचानक फ़ज़लू ने अपनी जेब से कंघी जैसी चीज़ निकाली और पागलों की तरह चिल्लाकर बोला- "जो क़ौम के साथ ग़द्दारी करेगा वो कुत्ते की मौत मरेगा।"

लोगों ने ग़ौर किया फ़ज़लू के हाथ में एक अधखुला उस्तरा है।

अचानक फ़ज़लू के कान के नीचे एक सनसनाता हुआ हाथ पड़ा और वो मुँह के बल ज़मीन पर आ गिरा। ये आशिक़ के चचेरे भाई इदरीस हैं। पैंतालिस साल की उम्र में भी शरीर पहलवानों जैसा है। मुहर्रम के मौसम में इसी इमली मैदान में वो रैयत टोली के लड़कों को लाठी और भाला चलाना सिखाते हैं। ज़मीन पर गिरे फ़ज़लू पर इदरीस मियाँ ने दो-तीन लात भी जड़ दिए। फ़रजन का पोता आशिक़ का कॉलर छोड़कर भाग खड़ा हुआ और भीड़ एक किनारे हो गई।

मामला बिगड़ता देखकर क़मरुद्दीन मियाँ ने बात सँभाली- "अपने क़ौम के लोगों से मारपीट करना बुरी बात है। ये ताक़त सही मौक़े लिए बचाकर रखिए जनाब।"

इदरीस ने फ़ज़लू का उस्तरा ज़ब्त कर लिया और आशिक़ को किसी तरह सभा स्थल से दूर ले आए। इमली मैदान में मीटिंग जारी रही और बुज़ुर्गों ने सलीम को ज़्यादा गर्मी ना दिखाने की हिदायत दी। ले-देकर सहमति इस बात पर बनी कि कल चाहे जैसे भी हो नोटिस रद्द करवाने की अपील हाईकोर्ट में

डाल दी जाए, साथ ही आशिक़ मियाँ को इन मामलों से दूर रखा जाए क्योंकि वे किसी भी हिसाब से भरोसे के लायक़ नहीं हैं।

शाम ढली और फिर रात हुई। पिछले पचास साल साल में रैयत टोली ने दर्जनों दंगे और सैकड़ों कर्फ़्यू देखे हैं। लेकिन आज जैसी मनहूस रात पहले कभी नहीं देखी। कुत्ते रात को अक्सर रोते हैं लेकिन आज की उनकी रुलाई एक बड़ी विपदा का ऐलान लग रही है। मातम के मारे माजिद और जुमेराती ने कुछ नहीं खाया। और आशिक़? उसे ख़ुद पता नहीं है कि बेघर होने का डर ज़्यादा बड़ा है या कभी ना भूलने लायक़ अपमान की पीड़ा ज़्यादा बड़ी है?

घर में दाख़िल होने के बाद उसने किसी से भी नज़र तक नहीं मिलाई और सीधे तख़्त पर आ गिरा। ज़ुलेख़ा को कुछ पूछने की हिम्मत नहीं हुई लेकिन इदरीस भाई की बीवी ने उसे सब कुछ बता दिया। आयशा की बुख़ार की वजह से ज़ुलेख़ा पहले से ही परेशान है। अम्मा गुमसुम-सी अलग कोने में पड़ी हैं और शमी इधर-उधर चक्कर काट रहा है। दोपहर में उसने अपनी माँ से पूछा था- "अम्मी हम लोग पाकिस्तान कब जाएँगे?"

"आग लगे मुँह में जो ऐसी ज़ुबान बोले। हम कहीं क्यों जाएँगे? कौन सिखाता है तुझे ऐसी बातें?"

शमी बिना जवाब दिए सहमकर कुछ दूर चला गया।

"या अल्लाह रहम कर।" बच्चों को सुलाने के बाद ज़ुलेख़ा ने अपने शौहर का चेहरा देखा तो पलकें भींग गईं। सोते वक़्त कितना मासूम और कितना बेबस लग रहा है उसका आदमी!

ज़ुलेख़ा को आशिक़ से यह कहने की हिम्मत नहीं हुई कि खाना खा ले। उसने थाली ढँककर चुपचाप सिरहाने रख दी। आशिक़ बेजान पड़ा रहा। बीच रात को आँख खुली तो उसकी नज़र थाली पर पड़ी। भूख का नामो-निशान नहीं था। लेकिन इस प्रेम और समर्पण का तिरस्कार कैसे करे? खाने के बाद दोबारा फिर से उसकी आँख लग गई।

गहरी नींद के बाद आँखें खोलना आसान नहीं होता है। अँधेरे से उजाले में आने पर आँखों को ख़ासी तकलीफ़ होती है। लेकिन आँखें बंद किए रहना भी कोई हल नहीं है। पिछले कई दिनों से आशिक़ को आँखें खोलने में बड़ी तकलीफ़ हो रही है। उसे लगता है कि सुबह ना होती तो कितना अच्छा होता।

आज सुबह उसकी आँख अम्मा की बड़बड़ाहट से टूटी और वह अचकचाकर बैठ गया।

"आधा बाल्टी और ले आओ।"

अम्मा की आवाज़ बाहर से क्यों आ रही है? आशिक़ अहाते से निकलकर फाटक की तरफ़ बढ़ा। सामने से पानी लेकर आती ज़ुलेख़ा दिखाई दी। उसने इशारों में पूछा कि क्या हुआ। ज़ुलेख़ा ने इशारे में कहा कि कुछ नहीं।

अम्मा के हाथ में बाँसू वाला झाड़ू है और वो दीवार पर कोयले जैसी किसी चीज़ से लिखी गई इबारत को खुरच-खुरचकर मिटाने में जुटी हैं। सब कुछ मिट गया है लेकिन अधमिटे दो-तीन शब्दों से आशिक़ पूरे वाक्य समझ सकता है। दीवार पर 'हि... औ.द...' मतलब 'हिंदू की औलाद' और दूसरा वाक्य 'गद्द.. का...' यानी 'ग़द्दार कहीं का' लिखा था।

इससे पहले कि आशिक़ रियेक्ट करे ज़ुलेख़ा बानो उसका हाथ पकड़कर घर के अंदर ले गई और खींचकर अपने सीने से इस तरह लगा लिया जैसे एक माँ अपने बेटे को लगाती है। एक मिनट बाद अम्मा के आने की आहट हुई। अम्मा पास आकर चुपचाप खड़ी हो गईं- "जाय द बचवा। सब समय के फेर ह। जइसे बाक़ी दिन बीतल वइसहीं इहो दिन बीत जाई।"

"ग़नी मियाँ तो बहुत सीधे हैं लेकिन उनकी घरवाली किसी से दबने वालों में नहीं है।" होश सँभालने के बाद से ये बात आशिक़ पास-पड़ोस के लोगों के मुँह से अक्सर सुनता आया था। सचमुच अम्मा ग़ुस्से में एकदम शेरनी हो जाती हैं। ज़ुलेख़ा को भी अगर ग़ुस्सा आ जाए तो फिर वो ये नहीं देखती कि सामने कौन है। लेकिन आज ना जाने क्या हुआ? ऐसा संयम आशिक़ ने पहले कभी नहीं देखा।

लग रहा है जैसे परिवार की ये दोनों औरतें ढाल बनकर आशिक़ के सामने खड़ी हो गई हैं। क्या अम्मा और ज़ुलेख़ा को यह महसूस हो रहा है कि जिस मोहल्ले में उनके परिवार ने अनगिनत नेकियाँ की हैं, वही मोहल्ला अब उन्हें अपना दुश्मन समझने लगा है। अम्मा कह रही हैं, जैसे बाक़ी दिन गुज़रे ये दिन भी गुज़र जाएँगे। आशिक़ समझ नहीं पा रहा है कि ये बात हौसला बँधाने वाली है या डराने वाली।

आशिक़ रोज़ की तरह सुबह साढ़े नौ बजे दुकान जाने को तैयार हो गया। ज़ुलेख़ा का मन नहीं है कि उसका शौहर काम पर जाए, लेकिन उसने टोका नहीं। छोटे से घर में उदास बैठा रहेगा तो माहौल और ख़राब होगा। इससे अच्छा तो यही है कि आदमी अपने काम में उलझा रहे। ठीक है कि पुश्तैनी घर का बचना ज़रूरी है लेकिन रोज़गार का बचना उससे ज़्यादा ज़रूरी है। ज़ुलेख़ा ने आशिक़ से बच्चों की क़सम ली कि कल रात की बात भूल जाएगा और चाहे कुछ भी हो रैयत टोली वालों के साथ मारपीट में नहीं उलझेगा। आशिक़ ने कोई जवाब नहीं दिया। घर से निकलते वक़्त उसने चिल्लाकर बस इतना ही कहा- "इदरीस भाई के यहाँ जाकर भाभी को काग़ज़ ढूँढने के लिए कहना और क़मरुद्दीन चाचा के यहाँ वकील के पाँच सौ रुपये भिजवा देना।"

मिस्टर इंडिया का शटर उठ चुका है। दुकान में बैठा आशिक़ अजंता कंपनी की घड़ी को ध्यान से देख रहा है। घड़ी अब्बू के ज़माने की है, इसलिए आशिक़ ने इसे अब तक बदला नहीं है। अधटूटी सेकेंड की सुई उसी तरह थरथरा रही है, जिस तरह शांत होने से पहले छिपकली की कटी हुई दुम। ना जाने कितने बरस हो गए इस सुई को इसी तरह काँपते हुए। लगता है एक-दो पल में रुक जाएगी। लेकिन ऐसा होता नहीं है। आशिक़ को कभी इस सुई को देखकर डिप्रेशन होता है तो कभी-कभी उसे लगता है कि इसमें ज़िंदगी का फ़लसफ़ा छिपा है। अगर आगे बढ़ ना सको तो अड़ जाओ।

कैंची हाथ में उठाते ही आशिक़ एकदम स्थितप्रज्ञ हो जाता है। जब पैर का पंजा सिलाई मशीन पर होता है और आँखें बिजली की रफ़्तार से स्टिच करती मशीन की सुई पर टिकी होती हैं, आशिक़ मेडिटेशन के एक अलग लेवल पर होता है। अगला-पिछला, अच्छा-बुरा, मान-अपमान इन तमाम बातों से बहुत दूर। उसे ट्रैफ़िक का शोर तक सुनाई नहीं देता है। अगर कुछ सुनाई देती है तो वो है, मशीन के चलने की आवाज़ जो संगीत की स्वरलहरियों की तरह महसूस होती हैं।

वाल्मीकि नगर के दो जोड़ी सलवार-सूट तैयार करके आशिक़ ने शीशे वाले वार्डरोब में क़रीने से सजा दिए। ये वही वार्डरोब है, जिसमें वाल्मीकि नगर वालियों के कपड़े रखने को लेकर बसंती चाची आशिक़ पर भड़की थीं। ऊँच-नीच, जात-धर्म के ना जाने कितने ख़ानों में बँटी है ज़िंदगी। लेकिन क्या

इन बातों का कुछ मतलब भी है? बसंती चाची आशिक़ को धमकाकर गई थीं कि वो दुकान में कभी क़दम नहीं रखेंगी और हफ़्ता बीतते फिर हाज़िर हो गईं ढेर सारे पुराने कपड़े मरम्मत करवाने। इंसान चाहे जितनी भी लकीरें खींच ले लेकिन रोज़मर्रा की ज़रूरतों वाले रिश्ते भला कहाँ टूटते हैं।

ऑर्डर! ऑर्डर! ऑर्डर!

सिलाई के काम में जुटे आशिक़ को महसूस हुआ कि मिस्टर इंडिया के काउंटर पर कोई आया है। हनीफ़ इस समय दुकान पर नहीं है। आशिक़ फ़ौरन चार बाई दो के दरवाज़े को पार करके टू इन वन टेलर के दूसरे हिस्से में यानी सावित्री बुटीक से मिस्टर इंडिया आ गया। चेहरे पर गंभीरता लिए सामने मिथिलेश खड़ा है। कुछ देर की चुप्पी के बाद जब बातचीत शुरू हुई, तो मिथिलेश ने जानना चाहा कि क्या उसने जो सुना है, वह सच है।

आशिक़ ने पूछा कि उसने क्या सुना है तो मिथिलेश ने बताया कि कल शाम से ही चौक पर ये ख़बर फैली हुई है कि सरकार पूरी रैयत टोली हटवाएगी क्योंकि वह काशीनाथ माध्यमिक विद्यालय की ज़मीन पर अवैध क़ब्ज़ा करके बसाई गई है। सरकारी प्लान के मुताबिक़ ख़ाली हुई आधी ज़मीन स्कूल की बाउंड्री के अंदर चली जाएगी और बाक़ी ज़मीन श्रीराम पथ के चौड़ीकरण में इस्तेमाल की जाएगी।

श्रीराम पथ सुनते ही आशिक़ चौंका। मिथिलेश ने फ़ौरन उसकी शंका को यक़ीन में बदल दिया- "जटाशंकर के चेला लोग घूम-घूम के सबको बता रहे हैं कि 'मिनी पाकिस्तान' हटवाने के लिए नेताजी रात दिन एक कर दिए हैं। सरकार में ऊपर तक पैरवी लगाई और अधिकारियों पर दबाव बनाया तब जाकर ये काम हो रहा है। रोड बनते ही आरामगंज में ज़मीन की क़ीमत कचहरी चौक और मेन रोड के बराबर हो जाएगी। दिन में सपना दिखा रहे हैं जटाशंकर के चेले सबको।"

"हमको तो धोबी का कुत्ता बना दिया ई झँटवा। कितनी इज़्ज़त करते थे हम उसकी। काका-काका बोलते थे, इसलिए बिना सोचे-समझे चले गए, जब रोड का नामकरण वाला तमाशा हो रहा था। मेरे मोहल्ले वाले समझ रहे हैं कि हम भी इस खेल में शामिल हैं और चौक के लिए तो ख़ैर हम मुसलमान हइए हैं। अपने जात गोतिया से गए, घर हाथ से जाएगा और क्या पता कल को ये दुकान भी।" मिथिलेश को लगा कि यह सब बोलते-बोलते आशिक़ रो पड़ेगा।

मिथिलेश ने उसके कंधे पर हाथ रख दिया- "अरे कुछ नहीं जाएगा। सब तमाशा रथ जात्रा तक है। जटाशंकर लाइम लाइट में आना चाहता है, जिससे उसकी नेतागीरी चमक सके। ताल ठोक रहा है कि बाबरी से पहले मिनी पाकिस्तान हटवा देगा। तुम्हारे मोहल्ले वाले क्या कह रहे हैं?"

"केस लगी है हाईकोर्ट में। कल भोरे-भोर सुनवाई है। रामजी पार लगाएँ..."

आशिक़ बोलता-बोलता अचानक रुक गया। जिन रामजी का नाम लेकर वह चौक के लोगों को बरसों से आस बँधाता आया है, अपने मामले में उन्हीं रामजी का नाम लेने में उसकी ज़ुबान क्यों लड़खड़ा रही है? क्या उसने मान लिया है कि नये माहौल में अब उससे राम का नाम लेने का अधिकार छिन गया है?

नहीं ऐसा नहीं है। इंद्रदेव बाबा का पक्का चेला है आशिक़। बाबा बार-बार याद दिलाते थे कि राम का मार्ग केवल दुख का मार्ग है और जिसे दुख को जीतना आ गया वही आदमी सुखी है। आशिक़ के दिमाग़ में गूँजती है वह बात जो बाबा अक्सर कहते थे-

होइहि सोइ जो राम रचि राखा
को करि तर्क बढ़ावे साखा

बहुत तकलीफ़ें देखी हैं आशिक़ ने बचपन से लेकर अब तक। लेकिन बड़ी-से-बड़ी मुसीबत में डिगा नहीं। राम का नाम ज़ुबान पर लाने से उसे डर इसलिए लग रहा है क्योंकि उसकी ज़िंदगी अब एकदम अलग-अलग दो खानों में बँट गई है। चौक पर वह रैयत टोली वालों का प्रतिनिधि है और रैयत टोली में हिंदुओं का दलाल। मकान बचाना है और रहना भी रैयत टोली में है। इसलिए अब उसे साबित करना पड़ेगा कि बाक़ी लोगों की तरह वह भी एक 'मुसलमान' है।

अपने बड़े अब्बू को समझाते वक़्त कल आशिक़ के मुँह से निकल गया था- "हम लोग के मकान हलाल का है। ख़ून-पसीने की कमाई से एक-एक ईंट जोड़ी गई है। रामजी की कृपा से कुछ नहीं बिगड़ेगा।"

इदरीस भाई ने फ़ौरन टोका- "यहाँ तो ठीक है मियाँ लेकिन पास-पड़ोस वालों के सामने ये मत बोलना।"

आशिक़ नहीं बोलेगा। वह सुनवाई वाले दिन अदालत में अपनी शक्ल भी नहीं दिखाएगा। मोहल्ले ने यह फ़ैसला आम-सहमति से किया है और हकीम चाचा के ज़रिये पैग़ाम उस तक पहुँचवा दिया गया है।

मुक़दमे वाले दिन रैयत टोली वालों ने फ़जर की नमाज़ कुछ अतिरिक्त श्रद्धा के साथ पढ़ी। घर से निकलने से पहले लोगों ने तरह-तरह की मन्नतें माँगी, जिनमें अपनी हैसियत के मुताबिक़ मनेर शरीफ़ पर चादर चढ़ाने से लेकर अजमेर शरीफ़ और हज़रत निज़ामुद्दीन औलिया के दरगाह तक की ज़ियारत शामिल थी। क़मरुद्दीन मियाँ कट्टर देवबंदी हैं लिहाज़ा ये बातें उनके लिए ढकोसला है। उन्हें तो बस अल्लाह के इंसाफ़ पर ऐतबार है।

सुबह लोग इस तरह घर से निकले जैसे नमाज़ के लिए ईदगाह को जाते हैं। कामगारों का मोहल्ला है। यहाँ से कोर्ट तक जाने के लिए रिक्शे का किराया कौन दे? पैदल चलेंगे तो घंटे-डेढ़ घंटे में पहुँच ही जाएँगे। हकीम इस्माइल इस उम्र में पैदल नहीं चल सकते। वे बरकत मियाँ के साथ रिक्शे पर बैठकर रवाना हुए। मुफ़्ती साहब यानी क़मरुद्दीन मियाँ को मामले के अगुआ मोहम्मद शमीम ने बाइज़्ज़त अपनी बाइक पर लिफ़्ट दी।

अदालत रैयत टोली के लोगों से खचाखच भरी है। सुनवाई वाली लिस्ट में पहला ही मामला है। पेशकार आ चुके हैं और जज साहब का इंतज़ार हो रहा है। मोहम्मद शमीम कभी कोर्ट रूम के भीतर आ रहे हैं तो कभी बाहर जा रहे हैं। सलीम और बशीर भी उसके साथ-साथ अंदर बाहर हो रहे हैं। रैयत टोली वालों की उत्सुक निगाहें लगातार अपने लीडरान का पीछा कर रही हैं। बरकत मियाँ जैसे बुज़ुर्ग चुपचाप पीछे वाली बेंच पर बैठे दुआ पढ़ रहे हैं।

"ऑर्डर... ऑर्डर!" हथौड़े की आवाज़ के साथ सारी निगाहें अब सामने की तरफ़ जा टिकीं। ऊँची कुर्सी पर बैठे सरदारजी जज किसी शहंशाह से कम नहीं लग रहे हैं। शहंशाह क्यों वो ख़ुदा हैं, जिसकी चाहे तक़दीर सँवार या बिगाड़

दें। वैसे ईमानदारी के लिए मशहूर हैं, जस्टिस बी.एस. कंग। नौ अक्टूबर को हकीम इस्माइल की तरफ़ से अर्जी दाख़िल हुई और जज साहब ने तीन दिन के भीतर दोनों पक्षों को सुनवाई के लिए बुला लिया।

हकीम इस्माइल की तरफ़ से पैरवी करने वाला वकील खड़ा हुआ तो अदालत में खुसफुसाहट फैल गई- "ये कौन है?"

"सरकारी वकील होगा!"

"नहीं, पैरवी तो हमारी ही कर रहे हैं लेकिन ये एडवोकेट अली इमाम नहीं हैं।"

"ये तो लौंडा है!"

"चुपचाप बैठिए। ये अली इमाम साहब के बेटे फ़ज़ल इमाम हैं, दिल्ली से वकालत पढ़के आए हैं। इमाम साहब आज किसी और बड़े मुक़दमे में बिजी हैं।"

वकील फ़ज़ल इमाम ने जिरह शुरू की। उसने बताया कि ये मुक़दमा रैयत टोली के सबसे वरिष्ठ नागरिक मोहम्मद इस्माइल ने दायर किया है और उन्हें मोहल्ले में रह रहे सभी 40 परिवारों का प्रतिनिधि माना जाए। इन परिवारों को इस मोहल्ले में रहते हुए क़रीब पचास साल हो गए हैं। कुछ परिवार तो इससे पहले से रह रहे हैं। हर घर के पास बिजली का कनेक्शन है। साथ ही रजिस्ट्री के पेपर भी हैं। बतौर सबूत वादी मोहम्मद इस्माइल ने रजिस्ट्री के पेपर की फ़ोटो कॉपी जमा करवाई है। इससे पहले कभी इन मकान मालिकों को इस तरह का नोटिस नहीं भेजा गया। साफ़ है कि प्रशासन ने ग़लत नीयत से इन भोले-भाले नागरिकों को परेशान करने के लिए यह क़दम उठाया है। इसलिए अदालत से दरख़्वास्त है कि वह सरकार को तत्काल अपनी कार्रवाई रोकने का आदेश दे।

सरकारी वकील खड़ा हुआ। क़रीब पचपन साल का वह आदमी शक्ल से तजुर्बेकार होने के साथ घाघ भी लग रहा था। उसने छूटते ही कहा- "हुज़ूर, ज़िला प्रशासन ने जो क़दम उठाया है वह माननीय न्यायालय के आदेश के बाद उठाया है। इसलिए इसे ग़लत नीयत से उठाया गया क़दम बताना माननीय न्यायालय की नीयत पर सवाल खड़े करना है, जो वादी पक्ष के वकील कर रहे हैं।"

फ़ज़ल इमाम ने खड़े होकर अंग्रेज़ी में कुछ कहा लेकिन जज साहब ने उसे

बैठने का आदेश दिया। सरकारी वकील ने अपनी जिरह आगे बढ़ाई-

"यह दलील किसी भी हिसाब से जायज़ नहीं है कि नोटिस पहले क्यों नहीं दिया गया। हो सकता है कि इसमें सरकार से लापरवाही हुई हो। लेकिन इसका मतलब यह नहीं है कि कोई ग़ैर-क़ानूनी क़ब्ज़ा जायज़ हो जाएगा। अब मैं आपके सामने सरकारी रिकॉर्ड का नक़्शा पेश कर रहा हूँ। आप देख सकते हैं कि पूरे नक़्शे में आठ एकड़ का प्लॉट दिखाई दे रहा है जो राजा पृथ्वीनाथ शाहदेव के नाम पर है। राजा पृथ्वी नाथ शाहदेव ने इस ज़मीन पर अपने पिता काशीनाथ शाहदेव के नाम से एक स्कूल बनवाया था, जिसका संचालन ट्रस्ट करता था। उस ट्रस्ट के चेयरमैन स्वयं राजा साहब थे। राजा साहब के निधन के बाद स्कूल का संचालन करने वाले ट्रस्ट ने भारत के राष्ट्रपति को यह पूरी ज़मीन दान दे दी। साल 1957 के बाद से पूरी ज़मीन सरकारी है और इसके एक हिस्से पर जो लोग रह रहे हैं, उनका क़ब्ज़ा बिलकुल ग़ैर-क़ानूनी है।"

अदालत में सनसनी फैल गई। हकीम उस्मान लड़खड़ाते हुए उठे और चिल्लाकर कुछ कहा। जज साहब ने मेज पर हथौड़ा ठोंका- "ऑर्डर ऑर्डर... शांति बनाए रखें। केवल वकील के माध्यम से अपनी बात कहें।"

हकीम साहब की बात लोगों ने एक-दूसरे के ज़रिये वकील तक पहुँचाई। एडवोकेट फ़ज़ल इमाम उठ खड़े हुए- "योर ऑनर, सरकारी वकील का कहना है कि ज़मीन 1957 में ट्रस्ट के ज़रिये गर्वेमेंट को डोनेट की गई। लेकिन हमारा रजिस्ट्री का काग़ज़ साबित करता है कि मोहम्मद इस्माइल का परिवार ज़मीन के जिस हिस्से पर बने घर में रहता है, उसे राजा साहब बहुत पहले यानी 1931 में ही मोहम्मद इस्माइल के वालिद गफ़ूर मियाँ के नाम कर चुके थे।"

सरकारी वकील ने व्यंग्य से कहा- "1931 में? मी लॉर्ड सरकारी आँकड़ों के मुताबिक़ ये ज़मीन राजा साहब के नाम ही 1937 में पिता की मौत के बाद हुई थी। तो क्या वादी पक्ष के वकील यह कहना चाहते हैं कि राजा साहब ने वो ज़मीन गफ़ूर मियाँ को दे दी थी जो असल में उस वक़्त उनके नाम थी ही नहीं?"

हकीम साहब एक बार फिर लँगड़ाते हुए खड़े हुए। उनकी बात पीछे से आगे तक पहुँची तो एडवोकेट फ़ज़ल इमाम बोले- "सॉरी 1931 नहीं योर ऑनर, आई थिंक, नो आई मीन 1941..."

सरकारी वकील ने कहा- "वादी पक्ष के वकील को ख़ुद पता नहीं है कि

रजिस्ट्री कब हुई क्योंकि काग़ज़ात फ़र्ज़ी हैं। 1957 के बाद से ये ज़मीन सरकारी है, इसलिए इससे ग़ैर-क़ानूनी क़ब्ज़ा हटवाना सरकार की वैधानिक ज़िम्मेदारी है।"

जज साहब ने गंभीर स्वर में वादी पक्ष के वकील से पूछा- "आपको कुछ कहना है इस बारे में?"

"योर ओनर, वी हैव ऑल इविडेंस। वी हैव म्यूटेशन पेपर एंड इवेन हाउस टैक्स रिसीट्स। पेश करने के लिए थोड़ा टाइम दे दीजिए।"

"अगर काग़ज़ात हैं तो आपने कोर्ट में पेश क्यों नहीं किए? यू आर ए यंग एडवोकेट। ऐसा लगता है कि आप बिना तैयारी के कोर्ट में आए हो। मैं आपको तीन दिन का वक़्त देता हूँ। अगर सबूत पेश नहीं कर पाए तो फिर अदालत आपकी कोई मदद नहीं कर पाएगी।"

सबको जैसे काठ मार गया। हकीम इस्माइल दोनों हाथों में सिर थामकर बेंच पर झुक गए। क्या बोल गया ये वकील? म्यूटेशन पेपर भी हैं और टैक्स जमा की रसीद भी! जो नहीं है बिना सोचे-समझे उसका दावा कर दिया। दूसरी तरफ़ जज है कि ख़िलाफ़ फ़ैसला देने को तैयार बैठा है। क्या होगा आगे... या अल्लाह! मदद करो ख़्वाजा ग़रीब नवाज़!

मुल्ला भागे पाकिस्तान

भोला चौधरी ने भुनभुनाते हुए अपने किराना स्टोर का शटर उठाया और अगले पाँच मिनट तक भुनभुनाते ही रहे। चौधरी जी जब दुकान खोलने आए तो उन्होंने शटर पर एक पंप्लेट चिपका देखा-

'हिंदू हिंदी हिंदुस्तान

मुल्ला भागे पाकिस्तान'

"बेटीचो जहाँ मुल्ले रहते हैं, वहाँ जाके काहे नहीं लगाता है!" मंगल पान वाला अपनी गुमटी पर लोटे का पानी लेकर तब तक छीटें मारता रहा, जब तक काले अक्षरों में छपा पंप्लेट गल नहीं गया।

ये नयी सुरसुरी है, जो कल दबे पाँव चौक तक आई थी और आज ब्रेकिंग न्यूज़ बनकर जवाँ नसों में दौड़ रही है। मिनी पाकिस्तान साफ़ होनेवाला है और चौक की ज़मीन के दाम रातों-रात दोगुने होनेवाले हैं।

"तो पैंट खोलके अपने कपार पर पहन लीजिए और नाचिए, काम ना धाम सपने बड़े-बड़े।" राधे बाबू ने शुभ समाचार लेकर आए अपने चौथी औलाद मुन्ना का नशा मिनट भर में हिरण कर दिया। भाई को डाँट पड़ती देखकर दूसरे कोने में खड़ा चिंटुआ खी-खी करके हँसा।

पता नहीं क्यों आरामगंज की पुरानी पीढ़ी इस बिग ब्रेकिंग न्यूज़ को लेकर ज़्यादा उत्साहित नहीं है।

"अडवानी जी आ रहे हैं तो मंदिर यहीं बनाएँगे वाला पोस्टर लगाइए लेकिन मुल्ला भागे पाकिस्तान का मतलब क्या हुआ जी?"

"जटाशंकर साला इतना घुमावदार आदमी है कि कील भी खाएगा तो स्क्रू हगेगा। उसका दिमाग़ पढ़ना बहुत मुश्किल है।"

"चाहे जो बोलिए, लेकिन गंदगी बहुत है रैयत टोली में।"

"हाँ लालाजी, आप तो डल झील के किनारे रहते हैं, जहाँ भोरे-भोर सूअर चरने आता है। गंदगी है तो कोई मोहल्ला अइसे उजाड़ दीजिएगा और यहाँ चौक पर पोस्टर लगाके तमाशा बनाने का मतलब?"

"अरे ठीक है, अब जाने भी दीजिए।"

"कहाँ ठीक है, ई जो पागलपना हो रहा ना, अगर रुका नहीं कपार पकड़के रोएँगे हम लोग सब एक दिन।"

"इट्स पैथेटिक।" गिरीश बाबू आ गए अंग्रेज़ी शब्दों का नया जोड़ा लेकर।

"आइए गिरीश बाबू! क्या करवा रहे हैं आप ये सब?" ये आरामगंज का आम ग्रामर है। जब सर्दी भी पड़ती है तो लोग एक-दूसरे पूछते हैं- 'काहे पड़वा दिए जी इतना ठंडा?'

"हम कहलियो... आई मीन मोहल्ला के लड़के लोगों को अनप्रोडक्टिव कामों में लगाना इज़ व्हेरी बैड थिंग। दिस कंट्री हैज़ नो फ़्यूचर, अब समझिए कि ई देस डूबिये गया।" गिरीश बाबू ने अपनी चिर-परिचित अंदाज़ में हालात पर चिंता ज़ाहिर की और साथ ही बताया कि उनका बेटा हरीश अमेरिका में सेटल होगा।

अपनी नाराज़गी के बावजूद बाप बिरादरी के लिए वह सुरसुरी रोक पाना मुमकिन नहीं है जो मिनी पाकिस्तान उजाड़े जाने की ख़बर के बाद आरामगंज की युवा पीढ़ी में फैली है। ओमजी ने एडवोकेट की मानद उपाधि वाले प्रकाश कुमार को अच्छी तरह समझा दिया है कि चौक वालों का असली फ़ायदा तब है, जब यहाँ से वाल्मीकि नगर हटे और एक चकाचक मार्केट बने। ये काम सिर्फ़ जटाशंकर जी ही करवा सकते हैं।

एडवोकेट प्रकाश ने आनन-फानन प्रभात दयाल की अगुआई में प्रतिनिधि मंडल गठित करवाया और चल पड़े जुझारू नेता जटाशंकर शर्मा से मिलने। ओमजी ने परियोजना का दूसरा चरण भी पूरा कर लिया है, फुस्सू और भगतू के ज़रिये पूरे वाल्मीकि नगर को वॉर्निंग दे दी है- "झँटवा तुम लोगों का मोहल्ला उजड़वाए बिना नहीं मानेगा, अगर बचा सकते तो बचा लो।"

उधर रैयत टोली वालों के हलक़ से निवाला नहीं उतर रहा है। चौक के नौजवानों की रैयत टोली से कोई दुश्मनी नहीं है। फिर वे इतने ख़ुश क्यों हैं? विरासत में मिले हिक़ारत के भाव से ज़्यादा बड़ी वजह है, अपनी आँखों से कुछ होता देखने का रोमांच! चौक के अलग-अलग कोनों में इस बात की चर्चा हो रही है कि बुलडोज़र कैसा होता है। अब तक यहाँ के लड़कों ने बुलडोज़र सिर्फ़ सिनेमा में देखा है, अब सामने से देखने का मौक़ा आ रहा है।

लेकिन आशिक़ के लिए चौक के जवाँ दिलों में दर्द है।

"चाहे जो भी हो यार, उसका घर नहीं टूटना चाहिए, बहुत माई डियर आदमी है।"

"जब टूटेगा तो सबका टूटेगा। जौ के साथ घुन हर जगह पिसता है।"

"कहाँ जाएगा अशिकवा अगर मकान टूट गया तो? क्या पता यहाँ से दुकान भी समेटनी पड़े!"

"अरे कहीं नहीं जाएगा, यहीं ठोक के दुकानदारी करेगा। रामभक्त आदमी है और ऊपर से नंबरी रंगबाज़ भी है। आस-पास गली में ले लेगा किराये का मकान और क्या!"

चौक की चर्चाओं से दूर है, रामभक्त रंगबाज़। उसके चेहरे का रंग आजकल उड़ा हुआ है। हाज़िर जवाबी ग़ायब है और हौसला जाने कहाँ गुम हो गया है। चेहरे पर पिछले दो दिन से नज़र आ रही उदासी का रंग आज कहीं ज़्यादा सुर्ख़ है। वह इस वक़्त अपनी बेगम के साथ डॉक्टर राम नगीना प्रसाद की क्लीनिक में बैठा हुआ है। आयशा का बुख़ार छठवें दिन भी नहीं उतरा।

"इसे मियादी बुख़ार है। थर्मामीटर ख़रीद लो और कंपाउंडर से देखना सीख लो। हर चार घंटे पर चेक करना। 102 डिग्री से ज़्यादा बुख़ार हो तो ठंडे पानी की पट्टी देना। ध्यान रहे बच्ची ज़्यादा देर तक हाई फ़ीवर में ना रहने पाए, वर्ना बुख़ार दिमाग़ पर चढ़ जाएगा। बुख़ार के जाने में तीन-चार दिन और लग सकते हैं। फिर भी ठीक नहीं हुआ तो इसके ख़ून की जाँच करवानी पड़ेगी।"

डॉक्टर के क्लीनिक से घर लौटते वक़्त आशिक़ पूरे वक़्त चुप रहा। ज़ुलेख़ा भी कुछ नहीं बोली। आख़िर बात करें भी तो क्या? कल की अदालती कार्रवाई के बाद आधी रैयत टोली ने मान लिया है कि सन 47 भले ही उनके पुरखों का ज़्यादा कुछ ना बिगाड़ पाया हो लेकिन 1990 उन्हें उजाड़कर ही रहेगा। कोर्ट में

जो हुआ उसकी ख़बर जब आशिक़ को मिली तब उसने ज़ुलेख़ा से सिर्फ़ इतना ही कहा कि अगर कुछ हुआ तो तुम बच्चों और अम्मी को लेकर मामूजान के यहाँ चली जाना। ये बात सुनते ही अम्मा भड़क गईं- "सहसराम (सासाराम) के बेटी हईं हम, कोनो बात से डेराय वाली ना। कहीं ना जाइब हियें बियाह के अइल रहीं इहें मुअब।"

आयशा और ज़ुलेख़ा को पहुँचाकर आशिक़ फ़ौरन घर से बाहर निकल गया। इमली मैदान में आज भी भारी भीड़ जुटी हुई है। लेकिन आशिक़ का यहाँ क्या काम, वह अपने रास्ते बढ़ गया। आज यहाँ का माहौल किसी सियासी जलसे जैसा है। छह-आठ कुर्सियाँ रखी हैं, जिनमें बाहर से आए कुछ नामचीन लोग बैठे हैं। मीटिंग के चीफ़ गेस्ट पिछड़े मुसलमानों के नेता जनाब फ़हीम अंसारी हैं। लेकिन मोहल्ला अब दो गुटों में बँट चुका है और दोनों में ज़बरदस्त गर्मा-गर्मी है।

हकीम इस्माइल बहुत नाराज़ हैं। ठेकेदार शमीम ने जो वकील तय किया वह आया नहीं और उसके नौसिखिए बेटे ने सब गुड़-गोबर कर दिया। वकील ने बिना कुछ जाने समझे अदालत में यह बयान दे दिया कि रैयत टोली में सब के पास रजिस्ट्री ही नहीं बल्कि दाख़िल-ख़ारिज तक के काग़ज़ात हैं। अब अगर अगली पेशी पर जज फटकार लगाकर केस डिसमिस कर देगा तो इसका ज़िम्मेदार कौन होगा? शमीम और उसके चमचे आगे-आगे कूद रहे थे और उन्होंने मोहल्ले के बड़े-बुज़ुर्गों से मशविरा तक नहीं किया। हकीम साहब ने दो टूक कह दिया है कि मुक़दमा मेरे नाम से दर्ज हुआ है, इसलिए अगली पेशी में वकील भी वही होगा जिसे मैं चाहूँगा।

बरकत मियाँ, इश्तियाक़, शम्सुद्दीन और तबरेज़ भी हकीम साहब के साथ खड़े हो गए हैं। उधर शमीम, क़मरुद्दीन और सलीम वाला गुट कह रहा है कि ये मुद्दा सिर्फ़ अदालती नहीं है बल्कि सियासती भी है। ये मुसलमानों को बर्बाद करने की साज़िश है, इसलिए पूरी क़ौम को साथ लेना होगा। फ़हीम अंसारी साहब का रिश्ता सूबे की मशहूर अंसारी फ़ैमिली से है, जिनके पास सैकड़ों एकड़ ज़मीन है और ख़ानदान से कोई-न-कोई हमेशा मंत्री बनता आया है। अंसारी साहब ने ऐलान कर दिया है कि अगर केस बिगड़ा तब भी वह एक को-ऑपरेटिव बनाकर रैयत टोली के हर परिवार को रियायती दर पर रिहाइश

लायक़ ज़मीन दे देंगे।

सलीम ने इस ऐलान पर पब्लिक से ज़ोरदार ताली पिटवाई लेकिन लोगों के मन में बहुत से सवाल हैं। लीडरान के पास ठोस जवाब नहीं बल्कि सिर्फ़ आश्वसान है- "अगर कोर्ट से मसला हल ना हुआ तो अंसारी साहब पॉलिटिकल प्रेशर डलवाकर अपने मज़लूम भाइयों के मकान टूटने से बचा लेंगे। सूबे में सरकार आख़िर उन्हीं की पार्टी की है। हक़ और बातिल की इस लड़ाई में हमें अपने क़ौम के रहनुमाओं की सुननी पड़ेगी और ज़रूरत पड़ी तो सड़क पर उतरकर अपने ग़म-ओ-ग़ुस्से का इज़हार भी करना पड़ेगा।"

इज़हार मियाँ ने देखा- पड़ोस के घर में नया साइन बोर्ड लगा है। मोहम्मद सलीम, समाजसेवी, इस्लाम नगर। तो रैयत टोली अब इस्लाम नगर हो चुकी है। ठीक वैसे ही जैसे हफ़्ते भर पहले ये सड़क श्रीराम पथ बनी थी! मोहल्ले के नये नाम के ऐलान वाले ऐसे ही साइन बोर्ड और दो-तीन घरों के बाहर भी लगे हैं।

रैयत टोली भी इस शहर का बाक़ी छोटे मुहल्लों की तरह रही है। यानी एक साधनहीन लेकिन स्वतंत्र इकाई जहाँ के लोग किसी ज़रूरत के लिए बाहर की तरफ़ नहीं देखते हैं। छोटे-मोटे झगड़ों के बावजूद सुख-दुख में हमेशा एक-दूसरे के साथ खड़े होते हैं। लेकिन इस संकट ने रैयत टोली का कैरेक्टर बदल दिया है। यहाँ के आधे से ज़्यादा लोगों के बोलने का हक़ छीन लिया गया है। अब यह मोहल्ला एक कौमी मसला बन चुका है और ऐसे लोग मिलकर इसका भविष्य तय कर रहे हैं, जिन्हें पहले कभी यहाँ देखा तक नहीं गया। इमली मैदान में फ़हीम अंसारी की तक़रीर जारी है।

साजिद का बड़ा भाई वहाब रैयत टोली के उन चंद नौजवानों में है जो कॉलेज जाते हैं। अपने कॉलेज के स्टूडेंट यूनियन में सक्रिय वहाब एक चिंतित करने वाली ख़बर लाया है- "तौफ़ीक़ मस्जिद में हुई मीटिंग में मुसलमानों के कई बड़े-बड़े लीडर शामिल थे। वहाँ रैयत टोली का मामला उठा तो जनाब फ़ैयाज़ मलिक ने कहा कि रैयत टोली का केस अपने आप में पूरी मुसलमान क़ौम के लिए एक सबक़ है। ये क़ौम कभी उस तरह एकजुट होकर वोट नहीं डालती है, जिस तरह आजकल हिंदू डाल रहे हैं। अगर रैयत टोली के टूटने से मुसलमान जाग जाए तो इसके टूटने में ही हम सबकी भलाई है।"

ताहिर ने अपने अब्बा और टोली के एकमात्र जीवित हाजी शम्सुद्दीन साहब को बताया- "सलीम कल कह रहा था कि डरपोक क़ौमें दुनिया के नक़्शे से मिटा दी जाती हैं और जो बहादुर क़ौमें होती हैं, वो राज करती हैं। आलमी सतह पर मुसलमान से ज़्यादा बहादुर क़ौम कोई और नहीं है। आपसी मदद से हमें जंग के लिए असलहा इकट्ठा करना पड़ेगा। क़साई टोली वालों से भी बात हुई है। कुरैश भाई लोग बहुत दिलेर होते हैं, ज़रूर पड़ी तो जान देने में भी पीछे न नहीं हटेंगे।" हाजी साहब ने माथा ठोक लिया। अँगूठा छाप सलीम ऐसे भारी-भरकम लफ़्ज़ों में बात कब से करने लगा? मकान तो जाएगा ही साथ-साथ रैयत टोली के कई बेगुनाहों की जान भी जाएगी! या ख़ुदा अहमक़ों को थोड़ी अक़्ल दे!

रात का कर्फ़्यू हट चुका है, मगर ऐसा सन्नाटा पसरा हुआ है कि आठ बजे का वक़्त भी डरावना लग रहा है। आशिक़ कंधे झुकाए बाबा के घर से आगे अपनी गली की तरफ़ बढ़ा तो उसे एहसास हुआ जैसे वो बेगानों की बस्ती में दाख़िल हो रहा है। इमली मैदान में उस दिन जो कुछ हुआ उसने आशिक़ की ज़िंदगी हमेशा के लिए बदल दी है। घर से निकलते वक़्त अपनी दीवार पर उसकी नज़र पड़ ही जाती है। शब्द मिट गए हैं लेकिन दाग़ उसके पूरे वजूद पर है। 'ग़द्दार कहीं का...', 'हिंदू की औलाद...' ये आवाज़ें रात-दिन उसका पीछा करती हैं। मकान, दुकान, धन-दौलत कुछ नहीं चाहिए। बस किसी तरह ये कलंक एक बार मिट जाए तो वो हर चीज़ को लात मारे। जब आशिक़ ने अपने घर का लकड़ी वाला फाटक खोला तो मन में एक सवाल आया- यहाँ और कितने दिन?

"आयशा की तबियत कैसी है?" अंदर क़दम रखते ही आशिक़ ने सवाल किया।

"दिन में तो ठीक थी लेकिन शाम से बदन गर्म होना शुरू हो गया। अभी 101 बुख़ार है, अगर बढ़ेगा तो पट्टी दे देंगे। पता नहीं अल्लाह कौन-सा इम्तिहान ले रहा है।"

"सब ठीक हो जाएगा।" आशिक़ ने धीरे से कहा।

शमी रोज़ की तरह अपने पिता के सामने आकर खड़ा हो गया और चेहरे के भाव पढ़ने लगा। बुरे-से-बुरे वक़्त में बच्चों को देखकर आशिक़ के चेहरे

पर मुस्कान आ ही जाती है। लेकिन आशिक़ चुपचाप बैठा रहा। फिर उसने अचानक शमी को क़रीब खींचकर सीने से लगाया और उसका माथा चूमकर बोला- "जाओ बेटा दादी के पास सो जाओ, बहुत रात हो गई है।"

रात का खाना मुश्किल से निगलने के बाद आशिक़ तख़्त पर बैठा खिड़की से बाहर की तरफ़ देख रहा था। ज़ुलेख़ा ने उसके कंधे पर हाथ रखा और बोली- "सुनिए, एक बात कहनी थी।"

"मकान के बारे में ज़्यादा मत सोचो। जो भी होगा देखा जाएगा।"

"हम मकान नहीं आयशा के बारे में बात कर रहे हैं। हकीम चाचा ने दुआओं वाला पानी पढ़कर दिया था लेकिन आयशा की तबियत पर कोई फ़र्क़ नहीं पड़ा। आप अपना वाला नुस्ख़ा..."

"मतलब?"

"चौक वाले तो कहते हैं कि वहाँ के लोगों को आपके नुस्ख़ों से बहुत जल्दी आराम हो जाता है, वो रामजी वाला..." ज़ुलेख़ा ने अटकते हुए कहा।

ज़ुलेख़ा रमज़ान में पूरे तीस दिन रोज़े रखती है। घर का काम चाहे जितना भी हो नमाज़ पढ़ने का वक़्त निकाल लेती है। शौहर से ना जाने कितनी बार इस बात को लेकर झगड़ा हुआ कि वो मस्जिद क्यों नहीं जाता है। हर बार आशिक़ का जवाब होता था- 'काम ही इबादत है। जब अल्लाह मियाँ ख़ुदे हमसे मिलने आते हैं तो हम काहे जाएँ?' यह सुनकर ज़ुलेख़ा चिढ़ जाती थी।

...और वही ज़ुलेख़ा आज आशिक़ से पूछ रही है कि आप आयशा पर रामजी का वाला नुस्ख़ा क्यों नहीं आज़माते?

"राम नगीना प्रसाद बड़े डॉक्टर हैं। डॉक्टर एक तरह से भगवान का रूप होता है। बोले हैं दो-तीन दिन में ठीक हो जाएगी।"

"दवा के साथ दुआ भी करनी चाहिए... आप करवा दीजिए ना वो उपाय जो चौक वालों को बताते हैं।"

"लेकिन वो लोग तो हिंदू हैं और तुम मुसलमान... मेरा मतलब है हम लोग... मुसलमान।"

"एक बच्ची के लिए क्या हिंदू और क्या मुसलमान? चौक के लोग भी तो हकीम चाचा से भी दवाइयाँ ले जाते हैं। पुराने लोग तो उनसे पानी भी पढ़वाते थे। अगर आपके हाथ में शिफ़ा है तो अपनी बच्ची को ठीक करने में क्या जाता

है। इसी को कहते हैं चिराग़ तले अँधेरा। पूरी दुनिया की भलाई कीजिए और अपनों को दुख दीजिए।"

"चुप हो जाओ कोई शिफ़ा-विफ़ा नहीं है मेरे हाथ में। अगर हम कोई इतने पहुँचे हुए संत-महात्मा पीर-औलिया होते तो दर्ज़ीगीरी करते? जीना हराम कर दिया है।" आशिक़ अचानक ग़ुस्से से फट पड़ा।

ज़ुलेख़ा बानो सन्न रह गई। वह चुपचाप अपने पति को देखती रही और थोड़ी देर बाद कहा- "अच्छा तो आप धर्म के नाम पर बेवक़ूफ़ बना रहे हैं चौक वालों को। अपना दीन-ईमान छोड़ा तो छोड़ा और दूसरे मज़हब वालों के साथ भी छल किया, तभी हमें ये सज़ा दे रहा है अल्लाह।"

...और ज़ुलेख़ा सनसनाती हुई उस कमरे में चली गई जहाँ आयशा सोई थी। ग़ुस्से से काँपता हुआ आशिक़ भी दरवाज़ा पटकता हुआ घर से बाहर निकल आया और आगे बढ़ने लगा। किस दिशा में जा रहा है, क्यों जा रहा है, उसे कुछ पता नहीं है।

आँखों के सामने नाच रहा है, एक ख़ौफनाक मंज़र जो कई बार उसके सपने में आ चुका है। बड़ी-बड़ी आँखों वाला एक हिरण जंगली कुत्तों के झुँड में घिरा है। कुत्तों ने उसके शरीर के अलग-अलग हिस्सों पर दाँत गड़ा रखे हैं और देखते-देखते उसे ज़िंदा फाड़-फाड़कर खाने लगे हैं। हिरण की आँखें अब भी खुली हैं और उनमें नियति को स्वीकार कर लेने का कातर भाव है।

आशिक़ को टीवी देखने का वक़्त नहीं मिलता है। एक दिन रात को ग़लती से उसने टीवी खोल दिया था, जहाँ जंगली जीव-जंतुओं पर कोई कार्यक्रम आ रहा था। उसे पहली बार पता चला कि इस धरती पर कोई ऐसा जीव भी है, जो अपने शिकार को खाने से पहले उसके मरने तक का इंतज़ार नहीं करता। शेर हो या बिल्ली वो पहले शिकार का गला घोटते हैं और जब मर जाता है, तब तसल्ली से खाते हैं। आख़िर शिकार होनेवाला भी न्यूनतम सम्मान का हक़दार है। लेकिन ये जंगली कुत्ते?

असहनीय पीड़ा के साथ आशिक़ जैसे नींद से जागा। हाथ बरबस बायें पाँव पर गया। उसे महसूस हुई रेंगती हुई छोटी चीटियाँ! नहीं यह कोई सपना नहीं है बल्कि सपना टूटा है। घर से निकलकर संज्ञा शून्य अवस्था में उसके क़दम बढ़ते रहे और वह कब बड़ा तालाब के सामने वाले चबूतरे तक पहुँच गया, उसे कुछ

याद नहीं है। यहाँ फ़्लड लाइट की रौशनी तेज़ है। उसने पाँव में चिपकी दो-तीन चींटियों को चुटकी में पकड़कर हथेली पर रखा, जिनमें मसले जाने के बावजूद थोड़ी-सी जान बाक़ी थी... लाल-लाल चींटियाँ।

"छोटी वाली काली चींटी हिंदू होती है... बदन पर चढ़ जाए तो हल्की-हल्की गुदगुदी होती है और लाल चींटी मुसलमान होती है, सिर्फ़ हिंदुओं को काटती है, मुसलमानों को नहीं।" पाँड़े बाबा की पाठशाला में पवन ने यह रहस्य आशिक़ को बताया था।

"ये काली चींटी है, तुमको काटेगी काहे कि तुम मुसलमान हो। काट रही है ना?" आशिक़ के बदन पर काली चींटी छोड़कर पवन ने सवाल पूछा था।

"नहीं, ये तो गुदगुदी कर रही है।"

"भक्क साला! फिर तो तुम भी हिंदू हो मुसलमान नहीं।"

...और आज बरसों बाद लाल चींटियों ने काटकर आशिक़ को फिर याद दिलाया कि वह मुसलमान नहीं हिंदू है। दूसरी तरफ़ बसंती चाची उसे कड़े शब्दों में समझा चुकी हैं कि वह मियाँ है, जिसे वेद-पुरान पर प्रवचन देने का कोई अधिकार नहीं है। चलो आशिक़ यह बात मान भी ले लेकिन रैयत टोली वालों का क्या करे, जो सुबह-शाम उसे बताते हैं कि वह मुसलमान नहीं बल्कि मिसिर है। हद तो ये हुई कि आज आशिक़ की बीवी ने उसे एहसास दिलाया कि वह ना तो सच्चा मुसलमान है और ना हिंदू। सिर्फ़ एक छलिया है जो लोगों को ठग रहा है।

आख़िर कौन है आशिक़? क्या उसका वजूद शिकारी कुत्तों के जबड़ों में फँसे हिरण की तरह है, जिसके शरीर को अलग-अलग दिशा में खींचने की होड़ लगी है और उसकी बेबस आँखें चुपचाप टुकड़ों में बँटते जिस्म को देख रही हैं?

फ़िलहाल उसका मन ज़ुलेख़ा की बात पर अँटका है- "अपना दीन-ईमान छोड़ा और दूसरे मज़हब वालों के साथ भी छल किया।" कौन-सा दीन-ईमान था, जिसे आशिक़ ने छोड़ दिया? बक़ायदा मुसलमानी हुई थी उसकी और उसने अपने बेटे शमी की भी करवाई है। ईद, बक़रीद जैसे मौक़ों पर ख़ानदान के लोगों के साथ मस्जिद जाता है। माँ और बीवी मिलकर बच्चों को जैसी मज़हबी बातें सिखाना चाहें, वो सब सिखा रही हैं, क्या आशिक़ ने कभी उनको रोका?

दूसरे मज़हब वालों के साथ उसने कौन-सा छल किया? वह लगातार अपने-आप से सवाल कर रहा है लेकिन जवाब नहीं मिल रहा है। पाँड़े बाबा

कहा करते थे- "बच्चे पानी की तरह होते हैं, जिस बर्तन में डाल दो उसी का आकार ले लेते हैं। अगर बर्तन ही बेढब हो तो इसमें पानी का क्या दोष? कुम्हार ने अगर कच्ची मिट्टी को ठीक से आकार नहीं दिया तो फिर माटी में खोट निकालने का क्या मतलब?" बाबा ने अपने बेटे मार्कन्डेय के बेराह होने के लिए कभी उसे नहीं कोसा। हमेशा स्वीकार किया कि परवरिश में चूक उनसे ही हुई होगी।

आशिक़ सोच रहा है- "मुझे पाँड़े बाबा की सोहबत मिली इसलिए हिंदुओं के दस-बीस दोहे-चौपाई, मंत्र, पूजा-पाठ ये सब सीख गया। अगर अब्बू ने क़मरुद्दीन चाचा के साथ लगाया होता तो फिर मैं भी रात-दिन हराम-हलाल, सुन्नत, उम्मा और जिहाद की बातें कर रहा होता। लेकिन क्या वैसा करना कुछ ग़लत होता? लोग कहते हैं कि आशिक़वा काफ़िर है, अपने बच्चों को राम, हनुमान और ना जाने कौन-कौन से हिंदू देवी-देवताओं की कहानियाँ सिखाता है। क्या हम यह सब कहानियाँ माँ के पेट से सीख के आते हैं? कहानी चाहे लंका की हो या कर्बला की आख़िर कोई-न-कोई हमें सिखाता ही है। आदमी जो भी होता है, वह ख़ुद नहीं होता। वह तो बस वही होता है, जो उसके हालात उसे बनाते हैं।

ज़ुलेख़ा ने अनजाने में गहरी चोट पहुँचाने वाली बात कह दी। आख़िर आशिक़ किस तरह चौक के लोगों को ठग रहा है? कभी कोई हैरान-परेशान सामने आ जाए तो अचानक आशिक़ की याददाश्त बरसों पीछे चली जाती है, जब बाबा लोगों को उपाय बताया करते थे। ऐसे ही उपाय आशिक़ दोहरा देता है बस! उसे लगता है कि बाबा स्वयं उसके मुँह से बोल रहे हैं, सब कुछ अनायास हो जाता है। उपायों के पैसे लेना या किसी तरह का फ़ायदा उठाना तो दूर आशिक़ बाद में कभी उनका ज़िक्र भी नहीं करता। फिर इसमें छल कहाँ? लेकिन सवाल ये है कि आशिक़ ने अपनी बेटी के लिए ऐसा कोई उपाय क्यों नहीं बताया? ज़ुलेख़ा का सवाल इसी बात को लेकर था। इसका जवाब रात के अँधियारे में अकेले बैठे आशिक़ को अब तक नहीं मिल पाया है।

वजह शायद ज़ुलेख़ा के आँखों में नज़र आनेवाली बेबसी थी। उसे अपने दीन पर बड़ा नाज़ है। उसे बचपन से ये सिखाया गया है कि दुनिया में अगर मानने लायक़ कोई मज़हब है तो केवल इस्लाम है और इसी में ज़िंदगी के तमाम

मसलों का हल है। शायद आशिक़ नहीं चाहता था कि उसकी बीवी मजबूरी में आकर अपनी मान्यताओं से समझौता करे। लेकिन इससे भी एक बड़ी वजह है जो अवचेतन में छिपी है और बहुत सोचने के बाद आशिक़ ने अब उसे ढूँढ निकाला है।

पिछले चार-दिनों से वो इस बात की पुरज़ोर कोशिश कर रहा है कि रामजी को वह अपनी दुकान पर ही छोड़कर आए। ऐसा करना उसके लिए बहुत मुश्किल है, क्योंकि राम का नाम ज़ुबान पर चढ़ा हुआ है, सोते-उठते जागते ताकिया कलाम की तरह। लेकिन शांति की ख़ातिर रामजी को रैयत टोली में आने से रोकने की उसकी कोशिशें जारी हैं। अब रामजी रैयत टोली में नहीं आ सकते तो फिर भला उसके घर में कैसे आएँगे। हाँ यही वजह है, जिसने आशिक़ को बार-बार आग्रह के बावजूद बाबा वाला कोई उपाय करने से रोका।

सचमुच मज़हब के मसले बड़े पेंचीदा हैं। आशिक़ के अब्बू को लगता था कि इंसान अगर ऊपर वाले में यक़ीन कर ले तो उसकी तकलीफ़ें कम हो जाती हैं। ग़नी मियाँ की एक बात जो आशिक़ ने बचपन में सुनी थी, उसका मतलब उसे बहुत बाद में समझ में आया। अब्बू कह रहे थे- “मज़हब ज़िंदगी जीने का बेहतरीन ज़रिया है बशर्ते मज़हब वाले जीने दें।” कहाँ जीने दे रहे हैं उसे आजकल मज़हब वाले, ना चौक पर ना रैयत टोली में।

फूलों-सी नाज़ुक आयशा सख़्त बीमार है। पुरखों के घर से बेघर होनेवाला है, पड़ोसी तक जान के दुश्मन बने हैं। जिस चौक पर ज़िंदगी भर सीना ठोककर रहा वो भी अब कह रहा है 'तेरा यहाँ कोई नहीं'। कल शाम दुकान से घर लौटते वक़्त बैजू तक ने पीछे से आवाज़ दी- “मुल्ला भागे पाकिस्तान।” वही बैजू जिसे आशिक़ कुछ खाने के लिए रुपये-दो रुपये यूँ ही दे दिया करता है। एक ख़ाली और कमज़ोर दिमाग़ में अचानक इतनी नफ़रत कहाँ से भर गई?

पिछले दस-पंद्रह दिनों में आशिक़ की हँसती-खेलती ज़िंदगी जैसे बिखर गई है। वह याद करना चाहे तब भी याद नहीं आएगा कि इस बिखराव की शुरुआत कहाँ से हुई थी। हर रोज़ एक नयी मुसीबत सिर उठाए सामने आ जाती है। आज त्रिवेणी मिश्रा उर्फ़ पंडीजी ने अपने भतीजे के मार्फ़त संदेशा भिजवाया है- “कल एकदम सबेरे-सबेरे हमसे मिलो, कुछ ज़रूरी बात करनी है। ध्यान रखना है, सात से ज़्यादा ना बजने पाए।”

आशिक़ समझ गया है कि पंडीजी यही बोलेंगे कि दुकान ख़ाली कर दो, मकान तुड़वाकर नये सिरे बनवाना है। किरायेदार हटाने का यही सबसे चलताऊ बहाना है। उसने तय कर रखा है कि जाते ही कह देगा, चचा बात घुमाने-फिराकर कहने की ज़रूरत नहीं है, दुकान आपकी है, जब बोलेंगे ख़ाली हो जाएगी। जब रामजी ने इतनी मुसीबतें दी हैं तो एक और सही। ज़िंदादिली और मस्ती से भरी ज़िंदगी की गाड़ी अचानक ऐसी अंधी गुफा में दाख़िल हो गई है, जहाँ से निकलने का कोई रास्ता नज़र नहीं आ रहा है।

आशिक़ ने बड़ा तालाब में झाँककर देखा। नौ-दस फ़ुट पानी होगा ज़रूर। हर साल एकाध शराबी इसमें गिरकर ज़रूर मरते हैं। अगर मैं कूद जाऊँ तो कैसा रहेगा? अचानक आशिक़ के मन में ये ख़याल आया। फिर ख़ुद पर हँसी आई। जिसे तैरना आता हो वह तमाम कोशिशों के बावजूद डूबकर ख़ुदकुशी नहीं कर सकता। उसे याद आया ज़ुलेख़ा बानो का चेहरा। शमी, आयशा और अम्मा।

अम्मा ठीक कहती हैं- "जइसे बाक़ी दिन बीतल इहो बीत जाई।" उसके पाँव अचानक घर की तरफ़ मुड़ गए। रास्ते में उसे याद आ रहा था अपने फ़ेवरेट स्टार अनिल कपूर की फ़िल्म मेरी जंग का गाना-

'जीत जाएँगे हम तू अगर संग है
ज़िंदगी हर क़दम इक नयी जंग है...'

'हम आजकल ज़रूरत से ज़्यादा सोचने लगे हैं। अगर बड़ा बाज़ार से 'राम रच्छा स्त्रोत' लाके आयशा के सिरहाने रख ही देंगे तो क्या बिगड़ जाएगा। कल ही कर देंगे हम ये काम।' फाटक खोलकर अंदर क़दम रखते हुए आशिक़ ने अपने आप से कहा।

बच्चे अंदर सो रहे हैं। बरामदे की बत्ती जल रही थी और ज़ुलेख़ा फ़ोल्डिंग क़ुर्सी पर ख़ामोशी से बैठी है। आशिक़ बोलने वाला था- "मेरी ग़लती थी, माफ़ कर दो।" लेकिन ज़ुलेख़ा पहले बोल पड़ी- "आयशा को लेके हम थोड़ा परेशान हो गए थे, इसीलिए उल्टा-सीधा बक दिए। मन में मत रखिएगा कोई बात।"

"कल उपाय कर देंगे हम। रामजी सब ठीक करेंगे।"

उम्मीद भरे इस वाक्य का जवाब ज़ुलेख़ा ने एक अच्छी ख़बर से दिया- "आयशा का बुख़ार भी धीरे-धीरे उतर रहा है।"

आशिक़ ने ज़ुलेख़ा का हाथ अपने हाथों में थाम लिया। शब्द नहीं थे लेकिन दोनों के लिए अर्थ बहुत गहरे थे। अगर सैलाब में पूरी दुनिया डूब भी जाए तब भी हम इसी तरह एक-दूसरे के साथ ऐसे खड़े रहेंगे।

सब विधि हाथ

वर्माजी की छत पर टहल रहे वाल्मीकि नगर के मुस्टंडे मुर्गे ने रेलिंग पर आकर बुलंद आवाज़ में बाँग दी- कूँ.क.ड़ू.कूँ...

सामाजिक संबंधों पर रोक सिर्फ़ इंसानों के लिए है। मुर्गे, कुत्ते और बिल्ले-बिल्लियों के बीच ख़ूब आना-जाना है। अंदर की गलियों के कुछ सवर्ण और ओबीसी घरों में भी मुर्गियाँ पलती हैं। वे लोग सिर्फ़ मुर्गियाँ रखते हैं मुर्गे नहीं। आबाध अंडा सप्लाई की नैतिक ज़िम्मेदारी वाल्मीकि नगर के स्वयंसेवक मुर्ग़ों ने उठा रखी है।

गाँजे के दो-चार कश मारने के बाद भगतू राम बीच रात को अचानक अमिताभ बच्चन की फ़िल्म जादूगर का गाना गाता है। हू-ब-हू सुदेश भोंसले स्टाइल में-

पड़ोसन अपनी मुर्ग़ी को रखना सँभाल
मेरा मुर्ग़ा हुआ है दीवाना... ना

आवाज़ जिन घरों तक पहुँचती हैं, वहाँ की लड़कियाँ मुँह ढँककर हँस पड़ती हैं- "गाना गा रहा है या सच्ची कहानी सुना रहा है?"

मँजनू, महीवाल और फ़रहाद जैसी ही सच्ची है, वाल्मीकि नगर के मुर्ग़ों की आशिक़ी। मुर्ग़ों की 'प्रेमिकाएँ' जिन घरों में हैं, उन्हीं घरों में मुर्ग़ों के 'प्रेमी' भी हैं। इसीलिए आरामगंज में शहादत देने वाले वाल्मीकि नगर के मुर्ग़ों का रिकॉर्ड तक रख पाना मुश्किल है। बकौल ओमजी, "पवित्र आत्माएँ मरकर भी अपना धर्म नहीं छोड़ती हैं। जो मुर्ग़ा छत पर बाँग देता है, वही मुर्ग़ा प्रेशर कुकर में सीटी भी देता है।"

वाल्मीकि नगर के ये 'नियोगी' और 'देहदानी' कुक्कुट गली वालों के लिए हर दृष्टि से पूजनीय हैं लेकिन चौक वालों के लिए ख़ास उपयोगी नहीं हैं। बाँग से पहले ही ढाबे वाला बजरंगी उठ जाता है। गले में उँगली डालकर रात की पूरी दारू बाहर निकालता और फिर गंदी-गंदी गालियाँ देकर ढाबे के छोकरों को काम पर लगाता है। बजरंगी की आवाज़ घर-घर गूँजती है और चौक वालों की नींद अपने-आप टूट जाती है।

पंडीजी यानी त्रिवेणी मिश्रा नहा-धोकर तैयार हैं। कॉलबेल बजा तो उन्होंने दरवाज़ा खोलने में ज़रा भी वक़्त नहीं लगाया। सामने आशिक़ खड़ा है।

"परनाम चचा!"

"अंदर आ जाओ।" पंडीजी ने बिना उसकी तरफ़ देखे कहा।

बरसों पुराना है ये रिश्ता। आशिक़ ने जब से होश सँभाला है, तब से पंडीजी को देखता आया है। लेकिन कभी ऐसा मौक़ा नहीं आया कि उनके घर में दाख़िल हो। किराया भी पंडीजी ख़ुद टहलते हुए आकर ले जाते हैं। लेकिन आज अचानक?

"सब हाल-चाल ठीक है न जी?" पंडीजी ने दरवाज़ा बंद करने के बाद सवाल किया।

"अब हम क्या कहें चचा, आपको तो मालूम ही है।"

"ज़माना बहुत बदल गया है। अब पहले वाली बात नहीं है। तुम्हारे पिताजी जब मेरे पास दुकान माँगने आए थे, उस समय हम उनको ठीक से जानते भी नहीं थे। फिर भी दुकान दे दिए थे। कोई देगा आजकल?"

"कोई नहीं चचा।"

पंडीजी रुक गए। आशिक़ के लिए इस चुप्पी का हर पल भारी था। वो ख़ुद को अगले सैलाब या ज़लज़ले के लिए तैयार कर रहा था।

"हमको कुछ ज़्यादा मालूम नहीं था रैयत टोली के बारे में। कल गिरीश बाबू विस्तार से बताए। बहुत ग़लत हो रहा है। अब आगे क्या करोगे तुम लोग?"

"क्या बोलें चचा... होइहि सोइ जो राम..."

वाक्य पूरा करने से पहले ही आशिक़ फफक पड़ा। पंडीजी उठकर पास आए और कंधे पर हाथ रखा तो उसकी हिचकियाँ बेक़ाबू हो गईं। आदमी इमोशनल है, आँखें उसकी कई बार नम होती हैं लेकिन मजाल है कि एक बूँद

भी आँसू छलक जाए। उसे लगता है कि रोना-धोना औरतों का काम है। ज़ुलेख़ा की आँखों में कभी आँसू का एक क़तरा भी आ जाए तो उसे चुप कराने के बदले चिढ़ाने लगता है और वही आशिक़ आज...

"चौक वाले लड़के सब कहते हैं कि आशिक़वा नंबरी रंगबाज़ है। एक्के नोटिस में घुस गई रंगबाज़ी? बुड़बक के जइसा रोओगे तो दिमाग़ काम नहीं करेगा और जो काम बनना होगा उ भी बिगड़ जाएगा।" पंडीजी ने कंधा थपथपाते हुए मीठी झिड़की दी और आशिक़ ने फ़ौरन आँसू पोंछ डाले।

"हिम्मत से काम लो बेटा। कोई-न-कोई रास्ता निकलेगा। एजी ऑफ़िस में हमारे सीनियर थे अग्रवाल साहब। पूरा नाम है, बलराम अग्रवाल। मारवाड़ी मोहल्ला में रहते हैं और रिटायर होने के बाद वकालत केवल इसलिए करते हैं ताकि जो बहुत ग़रीब-असहाय लोग हैं, उनकी कुछ मदद हो सके। उनसे कहना कि आरामगंज चौक वाले त्रिवेणी मिश्रा भेजे हैं। कोई-न-कोई रास्ता ज़रूर बताएँगे। कोई बड़े-बुज़ुर्ग हों रैयत टोली के तो उन्हें भी अपने साथ ले जाओ।"

आशिक़ कैसे कहे कि मोहल्ले का कोई बड़ा-बुज़ुर्ग उसके साथ नहीं है क्योंकि उसे जात से बेदख़ल किया जा चुका है। वह चुपचाप उठा और पंडीजी के पाँव छूकर जाने लगा। पंडीजी बोले- "डरना मत बेटा, राम भला करेंगे।"

आशिक़ धीरे से हँसकर बोला- "अब डरके क्या होगा चचा? गोसाईं जी कहिन हैं- हानि लाभ जीवन मरन जस अपजस सब विधि हाथ!"

आशिक़ को फ़ॉर्म में लौटता देकर पंडीजी मुस्कुराए और दरवाज़ा बंद करते वक़्त कहा- "हमसे जो बात हुई है, उसका जिकिर मत करना किसी से। क्या है कि समय बहुत ख़राब है आजकल।"

इस ख़राब समय में जाने कई दिनों बाद आज अचानक आशिक़ कुछ अच्छा महसूस कर रहा है। पंडीजी की बातों ने उस पर जादू-सा असर किया। बाहर निकलते ही आशिक़ ने सड़क के किनारे खड़ी एक बाइक के शीशे में अपना चेहरा देखा और लगातार देखता रहा। उसके मन में आया कि ख़ुद को दो-तीन ज़ोरदार तमाचे लगाए। आख़िर ये ख़याल आया कहाँ से कि पंडीजी ने उसे दुकान ख़ाली करवाने के लिए बुलाया होगा? बुरा सोचते-सोचते उसका मुँह परमानेंटली गदहे की तरह लटक गया है। ख़ुद को लानतें भेजते हुए आशिक़ ने तय किया कि ज़िंदगी में चाहे कुछ भी हो जाए लेकिन अब दोबारा वो कभी

'बुड़बक आदमी के जइसा' रोएगा नहीं बल्कि लड़ेगा।

इस पूरे शहर में मारूति जिप्सी कुल दस-बारह होंगी। लेकिन जगधारी सिंह की गाड़ी अलग से पहचानी जाती है। इसके रेयर स्क्रीन पर मोटे-मोटे अक्षरों में उनका नाम विधायक पदवी के साथ लिखा हुआ है। गाड़ी सुबह से शाम तक शहर के इस कोने से उस कोने तक भागती नज़र आ रही है, जिससे पता चलता है कि शहर में रथयात्रा के कार्यक्रम को सफल बनाने के लिए विधायक जी किस प्राणपण से जुटे हैं।

रात का कर्फ़्यू जैसे ही हटा तो ठेकेदार धीरज गुप्ता ने स्टेशन रोड से तारा पोल मैदान की तरफ़ जानेवाली सड़क के हर चौराहे पर बाँस गिरवा दिए। तोरण द्वारों के ढाँचें खड़े होने शुरू हो गए हैं। लेकिन जगधारी बाबू की चिंता सिर्फ़ तोरण द्वार नहीं हैं। सवाल ये है कि भाईदूज वाले दिन तारा पोल मैदान में एक लाख लोगों की भीड़ जुटेगी तो किस तरह?

जगधारी हथियार डालने वालों में नहीं हैं। छोटी-छोटी नुक्कड़ सभाओं के ज़रिये जनता को बता रहे हैं कि आडवाणी जी को सामने से देखना साक्षात रामलला के ही दर्शन जैसा है। वक़्त कम है और काम बहुत ज़्यादा। घड़ी टिक-टिक करके चल रही है।

आशिक़ ने कलाई पर नज़र डाली। शाम के साढ़े छह बज चुके हैं। पूरे डेढ़ घंटे हो गए हैं, एडवोकेट अग्रवाल के चैंबर के बाहर बैठकर इंतज़ार करते हुए। आशिक़ आज दुकान पर नहीं गया। सुबह से लेकर शाम तक का उसका पूरा वक़्त इधर-से-उधर भागते हुए गुज़रा। पंडीजी के घर से लौटने के बाद उसने फिर से सारे संदूक़ छान मारे, नतीजा वही रहा। आठवें संदूक़ की चाबी नहीं मिली। अम्मा ने दोहराया कि सिर्फ़ बर्तन हैं, आशिक़ ने धमकाया कि ढूँढो नहीं तो तोड़ दूँगा। माँ और बीवी से झिक-झिक के बाद निकला था एडवोकेट अग्रवाल से मिलने। अग्रवाल साहब ने उसे ये कहकर लौटा दिया कि जो मुकदमा दायर किया गया है, उसके सारे काग़ज़ लेकर आओ तब बात होगी। आशिक़ को काग़ज़ कौन देता?

हकीम चाचा नहीं चाहते कि मोहल्ले की राजनीति और ज़्यादा उलझे इसलिए उन्होंने आशिक़ से बात करने तक से मना कर दिया। चचेरे भाई इदरीस ने भी यही सलाह दी कि आशिक़ मुक़दमे के पचड़े में ना पड़े क्योंकि अगर

मोहल्ले में रंजिश बढ़ी तो सबका नुक़सान होगा।

बातों-बातों में आशिक़ को इश्तियाक़ मियाँ से यह पता चला कि अदालत के पेशकार की मदद से सारे काग़ज़ात के नक़ल निकलवाए जा सकते हैं। आशिक़ कोर्ट पहुँचा, चपरासी से सेटिंग की और पेशकार साहब को डेढ़ सौ रुपये पकड़ाए। बाद में फ़ोटो कॉपी करवाने वाले चपरासी को भी मिठाई खाने के पैसे दिए और पेपर लेकर सीधे वकील के यहाँ भागा।

अग्रवाल साहब ने हर्फ़-हर्फ़ पढ़ा और आशिक़ से ढेरों सवाल पूछे और आख़िर में कहा- "केस तो मज़बूत है। सिर्फ़ एक टेक्निकल ग्राउंड पर सरकार तुम लोगों को ग़लत ठहरा रही है। वैसे ड्राफ्टिंग में बहुत-सी गलतियाँ हैं। शायद तुम लोगों के वकील ने जिरह भी ठीक से नहीं किया।"

आशिक़ चुपचाप अग्रवाल साहब का चेहरे का भाव पढ़ता रहा। जब वह ख़ामोश हो गए तो बोला- "सर इस संकट से उबार लीजिए आपको बहुत पुन्न और जस मिलेगा। जब से ख़बर आई है रैयत टोली में कोई ठीक से सोया नहीं है। कौर तक नहीं उतर रहा है हमारे गले से।"

अग्रवाल साहब ने थोड़ी देर सोचने के बाद कहा- "अगर चाहते हो कि तुम्हारा काम शर्तिया तौर पर हो जाए तो फिर सीधे ए.के. राय की शरण में जाओ। वही एक आदमी है, जो इस मामले का गारंटी वाला समाधान दे सकता है।"

आशिक़ फिर से चेहरा देखने लगा तो अग्रवाल साहब ने समझाया- "अपने ज़माने के बड़े भारी वकील हैं। जिन राजा साहब ने रैयत टोली को ज़मीन दान दी थी, किसी ज़माने में उन्हीं के लॉयर थे ए.के. राय। उनके पास सारे पुराने काग़ज़ात ज़रूर होंगे। राजा साहब के रिश्तेदार आज भी ए.के. राय को परिवार के बुज़ुर्ग की तरह मानते हैं। आदमी थोड़े ग़ुस्सैल हैं लेकिन दिल के भले हैं। फ़ीस-वीस का मुझे कुछ पता नहीं, ये बात तुमको ही करनी पड़ेगी। ऐसा करता हूँ मैं उनके नाम एक चिट्ठी लिख देता हूँ।"

आशिक़ देखता रहा, काग़ज़ पर उतरते अंग्रेज़ी के घुमावदार अक्षर। बाबा ने आशिक़ को अंग्रेज़ी का कामचलाऊ ज्ञान भी दिया था लेकिन इतना नहीं कि ऐसी अंग्रेज़ी समझ सके। पूरा पन्ना लिखने के बाद काग़ज़ के दूसरी तरफ़ भी एडवोकेट अग्रवाल ने पाँच-छह लाइनें लिखीं। वह महज़ एक चिट्ठी नहीं थी आशिक़ को लग रहा था, जैसे उसके हाथ संजीवनी बूटी लग गई हो।

तनाव की वजह से आशिक़ पिछले कई दिनों से ठीक से नहीं सोया था। आज नींद इसलिए नहीं आ रही कि अंधी गुफा में दाख़िल हो चुकी ज़िंदगी में एक नयी रौशनी दिखाई दे रही है। आयशा का बुख़ार भी कुछ कम है। रामजी की कृपा से आगे... आशिक़ पल भर के लिए ठिठका और फिर मन-ही-मन मुस्कुराया। रैयत टोली में राम का नाम लेना मना है, अकेले में तो ले ही सकता है। और उसे नींद आ गई।

कचहरी चौक से कोई पाँच किलोमीटर आगे बने एक आलीशान फ़ॉर्म हाउस जैसे घर में रहते हैं, एडवोकेट ए.के.राय। रास्ता चढ़ान भरा है और आशिक़ ताबड़तोड़ पैडिल मार रहा है। आशिक़ ने अपने घर में ज़रूरत के तमाम साधन जुटा रखे हैं लेकिन सवारी के नाम पर यही अब्बू के ज़माने की साइकिल है। ऐसा नहीं है कि आशिक़ मियाँ चाहें तो स्कूटर या मोटरसाइकिल नहीं ख़रीद सकते। लेकिन जब ज़िंदगी घर से चौक और चौक से घर तक ही हो तो फिर इतने पैसे लगाने का क्या फ़ायदा?

आलीशन मकान के फाटक पर पहुँचकर आशिक़ का दिल धक से कर गया। गेट पर लिखा है- 'कृपया मुक़दमों के लिए संपर्क ना करें।' आशिक़ बोर्ड पढ़ ही रहा था कि एक अंदर से एक आदमी आया और बड़ी बेरुख़ी से पूछा- "क्या है, किससे मिलना है?"

"राय साहब एडवोकेट घर पर हैं?"

"ई बोर्ड नहीं लउक रहा है आपको?"

"जी हम मुक़दमा के लिए नहीं आए हैं। हमको राय साहब के दोस्त बलराम अग्रवाल जी भेजे हैं, चिट्ठी पहुँचाने के लिए।"

"ठीक है दे दीजिए।"

"जी बात ये है कि चिट्ठी बहुत पर्सनल हैं, सिर्फ़ उन्हीं के हाथ में देने के लिए बोले हैं।"

उस आदमी ने गेट खोल दिया। कुत्तों के भौंकने की आवाज़ से थोड़ा डरता आशिक़ उस आदमी के पीछे-पीछे चला। आदमी लंबे अहाते को पार करके बरामदे तक पहुँचा और फिर बायीं तरफ़ बने बड़े कमरे का दरवाज़ा खोल दिया। आशिक़ चुपचाप वहाँ बैठ गया। क़रीब दस मिनट के इंतज़ार के बाद सफ़ेद मूँछों वाले एक बुज़ुर्ग आदमी कमरे में आए और उसकी तरफ़ देखते

पूछा- "कौन हो तुम?"

"सर हम आरामगंज से आए हैं। बलराम अग्रवाल जी आपसे मिलने के लिए बोले थे। चिट्ठी देके भेजे हैं।"

"कोई पैरवी लेकर आए तो भूल जाओ। अब मैं कोर्ट-कचहरी के चक्कर में बिलकुल नहीं पड़ता।" हाथ में चिट्ठी पकड़े-पकड़े राय साहब ने सपाट शब्दों में कहा।

"पढ़ लिया जाए हुज़ूर, बस एक बार।" इतना कहकर आशिक़ उनके क़दमों में गिर गया और अपनी बँधी मुट्ठियाँ खोल दीं। सामने दो हज़ार रुपये के साथ सोने की दो चूड़ियाँ पड़ी थीं।

"अरे ये क्या तमाशा कर रहे हो, उठ के बैठो सामने शरीफ़ों की तरह।"

आशिक़ वहीं ज़मीन पर बैठा रोता रहा। पूरी चिट्ठी पढ़कर राय साहब ने गहरी साँस ली और बोले- "अब फ़िल्मी ड्रामा बंद करो और ये सब जो मेरे क़दमों में रखा है, उठाकर अपनी जेब में रखो। केस के पेपर लाए हो?"

अपने वादे का पक्का है आशिक़। लेकिन जो वादा ख़ुद से किया था वो 24 घंटे के भीतर ही टूट गया। उसे पहली बार लगा कि रोना-धोना सिर्फ़ औरतों का काम नहीं है और इसके कुछ फ़ायदे भी हैं।

"जानते हो हिंदू 'कमुनिटी' की सबसे बड़ी ख़राबी क्या है? ये लोग हर चीज़ में अपना फ़ायदा देखते हैं। 'रिक्स' लेना और लड़ना आता नहीं है। इसीलिए साठ करोड़ होके भी अपने ही देश में 'जुत्ता' खा रहे हैं।" मनोजवा भुइयाँ टोली के लौंडों के बीच ओजस्वी भाषण दे रहा है। कमलेश ने मनोजवा जैसे उत्साही कार्यकर्ताओं को इस बात का जिम्मा सौंपा है कि आडवाणी की सभा में चलने के लिए ज़्यादा-से-ज़्यादा नौजवानों को तैयार करे। मगर अब की रिपोर्ट अच्छी नहीं है।

"जब चौक से बड़ा बाज़ार तक जाने में ससुरों की नानी मरती है तो तारा पोल मैदान भला क्या खाकर जाएँगे! हाँ रोड पर खड़े करके बकैती करनी हो तो बात अलग है। चौक के सबसे बड़े चपंडूक ललवा लोग हैं। कैरम खेलने और दारू पीने आ जाते हैं क्लब में। लेकिन समाज का कोई काम आ जाए तो तुरंत कोना पकड़ लेते हैं।" एक समाजशास्त्रीय टिप्पणी के साथ कमलेश सिंह ने आह भरी।

"गली वालों में भी अब पुरानी बात नहीं है भइया! इन हरामी काली पूजा

वालों ने समाज को बाँट दिया है। भुइयाँ टोली से नोनिया टोली तक के सब भेटनर (वेटेरन) क्रिमिनल लोग उधर ही हैं। पॉलिटिक्स चमकाने के चक्कर में नदी पार वाला उ बालचंद्र सहवा अंधाधुँध पइसा फेंक रहा है। एक हमारे नेता लोग हैं, ना पइसा ना कौड़ी बीच बज़ार में दौड़ा-दौड़ी।"

मनोजवा भले चूतिया हो लेकिन असली बात को एकदम ठीक से पकड़ लिया है। चर्चा में शामिल शक्ति संघ के मेंबरों ने उसकी बात का अनुमोदन किया। हिंदूवाद की पॉलिटिक्स पूरे ज़िला में हो रही है लेकिन बाक़ी नेता लोगों के पॉकिट में पइसा है, इसलिए उनके कार्यकर्ता भी जोश में हैं। आरामगंज में ख़ाली बतकही के अलावा और है क्या?

"अरे छोड़ो जी। राजनीति ख़ाली पइसा से नहीं ब्रेन से होता है और जटा काका जैसा ब्रेन कहीं नहीं नहीं है। किसी के बाप की मजाल नहीं थी कि रैयत टोली जैसे पुराने मोहल्ले को ख़ाली करवाने का नोटिस भिजवा दे। लेकिन दिमाग़ देखो आदमी का। पता नहीं क्या पट्टी पढ़ाए कि साला सर्किल ऑफ़िसर सीधे नोटिस ठोक दिहिस।"

"सच्चे हट जाएगी रैयत टोली? सरकार तो हमेशा मुसलमानों का पक्ष लेती है। रुकवा नहीं देगी?"

"बहुत बड़ा पॉटिकिल गेम है, बाबू। अगर मिनी पाकिस्तान हटा तो पूरे एरिया का कितना ज़बरदस्त डेवलपमेंट होगा। क्रेडिट जटाशंकर जी को मिलेगा... और मान लो अगर सरकार ने इन लोगों को बचा लिया तो तुष्टीकरण की राजनीति वाली बात जिले के बच्चे-बच्चे की समझ में आ जाएगी। फ़ायदा किसका सोचो?"

"ओ तेरी! ई तो हम सोचबे नहीं किए। साथ-साथ वाल्मीकि नगर भी हट जाए तो मज़ा आ जाए। एडवोकेट साहब प्रभात भइया को लेके गए थे ना उस दिन नेताजी के पास बात करने। वाल्मीकि नगर वालों को भगा देना चाहिए यहाँ से।" अखिलेश पहली बार बोला। हॉट वाटर बैग से तीन टाइम सिंकाई के बाद बड़ी मुश्किल से घूमने टहलने लायक़ हुआ है।

कमलेश सिंह बोलने वाले थे कि 'अकललेस', तुम साले चूतिये ही रहोगे लेकिन संयम से काम लेते हुए उन्होंने सिर्फ़ इतना ही कहा- "भूलकर भी किसी के सामने ये बोलना मत। वाल्मीकि नगर वाले कोई ग़ैर नहीं हैं। हिंदू एकता

आजकल ख़तरे में है। सबको साथ लेकर चलने की ज़रूरत है।"

उधर रैयत टोली में एकता की ऐसी-तैसी हो गई है। सलीम और उसके साथियों ने कुछ ज़्यादा जोश दिखा दिया और पहुँच गए हकीम इस्माइल को अपने अंदाज़ में समझाने कि आप ज़्यादा 'नया वकील-नया वकील' मत टेंटियाइए। हमारी कमेटी ने डिसाइड कर लिया है, वकील नहीं बदला जाएगा। हकीम साहब और पैरों से लाचार उनकी बीवी यही दो लोग रहते हैं, इस घर में। सलीम ने आवाज़ ऊँची की तो बुढ़उ का दिमाग़ सनक गया और उन्होंने छड़ी उठा ली। सलीम ने छड़ी पकड़ी तो हकीम साहब ज़ोर से चिल्लाए- "बचाओ मार डाला रे..."

और देखते-देखते दरवाज़े पर बीसियों लोग जमा हो गए और सलीम और उसके साथियों की मजम्मत शुरू हो गई।

"पूरा मोहल्ला कर्ज़दार है हकीम साहब। इस हरामज़ादे के दादा बराबर हैं और इनके साथ ऐसा सलूक!"

"नहीं बहुत हो गया, अब ये गुंडागर्दी नहीं चलेगी।"

कभी ना मुँह खोलने वाला शबेराती मउगा का भाई मसूरियादीन तक बोल पड़ा-"अपने बाप-दादा से भी ऐसे ही बात करते हो? लुच्चे-हरामी!"

सलीम और उसके साथी खिसक गए। लेकिन बात यहीं ख़त्म नहीं हुई। कुँजड़ा मोहल्ले में सब्ज़ियों का थोक कारोबार करने वाले इदरीस मियाँ तक किसी ने ख़बर पहुँचा दी और वे घंटे भर के भीतर दो-तीन हट्ठे-कट्ठे चेले लेकर पहुँच गए।

और उसके बाद जो हुआ वो पूछो मत। हाथ में मज़बूत बेंत लिए इदरीस मियाँ एक-एक घर का दरवाज़ा खटखटाकर आरोपियों को ढूँढ रहे थे। ले-देके इमरोज़वा हाथ आया। इदरीस मियाँ ने इमली के पेड़ से उसके दोनों हाथ बँधवाए और ऐसा धुना कि चिचियाने की आवाज़ घर-घर तक गूँज उठी।"ज़मीन-जायदाद बाद में फरियायेगा पहले हम सब गुंडाबाज़ी गाँड़ में घुसाएँगे। और किसको-किसको नेता बनना है रे। अगर एक बाप की औलाद हो तो सामने आओ।" इदरीस मियाँ हाथी की तरह चिंघाड़ रहे थे।

इदरीस मियाँ मोहल्ले में कम ही दिखते हैं। व्यापार करते हैं, पाँच टाइम नमाज़ पढ़ते हैं और मुहर्रम के समय गदका सिखाते हैं, बस इतना है ही पता है

सबको इनके बारे में। उस दिन भी ग़ुस्सा दिखाए थे लेकिन आज तो बाप रे बाप!

अपराधियों के सरगना सलीम का अब भी अता-पता नहीं है। पिछवाड़े पर दस बेंत मारने और आमंत्रित दर्शकों के सामने कान पकड़कर पचास बार उठक-बैठक कराने के बाद इदरीस मियाँ ने इमरोज़ को रिहा किया। इस बीच मोटरसाइकिल हनहनाते कांट्रेक्टर शमीम आए, दोनों के बीच कुछ बातचीत हुई और अचानक इदरीस ने नेताजी को भी तीन-चार लप्पड़ रसीद कर दिए। रैयत टोली में जैसे कर्फ़्यू लग गया। घरों में दुबके लोग तरह-तरह की बातें करने लगे। पता नहीं आगे क्या होगा। सलीमवा साला क्रिमिनल है। शमीम साहब की पहुँच भी बहुत दूर तक है।

शाम के वक़्त माहौल जब कुछ शांत हुआ तो एक जिज्ञासु मुफ़्ती साहब के यहाँ पहुँचा। वह मुफ़्ती साहब की पिछली तक़रीरों से बड़ा इंप्रेस था। उसने मासूम-सा सवाल किया- "जिस तरह पाकिस्तान ने अमेरिका की मदद से भारत में मुसलमानों का क़त्ल-ए-आम रुकवा दिया था, उसी तरह रैयत टोली के मामले में भी कुछ नहीं कर सकता?"

क़मरुद्दीन मियाँ का मूड काफ़ी ख़राब था लिहाज़ा इस बार उनके भीतर का मुफ़्ती नहीं बल्कि चपरासी बोला- "अरे भाग भोंसड़ी के इहाँ से। हम का कोनो जिया-उल-हक़ हैं? कौन जानता है कि आगे का होगा?"

भागते हुए वह जिज्ञासु याद दिला गया कि जिया-उल-हक़ जन्नत मकानी हो चुके हैं, बेनज़ीर भुट्टो कहते तो ज़्यादा ठीक होता। लेकिन उसने मन-ही-मन इस बात से सहमति जताई कि आगे क्या होगा किसी को पता नहीं। इदरीस मियाँ के तांडव के बाद रैयत टोली में आगे कुछ नहीं हुआ। बस दो दिन बाद फिर से कोर्ट में सुनवाई की तारीख़ आ गई।

मंज़र इस बार बदला हुआ है। हकीम इस्माइल पीछे नहीं बल्कि सबसे पहली बेंच पर बैठे हैं। आज सुबह जब उन्होंने कोर्ट के कैंपस में क़दम रखा तो ऐसा लगा जैसे कोई वीआईपी आ गया हो। उनके चारो-तरफ़ सात आठ लोगों का घेरा था। बरकत मियाँ आज नहीं आए, इदरीस अपने बाप की नुमाइंदगी कर रहे हैं। साथ-साथ हैं, कुँजड़ा मोहल्ला वाले तंदुरुस्त चेले-चाटे। कोर्ट-कचहरी के चक्कर से बचने वाले सरकारी कर्मचारी इश्तियाक़ मियाँ भी गफ़ूर और जुमेराती जैसे लोगों के साथ आगे बैठे नज़र आ रहे हैं।

बेशक अगली क़तार में ना हों लेकिन विरोधी गुट वाले भी कोर्ट में मौजूद हैं। आख़िर मकान सबके दाँव पर लगे हैं। क़मरुद्दीन साहब अकेले बैठे हैं। सलीम का अता-पता नहीं है। लेकिन उसका भाई कोर्ट रूम के एक कोने में मौजूद है। कांट्रेक्टर शमीम को लेकर फुसफुसाहट चल रही थी। लेकिन अपने साथ हुए 'हादसे' को भुलाकर वह भी आ पहुँचे हैं, अभी शायद पान-वान खाने गए हैं।

मोहम्मद इस्माइल और शेख़ निज़ामुद्दीन वली आशिक़ बनाम स्टेट ऑफ़ बिहार- कोर्ट रूम के हरकारे ने आवाज़ लगाई!

ये मुनादी इस बात की भी थी कि रैयत टोली की पॉलिटिक्स में रातों-रात सब कुछ बदल गया है। जिस आदमी को मुँह तक खोलने की इजाज़त नहीं थी, वही आज इस केस में को-अप्लीकेंट बन चुका है। दोनों तरफ़ के वकील खड़े हुए। ये भी कई लोगों के लिए एक बड़ा सरप्राइज़ है।

झुर्रियों से भरा चेहरा लिए ए.के. राय अपनी उम्र के बावजूद काफ़ी चुस्त लग रहे हैं। उन्हें देखकर जज बी.एस. कंग का मुँह पल भर के लिए खुला और वे हल्के से मुस्कुराकर हकीम इस्माइल की तरफ़ देखकर बोले- "नया एडवोकेट लेकर आए हो आप लोग इस बार। उम्मीद है साथ में रेलिवेंट इविडेंस भी लाए होंगे।"

राय साहब खड़े हुए और ओल्ड ब्रिटिश एक्सेंट में कहा कि पिछली सुनवाई से लेकर अब तक काफ़ी कुछ बदल चुका है। शिकायतकर्ताओं में एक नया नाम जुड़ा है और वादी ने अपना वकील भी बदला है। इसलिए यह ज़रूरी है कि नये सिरे से जिरह की इजाज़त दी जाए।

सरकारी वकील पुरुषोत्तम सिन्हा ने यह कहते हुए विरोध किया कि बहस तो पिछली तारीख़ को हो ही चुकी थी। आज तो वादी पक्ष को अदालत के निर्देश के तहत केवल सबूत पेश करने थे लेकिन जज ने सरकारी वकील को यह कहकर बिठा दिया कि मैं आपको प्रतिवाद का पूरा मौक़ा दूँगा।

ए.के राय ने बोलना शुरू किया- "योर ऑनर, यह कोई आम मुक़दमा नहीं बल्कि सबूत है इस बात का कि हमारा सरकारी तंत्र पिछले चार दशक में ज़रा भी नहीं बदला है। वक़्त के साथ ये और भ्रष्ट, निकम्मा और असंवेदनशील हुआ है। इस देश के ग़रीब बेसहारा लोग सरकार की वजह से ज़िंदा नहीं हैं बल्कि सरकार के होने बावजूद ज़िंदा है, ये बात किसी चमत्कार से कम नहीं है।"

"...और माफ़ कीजिएगा योर ऑनर, जहाँ तक लीगल सिस्टम की बात है, इस देश का न्याय तंत्र ताक़तवर के हाथ की रस्सी है और कमज़ोर के गले का फंदा। इन सच्चाइयों के बीच आज रैयत टोली के ग़रीब लोग आपकी तरफ़ देख रहे हैं, फ़ैसले के लिए नहीं बल्कि इंसाफ़ के लिए।"

जज साहब ने शायद इस बात की कल्पना नहीं की थी कि 78 साल के किसी आदमी की आवाज़ में इतना दम होगा और बोलने का अंदाज़ किस क़दर मेलो ड्रेमेटिक। राय साहब ने अपनी तक़रीर आगे बढ़ाई- "मुक़दमे का इतिहास जिस शाहदेव राज परिवार से शुरू होता है, मेरा पिता एस.पी राय बत्तीस साल तक उसके वकील रहे। पिता की मौत के बाद 1949 में ये ज़िम्मेदारी मुझ पर आ गई जो राजा पृथ्वीनाथ शाहदेव के जीवनकाल तक मेरे पास रही। इस नाते मैं यह कहना चाहता हूँ कि तथ्यों की मुझसे ज़्यादा जानकारी इस धरती पर किसी और व्यक्ति को नहीं है।"

"योर ऑनर, वादी पक्ष के वकील वरिष्ठ हैं, इस नाते मैं इनकी इज़्ज़त करता हूँ। लेकिन सिर्फ़ बातों से कुछ नहीं होता है। पिछली बार भी वादी के वकील इविडेंस नहीं लाए थे और इस बार भी एडवोकेट साहब के केवल बात को घुमा रहे हैं।" सरकारी वकील ने खड़े होकर अपनी आपत्ति दर्ज की।

इससे पहले जज कुछ बोलते एडवोकेट राय ने अपने अस्टिटेंट को क़रीब आने का इशारा किया, जिसके हाथ में आठ-दस फाइलें थीं- "योर ऑनर, आपकी आज्ञा से मैं एक-एक करके साक्ष्य प्रस्तुत करना चाहता हूँ। सबसे पहले राजा पृथ्वीनाथ शाहदेव का रजिस्टर्ड विल। ये वसीयत मेरे पिता ने 1940 में उनके कहने पर तैयार किया था। आप देख सकते हैं राजा साहब ने बताया था कि उनकी मृत्यु के बाद राँची, पलामू, जशपुर, कटक और कलकत्ता में मौजूद उनकी संपत्तियों को किस तरह रिश्तेदारों में बाँटा जाए। साथ-साथ उन्होंने अपने पिता काशीनाथ शाहदेव के नाम पर बनने वाले विद्यालय के ट्रस्ट को साढ़े छह एकड़ ज़मीन दान देने की बात कही है। योर ऑनर मैं दोहरा रहा हूँ साढ़े छह एकड़, आठ एकड़ नहीं, जैसा दावा किया जा रहा है। अब मेरा दूसरा सबूत। ये है काशीनाथ विद्यालय के मैप की सर्टिफ़ाइड कॉपी। आप देख सकते हैं, यहाँ भी प्लॉट का मेजरमेंट वही है, यानी साढ़े छह एकड़, आठ एकड़ नहीं। मतलब रैयत टोली की डेढ़ एकड़ ज़मीन इससे एकदम अलग है।"

काग़ज़ात जज साहब के टेबल पर रखे गए। राय साहब ने मज़ाकिया लहज़े में कहा- "योर ऑनर, क़ानून के हाथ बहुत लंबे होते हैं। लेकिन 78 साल के आदमी की टाँगें बहुत कमज़ोर होती हैं। अगर इजाज़त हो थोड़ी देर बैठकर सुस्ता लूँ।"

जज साहब ने मुस्कुराते हुए बैठ जाने का इशारा किया और वसीयत के पन्ने पलटने लगे। थोड़ी देर बाद उन्होंने सरकारी वकील पुरषोत्तम सिन्हा से पूछा- "वसीयत और विद्यालय के नक़्शे की सर्टिफ़ाइड कॉपी में दोनों में 6.5 एकड़ ज़मीन का ज़िक्र है। फिर आपने अपनी दलील में पूरी आठ एकड़ ज़मीन को स्कूल का क्यों बताया था?"

"योर ऑनर, किसी भी केस में सरकारी रिकॉर्ड से ज़्यादा अहम कोई दस्तावेज़ नहीं होता है। सरकारी नक़्शे में स्कूल आठ एकड़ ज़मीन पर दिखाया गया है। दूसरी तरफ़ सरकारी मैप में रैयत टोली और उसके मकानों का कोई ज़िक्र तक नहीं है।" सरकारी वकील ने कहा।

एडवोकेट ए.के. राय फिर से खड़े हुए- "डिफ़ेंस लॉयर मेरी काफ़ी मदद कर रहे हैं। क्या वह ये कहना चाहते हैं कि एक सरकारी नक़्शा क़ानूनी है और दूसरा सरकारी नक्शा ग़ैर-क़ानूनी? बड़ी अनोखी बात ये है।"

राय साहब बीच-बीच में काफ़ी अंग्रेज़ी बोल रहे थे। दर्शकों को आधी बातें समझ में नहीं आ रही थीं लेकिन अंदाज़ा हो रहा था कि बहस ठीक हो रही है। अंदर बाहर हो रहे कांट्रेक्टर शमीम के कान में तबरेज़ ने फुसफुसाकर कहा- "रुक भी जाइए। बहुत तगड़ी बहस कर रहे हैं अपने वाले वकील।" शमीम को समझ में नहीं आया कि 'अपने वाले' विशेषण पर किस तरह रियेक्ट करें।

कोर्ट रूम के दूसरे कोने में पहुँचे शमीम ने देखा कि आरामगंज का कमलेश सिंह चुपचाप खड़ा है। नज़रे मिलीं तो कमलेश ने झेंपते हुए कहा- "इधर से जा रहे थे तो सोचे कि देखते चलें क्या हो रहा है।"

"ऑर्डर ऑर्डर..." कोर्ट रूम में बढ़ती खुसफुसाहट से नाराज़ होकर जज साहब ने अपना हथौड़ा मेज पर ठोका।

"योर ऑनर, इस नक़्शे की कहानी में एक बड़ा खेल छिपा है। ये खेल है, सरकारी नियमों की आड़ में भोली-भाली ग़रीब जनता को अपने इशारे पर नचाने का और उन्हें यह एहसास दिलाते रहने का कि तुम्हारी हैसियत कीड़े-मकोड़े से

ज़्यादा कुछ नहीं है, हम जिस वक़्त चाहेंगे, तुम्हें मसल देंगे।"

"ऑब्जेक्शन योर ऑनर, वादी पक्ष के वकील सिर्फ़ फ़िल्मी डायलॉग से काम चला रहे हैं। इनके पास इस बात कोई जवाब नहीं है कि आख़िर सरकारी नक़्शे में रैयत टोली के किसी मकान का अता-पता क्यों नहीं है?" सरकारी वकील सिन्हा ने एडवोकेट राय को उसी सवाल पर फिर से घेरा।

राय साहब सरकारी वकील के सवाल पर मुस्कुराए- "आपकी इस बात का भी जवाब दूँगा लेकिन पहले कुछ और सबूत। ये है ब्रिटिश इंडिया के ज़माने के शहर के मुहल्लों की लिस्ट जिसमें रैयत टोली का नाम लिखा है। और ये है 1952 में बिजली विभाग से भेजी गई वो चिट्ठी जो रैयत टोली में बिजली के खंभे लगाने के राजा साहब के सिफ़ारिशी ख़त के जवाब में आई थी।"

"इन बातों से साफ़ होता है कि रैयत टोली वालों ने कभी राजा साहब की ज़मीन पर अवैध क़ब्ज़ा नहीं किया। वारिसों के बीच बँटवारे की वजह से रैयत टोली के घरों की संख्या आज 40 हो चुकी है। पहले सिर्फ़ 16 घर थे। राजा साहब ने उन 16 अलग-अलग लोगों को अपनी मर्ज़ी से ज़मीन दी थी। तमाम रजिस्ट्री की फ़ोटो कॉपी मेरे पास है। ज़िला प्रशासन चाहता तो बहुत आराम से यह चेक कर सकता था कि किन लोगों के नाम रजिस्ट्री है और किन लोगों के नाम नहीं। लेकिन बिना छानबीन के सिर्फ़ एक नक़्शे के आधार पर सबको नोटिस भेज दिया गया।"

"सरकार की दलील एक ही बात पर टिकी है और वो है, नक़्शा। योर ऑनर, नक़्शे में नाम तब चढ़ता है, जब प्रॉपर्टी का दाख़िल खारिज होता है। यानी नये मालिक का नाम दाख़िल होता है और पुराने का ख़ारिज होता है। ठीक है रैयत टोली के लोगों ने अज्ञानता, आलस या टैक्स बचाने के लालच में दाख़िल ख़ारिज नहीं करवाया, इसका यह मतलब थोड़े ना है कि उनका अपनी संपत्ति पर कोई हक़ नहीं है। इस मामले में मैं केस के ओ-अप्लीकेंट शेख़ निज़ामुद्दीन वली के मकान के काग़ज़ात पेश करना चाहूँगा।"

... और अपने दो भतीजों वहाब और साजिद के साथ कोने में चुपचाप बैठा आशिक़ अचानक उठा, तब बहुत से लोगों को पता चला कि वह भी अदालत में मौजूद है। आशिक़ ने आगे बढ़कर काग़ज़ात पकड़ाए।

"ये मकान आशिक़ के स्वर्गीय दादा शेख़ रमज़ान के नाम है। इसका

बकायदा दाख़िल ख़ारिज भी हुआ है। जिस नक़्शे का हवाला सरकारी वकील बार-बार दे रहे हैं, उस पर उन्होंने ठीक से ग़ौर ही नहीं किया। एक छोटा-सा हिस्सा कटा हुआ है, यही शेख़ रमज़ान और अब मेरे मुवक्किल आशिक़ साहब का घर है।"

कोर्ट रूम में सनसनी फैल गई। ये आठवें संदूक़ का ताला तोड़ने की नतीजा था। अम्मा कह रही थीं कि उसमें कुछ नहीं होगा। उसी संदूक़ में रजिस्ट्री और दाख़िल ख़ारिज दोनों के काग़ज़ात मिले।

एडवोकेट ए.के. रॉय ने इसके बाद अंतिम बात कही- "योर ऑनर राज्य सरकार के नियमों के हिसाब से तीस साल से किसी भी ज़मीन पर रहने वालों का उस पर स्वाभाविक मालिकाना हक़ बनता है। इस लिहाज़ से यह ओपन एंड शट केस था। मैं यह दलील पहले भी दे सकता था। लेकिन मैं चाहता था कि लंबी सुनवाई हो, जानते हैं क्यों? ताकि लोगों को यह पता चल सके कि इस देश का सरकारी तंत्र किस तरह काम करता है। लोगों को यह पता चले कि करप्शन का लेवल क्या है! डैम रोड से लेकर चंदन बाग़ तक सरकारी ज़मीन पर ना जाने कितने अवैध निर्माण हैं। ट्राइबल लैंड के सौदे पर राज्य में कई तरह की क़ानूनी बंदिशें हैं। इसके बावजूद ग़रीब आदिवासियों की ज़मीनें उन्हें फुसलाकर लगातार क़ब्ज़ाई जा रही हैं, क्या आपने कभी कोई कार्रवाई होते देखी है? अब हाईकोर्ट का आदेश आया है, तो उसे पूरा करने के नाम पर सॉफ़्ट टार्गेट ढूँढा गया यही एक बदनसीब मोहल्ला।"

"रैयत टोली में रहने वाले ज़्यादातर लोग ऐसे हैं, जो रोज़ कमाते और खाते हैं। नोटिस के बाद से कोर्ट-कचहरी के चक्कर में कई घरों में चूल्हा जलना बंद हो गया है। न्याय का बुनियादी सिद्धांत है कि आरोप उसे साबित करना पड़ता है जो आरोप लगाता है। लेकिन सरकार ने इस सिद्धांत की धज्जियाँ उड़ाते हुए अपने घर में रह रहे बेगुनाह लोगों को ही कठघरे में खड़ा कर दिया।"

"मैं कैंसर सर्जरी झेल चुका हूँ और पूरे आठ साल बाद कोर्ट में लौटा हूँ। इसकी वजह सिर्फ़ इतनी है कि एक मजबूर आदमी जिसका नाम आशिक़ है, वह मेरे क़दमों में बीवी के गहने और अपनी जमा-पूँजी रखकर रोया। मान लीजिए मुझे दया नहीं आती तो फिर इन बदनसीबों की लड़ाई कौन लड़ता? देश की एक बड़ी आबादी न्याय के लिए इसी तरह की दया की मोहताज है। लेकिन

योर ऑनर, मेरी गुज़ारिश सिर्फ़ इतनी है कि आप दया मत कीजिए बल्कि तथ्यों के आधार पर न्याय कीजिए। मुझे बस इतना ही कहना था।"

जज साहब ने सरकारी वकील से पूछा कि उन्हें क्या कहना है तो एडवोकेट सिन्हा बोले- "नोटिस में यह कहा गया है कि जिन लोगों ने अवैध निर्माण किया है, वो हटा लें। जिन्होंने नहीं किया है, यह नोटिस उन पर प्रभावी नहीं है।" इस पर जज साहब उखड़ गए- "आपने पूरी बहस रैयत टोली के अवैध होने पर की है और अब ये कह रहे हैं कि अवैध नहीं है तो हटाने की ज़रूरत नहीं है क्या आपको लगता है कि अदालत में मज़ाक़ चल रहा है?"

और जज सरदार बी.एस. कंग ने स्टे ग्रांट करते हुए ऑर्डर लिखवाना शुरू किया- "ऐसा लगता है कि ज़िला प्रशासन को सामान्य नियमों की जानकारी नहीं है। बिना तथ्यों को जाँचे-परखे घर तोड़ने का नोटिस भेजना एक तरह का जघन्य अपराध है। प्रशासन की इस इकतरफ़ा कार्रवाई पर यह अदालत तुरंत प्रभाव से रोक लगाती है। ज़िलाधिकारी कोर्ट में पेश होकर यह बताएँ कि ये कोताही क्यों हुई और अतिक्रमण हटाने के मामले में शहर के बाक़ी इलाक़ों में क्या कार्रवाई की जा रही है।"

कॉलेज में पढ़ने वाला वहाब अंग्रेज़ी ठीक से समझता है। जज साहब ऑर्डर डिक्टेट करने के बाद उठने को हुए तो वहाब ने सबको बताया कि फ़ैसले में क्या कहा गया है।

"तो घर बच गया?"

"हाँ-हाँ बच गया।"

"किसका-किसका?"

"अरे बाबा सबका। जब मोहल्ला बचा तो सबका बचेगा ना।"

"अल्लाह का करम!"

"मुबारक हो भाईजान!"

"मेहरबानी ग़रीब नवाज़ की!"

"या अल्लाह!"

"अरे ओ मियाँजी जो करना है बाहर जाके कीजिए। ये कोर्ट रूम है, आपका घर नहीं" जश्न मना रहे रैयत टोली वालों को पेशकार ने सख़्त लहजे में चेतावनी दी। लेकिन ये फटकार किसी को बुरी नहीं लगी।

सत्यमेव जयते

'दीवारों से मिलकर रोना अच्छा लगता है
हम भी पागल हो जाएँगे ऐसा लगता है...'

शंकर रेडियो रिपेयर सेंटर के किसी टेप रिकॉर्डर में बैठा पंकज उधास अपनी रेशमी में आवाज़ में गा रहा है। चौक के दुकानदार दीवारों से मिलकर नहीं रोते दीवारों के ना मिलने पर रोते हैं। पैंट की ज़िप पकड़े बदहवास आदमी रिक्शा, स्कूटर, ठेला और गायों की भीड़ को चीरता आगे बढ़ता चला जाता है। दक्षिण में सकलदीप सहाय के घर और वाल्मीकि नगर के बीच ट्रांसफ़ॉर्मर के पीछे कूड़े के ढेर के पास मुश्किल से खड़े होने लायक़ एक जगह है। दूसरी ऐसी जगह उत्तर में आगे चलकर दायें मुड़ने के बाद सीधे इंद्रदेव बाबा के घर के पास मिलती है। बाबा और गोपाल मोची के घर के बीच जो लंबी दीवार है, वह बंद हो चुकी एक सेरामिक फ़ैक्ट्री की है। यही दीवार चौक के तमाम दुकानदारों का ड्रीम डेस्टिनेशन है। छात्र कॉलेज की ऐसी ही किसी उपयोगी दीवार पर लिख दिया करते हैं-

'इस अंजुमन में आपको आना है बार-बार
दीवारो-दर को ग़ौर से पहचान लीजिए...'

वेगवान लवण धारा के असंख्य आक्रमण झेलकर भी सेरामिक फ़ैक्ट्री की दीवार उसी मुस्तैदी से खड़ी है, जैसे हमारी लोकतांत्रिक व्यवस्था खड़ी है। चौक

के दुकानदार अक्सर हँसकर कहते हैं- "कुत्तों की क़िस्मत भी हमसे ज़्यादा अच्छी है। उनके टाँग उठाने के लिए सड़क पर कम-से-कम एक दर्जन पेड़ होंगे। हमारे लिए सिर्फ़ एक दीवार।"

आज चौक के दुकानदारों से यह दीवार भी छिन गई। सुबह-सुबह इसे अच्छी तरह पोतकर किसी ने ख़ूब बड़े-बड़े अक्षरों में लिखवा दिया-

'सौगंध राम की खाते हैं, मंदिर वहीं बनाएँगे।'

'रामरथ के स्वागत के लिए 20 अक्टूबर को तारा पोल मैदान पहुँचें और हिंदू हृदय सम्राट लालकृष्ण आडवाणी का ओजस्वी भाषण सुनने का अवसर प्राप्त करें।'

चाहे इंक़लाबी इबारत लिखने वाले हों या फिर मानव जल से सींचने वाले, दीवार सबको चाहिए। कार्यकर्ताओं को बवासीर के इश्तिहार के बग़ल में अपने नेता की जय-जयजकार छापना अच्छा थोड़े ना लगता है। लेकिन जगह यही है तो कोई क्या करे! प्रभु श्रीराम से लेकर हकीम उस्मान तक को अक्सर एक ही दीवार पर एडजस्ट होना पड़ता है।

सेरामिक फ़ैक्ट्री की दीवार पर जो कुछ लिखा गया है, उससे कान पर जनेऊ लपेटकर बैठने वाले को कोई ख़ास समस्या नहीं है। लेकिन नौजवान पीढ़ी को प्रॉब्लेम है क्योंकि काल के प्रवाह की तरह उनकी 'धार' भी अविरल है। क़ुदरत ने अगर पीले/सफ़ेद की जगह कई रंगों वाला आब बख़्शा होता तो आरामगंज के युवा दीवारों पर बनाई जानेवाली पेंटिंग की एक अभिनव शैली 'मूत्रकारी' को अंतर्राष्ट्रीय ख्याति दिला चुके होते। नौजवानों को बिना दीवार भिगोए सटिस्फ़ैक्शन नहीं मिलता है। लेकिन आज कोई दीवार कैसे भिगोए जब उस पर ये सब लिखा है।

सुबह आशिक़ के छोटे से घर की चाहरदीवारी दीवार पोती जा रही थी तो अम्मा बाहर आईं और सामने इमरोज़ को खड़ा देखकर गाली बकने लगीं। उसने सफ़ाई दी तो अम्मा का पारा और चढ़ गया। इतने में इदरीस मियाँ अपने घर से निकले- "चाची, पुताई करने के लिए हमीं बोले हैं।"

इमरोज़ की तरफ़ देखते हुए उन्होंने कहा- "अगर ठीक से दिवाल नहीं चमका बबुआ तो हम पिछवाड़ा चमका देंगे।"

इदरीस मियाँ ग़ुस्सैल आदमी हैं, ये बात पूरी रैयत टोली को पता थी। लेकिन

सिर्फ़ चार दिन में वे इस तरह पूरा गेम पलटकर रख देंगे ये किसी ने सोचा नहीं था। रैयत टोली ने अब उन्हें अपना निर्विवाद नेता मान लिया है। तो इदरीस मियाँ ने फ़रमान निकाला- "जिसने आशिक़ की दीवार पर गाली लिखी थी, वही अपने हाथों से मिटाएगा और दो कोट बढ़िया सफ़ेदी चढ़ाएगा।" इसके बाद से ही इमरोज़ और फ़ज़लू काम पर लगे हैं।

इससे पहले कल शाम को इदरीस मियाँ ने इमली मैदान में एक सभा रखी थी, जिसमें गर्मा-गर्म जलेबियाँ बाँटी गईं और आशिक़ मियाँ से क्षमा और उन्हें सार्वजनिक रूप से धन्यवाद देने का प्रस्ताव पारित किया गया। आशिक़ अपने चचेरे भाई से बचपन से ही बहुत डरता है और उनकी हर बात मानता है। लेकिन सभा वाली बात आई तो उसने हाथ जोड़ दिया- "भाईजान जो बोलिएगा उ करेंगे लेकिन मैदान में खड़ा होके माला पहनने नहीं जाएँगे, मने हमको बहुत शरम आती है।"

सभा में मोहल्ले में बढ़ती गुंडागर्दी और ख़ुदगर्ज़ी को लानतें भेजते हुए उन लोगों को अच्छी तरह गरियाया गया जो आशिक़ को अब तक 'मिसिर' और हिंदू की औलाद बोलते आए थे। निंदा प्रस्ताव का बढ़-चढ़कर अनुमोदन करने वालों में तौफ़ीक़ और बदरुद्दीन जैसे वो मोहल्लावासी भी शामिल थे जिन्होंने आशिक़ के बायकॉट का खुलकर समर्थन किया था। क़मरुद्दीन मियाँ उर्फ मुफ़्ती साहब मीटिंग के दौरान ईश्वर से बातें करने वाली मुद्रा में बैठे रहे और जब बारी आई तो कहा- "अल्लाह ने हमें बचाया है। अब बिना किसी देरी के मस्जिद का काम शुरू कर देना चाहिए।"

इदरीस मियाँ ने भभकते हुए कहा- "मस्जिद, इमामबाड़ा, ताजमहल आपको जो बनवाना हो बनवाइएगा लेकिन केस के नाम पर जो वसूली हुआ था, पहले उसका हिसाब दीजिए। क्या पूरा बीस हज़ार रुपैय्या एक्के पेशी में ख़र्च हो गया? जान लड़ाके मोहल्ला बचाए एक अकेला आदमी और बात बनाएँ पचास-ठो बोकरात! केस की भागा-दौड़ी और काग़ज़-पत्तर में आशिक़ का बहुत पैसा खरचा हुआ है, जो हिसाब होगा हम पूछकर बताएँगे, सब लोगों को मिलकर भरना होगा।"

आशिक़ पूरे संकट में हीरो नहीं बल्कि सुपर हीरो की तरह सामने आया है। लेकिन मोहल्ले वालों की ऐसी तारीफ़ उसे हज़म नहीं हो रही है। आशिक़

सुबह घर से जल्दी निकला था। सड़क पर मिले वहाब ने उसे बताया कि अब्बा इमरोज़वा के कान पकड़ लाए और उससे आपकी दीवार पुतवा रहे हैं। आशिक़ का दिल धक्क से कर गया। 'हिंदू की औलाद' और 'ग़द्दार कहीं का', ये दो ऐसे विशेषण थे जिन्हें आशिक़ मरते दम तक याद रखना चाहता था। उसका बस चलता तो वो दोबारा काले अक्षरों में अपनी दीवार पर वही दोनों वाक्य लिखवा लेता ताकि रैयत टोली वालों को आते-जाते हमेशा याद आए कि उन्होंने आशिक़ के साथ क्या किया था।

आशिक़ इस समय राय साहब के बड़े कमरे में बैठा है और हाथ में मिठाई का डिब्बा लिए उनके आने का इंतज़ार कर रहा है। इससे पहले वह सुबह-सुबह पंडीजी और फिर अग्रवाल साहब एडवोकेट के यहाँ मिठाई देने गया था। दोनों बहुत ख़ुश हुए। पंडीजी ने आशिक़ को अग्रवाल साहब के पास ना भेजा होता और अग्रवाल साहब ने राय साहब के नाम चिट्ठी ना दी होती तो ना जाने क्या होता?

फ़ैसला आने के बाद जब एडवोकेट ए.के. रॉय कोर्ट से निकल रहे थे, तब हकीम उस्मान ने उनका हाथ पकड़ लिया और उनकी आँखों से आँसू बह निकले। राय साहब ने चुप कराया तो हकीम इस्माइल बोले- "सन 47 के बाद से मैंने बहुत से बुरे वक़्त देखे। हर बार यही लगा कि कितनी भी कोशिश कर लूँ, मैं कभी इस मिट्टी से अपनी वफ़ादारी साबित नहीं कर पाऊँगा। ये मुल्क कभी हमारी दुख-तकलीफ़ों के बारे में नहीं सोचेगा, हमें हमेशा एक चोर की तरह देखा जाएगा। लेकिन आज आपने एहसास कराया कि इंसाफ़ ज़िंदा है। मेरे मन में जो बुरे ख़याल आए उसके लिए बहुत शर्मिंदा हूँ।"

राय साहब कमरे में आए तो आशिक़ झटके में उठ खड़ा हुआ और उनके पाँव छुए और उसके बाद मिठाई का डिब्बा उनकी तरफ़ बढ़ा दिया। राय साहब ने कहा- "मैं देखते ही समझ गया था कि रैयत टोली के केस में कुछ नहीं है। मामला राजनीतिक है।"

"हाँ हमारे मोहल्ले में एक नेताजी हैं, जटाशंकर शर्मा सब उन्हीं का किया हुआ है।"

"हाँ जानता हूँ, मेरी चचेरी साली का लड़का है।" राय साहब मुस्कुराकर बोले।

आशिक़ का दिमाग़ एक पल के लिए घूम गया। वो भौंचक होकर राय साहब की तरफ़ देखता रहा।

"हम कहते हैं, सत्यमेव जयते यानी सत्य की विजय होती है। लेकिन सत्य कभी अपने-आप नहीं जीतता। उसके लिए हमें लड़ना पड़ता है। लड़ना सीखो। दिवाली के बाद कोर्ट खुले तो फ़ैसले की कॉपी निकलवाओ और सारे घरों के म्यूटेशन करवाओ, तभी नाली और सड़क जैसी बातों के लिए सरकार के सामने मुँह खोलने का हक़ हासिल कर पाओगे। जालिहपने से बड़ा पाप इस दुनिया कुछ और नहीं है।"

"जी सर।"

"हाँ उस दिन जो दो हज़ार रुपये लाए थे, वो अब मुझे दे दो। अपनी फ़ीस नहीं ले रहा हूँ। लेकिन मेरे असिस्टेंट ने सारे काग़ज़ात इकट्ठा करने में बहुत मेहनत की है। उसका मेहनताना और बाक़ी ड्राइवर और पेट्रोल का खर्चा बस यही ले रहा हूँ।

"जी सर पइसा तो अभी लाए नहीं हैं।"

"कोई बात नहीं है, कभी आते-जाते वक़्त परमानंद को गेट पर दे-देना। अच्छा अब तुम चलो मेरे आराम करने का टाइम है।"

अब्बू कहते थे कि नेकी मरते दम याद रखनी चाहिए और बदी को अगले ही पल भूल जाना चाहिए। आशिक़ को तमाम नेकियाँ याद रहेंगी। लेकिन क्या वो बदी इतनी आसानी से भुला पाएगा? पूरे तीन दिन बाद आज वह अपनी दुकान पर पहुँचा है। आज धनतरेस है। सड़क इस तरह ठसाठस भरी है कि दीया और बर्तन बेचने वालों की क़तार को पार करके टू इन वन टेलर तक पहुँचना आसान नहीं है। सड़क पर खड़े-खड़े कई लोग आशिक़ को इस तरह देख रहे हैं, जैसे कहना चाह रहे हों- "वाह रे रंगबाज़! तूने तो एकदम मिस्टर इंडिया बनकर मोगैंबो की छुट्टी कर दी।"

रैयत टोली का बच जाना पिछले 24 घंटे से चौक का एक ट्रेंडिंग टॉपिक है। जितने लोग उतनी तरह की बातें-

"आशिक़वा असली रंगबाज़ है। कोर्ट में जाके ऐसी दलील ठोकिस कि जजवा भी भौचक हो गया।"

"रामजी की कृपा है, इस आदमी पर। इसके चक्कर में कल्लन-जुम्मन

टाइप लोगों का भी भला हो गया।"

"तुम लोग फोकट में आशिक़वा को हीरो बना रहे हो। रायजी एडवोकेट का सब किया हुआ है।"

"हम तो पहले ही बोले थे, इस देश में किसी मियाँ का कुछ नहीं बिगड़ेगा। जो भी बिगड़ना होगा हिंदू का बिगड़ेगा और वो भी हिंदुओं के हाथ से।"

चौक वालों की ख़ालिस ख़बरों में रुचि तो है लेकिन एंटरटेनमेंट में उससे कहीं ज़्यादा है। इसलिए आज सुबह से रैयत टोली केस के मुक़ाबले एक दूसरी कहानी ज़्यादा सुनी और सुनाई जा रही है।

"झँटवा का टाइम ख़राब चल रहा आजकल। बेचारा सबेरे-सबेरे जतरा बना के कहीं निकल रहा था कि वाल्मीकि नगर वाले घेर लिए। लोग चिल्ला रहे थे कि अगर हम लोग का मोहल्ला हटा तो आपका मकान भी यहाँ नहीं रहेगा।"

"ओ तेरी! फिर?"

"ताव में आकर झँटवा बाहर आया तो क्या देखता है... देखता है कि पचास-ठो आदमी खड़ा है। गेट पकड़ के लटक रहे मेहतर के एक-ठो बच्चा को ज़रा-सा हाथ क्या लगाया कि कोई आके सीधे गट्टा पकड़ लिया और फिर नेताजी को बढ़िया से थपड़िया दिहिस। बताइए क्या इज़्ज़त रह गई भावी विधायक जी की?" सत्या भइया अपने अंदाज़ में क़िस्सा सुना रहे हैं।

"गली वाले सब पेट पकड़के हँस रहे हैं और कह रहे हैं कि हिंदू एकता घुस गई हाथी... में।"

इस कॉमेडी सीन पर चर्चा-परिचर्चा के बीच आलोक थोड़ी सीरियस ख़बर लेकर आया है। जगधारी सिंह आरामगंज के संघर्षशील नेता जटाशंकर शर्मा से बहुत नाराज़ हैं। उन्होंने शर्माजी को बुलाकर पूछा- "रैयत टोली का बखेड़ा तुमने शुरू करवाया था?"

जटाशंकर जी बोले- "जी मेरे ही जनांदोलन के दबाव में सब हुआ है।"

जगधारी सिंह दाँत पीसते हुए बोले- "उल्लू के पट्ठे हो तुम। एक मुसलमान मोहल्ले के चक्कर में बीसियों हिंदू मोहल्ले भी अतिक्रमण जाँच के दायरे में आनेवाले हैं। ये सारे वही मोहल्ले हैं, जहाँ मेरे वोटर हैं। जाओ जाके डूब मरो पूर्णा नदी में।"

कई बार एमएलए रह चुके जगधारी के गुरु स्वर्गीय शोभाराम चौधरी का

एक वाक्य इस शहर के राजनीतिक गलियारों में अमरवाणी की तरह गूँजता है- 'हिंदू-मुसलमान के गुब्बारे को हिसाब से फुलाने वाला एयर बैलून में बैठकर आसमान की सैर कर सकता है लेकिन किसी ने ज़रूरत से ज़्यादा फुलाने की कोशिश की तो गुब्बारा भी फटेगा और फुलाने वाले की भी फटेगी।' फुलाया जटाशंकर ने था लेकिन फट रही है जगधारी की।

एमएलए जगधारी सिंह इतने नाराज़ है कि उन्होंने जटाशंकर को कह दिया कि जब तक रामरथ शहर से गुज़र नहीं जाता वह उनके आस-पास भी ना फटके। अंदर वाले बता रहे हैं कि जगधारी सिंह अपने-आप नाराज़ नहीं हैं। सारा खेल शलभमणि जी का है। ठंडा करके खानेवालों में हैं, पंडितजी। झँटवा ज़रूरत से ज़्यादा उड़ रहा था, बस मौक़ा देखकर हत्थे से काट दिए।

कमलेश सिंह अपने नेता के पिटने, बेइज़्ज़त होने और साइड लाइन किए जाने जैसी तमाम ख़बरों को 'रूमर' बता रहे हैं, जो जलनखोरों ने उड़ाई है- "जटा काका तो 'फ़ीनिक्स' हैं।"

"आँय! का हैं?"

"अग्निगर्भा पक्षी, जो अग्नि में भस्म हो जाने के बाद फिर ज़िंदा हो जाता है। तुम लोग नहीं समझोगे ये सब हाई-फाई बात।" अखिलेश और मनोज अपने नेता कमलेश सिंह को श्रद्धा से देख रहे हैं।

"क्या बे रंगबाज़, अपने मकान मालिक को मिठाई का पूरा डिब्बा और हम लोग को एक्को-ठो कलाकंद तक नहीं?" सुदामा ने ट्रांसफ़ार्मर के पीछे से निकलकर अपनी दुकान की तरफ़ लौटते आशिक़ को पकड़ा।

"दिवाली वाले दिन दुकान पर आना, हम ज़रूर देंगे मिठाई।"

"अबे तो उ दिवाली का हुआ ना, मकान बचा उसका पार्टी कौन देगा?"

"पार्टी लेना है तो मारवाड़ी ब्राह्मण धर्मशाला के बाहर जाकर खड़े हो जाओ, वहाँ द्ररिद्र नारायण भोज होने वाला है।"

"अरे कटुआ कम से दो ठो सिंघाड़ा तो खिला दे।" डिमांड अब चिरौरी में बदल गई। सुदामा के बाबूजी दुकान-दुकान घूमकर धूप-दीप करते हैं और सुबह से शाम तक जो चिल्लर जमा होता है, उसी से परिवार का गुज़ारा चलता है। चार बहनों का अकेला भाई सुदामा आठवीं से आगे नहीं पढ़ा। कर्मकांड जब उसके बाप तक को ठीक से नहीं आता तो भला वो क्या सीखता। सोहबत शुरू से ऐसी

है कि बिना दारू के काम नहीं चलता है। तो कभी ओमजी तो कभी लल्लन के पीछे-पीछे दो पैग के लिए डोलता नज़र आता है। मॉर्निंग और इवनिंग स्नैक्स आशिक़ की तरह चौक का कोई-न-कोई आदमी स्पांसर कर ही देता है। बस इसी तरह चल रही है घूरन पंडित के इकलौते लड़के की ज़िंदगी।

बजरंगी के ढाबे के बाहर खड़ा सुदामा चटनी में बोर-बोर के सिंघाड़ा दाब रहा था, तभी पूरी मंडली आ पहुँची और आशिक़वा वहाँ से उठा लिया गया। कैरम की महफ़िलें जाने कब से सूनी थीं। गप्पबाज़ी के अड्डे उदास थे। आशिक़ मियाँ के पहुँचते ही धनतेरस की भीड़ के बावजूद महफ़ूज़ रखा गया मिथिलेश के बरामदे का वो कोना फिर से गुलज़ार हो गया। आशिक़ ने महसूस किया जैसे वो बरसों बाद अपनों के बीच लौटा हो। वही जोश, वही धींगामुश्ती, वहीं अपनापन और वहीं गालियाँ।

"अरे रंगबाज़, कहाँ ग़ायब हो आजकल। दुकान पर गए तो वहाँ भी नहीं दिखे। प्रेम बॉस खोज रहा था तुमको।" लल्लन ने अचानक एंट्री मारी।

"हमको काहे के लिए खोज रहा था प्रेमवा?"

"तुम भी बड़े आदमी हो और उ भी बड़ा आदमी है। होगा कोई काम, चलो मिल लेते हैं चलके।" लल्लन ने आशिक़ के जवाब का इंतज़ार नहीं किया और उसे खींचकर अपने साथ ले गया। जाते-जाते आशिक़ ने चिल्लाकर हनीफ़ से कहा- "दुकान बढ़ा देना और भाभी से बोलते हुए जाना कि हम रात को दस बजे तक आएँगे।"

घूरे के भी दिन कभी-न-कभी फिरते हैं। ये कहावत काली पूजा पंडाल के पास आकर सच मालूम होती है। कलकत्ता की काली बाड़ी को जीवंत करता पंडाल पूरी शान से खड़ा है। पिछली बार काली पूजा पंडालों की प्रतियोगिता में इस समिति को तीसरा स्थान मिला था। संरक्षक जी यानी एमलीसी बालचंद्र साह ने टारगेट दिया है- "जैसे भी हो, फ़र्स्ट आना है इस बार।"

क़रीब हज़ार मीटर के एरिया में रस्सी की बैरीकेडिंग है और ढेर सारे गमले हुए रखे हुए। पूरा इलाक़ा ट्यूबलाइट की रौशनी में नहाया हुआ है। तरह-तरह के 'खेल' वाली लाइटिंग अभी लगाई जा रही है, कल रात से रौनक़ और बढ़ जाएगी। लल्लन और आशिक़ मंच के पिछले हिस्से में पहुँचे। एकदम ग्रीन रूम टाइप माहौल है। कनात के अंदर दस बारह कुर्सियाँ पड़ी हैं, उनसे कुछ दूर

एक थ्री सीटर सोफ़ा रखा है, जिस पर सफारी सूट पहने अध्यक्ष जी विराजे हैं।

"आओ रंगबाज़ आओ, क्या हाल है ?"

"सब चकाचक है प्रेम।"

आशिक़ आरामगंज के उन चंद लोगों में हैं, जो प्रेम राजभर से तू-तड़ाक में बात करते हैं। रिश्ता पुराना है, इसलिए चल जाता है। वर्ना सुपारी किलर से भला कौन इस तरह बोल सकता है ? प्रेम ने आशिक़ से मकान के बारे में पूछताछ की और ये कहा कि कोर्ट-कचहरी के मामले में उसके हाथ बँधे हैं लेकिन कोई और काम हो तो बेहिचक बताए।

आशिक़ ने कहा- "नहीं रामजी की कृपा से सब सेट हो गया है।"

प्रेम इसके बाद मुद्दे पर आया। विसर्जन से ठीक पहले शाम को अस्त्र-शस्त्र संचालन का एक कार्यक्रम रखा गया है। उस दौरान आशिक़ अपना फ़्रेमस मशाल डांस पेश करे और उसके बाद भसान जुलूस वाले डांस में भी कोई नया आइटम लेकर आए जो दशहरा वाले उसके परफ़ॉरमेंस से भी अच्छा हो क्योंकि सवाल काली पूजा समिति की इज़्ज़त का है।

"इसको माधुरी दिछित बनाकर नचवाते हैं इस बार।" पीछे से आवाज़ आई।

आशिक़ इससे पहले कि गर्दन घुमाता उसने ख़ुद को हवा में टँगा पाया। ज़मीन पर उतारे जाने के बाद एहसास हुआ कि ये पवन हटवाल है। ताड़ की तरह लंबा काली पूजा समिति का सचिव पवन, आशिक़ के बचपन का दोस्त है। पवन आजकल बड़ा आदमी हो गया है, इसलिए रास्ते में मिलता है तो इग्नोर मारकर निकल जाता है। लेकिन ये प्राइवेट मीटिंग है, इसलिए उसे अपने तरीक़े से प्यार का इज़हार करने में कोई संकोच नहीं है। अचानक एक चेला आया और उसने पवन के कान में कुछ कहा। पवन खिसकता हुआ प्रेम के पास गया दोनों में कुछ बात हुई और माहौल थोड़ा सीरियस हो गया।

लोग ग्रीन रूम से निकलकर बाहर की तरफ़ आने लगे। सड़क पर भीड़ लगी थी और लोग बेचैनी से सामने की तरफ़ देख रहे थे।

"अरे क्या हो गया सब ठीक है ना ?

"वो चाँदपुर वाले भाई जिनको जयपुर के दंगे में बम लगा था, उनमें एक ठो मर गया। डेड बॉडी आज आई है, अभी जलाने ले जा रहे हैं।"

"अरे बाप रे, कर्फ़्यू लगेगा फिर से?"

"सांसद रामप्यारे चौधरी ने डायरेक्ट प्रशासन से बात की है और बोले हैं कि क़ानून व्यवस्था बनाए रखने के लिए जो करना हो, वो सब कीजिए, हम लोग पूरा सहयोग करेंगे। बस कर्फ़्यू मत लगाइए। चौधरी को पता है कि कर्फ़्यू लगा तो दिवाली के साथ-साथ आडवाणी का प्रोग्राम भी चौपट हो जाएगा। बहुत चालू हैं ये लोग।" प्रेम राजभर ने एहसास कराया कि पॉलिटिक्स पर उसकी पैनी नज़र है।

पुलिस के सायरन वाली दो गाड़ियों के निकलने के बाद पवन ने बताया- "प्रशासन किरिया-करम रात को इसीलिए करवा रहा है कि भीड़ कम-से-कम हो।"

जल्द ही सात-आठ पुलिस कांस्टेबल आते दिखाई दिए। डेड बॉडी को पिछले चौराहे पर गाड़ी से उतारा गया है और अब परिजन कंधे पर अर्थी टिकाए बेजान क़दमों से श्मशान की तरफ़ बढ़ रहे हैं जो यहाँ से कोई एक किलोमीटर होगा। मृतक के परिवार वाले और मोहल्ले के पाँच-दस पड़ोसी बस इतने ही लोग होंगे।

शवयात्रा जैसे ही पूजा पंडाल तक पहुँची ट्यूबलाइट की रौशनी में आशिक़ की नज़र लाश पर पड़ी। गोरा रंग, घुँघराले बाल और चेहरे पर बला की मासूमियत। ऐसा लग रहा है, जैसे वो चुपचाप सो रहा हो। काली पूजा पंडाल में चल रहा लाउडस्पीकर बंद करवाया जा चुका है और मनहूस सन्नाटे में शवयात्रा आगे बढ़ रही है। अचानक लोगों ने ग़ौर किया कि शवयात्रा में शामिल होने वालों की तादाद बढ़ने लगी है। पूजा पंडाल से ठीक पहले वाली गली से लोग निकल-निकलकर आ रहे हैं। ये लोग युवा शक्ति संघ वाले हैं। प्रेम और पवन भी शवयात्रा में शामिल होने के लिए बढ़े थे लेकिन जैसे ही उनकी नज़र जटाशंकर शर्मा पर पड़ी उन्होंने क़दम पीछे खींच लिए।

शवयात्रा मुश्किल से बीस मीटर आगे गई होगी कि अचानक एक गगनभेदी नारा गूँजा- "ख़ून का बदला ख़ून से लेंगे।"

ये जुझारू नेता जटाशंकर शर्मा हैं। उनके पीछे-पीछे आठ दस और आवाज़ें आईं- "ख़ून का बदला ख़ून से लेंगे।"

साथ चल रहे सिपाही हरकत में आए। इंस्पेक्टरनुमा एक आदमी यह देखने

पहुँचा कि नारे कौन लगवा रहा है लेकिन भीड़ पर जैसे उन्माद का दौर पड़ चुका था। नारे अब अपने-आप लग रहे थे। वाल्मीकि नगर में रहने वाले अज्जू ने इशारा किया- "देख साला पगलवा को।"

बैजू की मुट्ठी भिंची हुई है और चेहरा ग़ुस्से से लाल है- "ख़ून का बदला ख़ून से लेंगे। जय सिरी लाम।"

आशिक़ ने दो तकियों के बीच अपना सिर दबा रखा है। वो धनतेरस की रात थी, आज दिवाली की सुबह है लेकिन कानों में रह-रहकर अब भी वही नारा गूँज रहा- "ख़ून का बदला ख़ून से लेंगे।"

आशिक़ का दिल जैसे ही किसी बात के लिए ख़ुश होना चाहता है, कुछ-ना-कुछ ऐसा हो जाता है कि फिर से उदासी घेरने लगती है। उसकी आँखों में रह-रहकर अर्थी पर लेटे उस बीस साल के घुँघराले बालों वाले लड़के का चेहरा घूम रहा है। बिस्तर से उठते ही आशिक़ ने तय कर लिया कि आज वो किसी भी हाल में अपने आस-पास मनहूसियत को फटकने नहीं देगा। दुनिया है तो कुछ अच्छा और कुछ बुरा चलता ही रहेगा। बड़ी मुश्किल से उसके परिवार वालों के चेहरों पर मुस्कान वापस लौटी है। इसलिए ये दिवाली उसके लिए बहुत ख़ास है।

दुकान पर दीये ग़नी मियाँ के टाइम से ही जलाए जाते हैं। बड़ा बाज़ार में भी ज़्यादातर मुसलमान दुकानदार दिवाली पर दीया-बाती करते हैं। घरों की बात और है। जिनके घर हिंदुओं के मकानों से सटे होते हैं, दीये वहीं जलाए जाते हैं। रैयत टोली में ऐसा कोई मकान नहीं है। फिर भी यहाँ के चालीस घरों में तीन-चार घरों में हर साल रौशनी होती है। जब पूरी दुनिया ख़ुशियाँ मना रही हो तो फिर मनहूसियत लपेटकर अँधेरे में बैठे रहने का क्या मतलब?

आशिक़ की नयी पुती दीवार दो विशालकाय दीये उग आए हैं और इन दोनों दीयों के बीच रंगीन अक्षरों में लिखा गया है- 'सत्यमेव जयते।' ये सत्यमेव जयते ठीक वहीं उकेरा गया है जहाँ 'ग़द्दार कहीं का' लिखा गया था। नीले और गुलाबी बस दो रंग की खड़िया का इस्तेमाल हुआ है लेकिन आशिक़ मियाँ के हाथों का जादू ऐसा है कि लग रहा है कि दीये जल रहे हैं।

शमी पढ़ सकता है लेकिन आयशा चकरा के देख रही है। दीया वो पहचान सकती है लेकिन लिखा क्या है उसके पल्ले नहीं पड़ रहा है।

"राजा रामचंद्र जी लंका से जीत के आए थे, तब दिवाली मनाई गई थी। आज वही दिवाली है। 'सत्यमेव जयते' का मतलब होता है, सच्चाई और ईमानदारी की हमेशा फ़तह होती है।" आशिक़ ने आयशा को समझाया।

"जैसे अब्बू की फ़तह हुई और हमारा घर बच गया।" शमी ने अपनी अम्मी के मुँह से सुनी बात तुरंत दोहरा दी। आयशा की समझ में कुछ नहीं आया वो चुपचाप दीवार देखती रही।

चौक पर दिवाली की तैयारियाँ ज़ोर-शोर से चल रही हैं। ज़्यादातर दुकान के दरवाज़ों पर केले के तने बाँधे गए हैं और बंदनवार लगाए जा रहे हैं। दुकानदारों ने चंदा करके गोलंबर पर बिजली की लड़ियाँ सजवाई हैं। गोलंबर से हरि मिष्ठान तक प्लास्टिक की रंग-बिरंगी पन्नियाँ इस तरह बँधवाई गई हैं कि पूरा इलाक़ा जममगाता हुआ नज़र आ रहा है। दुकानदार हैं, इसलिए चौक पर रौनक़ है, वर्ना रिटायर्ड लोग और उनके सुपुत्रों के दिल और जेब दोनों तंग हैं।

"अम्मी... अम्मी... गाड़ी आ गई।" शमी कूदता हुआ अंदर वाली कोठरी में आया। आशिक़ ने अचानक शाम के वक़्त सरप्राइज़ दिया था- "आज सब लोग दुकान घूमने जाएँगे।"

अम्मा ने साफ़-साफ़ मना कर दिया- "मेला बच्चा-लड़िका लोग के घूमे के चीज़ ह, हम कहीं ना जाइब।" ये सुनते ही ज़ुलेख़ा बानो का चेहरा उतर गया लेकिन उसके मियाँ ने बात सँभाली- "अरे अम्मा नहीं जा रही है, तुमको भी साथ में रुकने के लिए थोड़े ना कहा है। मुश्किल से घंटा भर में वापस आ जाएँगे।"

... और बड़ी मुश्किल से झिझकती-शर्माती अपने मियाँ के हाथों सिला पटियाला सूट पहनकर ज़ुलेख़ा बानो तैयार हुई। टेंपो लेकर आया वाल्मीकि नगर का रमेश अदब से खड़ा हुआ- "आइए भाभी जी।"

ऐसे कितने मौक़े आए होंगे जब ज़ुलेख़ा अपने पूरे-परिवार के साथ घूमने निकली हो? सड़क भर भारी भीड़ के बावजूद घर से दुकान तक का सफ़र देखते-देखते तय हो गया। शमी कूदकर बाहर आया और सीधे दुकान के अंदर चला गया। बाक़ी सब लोग उसके पीछे-पीछे सावित्री बुटीक के चमचमाते दरवाज़े से अंदर दाख़िल हुए।

"हाय अल्लाह!" ज़ुलेख़ा ने अंदर का नज़ारा देखा तो देखती रह गई। ट्यूबलाइट की रौशनी से दुकान की हर चीज़ जमगमग है। सामने वाले वार्डरोब

में क़रीने से लगाए गए कुछ सलवार सूट हैं। दूसरी तरफ़ कपड़ों के कई थान सजे हैं। ज़ुलेख़ा ने वो थान पहचान लिया जिससे निकालकर उसका पटियाला सूट बनाया गया है। आगे पीछे लगे आदमक़द शीशों में उसे अपने कई रूप नज़र आ रहे हैं।

उसका मन हुआ कि वो मियाँ से पूछे कि क्या सलवार सूट पहनकर खड़ा लड़की का बुत उसकी बीवी से सुंदर है? बच्चे चार बाई दो के दरवाज़े से कभी सावित्री बुटीक तो कभी मिस्टर इंडिया में आ जा रहे हैं। हनीफ़ ने दोनों दुकानों की क़रीने से सफ़ाई करने के साथ उन्हें अच्छी तरह सजा भी दिया है। आज रात वो दुकान में ही सोएगा।

"आ जाओ इस तरफ़।" अंदर वाले दरवाज़े से मिस्टर इंडिया में दाख़िल होने के बाद आशिक़ ने ज़ुलेख़ा को पुकारा। मिस्टर इंडिया की दीवार पर लगे बड़े आकार वाले राम-लक्ष्मण-सीता की तस्वीर पर ज़ुलेख़ा की नज़र पड़ी तो बस उसे ही देखती रही। ज़ुलेख़ा इस बात से बेख़बर थी कि सामने वाले शीशे पर लगा 786 वाला स्टिकर भी नया है और अब वो पहले के मुक़ाबले कहीं ज़्यादा चमक रहा है।

"सब जगह दीया जलना शुरू हो गया भइया।" हनीफ़ ने सूचना दी।

क़रीने से सजाए गए आधा दर्जन दीयों की तरफ़ इशारा करते हुए आशिक़ ने ज़ुलेख़ा से कहा- "जब आई हो तो दीया भी जला दो अपने हाथ से।"

"धत्त! हम कैसे जला दें, सामने लोग खड़े हैं।"

"तो क्या हो गया, लोग यही कहेंगे ना कि रंगबाज़ की मेहरारू बहुत सुंदर है।"

"हम नहीं जलाएँगे, शरम आती है।"

"तुम तो साच्छात लछमी हो, तुम ही जला दो।" आशिक़ ने आयशा की तरफ़ देखते हुए कहा।

दीये जले तो आशिक़ ने सौ का नोट देकर हनीफ़ को बाहर भेजा। हनीफ़ ग़ौर किया कि भइया की चाल से लेकर बातचीत में वो पुरानी ठसक वापस लौट आई है, जो ना जाने कहाँ गुम हो गई थी। पाँच मिनट में वह कुछ रॉकेट और अनार लेकर वह वापस आ गया और फिर दुकान में कोई पुरानी बोतल ढूँढने लगा। इतने में आशिक़ रॉकेट हाथ में पकड़ा और दुकान के बारामदे पर

खड़े-खड़े पलीते को मोमबत्ती से आग लगा दी। देखते-देखते रॉकेट आसमान में पहुँच गया। शमी ने ख़ुश होकर ताली बजाई लेकिन ज़ुलेख़ा चीखी- "हाय अल्लाह! ख़बरदार जो ऐसे किया। जल जाइएगा।"

आशिक़ हँसता हुआ बोला- "एक बार फिर से कहो ना।" ज़ुलेख़ा नाराज़ हुई लेकिन आशिक़ ने इसी रंगबाज़ी के साथ सारे रॉकेट दाग़ दिए और फिर हनीफ़ से कहा कि बच्चों के साथ मिलकर दुकान के बाहर अनार जला दे। अनार की रौशनी में घूरन पंडित आते दिखाई दिए। मुसलमान आशिक़ उनका जजमान नहीं हो सकता है। लेकिन आज दिवाली के दीये जलते देखे तो अंदर दाख़िल हो गए। उन्होंने अंदर-बाहर हर जगह घंटी बजाई, अवधी-संस्कृत के टूटे-फूटे वाक्यों में मंत्र जैसा कुछ कहा और फिर आशिक़ के सामने आकर खड़े हो गए। आशिक़ को बाबा याद आ गए-

'शुभं करोति कल्याणम आरोयग्यम धनसंपदा
शत्रुबुद्धिविनाशाय दीपज्योति नमोस्तुतते।'

आशिक़ यह मंत्र बोलता-बोलता रह गया, पंडित जी को लगेगा कि उन्हें नीचा दिखा रहा है। उसने दस रुपये का एक नोट निकालकर डलिया में डाल दिया और हनीफ़ को आवाज़ लगाई- "अरे पंडित चचा को मिठाई लाके दे रे।" हनीफ़ में दो लड्डू लाकर डलिया में रख दिए और घूरन पंडित 'कल्याण हो' कहकर अगली दुकान की तरफ़ बढ़ गए।

"अम्मी, हमारा घर अब्बू के घर जैसा सुंदर क्यों नहीं है?" आयशा ने वापस लौटते वक़्त सवाल किया।

"दुत्त पगली! उ तो दुकान है, घर थोड़े ना है।"

"ठीक ही तो कह रही है, आदमी जहाँ रहता है, वही उसका घर होता है।" ज़ुलेख़ा ने छेड़ने वाले अंदाज़ में कहा। आशिक़ ने ग़ौर किया कि उसके गालों में पर फिर से गड्ढे पड़ने लगे हैं। हँसी कई दिनों से जाने कहाँ ग़ायब थी।

टेंपों रैयत टोली के अंदर दाख़िल हुआ तो सबकी आँखें फटी रह गई। दो-चार घरों को छोड़कर हर घर के बाहर दीये जल रहे हैं। यह राम के अयोध्या लौटने का उत्सव नहीं है बल्कि वनवास टल जाने का जश्न है। घर में दाख़िल होने पर अम्मा ने ख़बर दी- "जुमेराती और इश्तियाक़ बो दून्नो जानी दिवाली

के मिठाई लेके आइल रही।"

ये भी रैयत टोली के इतिहास में पहली बार हुआ है।

सोने से पहले ज़ुलेख़ा बोली- "दुकान पर जो फ़ोटो था, वैसा एक-ठो छोटा नहीं ला सकते हैं?"

"786 वाला? उ तो हइए है घर में।"

"नहीं, उसके बग़ल वाला?"

"काहे, काफ़िर बनना है का?"

"काफ़िर बने हमारे दुश्मन। फ़ोटो बहुत सुंदर है, इसलिए कह रहे हैं। फ़ोटो रखने से कोई काफ़िर होता तो आप नहीं हो गए होते।"

आशिक़ ठठाकर हँसा। हँसी थमी तो ज़ुलेख़ा ने ग़ौर किया कि मियाँ के चेहरे पर वही पुरानी मुस्कान है। दाँत मोतियों जैसे चमक रहे हैं, एकदम अनिल कपूर की तरह।

हम हँसे जग रोए

यह कहानी 20 सितंबर 1990 को शुरू हुई थी। घड़ी की सुइयाँ खिसकती हुई अब 20 अक्टूबर पर आ पहुँची है। चौक की चाल भले ही ख़रामा-ख़रामा वाली रही हो लेकिन आशिक़ मियाँ कि ज़िंदगी में पिछले एक महीने में बहुत कुछ हुआ है। अच्छी बात ये है कि बंबइया फ़िल्मों की तरह उनकी कहानी भी अब 'हैप्पी एंडिंग' बनने की तरफ़ बढ़ चली है।

आज भाईदूज और चित्रगुप्त पूजा है, उसके बाद छठ के साथ त्यौहारों का ये सीज़न ख़त्म हो जाएगा। चौक पर जो रौनक़ दशहरे से छठ तक दिखाई देती है, वो बाक़ी पूरे साल नज़र नहीं आती है। गुज़रते फ़ेस्टिव सीज़न की कसक नौजवानों के दिलों में है। बिना त्यौहारों के भला इतनी सारी लड़कियाँ सड़क पर कब निकलती हैं ?

कायस्थों ने क़लम-दावात की पूजा निबटा ली है। चौक के ज़्यादातर घरों में भाईदूज की रस्म भी पूरी हो चुकी है। दोपहर के भोजन के बाद वाला वक़्त काटने के लिए रोज़ की तरह बहुत से मर्द सड़क पर हैं। शंकर रेडियो रिपेयर सेंटर में साध्वी ऋतंभरा और उमा भारती के ओजपूर्ण भाषण के कैसेट बज रहे हैं ताकि ऊँघती जनता को याद रहे कि लंबे इंतज़ार के बाद रामरथ शहर में आ चुका है।

लक्ष्मीकांत सहाय को पहले से ही याद था। उन्होंने एक-एक करके तमाम रिटायर्ड दोस्तों को पूछा कि तारा पोल मैदान कौन-कौन चलेगा। वर्माजी और भोला बाबू ने सीधे मना कर दिया। दुर्गा पंडित तैयार थे लेकिन ऐन मौक़े पर

उनके पेट में दर्द होने लगा। ले देकर रह गए सहाय जी और विभूति मिश्रा। मधुकर चौबे हाँ-ना में थे। लेकिन जब उन्हें मालूम हुआ कि ये लोग लौटते वक़्त हाट से ताज़ा तरकारी लेकर आएँगे तो वो भी रिक्शे पर सवार हो गए।

नौजवानों में अखिलेश का कमिटमेंट एकदम अलग है। युवा शक्ति संघ के वॉलेंटियर नहीं बल्कि एक जागरूक हिंदू देशभक्त के रूप में वो सबसे पहले घर से निकला। मुन्ना भी उसकी बाइक पर सवार हो गया। हिंदू एकता भंडुल होने के दावों के बावजूद गलियों में रहने वाले कई जिज्ञासुओं ने तारा पोल मैदान का रुख़ किया है। लेकिन जाने वालों के मुक़ाबले ना जाने वालों की तादाद कई गुना ज़्यादा है। वजह है काली पूजा पंडाल में होनेवाला अस्त्र-शस्त्र संचालन का शानदार प्रोग्राम। इस प्रोग्राम के बाद विसर्जन जुलूस निकाला जाएगा।

काली पूजा समिति ने इस बार कार्ड छपवाकर सभी गणमान्य नागरिकों को न्यौता दिया है। लेकिन चौक के 'बाबू' लोगों के मन में अब भी बहुत झिझक है। इसके आयोजकों में 'बैकवर्ड' ही नहीं बल्कि 'भंगी-चमार' तक शामिल हैं। आज काली पूजा के नाम पर हेलमेल हुआ तो कल आना-जाना भी शुरू हो जाएगा, इसीलिए दूर ही रहो।

सर्वदमन बाबू की इस नसीहत पर उनके मित्रों ने सामने तो सिर हिलाया लेकिन जाने के बाद ख़ूब हँसे- "लुहार के यहाँ ख़ुद की बेटी ब्याही है, फिर भी ये अकड़! रस्सी जल गई मगर ऐंठन नहीं गई।" दुविधा सिर्फ़ चौक वालों के मन में है, आरामगंज की गलियों में काली पूजा अस्त्र-शस्त्र संचालन कार्यक्रम को लेकर संशय नहीं है। देखने लायक़ चीज़ है, खुलकर देखो और क्या।

ज़िला प्रशासन आज एक टाँग पर खड़ा है। होम सेक्रेटरी वायरलेस सेट पर ख़ुद मिनट-दर-मिनट अपडेट ले रहे हैं। तारा पोल मैदान में भारी भीड़ है। एक लाख या पचास हज़ार नहीं लेकिन कम-से-कम पच्चीस हज़ार लोग ज़रूर होंगे। त्यौहार वाले दिन इतने लोगों का इकट्ठा हो जाना भी कोई मामूली बात नहीं है। आडवाणी जी ने बहुत ओजपूर्ण भाषण दिया और भीड़ से 'मंदिर वहीं बनाएँगे' के नारे लगवाए। अखिलेश और मुन्ना जैसे नौजवानों ने मुट्ठी भींचकर नारा बुलंद किया- 'मंदिर वहीं बनाएँगे।' कार्यक्रम ख़त्म हुआ और आडवाणी जी अगले शहर के लिए प्रस्थान कर गए। ज़िलाधिकारी और पुलिस कप्तान ने इस शांतिपूर्ण समापन पर एक-दूसरे को बधाई दी।

लक्ष्मीकांत सहाय और उनके दोस्तों को सबसे अच्छी बात यही लगी कि आडवाणी जी ने बिना किसी लाग-लपेट के बता दिया कि मंदिर मामले को क़ानूनी दाँव-पेंच में उलझाने की चाल कामयाब नहीं होगी। भगवान राम का जन्म कहाँ हुआ था, यह आस्था का प्रश्न है। आस्था का प्रश्न कभी कोर्ट से तय नहीं हो सकता है, इसलिए कोर्ट दूर रहे तभी उसकी इज़्ज़त क़ायम रह पाएगी।

"गजबे तुष्टीकरण कर रही है सरकार। बताइए, शाहबानो के मामले में कोर्ट का फ़ैसला आया तो संसद से पलटवा दिए और अब कह रहे हैं कि हिंदू लोग राम मंदिर को मुक्त करवाने के लिए कोर्ट-कचहरी का चक्कर लगाएँ।"

"हिंदू समाज के लोग डरपोक हैं। नहीं होते तो एक हज़ार साल गुलामी करते!"

"डरपोक नहीं सहनशील और सहृदय हैं, लेकिन अब नहीं रहेंगे।" सब्ज़ी बाज़ार में चलते हुए विभूति मिश्रा ने तर्जनी उठाकर कहा तो उन्हें महसूस हुआ कि वे स्वयं आडवाणी हैं। मिसेज़ भी तो यही कहती हैं- "एकदम वैसे ही चंदुल, मोंछ भी उन्हीं के जइसा पका है, हाँ तोंद थोड़ा-सा ज़्यादा है।" आडवाणी ने इस देश के बहुत से बूढ़ों को एक नयी आइडेंटिटी दे दी है। 'मोंछ और ओज' दोनों आडवाणी के जइसा। चौक पर दो-चार बाप ऐसे भी हैं, जिन्होंने आडवाणी से प्रेरणा लेते हुए तुष्टीकरण बंद कर दिया है, मुसलमानों का नहीं अपने नालायक़ बेटों का। राधे बाबू उन्हीं में से एक हैं। लेकिन आज वे लौह पुरुष बनकर निर्णय नहीं ले पा रहे हैं।

निर्णय उन्हें इस बात का लेना है कि काली पूजा वालों का तड़कता-भड़कता प्रोग्राम देखने जाएँ या ना जाएँ। ऐसा ही अंतर्द्वंद्व पंद्रह साल पहले उनके मन में उठा था, जब गुप्ताजी ने सुझाव दिया था- "प्लाजा में बहुत तगड़ा अंग्रेज़ी सिनेमा लगा है, एकदम 'वही वाला', दोनों भाई चलके चुपेचाप नाइट शो देख आते हैं।" राधे बाबू घर से निकले तो थे लेकिन आधे रास्ते से वापस लौट आए थे। इस बार भी उन्होंने मध्यमार्ग पर चलने का फ़ैसला किया है। यानी टहलते हुए काली पूजा पंडाल तक जाएँ लेकिन अंदर दाख़िल ना हो, बस बाहर से खड़े-खड़े जितना नज़र आए देख लें। कोई पूछे तो कह देंगे कि रोड से गुज़र रहा था।

चौक की दुर्गापूजा को पीछे छोड़ने की हर संभव कोशिश काली पूजा वालों

ने की है। बड़का वीआईपी के रूप में एमएलसी बालचंद्र साह मुख्य अतिथि की कुर्सी पर विराजमान हैं। काली पूजा पर हथियार भाँजने का ऐसा 'खेला' पहली बार आयोजित किया गया है। इसके लिए तो लोग अब तक रामनवमी का इंतज़ार करते थे। दर्शकों में शर्बत-पानी बाँटा जा रहा है और सबसे बड़ी ये है कि कार्यक्रम का एनाउंसमेंट बीच-बीच में अंग्रेज़ी में भी हो रहा है।

राधे बाबू ने 'कायस्थ कुलकलंक' ओम पगलवा को आवाज़ से ही पहचान लिया। ग़नीमत है कि वह मंच से दूर खड़े हैं, वर्ना उन्हें उल्टे पाँव वापस लौटना पड़ता।

ओमजी के साथ भगतू राम इस शो का 'को-प्रेज़ेंटर' है। उसका टैलेंट देखकर वाल्मीकि नगर वाले लहालोट हो रहे हैं। अगर बिरादरी में पवन भइया जैसे बड़े आदमी नहीं होते तो क्या भगतू को चांस मिलता? तलवार, डंडा और भाला चलाने का हुनर दिखाने आ रहे अलग-अलग प्रतियोगियों का इंट्रोडक्शन भगतुआ कभी गब्बर सिंह, कभी मोगैंबो तो कभी अमिताभ बच्चन बनकर कर रहा है। हथियार भाँजते लोगों को देखकर राधे बाबू के मन में अचानक बहुत बुरा ख़याल आया- "ये सब कुर्मी, कहार और हरिजन मिलकर एक साथ चौक पर चढ़ाई कर दें तो क्या होगा?"

"यहाँ से रामजी गुज़रे थे, इस रोड पर कभी किसी का बुरा नहीं हो सकता।" अचानक उनके दिमाग़ में आशिक़ का डायलॉग गूँजा। लेकिन आशिक़वा है कहाँ?

"तो बैनो और भाइयों पुरस्कार वितरण समारोह शुरू होनेवाला है। उसके बाद विसर्जन जुलूस प्रस्थान करेगा। लेकिन उससे पहले पेश है इस प्रोग्राम का आख़िरी आइटम। तो दिल थामकर बैठिए क्योंकि आ रहे हैं- आशिक़ और उनके साथी वो खेल लेकर जिसका नाम है- तलवारबाज़ और रंगबाज़।"

इको इफ़ेक्ट के साथ एक शब्द कई बार गूँजा- रंगबाज़, रंगबाज़, रंगबाज़।

एनाउंसमेंट ख़त्म होते ही गाना बजना शुरू हुआ-

कहाँ से लाई ढूँढके ये महबूब ओ महबूबा
अजूबा-अजूबा दुनिया का आठवाँ अजूबा...

आशिक़ ने एंट्री मारी तो जैसे सनसनी फैल गई। सिर पर बँधा लाल रिबन, हीरो के माफिक चमकीले कपड़े और दोनों हाथों में जलते हुए दो बड़े मशाल।

उसने मशाल यूँ घुमाना शुरू किया जिस तरह रामनवमी में लाठी भाँजते हैं।

"अरे रंगबजवा तो डिट्टो अनिल कपूर लग रहा है।"

"गर्दा उड़ा देगा आज तो!"

राधे बाबू ने ग़ौर किया कि पंडाल के दूसरे कोने पर दुर्गा पंडित और भोला बाबू खड़े हैं।

"ई ल्यौ, गुप्ता और तिवारी वीआईपी की तरह अंदर कुर्सी पर बैठे हैं। यही ससुरे कल सबको भड़का रहे थे कि नान जात से दूर रहना चाहिए।"

आशिक़ उर्फ रंगबाज़ ने दोनों मशाल बारी-बारी से हवा में क़रीब चार फ़ुट तक उछाले और फिर उन्हें कैच किया। अचानक चार तलवार वाले आए और उन्होंने रंगबाज़ को ललकारा। तलवारबाज़ और रंगबाज़ किसी नृत्य की मुद्रा में अपने-अपने हथियार भाँजते हुए एक-दूसरे की चुनौती को तौलते रहे। उसके बाद रंगबाज़ ने रजनीकांत स्टाइल में चैलेंज क़बूल किया दोनों मशाल चेले को थमाए और ख़ुद तलवार थाम ली। कैंची चलाने वाले हाथों में तलवार!

एक तलवारबाज़ ने इस अंदाज़ में वार किया जैसे पाँव के दोनों पंजे काट देगा। लेकिन रंगबाज़ हवा में उछलकर बच निकला। दूसरे तलवारबाज़ ने गर्दन उड़ाने के लिए तलवार चलाई तो आशिक़ ज़मीन पर बैठ गया। ये वो दाँव-पेंच हैं, जो इदरीस भाई ने किसी ज़माने में आशिक़ को सिखाए थे। वैसे आशिक़ पिछले पंद्रह दिन बिल्कुल निहत्था लड़ा है, आज तो फिर भी उसके हाथ में तलवार है।

रंगबाज़ जब तलवार घुमाता हुआ आगे बढ़ा तो विरोधी पीछे हटे फिर चारों दुश्मनों ने एक-एक करके उसकी तलवार से अपनी तलवारें टकराईं। ढेर सारी चिंगारियाँ निकलीं लेकिन किसी को खरोंच तक नहीं आई।

आख़िरी दाँव में चारों तलवारबाज़ों ने एक साथ उस पर एक साथ हमला किया। पलभर के लिए दर्शकों का कलेजा मुँह को आ गया। लेकिन आशिक़ की गर्दन को निशाना बना रही तलवारें एक-दूसरे से टकराकर रह गईं और रंगबाज़ दुश्मनों के घेरे में एकदम बेदाग़ रहा। इसी मुद्रा में पाँचों खिलाड़ी फ़्रीज हो गए। काली पूजा के पंडाल में बहुत देर तक ताली और सीटियाँ बजती रहीं।

ख़बर तुरंत चौक तक पहुँची कि रंगबाज़ फ़ुल फ़ॉर्म में है और काली पूजा के विसर्जन जुलूस के साथ नाचता हुआ आ रहा है। इस बार रंगबाज़ वो करेगा

जो दशहरे पर भी नहीं किया। जुलूस के साथ रौशनी इतनी है कि एक-एक चेहरा साफ़ दिखाई दे रहा है। ट्रक से अबीर-गुलाल उड़ाया जा रहा है। वॉलेंटियर ताबड़तोड़ आतिशबाज़ी जला रहे हैं और आसमान में कुछ वैसी ही चमक पैदा हो रही है, जैसी दिवाली वाले दिन थी।

विसर्जन जुलूस वाल्मीकि नगर को पार करता हुआ अब चौक की तरफ़ बढ़ रहा है। सबसे आगे सिर पर जेनसेट का ठेला और ट्यूबलाइट ढोने वाली दस-बारह मज़दूर औरते हैं। उसके बाद एक ट्रक है, जिस पर पूजा समिति के बड़े अधिकारियों के साथ प्रेज़ेंटर भगतू राम खड़े हैं। को प्रेज़ेंटर ओमजी इतने ज़्यादा टल्ली हो गए कि टीम मैनेजमेंट ने उन्हें रिटायर्ड हर्ट घोषित करके ट्रक से उतरवा दिया। इस ट्रक के पीछे जेनेरेटर वाली एक और गाड़ी है, जिस पर पर्याप्त संख्या में ट्यूबलाइट लगी है और सबसे आख़िर में चल रहा है फूलों से सजा एक और ट्रक जिस पर रौशनी में चमकती माँ काली की डरावनी मूर्ति दिखाई दे रही है।

"इतना पैसा आया कहाँ से इन लोगों के पास?"

"टेंट से लेकर पटाखा तक सब फोकट का है। किसकी हिम्मत है कि प्रेम राजभर से पैसे माँगे। वैसे संरक्षक बालचंद्र साह भी करोड़पति आदमी है।"

"जो भी हो लेकिन चौक की दुर्गापूजा को डाउन कर दिया है इन लोगों ने।"

इस विसर्जन यात्रा को मनोरंजक बनाने में शंकर रेडियो वाले के टेक्निकल सपोर्ट का भी भरपूर योगदान है। शंकर ने रात भर जागकर अलग-अलग कैसेट्स से फड़कते हुए गानों के मुखड़े निकाले और उन्हें एक कैसेट में एक के बाद एक करके इस तरह डाला कि मामला सुपरहिट हो गया। एक गाने का मुखड़ा ख़त्म होता है। इसके कुछ सेकेंड बाद दूसरा शुरू हो जाता है और नाचने वालों का एनर्जी लेवल एकदम सातवें आसमान पर पहुँच जाता है।

जुलूस चौक पर आशिक़ की दुकान से ठीक पहले आकर रुक गया है। ये सड़क का वो हिस्सा है, जिसकी चौड़ाई बाक़ी जगहों के मुक़ाबले ज़्यादा है। यहीं पर होगा वो आइटम जिसका सबको इंतज़ार था। डिस्को और नागिन डाँस करने वाले किनारे हटा दिए गए हैं। 'बोल बेबी बोल' की धुन पर हीरो ने एंट्री मारी। आशिक़ मियाँ भले ही नाम के आशिक़ हों लेकिन आज का रंग-ढंग देखकर लग रहा है कि रंगबाज़ वो एकदम असली हैं।

सिर पर वैसी ही टोपी है, जो अनिल कपूर ने फ़िल्म राम लखन में पहनी थी। गले में दस-दस के नोट का हार पड़ा है, जो काली पूजा पंडाल में बालचंद्र साह की तरफ़ से बतौर इनाम पहनाया गया था। आज देखे कोई आशिक़ के तेवर! दुकान पर चाची और दीदी से मिश्री घोलकर बात करने वाला आज ऐसी अकड़ में है, जैसे किसी को पहचानता ही नहीं।

अब हाथों में मशाल आ चुका है और गाने के बोल हैं 'माई नेम इज़ लखन।' तो रामभक्त रंगबाज़ लखन बनकर नाच रहा है और बीच-बीच में मुँह में कैरोसिन भरकर आग इतने बड़े-बड़े छल्ले बना रहा है कि देखने वाले दंग है। ये बहुत ही मुश्किल हुनर है, जो पूरे आरामगंज में किसी को नहीं आता है। आशिक़ को तलवार-भाला सिखाने वाले चचेरे भाई इदरीस को भी नहीं।

बहुत साल पहले आशिक़ ने मैदान में मजमा लगाकर हफ़्ते भर साइकिल चलाने वाले बसंत को ऐसा करते देखा था। लड़कपन के दिन थे। साइकिल शो का मजमा उठा तो आशिक़ कई दिनों तक बसंत के आगे-पीछे घूमता रहा। फिर एक दिन अच्छे मूड में बसंत ने उसे ये ट्रिक सिखाया। मुँह में केरोसिन भरो और आग की तरफ़ फक्क से एक घूँट फेंको। ध्यान रे ज़्यादा लंबा कुल्ला फेंका तो आग मशाल से होता हुआ सीधे मुँह तक पहुँच जाएगी। देशदीप टाइम्स वाले फ़ोटोग्राफ़र का फ़्लश लाइट कई बार चमका। लेकिन आशिक़ के मुँह से निकलने वाले आग की लपट उससे कई गुना ज़्यादा चमकदार है।

वाल्मीकि नगर का फेकन हरि स्वीस्ट्स से बर्फ़ी लेकर दौड़ा आया और शाबाशी के तौर पर आशिक़ के मुँह में ठूँस दिया। राजनारायण सिंह के बेटे राजकुमार ने बीस रुपये का नोट निकाला और रंगबाज़ पर घुमाकर नाच रहे वॉलेंटियर्स की भीड़ में उछाल दिया।

जुलूस आहिस्ता-आहिस्ता आगे बढ़ रहा है। आशिक़ को लग रहा है जैसे यह काली पूजा का विसर्जन नहीं बल्कि उसकी जीत का जुलूस हो। पिछले कुछ दिनों में उसने जो कुछ खोया था, रामजी ने सब सूद समेत वापस लौटा दिया। जुलूस गोलंबर से दाहिनी तरफ़ मुड़ने लगा तो आशिक़ के रगों में ख़ून की रवानगी अचानक तेज़ हो गई।

रैयत टोली यहाँ से सौ क़दम भी दूर नहीं होगी। देख लो मोहल्ले वालों सिर पर कफ़न बाँधे 'ग़द्दार' तुम्हारी तरफ़ चला आ रहा है। आशिक़ का जी कर

रहा है कि चीख़-चीख़कर कहे कि अगर तुम मुझे हिंदू की औलाद मानते हो यही सही, उखाड़ लो जो उखाड़ सकते हो। रंगबाज़ आज दुनिया में हर उस शख़्स को मुँह चिढ़ाएगा, जिसने उसके साथ बुरा किया।

आशिक़ ने ट्रक से लटकर भगतू राम के कानों में कुछ कहा, भगतू ने सिर हिलाया और उसके बाद अगला गाना बज उठा-

'यम्मा-यम्मा ये ख़ूबसूरत समाँ
बस आज की रात है ज़िंदगी
कल हम कहाँ तुम कहाँ...'

"गजबे तेज़ है, भगतुआ। गाना भी निकाला है तो एकदम आग और मशाल वाला। ऐसा लगता है कि चौक पर भसान जुलूस नहीं बल्कि कोई सनीमा चल रहा है।"

एक-एक छत भरी हुई है। लोगों को किनारे खिसकाकर बीच सड़क इतनी जगह बनाई जा चुकी है कि रंगबाज़ दोनों हाथों में मशाल थामकर करतब दिखा सके।

गोलंबर की दाहिनी तरफ़ एक नयी इमारत बनी है, जिसके मालिक श्रीकंठ सिंह हैं। नीचे हाफ़ बेसमेंट जैसा है, जिसमें गोदाम है। उसके ऊपर यानी क़रीब सड़क से आठ फ़ुट की ऊँचाई पर एक कॉरिडोर में छह दुकानें बनी हैं और सबसे ऊपर वाले तल्ले पर श्रीकंठ सिंह का आवास है। पुराने घर को तोड़कर बनाए गए कॉमर्शियल कम रेज़िडेंशियल प्रोजेक्ट का नाम 'सिंह ऑर्केड' है।

दुकानदार और मकान मालिक यानी सब लोग तमाशा देख रहे हैं। इसी बीच अचानक बिजली चली गई। प्रकाश स्टूडियो वाले ने पेट्रोल भरकर जेनसेट की रस्सी खींची और भड़ भड़ भड़ की आवाज़ के साथ कॉरिडोर में रौशनी फैल गई। लाउडस्पीकर पर चल रहा गाना बदला। अमिताभ बच्चन की नयी फ़िल्म वाला-

'इतने बाजू इतने सिर गिन ले दुश्मन ध्यान से
हारेगा वो हर बाज़ी जब खेले हम जी-जान से...'

अब देखे कोई रंगबाज़ की अदाएँ। एक-एक शब्द के भाव समझाते हुए एक्ट कर रहा है। जिस्म के पुर्ज़े-पुर्ज़े में नज़र आ रही है जी-जान से खेलने की ललक और आँखों में है दुश्मन को ललकारने की जुर्रत। लेकिन आशिक़ मियाँ

का दुश्मन है कौन? चौक पर तो कोई नहीं है। और अब शायद रैयत टोली में भी कोई नहीं है।

अब्बू ठीक ही कहते थे- "बुरे से बुरा आदमी अंदर से अच्छा ही होता है।" दुश्मनी, ग़ुस्सा और नफ़रत ये सारे शब्द कितने बेनामी है। नहीं आशिक़ का कोई दुश्मन नहीं है। वह तो एक ऐसा आदमी है जिससे सिर्फ़ मुहब्बत की जा सकती है, दुश्मनी करके किसी को क्या हासिल होगा?

गाना ख़त्म हुआ, नये गीत के शुरू होने में पाँच-छह सेकेंड का वक़्त है। आशिक़ हाथों में मशाल लिए अटेंशन की मुद्रा में खड़ा है। जैसे ही नये बोल शुरू होंगे वो फिर से हरकत में आएगा और शब्दों के भाव को अपनी जिस्म की हरकतों से ज़िंदा करने लगेगा। हाथ में कैरोसिन की बोतल लिए फुस्सू क़रीब आया, आशिक़ ने एक घूँट केरोसन मुँह में भरा और फुस्सू क्रिकेट के ट्वेल्थ मैन की तरह मैदान से बाहर चला गया यानी कुछ दूर खड़ा हो गया। लो नया गाना शुरू हो गया-

'ख़ून का बदला ख़ून से लेंगे... जय सिरी लाम...'

इससे पहले कि अचानक आई इस अजीब-सी आवाज़ के मायने कोई समझ पाए, आग का एक बड़ा-सा गोला हवा में प्रकट हुआ। आशिक़ के मुँह से इतना बड़ा गोला? नहीं ये गोला आशिक़ ने नहीं बनाया। वह तो ख़ुद आग के गोले के बीच है। रंगबाज़ जहाँ खड़ा था, उसके क़रीब दो मीटर के दायरे में आग का एक बवंडर लहरा रहा है। सड़क से उठने वाली अनगिनत चीख़ों ने छत पर खड़े लोगों को एहसास कराया कि कुछ भयावह हो चुका है।

प्रकाश स्टूडियो के दरवाज़े पर खड़ा बैजू थर-थर काँप रहा है। कौतुक, भय और रोमांच में सनी एक और आवाज़ दोबारा उसके मुँह से निकली- "ख़ून का बदला..."

कुछ पल बदहवास और लगभग संज्ञाशून्य रहने के बाद प्रकाश की चेतना वापस लौटी तो उसे समझ में आया कि इस आदमी ने मुझसे नज़र बचाकर पेट्रोल का कंटेनर आशिक़ की तरफ़ उछाल दिया था। कोई तीन-चार लीटर पेट्रोल रहा होगा कंटेनर में। सड़क के जिस हिस्से में उत्सव चल रहा था, अब वहाँ सिर्फ़ लपट है। सब कुछ निगलने को बेचैन ललपाती हुई लाल-लाल लपट।

कुछ कहानियों ऐसी होती हैं, जिन्हें लिखते-लिखते अचानक महसूस होता

है कि क़लम की निब एक झटके में टूट चुकी है। सूखती स्याही से उकेरे गए आख़िर के शब्द काग़ज़ पर उस तरह तड़फड़ाते नज़र आते हैं, जिस तरह साँस लेने की कोशिश करती पानी से बाहर गिरी हुई मछली। शोर को एक झटके में निगल चुका सन्नाटा दुनिया की सबसे डरावनी चीज़ होता है। चौक पर अब एक ऐसा ही सन्नाटा पसरा हुआ है, मैं आगे कहूँ तो आख़िर क्या कहूँ?

अंत की तरफ़ बढ़ रही कहानी के क्लाइमेक्स पर लेखक का चौंकना अति-नाटकीयता पैदा करने का पैंतरा लग सकता है, मैं इस बात से इनकार नहीं करता। लेखक भले लाख कहे कि मुझे अंत पता नहीं था, उस पर कोई यक़ीन नहीं करेगा। मैं यह दावा नहीं कर रहा कि मुझे इस कहानी का अंत पता नहीं था। अगर आपको याद हो तो मैंने शुरू में एक बात कही थी- चाहे जिस किसी की कलाई पर बँधी हो, दुनिया की हर घड़ी एक टाइम बम होती है। मुझसे चूक बस इतनी हुई कि मैं कहानी सुनाते-सुनाते इसमें इतना खो गया कि याद नहीं रहा कि घड़ी की सुइयाँ टाइमर के क़रीब आ गई हैं। टाइम बम फट चुका है और अब केवल निस्तब्धता है।

रात गुज़री और सुबह हुई। चौक ने इससे पहले ऐसी सुबह कब देखी थी, यह किसी को याद नहीं। दो-चार को छोड़कर सारी दुकानें बंद हैं। रैयत टोली से लेकर काली पूजा पंडाल तक पुलिस वाले घूमते नज़र आ रहे हैं। चौक के लोग बेहद धीमी आवाज़ में रात की घटना पर बातें कर रहे हैं।

"ट्यूबलाइट उठाने वाली एक औरत की पूरी खाल उतर गई है, लगता नहीं है कि बचेगी। तीन और औरतें भी बुरी तरह जली हैं, सबको रामलाल मोदी अस्पताल में भर्ती कराया गया है। वाल्मीकि नगर वाले फुस्सू के दाहिने हाथ का माँस इस तरह जला है कि हड्डी दिखाई दे रही है। चुन्नू की क़िस्मत अच्छी थी कि उसके सिर पर लगी आग को किसी ने गमछा डालकर बुझा दिया, फिर भी उसके बाल जलकर बुरी तरह चिपक गए हैं। हरेंद्र यादव, प्रदीप, लल्लन और बलदेव के हाथ-पाँव भी थोड़ा-थोड़ा जले हैं।"

"आशिक़वा की क्या ख़बर है, मतलब चाँस तो है ना?" डूबती हुई आवाज़ में पूछे गए सवाल का कोई जवाब नहीं मिला।

रात को हुए कांड के बाद ऐसी अफरा-तफरी मची जैसे कोई आतंकवादी हमला हुआ हो। सड़क पर खड़े चौक के लोग या तो ख़ुद भागकर ख़ुद घर आ

गए या उनके बाप या भाई घसीटकर ले आए। सिर्फ़ विसर्जन जुलूस वाले और हादसे के शिकार लोग वहाँ रहे होंगे। इसलिए चौक के लोगों को ठीक-ठीक अंदाज़ा नहीं है कि बैजू ने जब पेट्रोल का कंटेनर आशिक़ की तरफ़ उछाला, उसके बाद क्या-क्या हुआ। सूत्रों से मिली जानकारी के आधार पर हर कोई स्टोरी को री-कंस्ट्रक्ट कर रहा है।

"अगर कोई और इस तरह आग में घिरा होता और रंगबाज़ भीड़ में होता वो ज़रूर जान पर खेलकर उसे बचा लेता। लेकिन जो ख़ुद आग में घिरा हो वो अपने ऊपर पानी कैसे डाले? क़सम से ऐसा लग रहा था कि आशिक़वा शरीर पर आग लपेट के ब्रेक डाँस कर रहा है। कभी दो क़दम आगे बढ़ाए तो कभी चार क़दम पीछे जाए।"

"फिर क्या हुआ?"

"बदन में आग लपेटे-लपेटे आशिक़वा शीतला मंदिर की तरफ़ बढ़ा। याद है ना मंदिर की बावड़ी में कूदकर एक बार कैसे उसने पीतांबर के लड़के को डूबने से बचाया था। मतलब जलते शरीर में भी उसका दिमाग़ एकदम सही काम कर रहा था, उसको पता था कि जाना कहाँ है। लेकिन क़िस्मत देखो! वो बेचारा ओझाजी की गुमटी से टकराया और वहीं गिर पड़ा। शरीर धू-धू करके जलता रहा। लोग सड़क के चापाकल से बाल्टी भर-भरकर उस पर डालते रहे आलोक कहीं से कंबल लाया और उसमें रंगबाज़ को लपेटा, तब जाकर बड़ी मुश्किल से उसके शरीर की आग बुझी।"

"इतनी देर में ख़त्म ही हो गया होगा?"

"नहीं कुछ-कुछ बोल रहा था। आयशा, अस्पताल और ना जाने क्या-क्या। डॉक्टर लोग कह रहे थे कि इतना ज़्यादा जला आदमी बात करे ये भी ताज्जुब है। बहुत बहादुर आदमी है और विल पॉवर वाले लोगों पर ही इलाज का असर होता है। जलने में इनफ़ेक्शन नहीं होना चाहिए। अगर इनफ़ेक्शन नहीं हुआ तो बच भी सकता है। हाँ टाइम बहुत ज़्यादा लगेगा।"

सबको पता है कि सत्या भइया जो कुछ बोलते हैं, उसमें आधा झूठ होता है। फिर भी आज उनकी बातें ईश्वर की वाणी लग रही हैं। लोग सुन रहे हैं और सोच रहे हैं कि ऐसा ही हो। किसी तरह ठीक होकर घर आ जाए। एक घंटे में ख़बर आ गई। आशिक़ शाम तक अपने घर आएगा लेकिन अस्पताल से नहीं

मॉर्चरी से। आधी रात को ही डॉक्टरों ने बता दिया था कि वह मर चुका है। पुलिस ने बॉडी चुपचाप पोस्टमार्टम के लिए भिजवाया था, अब तो पोस्टमार्टम भी पूरा हो चुका है। कड़ी सुरक्षा के बीच उसकी अंतिम क्रिया करवाने का फ़ैसला लिया गया है।

जो थोड़ी-बहुत दुकानें खुली थीं, वो कमलेश सिंह और उनके चेलों ने डाँट-डपटकर बंद करवा दीं। आख़िर आशिक़वा बचपन से इसी चौक पर रहा था, कुछ तो फ़र्ज़ बनता है। काली पूजा वाले जितने भी नेता कार्यकर्ता जुलूस में थे, सबके सब थाना-पुलिस, पूछताछ और कोर्ट-कचहरी के चक्कर में फँसते। लेकिन बालचंद्र साह ने अपने पॉलिटिकल पावर का इस्तेमाल किया और राजधानी बात करके सब कुछ मैनेज करवा लिया। लेकिन बैजुआ का क्या होगा?

"कांड होने के बाद दुकानदारों ने उसे बहुत मारा और प्रकाश के स्टूडियो में बंद कर दिया। पता नहीं कैसे कुछ देर बाद वह बाहर निकला और रेलिंग से नीचे जा गिरा। कुछ लोग कह रहे हैं कि प्रकाश के भाई ने ग़ुस्से में आकर धक्का दिया तो कुछ का कहना है कि भागने के चक्कर में ख़ुद कूद गया। सिर में बहुत गहरी चोट है, अभी अस्पताल में भर्ती है। पता नहीं बचेगा भी या नहीं। पुलिस ने अपनी रिपोर्ट में लिखा है कि पागल था, इसीलिए मामले को दुर्घटना मानते हुए कोई एफ़आईआर दर्ज नहीं की गई है। काली पूजा और युवा शक्ति संघ वाले पहली बार किसी चीज़ पर सहमत हुए हैं। सबका यही मानना है कि इस मामले को तूल देने का कोई फ़ायदा नहीं है, बेकार हिंदू-मुस्लिम टेंशन बढ़ेगा।" पत्रकार निर्मल जैन के पास सबसे प्रमाणिक जानकारी है।

रैयत टोली में पुलिस बड़ी तादाद में मौजूद है। शहर के कई मुसलमान नेता आ और जा चुके हैं। आशिक़ के क़रीबी दोस्तों को हिम्मत नहीं पड़ रही है कि उसके घर जाएँ। लेकिन डर को किनारे रखकर मिथिलेश रैयत टोली में आ पहुँचा है। मिथिलेश ने देखा कि उसके जिगरी दोस्त के मरे हुए शरीर को कपड़े में किसी सामान की तरह बाँधकर लाया गया और उसके घर के आहाते में रख दिया गया।

अंदर से रुलाई की आवाज़ तेज़ हुई तो मिथिलेश इमली मैदान में पेड़ के नीचे आ पहुँचा। फिर उसे लगा कि इतने ख़राब माहौल में 'दुश्मन मोहल्ले' में

इस अकेले तरह खड़ा होना ठीक नहीं है। वह फिर से वापस आया और भीड़ के आख़िरी सिरे पर चुपचाप खड़ा हो गया। देखते-देखते सूरज ढल गया और ऐसा लगने लगा कि ग़म की काली चादर ने सब कुछ ढँक लिया हो।

बच्चे दिखाई नहीं दे रहे हैं। शायद पड़ोस के किसी घर में भेज दिए गए हैं। ज़ुलेख़ा को लगातार दाँत लग रहे हैं। औरतें उसे घेरकर बैठी हैं और मुँह में चम्मच से पानी पिलाने की कोशिश कर रही है। बीच-बीच में होश आ रहा है तो ज़ुलेख़ा कह रही है- "मना कर रहे थे न, जल जाइएगा।"

मर्दों ने मिलकर मुर्दा हो चुके गठीले जिस्म को नहलाया और फिर उसे कफ़न में लपेटा। जब चलने की तैयारी पूरी हो गई तो अम्मा ने बड़बड़ाना शुरू किया- "ऐ ज़ुलेख़ा, बबुआ दोकान पर जात बाड़े, अबले टिफ़िन बना के ना देलू।" आशिक़ की बहन परवीन और इदरीस की बीवी ज़ैनब ने अम्मा को कसकर पकड़ रखा है। जैसे ही जनाज़ा उठा आशिक़ की छोटी बहन शबाना बिलख पड़ी- "भाईजान जा रहे... भाईजान जा रहे हैं..."

अम्मा बाहर निकलने लगीं- "रुक जा बबुआ के तनी काजल लगा दीहि। एक्के ठो बेटा बा हमार ठीक से ले जइह लोग।" रुलाई तेज़ होती चली गई। अम्मा ने ज़िद पकड़ ली कि एक बार और बेटे को देखेंगी। लाख कोशिशों के बावजूद नहीं मानीं तो उन्हें बाहर ले जाया गया। वे शव के क़रीब आईं तो चेहरा का कपड़ा हटाया गया। अम्मा बहुत देर तक देखती रहीं और बोलीं- "जब जराइए देल जा त एगो रामनामी चद्दर काहे नइख ओढ़ा देत बबुआ के।" ज़ैनब भाभी ने अम्मा को खींचकर इस तरह अपने सीने से लगाया कि उनकी बात कोई ना सुन सके।

अम्मा कि इस बात का जवाब कौन दे कि जब रामभक्त रंगबाज़ जलाया ही जा चुका है तो फिर उसे रामनामी चादर ओढ़ाकर विदा क्यों नहीं किया जा रहा है? जनाज़ा इंद्रदेव बाबा के दरवाज़े से होकर निकल रहा है, जहाँ आशिक़ रोज़ थोड़ी देर के लिए ज़रूर रुकता था, लेकिन आज रुकना उसके बस में कहाँ है? "राम का मार्ग दुखों का मार्ग है।" बाबा अक्सर कहा करते थे और यही बात आशिक़ अपने आपसे कहता था, लेकिन अब कौन किससे कहेगा?

बाबा जो कहते थे, सरल भाषा में उसका मतलब यही था कि मनुष्य के भीतर के समस्त शुभ विचारों का नाम ही ईश्वर है। अपने भीतर का ईश्वर लिये

बाबा का चेला एक निर्जीव देह बना उनकी देहरी से ख़ामोशी से गुज़र गया। क्या उसके साथ-साथ उसके भीतर का ईश्वर भी जल गया होगा? कहते हैं, बुरा हो या अच्छा पतित हो या पावन सबको एक दिन नष्ट हो जाना है, लेकिन इस तरह! नियति की निर्ममता की भी कोई सीमा तो होनी चाहिए।

मनहूसियत के साये में लिपटी सड़क से पुलिस वालों की मौजूदगी में जनाज़ा आगे बढ़ा। पूर्णा नदी वाले रास्ते पर दाहिनी तरफ़ श्मशान है और बायीं तरफ़ की पथरीली राह पर असंख्य घने पेड़ों के बीच एक ऐसी जगह है, जिसे क़ब्रिस्तान की तरह इस्तेमाल किया जाता है। यह वक्फ़ के नियंत्रण वाली संपत्ति नहीं है। शहर के ज़्यादातर मुसलमान आजकल उत्तर में बने चाहरदीवारी वाले क़ब्रिस्तान का इस्तेमाल करते हैं। लेकिन बरकत मियाँ ने कहा कि जहाँ पूरा परिवार दफ़न है, आशिक़ को सुपुर्द-ए-ख़ाक़ वहीं किया जाए।

चौक की दो मंज़िला मकानों की खिड़कियाँ खुली हुई हैं और लोग छतों से नीचे झाँक रहे हैं। सड़क पर रोज़ के मुक़ाबले बहुत कम लोग हैं। जनाज़ा टू इन वन टेलर के पास पहुँचा तो मनोज ने ग़ौर किया शटर पर बने अनिल कपूर के चेहरे पर उदासी है। लोग मैय्यत उठाए दो-चार क़दम और आगे बढ़े होंगे कि अचानक रोने की बहुत तेज़ आवाज़ आई, ऐसा लगा जैसे कोई पछाड़ खा रहा हो। ये बसंती चाची हैं। उनकी हँसी, उनका ग़ुस्सा और उनका शोक सब कुछ इसी तरह का हैं। चौक के अलग-अलग घरों में उस रात क्या हुआ इसका हिसाब कौन रखे। घटना के बाद से आभा दीदी जैसे काठ हो गईं। जनाज़ा जैसे घर के क़रीब पहुँचा उन्होंने ख़ुद को कमरे में बंद कर लिया। वही कमरा जिससे उन्हें गिद्ध दिखाई देते थे।

क़ब्र खोदी जा चुकी है। रैयत टोली वालों को छोड़कर बाक़ी आरामगंज से कुल सात आठ लोग होंगे। मकान मालिक त्रिवेणी मिश्रा उर्फ पंडीजी निर्मल जैन के साथ एक कोने में खड़े हैं। युवा शक्ति संघ के प्रतिनिधि के तौर पर अखिलेश और मुन्ना मौजूद हैं।

चौक का रंगबाज़ और अपनी तमाम 'ग़द्दारियों' का प्रायाश्चित कर चुका रैयत टोली का 'मिसिर' क़ब्र में लेट गया। नमाज़-ए-जनाज़ा पढ़ने वाले कमरुद्दीन ने आवाज़ लगाई- "जिन हज़रात को मरहूम शेख-निज़ामुद्दीन-वली आशिक़ के आख़िरी दीदार करने हों, वो कर लें, ताकि सुपुर्द-ए-ख़ाक की रस्म

शुरू की जा सके।" बचपन का दोस्त पवन हटवाल ने झाँककर देखा और हैरत से बोला- "जरा इश्टाइल देख, कैसे साला सबको मुँह चिढ़ा रहा है।"

और ये कहते वो पछाड़ खाकर ज़मीन पर बैठ गया। प्रेम राजभर ने उसे खींचकर गले लगाया लेकिन पाँच मिनट बाद ख़ुद एक पेड़ के तने पर पागलों की तरह लात मारता पाया गया। सीरियल किलर प्रेम, जिसने उस्तरे से लेकर पिस्तौल से ना जाने कितने लोगों की जान ली है।

पेट्रोमेक्स की रौशनी में आलोक ने क़ब्र में झाँककर देखा। चेहरा भले ही काला पड़ गया हो लेकिन हाव-भाव वही हैं। गर्दन टेढ़ी है, मुँह थोड़ा-सा खुला है, ऐसा लग रहा जैसे हँस रहा है। क़ब्र को अब पटरियों से ढँका जा चुका था। इदरीस मियाँ ने शमी को गोद में पकड़े-पकड़े एक मुट्ठी मिट्टी डलवाई। उसके बाद बाक़ी लोगों ने एक-एक करके मिट्टी डाली। नन्हे आशिक़ की कल्पना में चौक से होते हुए जिन घने जंगलों में रामजी गए थे, उसी जंगल में रामभक्त रंगबाज़ अपनी पूरी ठसक के साथ सो गया।

'सुख के सब साथी दुख में ना कोय' के दर्दीले अलाप के बाद आधी रात को भगतू राम की आवाज़ एक बार फिर गूँजी तो चौक के लोगों को लगा कि ये सचमुच रंगबाज़ के दिल की आवाज़ है-

जीना यहाँ मरना यहाँ इसके सिवा जाना कहाँ
जी चाहे हमको आवाज़ दो, हम हैं वहीं, हम थे जहाँ...

कहानी अभी ख़त्म नहीं हुई है

एक था राजा, एक थी रानी
दोनों मर गए ख़तम कहानी

नयी कहानी की फ़रमाइश लिए चक्कर काटते हम बच्चों को भगाने के लिए मेरी दादी अक्सर यही कहा करती थीं। कोई और कहानी होती तो मैं भी यही कहता। 'राजा' मरा और कुछ समय बाद 'रानी' भी मर गई, फिर बचा क्या? कहानी तो ख़त्म हो जानी चाहिए थी लेकिन ऐसा हुआ नहीं हुआ। नायक के मर जाने भर से कहानी ख़त्म नहीं होती बल्कि कभी-कभी अमर हो जाती है।

कहानी आशिक़ उर्फ़ रंगबाज़ की थी। मैं सिर्फ़ कथावाचक था। एक तरह से आशिक़ मियाँ का पावर ऑफ़ अटार्नी होल्डर, उनकी तरफ़ से उनका अफ़साना बयान करने के लिए अधिकृत आदमी। लेकिन अब असली वारिस आ चुका है। यह वही आदमी है, जिसका ज़िक्र मैंने कहानी के पहले पन्ने पर किया था। आज सुबह यानी 30 जनवरी 2020 को इस आदमी ने हैदराबाद से आनेवाली फ़्लाइट से उतरने के बाद होटल कैपिटल हाइट्स में चेक इन किया या यूँ कहिए कि अपना सामान रखा और अब सिडान में बैठकर शहर के चक्कर लगा रहा है।

तीस साल पहले जब हम इस शहर में थे, तब भारत मिश्रित अर्थव्यस्था के दड़बे में बंद था। देश के लोग अब लिबरल इकोनॉमी का चुग्गा चुगने के लिए आज़ाद हैं। असर शहर के चप्पे-चप्पे पर दिखाई दे रहा है। बिज़नेस सेंटर और

मॉल की भरमार है। शहर इतना बदल चुका है कि अब पुराने अवशेष ढूँढने पड़ते हैं।

कार इस वक़्त चौक से रैयत टोली की तरफ़ जानेवाले रास्ते पर धीरे-धीरे आगे बढ़ रही है। कोने में एक चमचमाती हुई दो मंज़िला इमारत खड़ी है जिसके ग्राउंड फ़्लोर पर मोटरसाइकिल का शोरूम है और ऊपरी तल्ले पर नगर पार्षद कमलेश सिंह का कार्यालय।

यहाँ मुझे थोड़ा-सा रुकना पड़ेगा। यक़ीन कर पाना कठिन है लेकिन ठीक इसी ज़मीन पर गोपाल मोची का झोपड़ीनुमा मकान हुआ करता था।

20 अक्टूबर 1990 को चौक पर उठी आग की लपटों ने आशिक़ को निगल लिया था। उसके क़रीब दो महीने बाद इलाक़े में ऐसी ही लपटें दोबारा उठी थीं। दिसंबर की सर्द रात को जब पूरा शहर गहरी नींद की आगोश में था, गोपाल मोची का घर धूँ-धूँ करके जल रहा था। गोपाल हमेशा बाल्टी पकड़े याचक भाव से यहाँ-वहाँ खड़ा पाया जाता था। जहाँ गोपाल को पीने का पानी तक मयस्सर नहीं था, भला आधी रात को उसकी झोपड़ी की आग कौन बुझाता? सुबह वहाँ केवल राख का ढेर था, हड्डियों तक के निशान नहीं बचे थे। मरहूम ओमजी अक्सर आते-जाते गोपाल से पूछा करते थे- "तेरा क्या होगा 'नेपाल'?" दो पाटों के बीच फँसा गोपाल एक पक्ष के लिए मोची था और दूसरे के लिए हिंदू। आख़िर क्या हुआ उसका?

कुछ लोगों का कहना है कि आग लगने पर गोपाल घर से बाहर निकल आया था, मगर उसकी अपाहिज बीवी अंदर फँसी रह गई थी। लेकिन 'गोपाल ज़िंदा है' में 'टाइगर ज़िंदा है' जैसा भाव नहीं है। कई बरस बाद किसी ने उसे हावड़ा रेलवे स्टेशन पर भीख माँगते हुए देखा। जितने लोग उतनी कहानियाँ। कहानियों से परे का सच यह है कि गोपाल का घर अब कमलेश सिंह की मिल्कियत है। लोग कहते हैं, चलो अच्छा हुआ, हिंदू की संपत्ति हिंदू के पास ही रही। इंद्रदेव बाबा के भुतहा मकान का उद्धार मारवाड़ी टोले के किसी व्यापारी ने कर दिया है। मन्नतों के अनगिनत धागे बाँधे पीपल का पेड़ आज भी वहीं खड़ा है।

कार रैयत टोली की तंग गली से निकलकर चौक की तरफ़ बढ़ रही है। रैयत टोली भी अब बहुत बदल गई है। ज़्यादातर घर पक्के हो चुके हैं। आशिक़

की मौत के साल भर बाद उसकी अभागी अम्मा भी गुज़र गई थीं। उसके बाद ज़ुलेख़ा बानो अपना हिस्सा इदरीस मियाँ को बेचकर मायके यानी पटना के फ़ुलवारी शरीफ़ चली गईं थीं। वहीं उनका बाक़ी जीवन यानी अगला पाँच-सात साल गुज़रा। क़मरुद्दीन उर्फ़ मुफ़्ती साहब की ख़्वाहिश के मुताबिक़ इमली मैदान में एक छोटी-सी मस्जिद आबाद है। मैदान पर बने एक चबूतरे पर शेख़ निज़ामुद्दीन वली आशिक़ का नाम भी ख़ुदा हुआ है।

सबसे ज़्यादा चेंज चौक पर दिखाई देता है। दो-तीन मकानों को मिलाकर बड़ी कॉमर्शियल प्रॉपर्टी खड़ी करने का चलन कुछ ऐसा है कि यहाँ का भूगोल पूरी तरह से बदल चुका है। ग्लास और मार्बल जड़ी लिफ़्ट वाली इमारतें चौक की शोभा बढ़ा रही हैं। इन्हीं के बीच दो-चार पुरानी शैली के मकान भी बचे हुए हैं। ये मकान उन लोगों के हैं जो या तो स्वभाव से बहुत संतोषी हैं या फिर उनके परिवार में कोई ऐसा नहीं है, जो बिल्डर के साथ माथापच्ची करके री-डेवलपमेंट करवा सके। त्रिवेणी मिश्रा का घर भी चार मंज़िला कॉम्प्लेक्स में बदल चुका है।

जहाँ टू इन वन टेलर था, वहाँ एक बड़े ब्रांड वाला रीटेल स्टोर है। इसी रीटेल स्टोर के बाहर हैदराबाद से आए इस आदमी ने अपनी गाड़ी खड़ी करवाई है और अब सड़क पर खड़े होकर सिगरेट फूँक रहा है। उम्र पैंतीस पार है लेकिन दिखता बहुत चुस्त-दुरुस्त है। घनी मूँछों के साथ चेहरे पर हल्की-सी दाढ़ी है। आँखों पर महँगा सन ग्लास चढ़ाए धुएँ के छल्ले बनाता यह आदमी हर चीज़ को बड़े ही ग़ौर से देख रहा है।

इस आदमी ने एक अरसे बाद शहर में क़दम रखा है ताकि कहानी का आख़िरी सफ़ा लिख सके। जब हाव-भाव और हुलिया किसी वेबसीरीज़ के कैरेक्टर जैसा है, तो कहानी का अंत भी कुछ वैसा ही नहीं होना चाहिए? मतलब सस्पेंस, टेंशन और ड्रामा। हो सकता है, बाप की मौत ने इस आदमी को एक कोल्ड ब्लडेड मर्डरर बना दिया हो और बरसों तक इंतक़ाम की आग में जलने के बाद आज वो कुछ ऐसा करने वाला हो कि पूरा शहर थर्रा जाए। यक़ीनन इस तरह का अतिनाटकीय अंत कहानी में रोमांच पैदा कर सकता है, मगर मुझे ऐसा करने की इजाज़त नहीं है। मैं तो सिर्फ़ कथावाचक हूँ और आपको वही बता सकता हूँ जो असल में है।

लुक्स पर मत जाइए। यह आदमी ऐसा है कि बिना हँसे कोई वाक्य तक पूरा नहीं कर सकता। असली नाम शमी शेख़ है, मगर दोस्तों के बीच रंगीला नाम से पॉपुलर है।

ज़िंदादिली में आशिक़ से एक क़दम आगे है, उसका बेटा। वक़्त के थपेड़े झेलकर उसने अपनी तक़दीर अपने हाथों लिखी है। दर्ज़ियों के ख़ानदान का यह आदमी हैदराबाद की एक मशहूर आईटी कंपनी में सीनियर मैनेजर के ओहदे तक पहुँच चुका है। किताबों का दीवाना शमी बहुत ही बेफ़िक्र, बिंदास और यारबाज़ क़िस्म का आदमी है।

कॉलेज के दिनों में सेकेंड हैंड बुक मार्केट से शमी ने प्रेमचंद की कहानियों की एक किताब ख़रीदी थी। इसी किताब में थी शेरो-शायरी के शौक़ीन लखनऊ के वकील 'रंगीले बाबू' की कहानी। रंगीले बाबू ऐसे शख़्स थे, जिनके साथ तक़दीर ने हर मुमकिन बेरहमी की लेकिन दुखी होने के बदले वे हमेशा मुक़द्दर को मुँह चिढ़ाते नज़र आए।

स्वजनों के बिछोह के कई गहरे सदमे उन्होंने झेले। कहानी का क्लाइमेक्स तब आया जब रंगीले बाबू अपने इकलौते बेटे की शादी की तैयारी में जुटे थे लेकिन जिस दिन बारात निकलनी थी, उसी दिन उनके घर से दूल्हे की अर्थी उठी। कलेजा चीर देनेवाले इस दुर्भाग्य पर रोने के बदले 'रंगीले बाबू' इस तरह ठठाकर हँसे, जैसे ऊपर वाले को ललकार रहे हों- चाहो तो कुछ और करके देख लो, मैं बदलने वाला नहीं हूँ।

कहानी का फ़ेवरेट डायलॉग शमी ने अपने स्टडी टेबल के सामने वाली दीवार पर चिपका रखा था- "यहाँ बेहया बनकर रहिए। मार खाते जाइए और मूँछों पर ताव देते जाइए। मज़ा तो तब है कि जल्लाद के पैरों तले आकर भी वही अकड़ बनी रहे।"

स्टूडेंट लाइफ़ से ही रंगीले बाबू शमी के दिलो-दिमाग़ पर छाए हुए हैं। वह इस कहानी का ज़िक्र इतनी बार करता था कि कॉलेज के दोस्तों ने उसका नाम ही 'रंगीले बाबू' रख दिया। बाद में थोड़ा कूल होकर यह नाम सिर्फ़ 'रंगीला' रह गया।

बिंदास और बला का ह्यूमरस होने के साथ काफ़ी हद तक अनप्रिडेक्टेबल भी है- रंगीला। पर्सनैलिटी में ऐसा ब्लेंड मिलना बहुत मुश्किल है, जिसके एक

छोर पर यारबाज़ी और बेफ़िक्री हो और दूसरे सिरे पर गहरी फ़िलॉसफ़ी। यही ख़ूबी लोगों को शमी की तरफ़ चुंबक की तरह खींचती है। शमी अक्सर कहता है कि जीने के लिए अव्वल दर्जे का 'बेहया' होना ज़रूरी है। ठीक से देखा जाए तो सच्चाई का रास्ता भी एक तरह से 'ढिठाई' और 'बेहयाई' का रास्ता है, जिस पर आदमी अक्सर ख़ुद को अकेला पाता है और दूसरी तरफ़ मुँह चिढ़ाने वाले हज़ारों होते हैं।

शमी को ब्लॉगिंग का शौक़ है। किताबें ख़ूब पढ़ता है और अपने जज़्बात ब्लॉग के ज़रिये दुनिया तक पहुँचाता है। बाप बीच सड़क पर जला दिया गया और दुनिया उसके आठ साल के बेटे से सवाल पूछती रही कि आख़िर हुआ क्या था? सदमे में घुलती माँ ने भी एक दिन अचानक नींद में दुनिया छोड़ दी। ननिहाल में परवरिश लगभग अनाथ की तरह हुई। इम्तिहानों का सिलसिला थमा नहीं। इकलौती बहन आयशा की शादी हुई लेकिन सिर्फ़ बाइस साल की उम्र में प्रेग्रनेंसी के दौरान वह भी दुनिया छोड़ गई। इतना सब होते हुए भी शमी अपनी ज़िंदगी से ख़ुश है क्योंकि असल में वह एक 'बेहया' है। ब्लॉग में लिखी गई एक 'बेहया' की दास्तान ज़बरदस्त तरीक़े से वायरल हुई। इसी कहानी ने शमी लिए अतीत से मुलाक़ात के दरवाज़े खोले।

एक दिन शमी के फ़ेसबुक मैसेंजर में एक टेक्स्ट आया- "मैं आपको लगातार पढ़ती हूँ। आप मुझे नहीं जानते होंगे लेकिन मैं आपके पापा को बहुत अच्छी तरह जानती थी। एक बार आपसे मिलना चाहूँगी।" शमी ने टेक्स्ट कई बार पढ़ा। उसका दिल इतनी ज़ोर से उस वक़्त भी नहीं धड़का था, जब उसके प्रपोज़ करने के कई दिन बाद ऑफ़िस की सबसे हॉट लड़की लिंडा फर्नांडिज़ ने अचानक 'हाँ' कहा था।

रविवार की सुबह शमी बंजारा हिल्स में था, जहाँ हैदराबाद के ऊँचे ओहदे वाले सरकारी अफ़सरों के बंगले हैं। नौकर ने उसे बड़े अदब से ड्राइंग रूम में बिठाया। शमी कभी दीवार पर लगी पेंटिंग्स को देखता तो कभी मोबाइल पर उस फ़ेसबुक प्रोफ़ाइल को जहाँ से उसके पास मैसेज आया था।

अपने अब्बू की बहुत-सी प्यारी यादें हैं, शमी के ज़ेहन में। अली और बजरंगबली से भी ज़्यादा पावरफ़ुल स्पाइडरमैन है, ये अब्बू ने ही कहा था। स्पाइडरमैन आज भी उसका फ़ेवरेट कार्टून कैरेक्टर है। कहानियाँ शमी की

स्मृतियों में तैरती रहती हैं लेकिन उसके पिता की अपनी कहानी? शमी को कोई ख़ास दिलचस्पी नहीं है क्योंकि कहानियाँ एक नहीं कई हैं। एक कहानी वह है, जो शमी की अम्मी ने उसे सुनाई थी। दूसरी तरफ़ वो कहानियाँ हैं जो पटना में बड़े होते वक़्त उसने लोगों के मुँह से सुनी हैं, सवाल और अनुमानों की शक्ल में।

"आदमी होंगे अच्छे लेकिन सोहबत ठीक नहीं थी। चोर-उचक्कों के साथ उठने-बैठने वाले का अंजाम बुरा ही होता है। कुछ तो ज़रूर हुआ होगा नहीं तो बिना बात कोई किसी को पेट्रोल डालकर क्यों जलाएगा?" पड़ोसन के साथ बिलकिस मामी की खुसफुसाहट शमी को आज तक याद है। इसलिए वह भूले से भी किसी से अपने पिता की मौत के बारे में बात नहीं करता। वह जानता है कि अतीत की गलियाँ भूलभुलैया की तरह होती हैं। इनमें दाख़िल तो हुआ जा सकता है लेकिन बाहर निकल पाने का रास्ता आसानी से नहीं मिलता। फ़ेसबुक पर आए अप्रत्याशित न्यौते पर शमी ने पूरे दो दिन सोचा और फिर आख़िरकार बड़ी मुश्किल से ख़ुद को गुज़रे कल से मुठभेड़ के लिए राज़ी किया।

क़दमों की आहट से शमी का ध्यान टूटा। सामने एक बेहद सभ्रांत दिखने वाली 50-52 साल की औरत खड़ी थी। बड़ी-बड़ी आँखें, माथे पर बिंदी, क़ायदे से कटे हुए बाल और तन पर कॉटन की साड़ी। शमी ने झिझकते हुए कहा- "हैलो मैम।"

"हैलो, उम्मीद है, यहाँ तक पहुँचने में कोई परेशानी नहीं हुई होगी। बहुत अच्छा लिखते हैं आप।"

"थैंक्स मैम!"

औरत शमी को बड़े ग़ौर से देख रही थी। शमी को अजीब लग रहा था। औरत ने इस असहजता को भाँप लिया- "शमी, ये दुनिया बहुत छोटी है। तुम्हारे ब्लॉग से ही पता चला कि तुम किसके बेटे हो। मैं तो तुम्हारी बुआ हूँ।"

ये सर्वदमन बाबू की विद्रोही बेटी पूजा है, जिसने घर से भागकर एक 'छोटी जाति' वाले से शादी की थी और जिसकी वजह से आरामगंज में पहली बार सरेआम गोली चली थी। पूजा के पति दिलीप विश्वकर्मा हैदराबाद में इनकम टैक्स कमिश्नर हैं। शमी पूजा के बारे में कुछ नहीं जानता। पूजा ने भी शमी को पहली बार देखा है। इन दोनों को जोड़ सकने वाली संभावित कड़ी तीस साल पहले टूट चुकी थी, मगर टूटकर भी बहुत मज़बूत है।

"तुम तो बिलकुल अपने पापा की तरह दिखते हो।" मिसेज़ विश्वकर्मा ने कहा।

"जी मेरी अम्मी भी यही कहती थीं।"

फिर शमी ने पूजा को अपने बारे में बताया। घर में बीवी लिंडा के अलावा दो प्यारे बच्चे फ़िडेल और ट्विलिप हैं। हैदराबाद में 12 साल रहने के बाद शमी अब न्यूज़ीलैंड के शहर ऑकलैंड में स्थायी रूप से बसने वाला है।

"आपसे एक बात पूछनी थी। व्हाट एग्जैक्टली हैपैंड टू माई फ़ादर? मतलब आख़िर क्या सोचा होगा इतनी बेदर्दी से उन्हें जलाने वाले ने?" थोड़ा खुलने के बाद शमी ने अपने मन में उमड़ता हुआ सवाल मिसेज़ विश्वकर्मा से पूछ ही लिया।

पूजा के चेहरे पर गहरी उदासी छा गई। काफ़ी देर की चुप्पी के बाद जवाब उनके इनकम टैक्स कमिश्नर पति दिलीप विश्वकर्मा की तरफ़ से आया- "कुछ सवालों के जवाब हमें कभी नहीं मिलते। इस दुनिया में बहुत से अच्छे लोगों को बिना किसी वजह के मरना पड़ता है। तुम्हारे पिता जैसे लोगों की मौत के पीछे जान-बूझकर या कभी-कभी अनजाने में बनाया गया माहौल होता है। पेट्रोल फेंकने वाला तो बेचारा मंदबुद्धि था। असली गुनहगार वो लोग थे, जिन्होंने माहौल बनाया। उस वक़्त की हवा में जो ज़हर घुला था, उसने एक नासमझ आदमी के दिमाग़ पर इतना बुरा असर डाला कि वह एक झटके में ऐसा काम कर बैठा।"

"माहौल अब भी कौन-सा अच्छा है?" शमी ने जवाब दिया।

कमिश्नर साहब ने ठंडी साँस ली और थोड़ी देर रुककर बोले- "तुम्हारे पापा मुझे किसी ग्रीक ट्रेजेडी के हीरो की तरह लगते हैं। मैं जब आरामगंज में रहने आया था, उसी वक़्त उनसे परिचय हुआ था और ये नाता कोई डेढ़-दो साल तक चला। लेकिन मैं उन्हें बिलकुल नहीं भूला हूँ। जो भी उनसे जुड़ा किसी-ना-किसी रूप में उनका क़र्ज़दार ज़रूर है।"

पति की बात से मिसेज़ विश्वकर्मा को कुछ याद आया। वे उठकर अंदर गईं और लौटकर वापस आईं तो उनके हाथ में प्लास्टिक की एक ट्रांसपैरेंट फ़ाइल थी। दिलीप विश्वकर्मा ने फ़ाइल हाथ में ली और शमी की तरफ़ देखते हुए बोले- "हमारी ज़िंदगी के सबसे मुश्किल दौर में यानी शादी के लिए घर से

भागते वक़्त तुम्हारे पापा ने मुझे ज़बरदस्ती 1200 रुपये दिए थे। तीस साल पहले किसी छोटे शहर में एक दर्ज़ी की क्या आमदनी होती होगी और किसी को इतने पैसे देनेवाले का दिल कितना बड़ा रहा होगा ये सोचने वाली बात है।"

बोलते-बोलते वो थोड़ा भावुक हुए और फिर ख़ुद को सँभाला- "ये पैसे मैंने उन्हें लौटने के लिए रखे थे लेकिन वह 'घटना' हो गई। देखो डेस्टिनी भी क्या चीज़ है, अचानक तुमसे मुलाक़ात हो गई। पैसे तुम रख लोगे तो मुझे तसल्ली मिलेगी। क़र्ज़दार तो मैं आशिक़ भाई का हमेशा रहूँगा।"

"माई फ़ादर इज़ स्टिल एलाइव।" शमी उस दिन चीख़ता हुआ घर पहुँचा था। लिंडा हैरान रह गई थी कि आख़िर इसे हो क्या गया है! उसने तीन बार यही वाक्य दोहराया था- "माई फ़ादर इज़ स्टिल एलाइव।"

तीस साल यानी चौथाई सदी से थोड़ा ज़्यादा वक़्त। ये वक़्त इतना लंबा है कि पूरी दुनिया बदल जाए। बर्लिन की दीवार बनी और तीस साल से कम वक़्त में ही गिरा दी गई। भारत धर्म के आधार बँटा और तीस साल के भीतर ही एक मज़हब वाले पाकिस्तान के भी दो टुकड़े हो गए। तीन सौ साल पुरानी बाबरी मस्जिद ढही और ऐतिहासिक राम मंदिर का बनना शुरू हो गया। कोर्ट को बीच में ना आने की चेतावनी देने वाले लालकृष्ण आडवाणी ने भी अपने जीवन काल में कोर्ट से 'न्याय' होता देखने का सौभाग्य प्राप्त कर लिया। सचमुच बहुत लंबा वक़्त होता है, तीस साल। इतने अरसे में बहुत कुछ बन और मिट जाते हैं लेकिन दर्ज़ीगीरी करने वाले शमी के अब्बू की दुनिया उनकी मौत के इतने समय बाद अब भी आबाद है।

मौत के इतने वक़्त बाद तो ऐसी शिद्दत से लोग बड़े-बड़े लीडरों को भी याद नहीं करते हैं। पीले पड़ चुके सौ-सौ को पुराने नोटों को छूते वक़्त शमी को ऐसा लगता जैसे वह अपने पिता की हथेलियाँ छू रहा हो। दिलीप विश्वकर्मा की बात उसके कानों में रह-रहकर गूँजती- "क़र्ज़दार तो मैं आशिक़ भाई का हमेशा रहूँगा।"

"ऐसा लगता है कि मुझ पर इसका पिछले जन्म का कोई उधार बाक़ी है, शायद इसी तरह चुकता हो पाएगा।" बहुत कुरेदे जाने पर आभा ने पूजा से कहा था। आभा अस्थाना यानी आशिक़ की चौक वाली दीदी और मोहल्ले के नाते से पूजा की भाभी। आभा इस कहानी कि दूसरी ऐसी कड़ी हैं, जिनके बारे में

सुनकर शमी ने यह तय किया कि वह अतीत की गलियों में अंदर तक ज़रूर दाख़िल होगा।

आभा अस्थाना के पति को गुज़रे छह साल हो चुके हैं। इकलौता बेटा गुड्डू सिंगापुर में सेटेल्ड है। लेकिन आभा उसके पास जाने को तैयार नहीं है। वजह कोई और नहीं बल्कि बैजू है। पिछले तीस साल से शापित-सा जीवन जी रहा आशिक़ का हत्यारा बैजू।

20 अक्टूबर 1990 की घटना के बाद बैजू रेलिंग से गिरा था या नीचे फेंक दिया गया था, इसका कोई अंतिम निष्कर्ष सामने नहीं आ पाया। क़रीब दो हफ़्ते अस्पताल में रहकर जब वह वापस लौटा तो वो पूरी तरह बदला हुआ था। मंदबुद्धि पहले से था, अब ऐसा लगने लगा कि सोचने-समझने की बाक़ी ताक़त भी चली गई। गिरने की वजह से एक टाँग में स्थायी लंगड़ाहट पैदा हो गया। वह चुपचाप रहने लगा और बीच-बीच में बिना बात ज़ोर-ज़ोर से रोने लगता।

जहाँ बैजू को पुश्तैनी घर था, वहाँ एक बड़ी कॉमर्शियल बिल्डिंग खड़ी है, जिसके ऊपर के तल्लों पर रिहाइशी फ़्लैट बने हैं। क़ायदे से बैजू आधे का हिस्सेदार था। उसके चाचा ने बक़ायदा हिस्सा दिया भी है। बेसमेंट पार्किंग में जहाँ जेनरेटर रूम और प्रेस वाले के बैठने की जगह है, उससे लगा छोटा कमरा बैजू का है।

चाचा-चाची जब तक ज़िंदा थे, बैजू को खाना मिल जाता था। अब वहाँ उसका अपना कोई नहीं है। बैजू दिनभर आभा के घर के नीचे बनी दुकानों के बरामदे पर पड़ा रहता है। बारिश हो या आँधी आभा अस्थाना रोज़ाना चार रोटी और थोड़ी सब्ज़ी बैजू के सामने रखवा देती हैं। कभी-कभी फ़र्स्ट फ़्लोर का कॉलबेल बजता है, आभा दीदी जब दरवाज़ा खोलती हैं तो बैजू वहाँ चुपचाप खड़ा नज़र आता है। वह समझ जाती हैं कि बैजू को कुछ खाने के लिए चाहिए। आभा की देखा-देखी चौक के बाक़ी लोग भी उसे कभी-कभी कुछ दे दिया करते हैं। लेकिन ऑफ़िशियल ड्यूटी आभा की ही है।

"पहले मुझे इससे घिन आती थी। मन में ख़याल आता था कि अस्पताल में ही मर जाता तो अच्छा होता। जब वापस आया तो मैंने देखा कि आस-पास के बच्चे इसे बिना बात पत्थर मार रहे हैं। धीरे-धीरे मुझे इस पर दया आने लगी। भगवान ने ऐसा ही बनाया है तो इसमें इसका क्या क़सूर!" आभा दीदी ने बड़ी

ही करुणा के साथ ये बात पूजा से कही थी।

बैजू के लिए जगी करुणा का असर ये हुआ कि आभा अस्थाना एक होम मेकर से शहर की मानी हुई सोशल वर्कर में बदल गईं। उन्होंने मेंटली चैलेंज्ड बच्चों के बारे में पढ़ना शुरू किया और धीरे-धीरे उनके लिए काम करने लगीं। आभा जैसे लोगों की कोशिशों की बदौलत ही शहर में ऐसे बच्चों का इकलौता स्कूल चल रहा है।

शमी सुबह से शहर में उसी तरह घूम रहा है, जिस तरह कोई फ़ॉरेन टूरिस्ट या डॉक्युमेंट्री फ़िल्म मेकर रिसर्च के लिए घूमता है। बड़े तटस्थ भाव से यह समझने की कोशिश कर रहा है कि उसके पिता की मुकम्मल कहानी क्या थी। रैयत टोली में उसने एक अजीब बात नोटिस की। ज़्यादातर औरतों ने बुर्क़े पहन रखे हैं। उसे याद नहीं आता कि उसकी अम्मी ने कभी पर्दा किया हो। समय के बीत जाने का मतलब हमेशा वक़्त का आगे बढ़ना नहीं होता है। कई बार वक़्त पीछे भी लौटता है।

रैयत टोली से निकलकर शमी अपने अब्बू के ग्रॉसरी वाले दोस्त मिथिलेश और फिर आलोक कांत के पास पहुँचा। कैरम पार्टनर और आशिक़ी की मैय्यत को कंधा देनेवाला आलोक, आजकल सिविल एडमिनिस्ट्रेशन में बड़े ओहदे पर हैं। शमी को गले लगाते हुए आलोक ने भी वही कहा जो पूजा ने कहा था- "तुम एकदम अपने बाप की तरह लगते हो।"

आलोक कांत संभवतः इस समय इकलौते ऐसे ही आदमी हैं, जिसने 20 अक्टूबर 1990 की घटना को अपनी आँखों से देखा था। शमी ये जानना चाहता था कि मौत आख़िर क्यों और कैसे हुई लेकिन आलोक को रंगबाज़ की मौत नहीं बल्कि ज़िंदगी की बातों में ज़्यादा दिलचस्पी थी। शमी को पहली बार पता चला कि उसके पिता का निक नेम 'रंगबाज़' था और वह ख़ुद अपने दोस्तों के लिए 'रंगीला' है। नियति भी किस हिसाब से चीज़ें तय करती है!

शमी के शानदार करियर और पारिवारिक जीवन की बातें सुनकर आलोक के चेहरे पर उसी तरह की ख़ुशी थी, जैसी घर के किसी बड़े-बुज़ुर्ग के चेहरे पर होती है। अचानक उन्होंने पूछ लिया- "जब सब कुछ इतना अच्छा चल रहा है तो परमानेंटली न्यूज़ीलैंड सेटेल होने का आइडिया तुम्हें क्यों आया?"

"अंकल, मैंने अम्मी से सुना था कि अब्बू के आख़िरी दिन प्रॉपर्टी के पेपर

ढूँढते हुए और कोर्ट के चक्कर लगाते हुए गुज़रे थे। उन्हें यह साबित करना पड़ा था कि ख़ानदानी घर सचमुच उनका ही है। अब मुझे यह साबित करना पड़ेगा कि ये मुल्क मेरा है। घर से बेदख़ल आदमी शायद दूसरा घर बना भी ले लेकिन मुल्क से बेदख़ल आदमी क्या करेगा? इसलिए मैं पहले ही पतली गली पकड़ रहा हूँ।" शमी ने बेतकल्लुफ़ी से हँसते हुए कहा तो आलोक का चेहरा उतर गया।

रह-रहकर एक अजीब-सी बात आलोक के मन में आ रही थी। वह शमी से कहना चाहते थे कि जानते हो तुम्हारे पिता की मौत से मेरी ज़िंदगी में क्या बदला? उसके बाद से मैंने कभी तंदूरी चिकेन को हाथ नहीं लगाया क्योंकि रंगबाज़ की जलकर ऐंठ चुकी बॉडी और उससे उठती गंध मुझे आज तक याद है लेकिन दुआएँ देने के अलावा आलोक शमी से कुछ और नहीं कह पाए।

मगर आभा अस्थाना ने शमी को बता दिया कि आशिक़ की मौत के बाद दोबारा उन्हें मोहल्ले के किसी और दर्ज़ी की दुकान में क़दम रखने की हिम्मत नहीं पड़ी। अपनत्व और ममता से भरी आशिक़ की चौक वाली दीदी अब 65 साल की हो चुकी हैं। पूजा ने आभा को शमी के बारे में बता रखा था। फ़ोन पर शमी से उनकी कई बार बात भी हो चुकी थी। वह बड़ी बेसब्री से लंच पर उसका इंतज़ार कर रही थीं।

"एकदम वैसा ही हँसता चेहरा।" आभा अस्थाना हर दस मिनट में एक बार ये बात ज़रूर कहतीं। शमी ने नोटिस किया कि जब भी वो ये वाक्य बोलती हैं, उनकी आँखों में थोड़ी-सी नमी ज़रूर होती है। चोर नज़रों से आँखों की इस नमी को पढ़ते हुए शमी लगातार यह सोचता रहा- "काश अब्बू होते और मैं भी इसी शहर में उनके साथ होता!"

फिर उसे लगा कि अगर अब्बू होते तो भी क्या हो जाता? उस वक़्त किसी एक सिरफिरे ने उन्हें आग के हवाले कर दिया था, आज तो हर दूसरा आदमी बैजू बना घूम रहा है। बहुत मुमकिन है, न्यूज़ चैनल वाले अब्बू को एक ऐसा आतंकवादी बना देते जिसने पकड़े जाने के डर से ख़ुद को आग लगा ली।

शमी अचानक शादाब के बारे में सोचने लगा। तेईस साल के उस शर्मीले लड़के ने शमी के अंडर अपना करियर शुरू किया था। शादाब अक्सर अपने अब्बू का फ़ोन शमी को पकड़ा देता था और उधर से आवाज़ आती- "मेरे

साहबज़ादे के लोकल गार्जियन आप ही हैं।" शादाब इस वादे के साथ छुट्टी पर अपने घर मेरठ गया था कि लौटते वक़्त सबके लिए गज़क लेकर आएगा लेकिन वो दिन कभी नहीं आया। पुलिस की गोली खाकर वह ठीक अपने घर के बाहर गिरा और वहीं दम तोड़ गया।

अख़बारों से पता चला कि मेरठ में सीएए-एनआरसी को लेकर 'दंगा' कर रहे जो लोग मारे गए हैं, उनमें इंजीनियरिंग का डिग्री होल्डर 'बलवाई' शादाब अहमद भी है। यही था वह टर्निंग प्वॉइंट जिसके बाद शमी ने लिंडा के न्यूज़ीलैंड वाले पुराने आइडिया पर झटके से हाँ कर दिया।

दिन बहुत तेज़ रफ़्तार से गुज़रा। जनवरी का सूरज छह बजे के आस-पास डूबना शुरू हो जाता है। घर-परिवार की तमाम बातें हो जाने के बाद शमी ने फिर अपनी फ़रमाइश दोहराई- "बुआ, मुझे एक बार उससे मिलवा दीजिए ना प्लीज़"

आभा ने कातर-सी आवाज़ में कहा- "रहने दो बेटा। क्या होगा मिलकर?"

शमी ने हँसते हुए कहा- "कुछ नहीं बुआ, बस एक बार सामने देखना चाहता हूँ। ट्रस्ट मी कोई परेशानी नहीं होगी, आप बताइएगा भी मत कि मैं कौन हूँ। एक तरह से ये मेरा क्लोज़र ट्रिप है, इसलिए मैं चाहता हूँ कि कुछ भी बाक़ी ना रहे।"

आभा ने अनमने ढंग से किचेन में काम कर रही लड़की को आवाज़ दी- "बैजू अगर नीचे बैठा हो तो उसे लेकर आओ।" लड़की नीचे गई और कुछ देर में वापस आई। उसके पीछे-पीछे रेलिंग पकड़-पकड़कर आगे बढ़ता डेढ़ पसली एक आदमी नज़र आया। उम्र क़रीब पचास साल, सामने से उड़े हुए बाल, पिचके हुए गाल, ललाट पर उभरी नसें और चेहरे पर चेचक के दो-तीन छोटे दाग़।

क्या यही आदमी है, जिसके सपने देखकर शमी अचानक आधी रात को नींद से जाग जाता था? शक्ल से यह क़ातिल बिलकुल नहीं लगता। हाव-भाव और पहनावे से इसकी हालत दिहाड़ी मज़दूरों से गई-गुज़री लेकिन भिखारियों से कुछ बेहतर लग रही है। आदमी दरवाज़े पर आकर चुपचाप खड़ा हो गया।

आभा दीदी ने छूटते ही पूछा- "कल कहाँ चले गए थे तुम? पुष्पा रोटी लेकर कितनी देर नीचे खड़ी रही।"

"शादी में।"

"किसकी शादी में?"

"कल हमाला शादी था।"

"अरे वाह! क्या-क्या मिला शादी में?

"घड़ी, स्कूटर, छाता, टीवी, मोटरकार।"

"और दुल्हन?"

"दुल्हन बाद में मिलेगी।"

आभा बैजू से पूरी गंभीरता से बातें कर रही थीं। शमी सामने वाले सोफ़े पर बैठकर चुपचाप यह सब देख रहा था।

"अपना खाना टाइम पर आकर ले जाया करो और पॉलीथिन दुकान के बाहर मत छोड़ा करो नहीं तो किसी दिन मुरारी तुमको बहुत पीटेगा।"

बैजू ने दोनों कान पकड़े और उठक-बैठक वाली मुद्रा में झुका। इतने में शमी भी दरवाज़े पर आ गया।

"इन्हें पहचानते हो?" आभा ने सीधा सवाल किया।

बैजू दस-पंद्रह सेकेंड तक आँखें फाड़-फाड़कर देखता रहा और फिर अचानक रोने लगा।

"घबराओ मत, किसी भी नये आदमी को देखकर ये ऐसा ही करता है।"

"ये मेरे भाई के लड़के हैं, मेरे भतीजे।" आभा ने दोनों लोगों को एक साथ सफ़ाई दी।

परिचय सुनकर बैजू ने शमी को एक ज़बरदस्त सलाम ठोंका। आभा ने कहा- "ठीक है बैजू अब तुम जाओ।"

लेकिन बैजू वहीं खड़ा रहा और फिर बिना कुछ कहे शमी की तरफ़ हाथ बढ़ा दिया। दिमाग़ी हालत के बावजूद रुपये-पैसे की अहमियत उसे अच्छी तरह मालूम है।

"पैसे तुम्हें किसलिए चाहिए? चलो यहाँ से।" आभा ने सख़्त लहजे में कहा। लेकिन तब तक शमी सौ रुपये का एक नोट निकाल चुका था। बैजू ने नोट शमी के हाथ से लगभग छीन लिया और बिना नज़रें मिलाए लँगड़ाता हुआ सीढ़ियों से नीचे उतर गया।

शमी का सिर अचानक चकराने लगा। वह ज़मीन पर गिरने ही वाला था

लेकिन किसी तरह सोफ़े पर जा धँसा। आभा घबराई हुई उसके क़रीब आईं- "बेटा, तुम ठीक तो हो ना? मैंने तो पहले ही मना किया था। पुष्पा पानी लाओ जल्दी।"

शमी ने मिनट भर बाद आँखें खोलीं और हँसते हुए बोला- "डोंट वरी बुआ, मैं ठीक हूँ। ज़रा पाँच मिनट में नीचे से आता हूँ।"

"क्यों क्या हुआ?"

"आई एम सॉरी! मुझे स्मोक करने की आदत है। काफ़ी टाइम हो गया, इसलिए सिर चकरा रहा है।"

"उधर वाली बालकनी में चले जाओ। उसे कोई यूज़ नहीं करता है।" आभा ने इशारा किया। शायद उन्हें इस बात का डर था कि शमी बैजू के पास ना चला जाए।

लंबे कश खींचकर भी शमी का स्ट्रेस कम नहीं हो रहा है। ये कैसा इमोशनल क्राइसिस है? पहले उसे यह डर सताता था कि अब्बू के बारे उसे कोई ऐसी बात मालूम हो गई जिसे वो जज़्ब ना कर पाए तो क्या होगा?

अब जबकि इस शहर के तमाम लोग गवाही दे चुके हैं कि रंगबाज़ एक अनोखा और सही मायने में 'बड़ा आदमी' था, शमी के ख़यालों में अब्बू नहीं हैं बल्कि उनका क़ातिल है। शमी ने कई ऐसी डॉक्युमेंट्री देखी हैं, जिनमें पीड़ित के परिवार ने बड़ा दिल दिखाते हुए हत्यारे को माफ़ कर दिया। शमी के मन में एक कल्पना थी- न्यूज़ीलैंड जाने से पहले वह एक नेक काम करेगा। हत्यारे को गले लगाकर कहेगा- जाओ मैंने तुम्हें माफ़ किया! लेकिन बैजू ने उसे यह मौक़ा तक नहीं दिया।

'मार खाकर मूँछों पर ताव देने की रंगीले बाबू वाली अदा' बड़ी ख़ूबसूरत है लेकिन सामने बाप का क़ातिल खड़ा हो तब? बेशक वह 'पागल' हो लेकिन क़ातिल तो आख़िर क़ातिल है।

'दोस्तों ने फोकट में चढ़ा रखा है, मैं कोई रंगीला-वंगीला नहीं है बल्कि एक तरह का फट्टू हूँ। सच से नज़रें मिलाने की क़ूवत मुझमें नहीं है। इसलिए पहले पिता के अतीत से मुँह मोड़ रहा था और अब हमेशा के लिए वतन छोड़ रहा हूँ।' शमी ने एक और सिगरेट जलाई और बालकनी की दीवार को बहुत देर तक भावहीन तरीक़े से देखता रहा। अचानक उसके मन में एक बड़ा अजीब-सा

ख़याल आया- अपने सख़्त पंजों में दबोचकर उसने बैजू की गर्दन को इतनी ज़ोर से दबाया और उसकी दोनों आँखों की पुतलियाँ फ़र्श पर गिरकर कंचे की तरह उछलने लगीं और फिर शमी ने उन्हें जूते तले रौंद दिया। क्या ऐसा नहीं हो सकता कि कल वो फिर आए और नीचे ही किसी तरह फुसलाकर बैजू को...

ऐसा हिंसक विचार उसके मन में पहले कभी नहीं आया। आख़िर उसे हो क्या गया है? शमी को आज सुबह ही इस बात का पता चला है कि जटाशंकर शर्मा महीना भर पहले गुज़र चुका है। अगर ज़िंदा होता यक़ीनन शमी उसके पास जाता और लाइटर की लौ चेहरे पर ले जाकर कहता- "ज़्यादा नहीं सिर्फ़ दस सेकेंड तक इस आँच को झेलकर दिखाइए और फिर सोचिए कि पेट्रोल की लपटों में घिरे मेरे अब्बू ने क्या महसूस किया होगा।" बैजू जैसे ज़ेहनी हालत वाले आदमी के दिमाग़ में जिन लोगों ने इतनी नफ़रत भरी, ऐसे लोग माफ़ी के क़ाबिल क़तई नहीं हैं बास्टर्ड्स!

"इंसान यह भ्रम पाल लेता है कि वह माफ़ी देकर किसी और का भला कर रहा है। हक़ीक़त यह है कि माफ करना असल में ख़ुद को बुरी यादों के क़ैदखाने से आज़ाद करना है। तुम्हारे पापा के साथ जो कुछ हुआ उसे लेकर तुम्हारे मन में ग़ुस्सा है। मगर एक बार आभा आंटी के बारे में सोचकर देखो। मरने वाले और मारने वाले दोनों से उनका कोई सीधा रिश्ता नहीं था, फिर भी दोनों के लिए उनके दिल में एक जैसा दर्द है। बुराई से नफ़रत करना आसान है लेकिन सही मायने में अच्छा बनना बहुत मुश्किल काम है।" लिंडा की बातें अचानक उसके कानों में गूँजने लगीं जो उसने दोपहर को फ़ोन पर कही थीं।

"चाय तैयार है।" पुष्पा ने बालकनी के ग्रिल के पास आकर शमी को आवाज़ दी। शमी वापस ड्राइंग रूम में आया। टेबल पर चाय रखी थी। आभा दूसरे कमरे में थीं। शमी ने अपना बैग खोला, जिसके भीतर नोटपैड, लिफ़ाफ़े और कई तरह के काग़ज़ पड़े हैं। शमी पेन लेकर कुछ लिखने लगा। इतने में आभा आ गईं। चाय ख़त्म होने के बाद शमी झटके में उठा- "बुआ, अब मैं चलूँगा। सुबह की फ़्लाइट है। जाने से पहले अम्मी की एक छोटी-सी फ़रमाइश भी पूरी करनी है।"

आभा दीदी ने चौंककर पूछा- "लेकिन तुम तो कह रहे थे कि तुम्हारी माँ अब इस दुनिया में नहीं हैं।"

"हाँ बुआ, मगर फ़रमाइश बहुत पुरानी है, पूरी तो करनी पड़ेगी।" शमी ज़ोर से हँसा। आभा को कुछ समझ नहीं आया। पाँव छूकर शमी वहाँ से विदा हो गया।

अम्मी उसे बार-बार कहती थीं- "रैयत टोली वालों ने नये फ़ैशन के हिसाब से अब शब-ए-बरात पर फ़ातिहा पढ़ना छोड़ दिया है। कहते हैं ये रवायत अरब वाले इस्लाम की नहीं है तो फिर हम क्यों मानें। तुम कम-से-कम एक बार अपने अब्बा की क़ब्र पर जाकर फ़ातिहा ज़रूर पढ़ना।" ननिहाल की परवरिश ने शमी को एक सच्चा मुसलमान बनाने में कोई कसर नहीं छोड़ी। उसे इस्लाम से जुड़ी सारी रवायतों का अच्छी तरह पता है लेकिन सच वही है, जो शमी अक्सर लिंडा से कहता है- "फ़ॉर ऑल प्रैक्टिकल परपज़ेज़ आई एम एन एथीस्ट।"

शमी इस ट्रिप के आख़िरी पड़ाव की ओर है। गाड़ी उसने थोड़ा पीछे न्यू मार्केट की पार्किंग में खड़ी करवाई है और छोटा बैग लेकर टहलता हुआ वह उस सुनसान इलाक़े की तरफ़ बढ़ रहा है, जिसे किसी ज़माने में क़ब्रिस्तान की तरह इस्तेमाल किया जाता था। मिशन रूहानी है लेकिन मन में चल रहे ख़याल दुनियावी हैं।

रैयत टोली वाले घर में सुबह हुई मुलाक़ात के दौरान इदरीस चाचा ने शमी से बड़े मार्के की बात कही थी- "वक़्त जो सामने हो वही ठीक है। हम बुरे वक़्त के गुज़र जाने की दुआ करते हैं। लेकिन कई बार हमें मालूम नहीं होता कि आनेवाले दिनों में इसी बुरे वक़्त के पीछे छूट जाने का ग़म मनाएँगे। हमें बाबरी मस्जिद के शहीद होते वक़्त भी डर लगा था लेकिन अब उससे कहीं ज़्यादा डर लगता है। ताज्जुब की बात नहीं अगर आगे चलकर ज़माना इतना ख़राब हो जाए कि तुम्हारी वाली नस्ल इसी दौर को सबसे अच्छा बताने लगे। अच्छा है तुम एक नयी ज़िंदगी शुरू कर रहे हो। हिजरत तो पैगंबर साहब ने भी की थी। चाहे जहाँ रहो, ख़ुश रहो।"

पथरीली राह पर चलता शमी सोच रहा है- "ख़ुश रहने की दुआ हर कोई देता है लेकिन ख़ुश रहना क्या इतना आसान है?"

लिंडा उससे अक्सर ये कहती है- "यू आर फ़ुल ऑफ़ लाइफ़ और यही बात तुम्हें औरों से अलग करती है।"

ज़िंदगी, ज़िंदादिली और बेफ़िक्री शख़्सियत का हिस्सा हैं, इसलिए चाहकर

भी कभी उदास नहीं दिखा जा सकता। मगर सच ये है कि आस-पास की दुनिया में जो कुछ चलता रहता है, उसका मन पर असर ज़रूर होता है। कब हुआ कैसे हुआ पता भी नहीं चला लेकिन अब ये लगने लगा है कि चारों तरफ़ बहुत तेज़ी से ग़ैरियत के साये पसर चुके हैं।

अब से पहले कभी ऐसा नहीं हुआ था कि शमी को बोलते वक़्त ख़ुद को याद दिलाना पड़े कि उसकी मज़हबी पहचान क्या है। अब कुछ भी कहने से पहले ऐसा क्यों लगता है कि हर बात को उसकी 'पहचान' से ही जोड़कर देखा और समझा जाएगा? शमी के कुछ आत्मीय रिश्ते इसी नये माहौल की भेंट चढ़ गए तो उसने तय किया कि जो बात औरों को पसंद ना हो वैसी बातों से वह बिल्कुल नहीं करेगा। मगर जब रामजन्मभूमि पर सुप्रीम कोर्ट का फ़ैसला आया, तब ख़ुद से किया गया शमी का वादा टूट गया और उसने अपने ब्लॉग में लिखा- "मर्यादा पुरुषोत्तम श्रीराम का भव्य मंदिर दो ढाँचों को गिराकर बनाया जा रहा है। पहला ढाँचा अयोध्या में था और दूसरा दिल्ली में। पहला ढाँचा मैंने कभी देखा नहीं, उससे मेरा कोई भावनात्मक लगाव भी नहीं है लेकिन 'दूसरे ढाँचे' पर मेरा वजूद टिका था। वह मेरे हिफ़ाज़त की गारंटी था। जब वही धराशायी हो गया तो फिर मुझ जैसों के लिए बचा क्या?"

चढ़ान भरे पथरीले रास्ते पर चलते हुए शमी को लग रहा है कि उसकी हिजरत शुरू हो चुकी है। बेहतरी की उम्मीद में कहीं और चले जाना ही हिजरत है। मगर जन्नत की हक़ीक़त बिलकुल ख़्वाब जैसी हो, इसकी गारंटी भला कौन दे सकता है? आज दुनिया का कौन-सा ऐसा हिस्सा है जो पूरी तरह शांत हो? शमी जिस न्यूज़ीलैंड में बसने जा रहा है, उसकी गिनती विकसित, सभ्य और क़ानून के राज वाले मुल्कों में होती है। मगर ये भी सच है कि उसी न्यूज़ीलैंड में चंद महीने पहले किसी सिरफिरे में मस्जिद में इबादत कर रहे लोगों पर अंधाधुंध गोलियाँ बरसाईं थीं।

हम सिर्फ़ अपने फ़ैसले चुन सकते हैं, उनके नतीजे नहीं। क्या मक्का से मदीना जानेवाले पैगंबर के वारिस हमेशा के लिए सुखी हो गए? शांति की ख़ातिर कृष्ण ने मथुरा छोड़कर जिस द्वारिका का रुख़ किया था, वह द्वारिका भी आगे चलकर अपनों के लहू में नहाकर हमेशा के लिए समुद्र में समा गई। शमी बेहतरी की उम्मीद में कहीं और नहीं जा रहा है। आशा और आशंका से

परे उसके मन में इस समय एक निर्विकार शून्य है, नियति के स्वीकार्य से पैदा हुआ एक गहरा ख़ालीपन!

फ़लसफ़े की दुनिया से निकलकर शमी ने सामने की तरफ़ नज़र डाली। कँटीली झाड़ियाँ और चारों तरफ़ फैला सन्नाटा इस बात की तस्दीक़ कर रहे हैं कि जगह अब आ चुकी है। दोपहर को अचानक बहुत तेज़ अंधड़ चली थी और ऐसा लग रहा था कि जनवरी वाली बेमौसम बरसात होगी लेकिन शुक्र है मौसम खुल चुका है। चाँद की रौशनी में रास्ता साफ़-साफ़ दिखाई दे रहा है।

साजिद भाई ने जो लोकेशन समझाया था शमी अब वहाँ खड़ा है। सीमेंट की एक पुरानी बेंच है। बेंच से आगे नीम का पेड़ है, उस पेड़ के ठीक सामने वाली जो जगह है, शमी के अब्बू वहीं सो रहे हैं। युगों से पड़े दो बड़े चट्टान इस जगह की निशानदेही करते हैं। ग़नीमत है, यहाँ इतनी घास-फूस नहीं है, जितनी रास्ते में थी।

शमी ने सबसे पहले ज़मीन के टुकड़े पर गुलाब जल छिड़का और फिर गुलाब की पंखुड़ियाँ बिखेर दीं। क़ब्र पर मोमबत्ती जल चुकी है लेकिन शमी को ऐसा लग रहा है कि अनगिनत जुगनुओं की शक्ल में फ़रिश्ते उसके अब्बू की पवित्र आत्मा को अपने-आप रौशन कर रहे हैं।

शमी ने बुलंद आवाज़ में सूरह फ़ातिहा का आगाज़ किया-

"बिस्मिल्लाह-हिर्रहमा-निर्रहीम...

अल्हम्दुलिल्लाहि रब्बिल आलमीन, मालिकी यौमिद्दीन, इय्याक न अबुदु व इय्याक नस्तईन..."

क़ब्रिस्तान के वीराने में गूँजती अपनी आवाज़ सुनते हुए उसे ऐसा लग रहा है कि यक़ीनन अल्लाह भी सुन रहा होगा। सूरह फ़ातिहा पूरा करने के बाद शमी ने ऐसी ही बुलंद आवाज़ में चारों क़ुल पढ़े। आयतलकुर्सी के बाद वो सोचने लगा कि बाक़ी क्या है? दुरूद-शरीफ़ ठीक से याद नहीं है। उसने इंटरनेट खोला तो फ़ातिहा और आगे बढ़ा। अब बारी आई दुआ माँगने की-

"या अल्लाह मेरे वालिद शेख़ निज़ामुद्दीन वली आशिक़ के तमाम गुनाहों को बख़्श दे। उन्हें क़ब्र के हर अज़ाब से निजात अता फ़रमा। मेरे वालिद को जन्नत-उल-फ़िरदौस में जगह दे।"

"या अल्लाह हम सबकी ज़िंदगियाँ मेरे वालिद जैसे रौशन ख़यालों से भर

दे। ज़िंदगी दे तो उनकी तरह लेकिन ऐसी बदनसीब मौत किसी को ना दे। या अल्लाह दुनिया के किसी बच्चे के सिर उसके बाप का साया कभी ना उठे जिस तरह हमारे सिर से उठा।"

क़ब्र पर की जानेवाली दुआ की स्थापित मान्यताओं से परे जाकर शमी लगातार उन अल्लाह मियाँ से बातें करता रहा, जिनसे रोज़मर्रा की ज़िंदगी में उसका कोई वास्ता नहीं है। अब्बू के बाद शमी ने अपनी अम्मी, बहन आयशा और ख़ानदान के बाक़ी लोगों के लिए भी दुआएँ माँगीं।

रैयत टोली के घर में अब उसके अब्बू की कोई निशानी नहीं है। क़ब्रिस्तान की बेंच पर बैठे शमी को लग रहा है कि मेरे अब्बू का घर यही है। उसने सिगरेट का पैकेट खोला और फिर अचानक यह सोचकर रुक गया कि अब्बू के सामने भला स्मोक कैसे कर सकता है? फिर वो ख़ुद पर हँसा। जितना वो अपने पिता को समझ पाया है, आशिक़ मियाँ उसे कभी अपने सामने सिगरेट पीने से नहीं रोकते।

अगर आप किसी इंसान को ठीक से जानते हैं तो मरकर भी वो कभी मरता नहीं है। आपसे वो उसी तरह बातें कर सकता है, जिस तरह जिस्मानी तौर पर मौजूद रहकर करता। शमी अपने वालिद से अभी इसी तरह बातें कर रहा है। वो उसे अपने कंधे पर झुला रहे हैं और वही सारी कहानियाँ सुना रहे हैं, जो बचपन में सुनाते थे। अचानक शमी को लगा जैसे अब्बू कह रहे हैं- "इतने दिन कहाँ थे और जब आ ही गए हो फिर मुझे छोड़कर कहीं और क्यों जा रहे हो?"

घंटे भर बाद शमी भारी मन के साथ बेंच से उठा। चाँदनी रात में चलते हुए उसे ऐसा लग रहा है कि अब्बू साथ-साथ चल रहे हैं, उनकी कहानियाँ भी चल रही हैं। अचानक कुछ जादू-सा हुआ और खुले आसमान में मेघ के टुकड़े राम, लक्ष्मण और सीता बन गए। अब्बू कहते थे- "रामजी यहीं से गुज़रे थे।"

शमी चौंककर रुक गया और आसमान में चमकती उन आकृतियों को निहारने लगा। कुछ-ना-कुछ अब भी अधूरा है? वह क़ब्र पर दोबारा लौटा और एक बार फिर दुआ के लिए हाथ फैलाए-

"या अल्लाह! मेरे अब्बू की मौत के ज़िम्मेदार लोगों के गुनाह बख़्श दे। उस नादान बैजू को दुनियावी परेशानियों से निजात दिला। उसके दिमाग़ को रौशन कर और दिल को सुकून अता फ़रमा। आमीन!"

अब कुछ बाक़ी नहीं है। क़ब्र से आगे सड़क की तरफ़ बढ़ते वक़्त उसने मोबाइल पर नज़र डाली, आभा अस्थाना के पाँच मिस कॉल पड़े हैं। नेह से भरे ऐसे ही लोगों ने ही कभी उसके पुरखों को पाकिस्तान जाने से रोका होगा। शमी ने फ़ौरन फ़ोन मिलाया।

"हैलो बुआ। नहीं कुछ छूटा नहीं है। वो लिफ़ाफ़ा आपके लिए ही था। मैं बताना भूल गया था। अंदर चेक है... जी एक लाख रुपये का... नाम आप भर लीजिएगा।"

"नहीं बुआ, ना मत बोलिए प्लीज़। आपकी दुआ से अच्छा कमा लेता हूँ, बैजू की तीमारदारी पर आपके काफ़ी पैसे ख़र्च होते होंगे। थोड़ा कंट्रीब्यूशन मेरा भी ले लीजिए। बाक़ी पैसे मेंटली चैलेंज्ड बच्चों के अपने स्कूल में लगा दीजिएगा।"

"अपना ख़याल रखिएगा। मैं नेक्स्ट वीक जा रहा हूँ। जी, लिंडा और बच्चे भी साथ ही जा रहे हैं। मन नहीं लगा तो क्या होगा? लौटकर वापस आ जाऊँगा, और क्या।" ये कहकर शमी बड़े ज़ोर से हँसा और फ़ोन काटते ही बच्चों की तरह फूट-फूटकर रो पड़ा।

सर्द आसमान से ओस की बूँदें गिरनी शुरू हो गईं। शमी ने अपनी आँखें पोंछ लीं। अब उसके लिए अपने अब्बू को आख़िरी बार बाय-बाय कहने वक़्त आ चुका था। मोबाइल के स्क्रीन पर नज़र आ रहे 32 साल के बाप के चेहरे को 38 साल के बेटे ने वैसे ही चूमा जैसे कभी बाप अपने बेटे को चूमा करता था। चौक के नंबरी रंगबाज़ आशिक़ मियाँ की तस्वीर पहले से ज़्यादा हँसती हुई नुमायाँ हुई। ऐसा लगा जैसे आरामगंज से होते हुए सघन वन में जा रहे राम, लक्ष्मण और सीता भी अपने तमाम दुखों से परे निर्मल हँसी हँस रहे हैं।